Ich gewann die letzte Runde

Telegramm des FBI-Zentralbüros an alle FBI-Distrikt-Leiter:

streng geheim stop im zusammenhang mit dem diebstahl des geheimen marinecodes aus den gebäuden der admiralität und dem verschwinden bedeutender dokumente aus der botschaft eines staates befürchtet die fbi-zentrale weitere vorkommnisse ähnlicher art stop zur verstärkung des fbi in washington haben daher alle distrikte sofort je zwei mann abzustellen und nach washington zu schicken stop die abgestellten leute melden sich bei dem einsatzleiter gregor fathgown stop es sind besonders befähigte beamte vorzusehen stop ausführungsmeldung mit namen der freigestellten leute an fathgown telegrafisch und umgehend stop.

Wegen dieses Telegramms saßen Phil Decker und ich im Schulungsraum des FBI-Hauptquartiers in Washington, zehn Stunden nach unserer Ankunft im Flugzeug. Vor, neben und hinter uns saßen an die vierzig Kollegen aus allen Staaten der USA, und das war nur die Hälfte der nach Washington geeilten Leute. Ein erster Schub war bereits gestern abgefertigt worden.

»Guten Morgen, Jungs«, begrüßte uns Gregor Fathgown und trat zu dem kleinen Pult vor der Stirnwand des Raumes.

»Wir kennen uns ja alle schon persönlich. Ich werde euch jetzt mit den Vorgängen und danach mit eurer Aufgabe vertraut machen.« Er lächelte. »Ihr alle kennt Washington. Unsere Statistik weist nur zwanzig Prozent der Diebstähle von New York, nur zwölf Prozent der Überfälle und nur vier Prozent der Morde auf. Die G-men, die aus New York kommen, werden es bei uns langweilig finden. Wer ist aus New York?«

Phil und ich hoben die Arme.

»Bitte, betrachten Sie sich dennoch hier nicht als im Urlaub«, sagte Fathgown, und alle lachten. »Und nun Spaß beiseite«, fuhr er fort. Er gab ein Zeichen.

Es wurde dunkel. Auf der Leinwand hinter Fathgown erschien die farbige Abbildung eines großen Gebäudes.

»Das hier ist der Verwaltungsbau der Admiralität«, erklärte der Leiter der politischen Abteilung. »Sie sehen denselben Bau jetzt von der Hinterfront.«

Das Bild wechselte.

Fathgown zeigte mit einem Stock auf ein Fenster, das durch ein weißes Kreuz gekennzeichnet war.

»Hinter diesem Fenster befindet sich die Code-Abteilung. Hier werden die geheimen Funkcodes ausgearbeitet, die zur Übermittlung verschlüsselter Befehle und so weiter der Marine dienen. Am sechsten des vergangenen Monats drangen ein oder mehrere unbekannte Täter in das Gebäude ein, sprengten den Panzerschrank und flohen durch das Fenster, bevor die durch den Lärm alarmierte Wache den Raum, der durch ein Spezialschloss gesichert ist, betreten konnte. Es musste nämlich erst der Mann herbeigeholt werden, der den Schlüssel zum Schloss hat. Aufgrund unserer Untersuchungen steht fest, dass die Diebe nur durch das Fenster eingedrungen sein können, jedoch… Ich zeige jetzt eine Aufnahme, die von dem Fenster aus in den Hof des Admiralitätsgebäudes gemacht worden ist.«

Wir erblickten eine senkrechte Hauswand, von oben gesehen, die scheinbar nicht die geringste Aufstiegsmöglichkeit bot. Unten lag ein Hof, in dem ein großer Kastanienbaum stand.

»Es steht fest«, erläuterte Fathgown weiter, »dass die Kastanie bei der Erkletterung des Gebäudes und dem Einbruch in das Code-Zimmer eine Rolle spielt. Wir fanden abgebrochene Zweige und so weiter, aber trotzdem haben wir keine bestimmte Vorstellung, wie die Täter es angestellt haben könnten. Von dem Gipfel der Kastanie bis zum Fenster besteht immerhin noch ein Niveauunterschied von zwei Stockwerken. Die Untersuchungen laufen noch. Wir lassen euch wissen, wenn Näheres bekannt wird. Wie gesagt, die Täter erbeuteten den Marinecode. Allerdings begingen sie den Fehler, den Code mitzunehmen, statt ihn zu fotografieren. Damit ist der Code praktisch wertlos geworden, denn er wurde natürlich sofort geändert. Weil die Täter diesen entscheidenden Fehler begingen, neigen wir zu der Annahme, dass es sich bei ihnen nicht um ausgebildete Spione handelt, sondern um irgendwelche anderen Leute.«

»Um was für Leute?«, rief jemand.

»Um irgendwelche«, wiederholte Fathgown, »mehr kann ich auch nicht sagen.«

Er gab ein Zeichen, und wieder wechselte das Bild. Es zeigte ein dreistöckiges Gebäude, das in einem großen Garten lag. »Die Botschaft von ... Die Namen der Botschaften, die in dieser Geschichte eine Rolle spielen, muss ich aus bestimmten Gründen verschweigen. Aus dieser Botschaft wurden am 29. des vorigen Monats Dokumente geraubt, in denen die Verhandlungsprotokolle zwischen dem Botschafter und dem Vertreter einer großen amerikanischen Firma über die Erschließung von Silbererzvorkommen in dem Land des Botschafters aufgezeichnet waren. Diese Dokumente stellen einen erheblichen Wert für andere Firmen, auch die Firmen fremder Staaten, dar, die sich ebenfalls für die Erschließung jener Vorkommen interessieren. Der Ablauf der Tat geschah hier auf völlig andere Weise. Nach Aussagen des Wächters ist der Handelsattaché der Botschaft gegen neun Uhr abends noch einmal zurückgekehrt. Der Wächter hatte natürlich keine Bedenken, ihn passieren zu lassen. Der Mann blieb ungefähr eine halbe Stunde im Haus, kam dann wieder heraus, grüßte freundlich und ging. Seitdem ist er verschwunden.«

»Na also!«, brummte ein Kollege. »Klarer Fall.« Fathgown hatte die Worte gehört. »Das dachten wir auch«, sagte er laut, »bis wir durch die Nachforschungen auf den Haken stießen, den dieser angeblich so klare Fall hat.« Er hob die Stimme. »Es steht einwandfrei fest, dass der Handelsattaché an jenem Abend an einer Gesellschaft teilnahm, die er erst wenige Minuten vor elf verließ. Seitdem ist er zwar nicht mehr gesehen worden, aber der Mann, der als Handelsattaché in die Botschaft kam, erschien dort schon um neun Uhr.«

Einen Augenblick lang herrschte verblüfftes Schweigen. Ich hob den Arm zu einer Frage.

»War es eine große Gesellschaft, die der fragliche Mann besuchte?«

»Vielleicht vierzig Leute!«

»Es ist in einem Trubel von vierzig Personen meistens einfach, für eine halbe Stunde oder länger zu verschwinden«, gab ich zu bedenken.

»Auch wir neigen zu der Meinung«, gab Fathgown zu, »obwohl die Teilnehmer jener Gesellschaft steif und fest behaupten, der Attaché wäre die ganze Zeit bei ihnen gewesen. Ihr wisst ja alle, was Zeugenaussagen manchmal wert sind. So weit die Taten, die in der Art sehr ähnlich, in der Ausführung allerdings grundverschieden sind. Zwei Verbrechen dieser Art in einem Monat sind zu viel. Von den Tätern fehlt uns bisher jede Spur. Wir müssen aber befürchten, dass sich eine solche Tat wiederholt. Als Gastland sind die Vereinigten Staaten dafür verantwortlich, dass die Botschafter fremder Staaten in unserem Land ungestört ihren Geschäften nachgehen können. Eine erfolgreiche Wiederholung eines solchen Raubes könnte zu erheblichen diplomatischen Komplikationen führen. Die FBI-Zentrale hat daher beschlossen, auf Wunsch der Regierung jeder Botschaft und jedem wichtigen Verwaltungsgebäude sofort eine Gruppe von zwei G-men als ständige Bewachung zur Verfügung zu stellen, da unsere Washingtoner Beamten voll mit der Aufklärung der beiden Einbrüche beschäftigt sind.«

Ich glaube, es gab keinen unter den Zuhörern, der nicht ein langes Gesicht zog. Bewachungsaufgaben!

Dazu hatten sie uns aus allen Winkeln der Staaten hergeholt? Eine Gastrolle als Wach- und Schließgesellschaft sollten wir geben? Offen gestanden, wir fanden das sehr unter unserer Würde.

Phil und ich erwischten die Botschaft eines kleinen südamerikanischen Staates.

Fathgown gab Einzelheiten der Berichterstattung bekannt, nannte uns seine Telefonnummer und verabschiedete jeden von uns mit Handschlag.

»Lies das«, sagte Phil draußen auf der Straße und übergab mir die Liste, die Fathgown uns zum Abschied in die Hand gedrückt hatte. »Vierundzwanzig Stunden Dienst. Tagsüber Anwesenheit eines Beamten erforderlich, nachts beider, Patrouillengänge ums Haus vorgesehen. Schlafen nur abwechselnd. Berichterstattung jeden Morgen. Bei besonderen Vorkommnissen sofort 2 63 40 wählen. Die Botschaft liegt in der General Grant Avenue 38. Dienstantritt sofort.«

Eine halbe Stunde später saßen wir im Empfangsraum der Botschaft.

»Mein Name ist Miguel Cagueros«, stellte sich unser Gesprächspartner vor. »Seine Exzellenz, der Botschafter, hat mich beauftragt, mich Ihrer anzunehmen.«

»Sehr erfreut«, murmelte ich und ergriff seine Hand. »Werden wir Gelegenheit haben, den Botschafter selber zu sehen, um Sicherheitsmaßnahmen mit ihm zu besprechen?«

Cagueros lächelte gewinnend.

»Seine Exzellenz ist heute leider außerordentlich beschäftigt, hofft jedoch, Sie morgen empfangen zu können. Ihre Wünsche wollen Sie bitte mir mitteilen. Ich werde sie Seiner Exzellenz sofort unterbreiten.«

»Okay«, meinte ich. »Sehen wir uns mal die Gegend an.«

Er führte uns wieder aus dem Haus hinaus, die Freitreppe hinunter, quer durch den Park, bis fast an das Ende, wo kurz vor der Mauer ein niedriges Haus lag, eine Art Pavillon. Er schloss auf, ließ uns vorgehen. Die Hütte hatte zwei Zimmer, aber sie waren hübsch eingerichtet, so ein bisschen auf indianisch mit bunten gewebten Decken, niedrigen Diwanen und einigem Federschmuck an den Wänden.

»Der Baderaum befindet sich dort«, äußerte Señor Cagueros. »Und die Klingel läutet zu jeder Zeit einen Diener herbei. Die Mahlzeiten werden wir uns erlauben, Ihnen hier servieren zu lassen.«

Wir durchstreiften den Park. Hinter dem eigentlichen Haupthaus lagen niedrige Wirtschaftsgebäude und die Garagen.

Wir steckten überall unser Nase hinein, und Cagueros ließ uns gewähren. In der Botschaft wurde das anders. Zwar geleitete er uns durch das Haus, aber nur an verschlossenen Türen vorbei.

»Die Räume Seiner Exzellenz«, erklärte er zum Beispiel mit großartigen Handbewegungen. »Das Büro des Herrn Militärattachés. Der Raum des Herrn Kulturattachés. Das Besprechungszimmer. Der Empfangssalon ...«

»Hören Sie, Mr. Cagueros«, unterbrach ich. »Können wir nicht die einzelnen Räume besichtigen? Wir müssen uns schließlich ein Bild darüber machen, wie sie liegen und wie man von einem Zimmer ins andere gelangen kann.«

»Ich werde den Wunsch Seiner Exzellenz vortragen«, versicherte er. »Seine Exzellenz wird sicherlich zustimmen.«

»Oder besorgen Sie uns wenigstens einen guten Grundriss. So etwas muss es doch geben.«

Mir hing ›Seine Exzellenz‹ längst zum Halse heraus. Cagueros begleitete uns höflich zu unserem Wigwam zurück.

»Ich werde mir erlauben, Ihnen einen Willkommenstrunk servieren zu lassen«, sagte er, sich verabschiedend. »Darf ich noch eine Bitte äußern, die Seine Exzellenz ausgesprochen hat? Seine Exzellenz hat einen so leichten Schlaf. Er wäre Ihnen außerordentlich verbunden, wenn Sie Ihre nächtlichen Rundgänge möglichst lautlos absolvierten.«

»Wir werden auf Socken gehen und, wenn nötig, hinter vorgehaltener Hand schießen«, sicherte ich zu und grinste so gewinnend zurück, wie ich konnte, aber ich erreichte Mr. Cagueros' Qualität nicht annähernd.

Du lieber Himmel, war das ein Job! Eine Lehrerin in einem Mädchenpensionat hat dagegen ein aufregendes Dasein. Meistens lagen wir auf unseren Couches. Hin und wieder ging einer von uns in die Stadt, um sich mal einen Film anzusehen. Die Nacht teilten wir in zwei Hälften. Während der eine schlief, schlich der andere ums Haus, ängstlich besorgt um den leichten Schlaf des Herrn Botschafters, den wir immer noch nicht zu Gesicht bekommen hatten.

Sie verpflegten uns fürstlich. Beim Frühstück pflegten wir unseren Bericht an Fathgown abzufassen. Im Anfang hatte ich mich darüber beschwert, dass man uns keine Möglichkeit gab, die Räume und ihre Lage zu besichtigen, aber jetzt schrieben wir nur noch bündig: Keine besonderen Ereignisse!

Mr. Cagueros erschien jeden Abend, um sich nach unserem Befinden zu erkundigen, und er plauderte höflich eine halbe Stunde. Einmal bewegten wir ihn zu einer Pokerpartie, aber das tat er dann nie wieder.

Die Erlaubnis Seiner Exzellenz zur Besichtigung der Räume hatte er uns leider noch nicht beschaffen können, aber schon am vierten Tag hatte er ernsthafte Bemühungen unternommen, uns einen Grundriss zu besorgen. Er erklärte uns, woran diese Bemühungen scheiterten.

»Die Baupläne und ähnliche Unterlagen befinden sich in der Verwaltung des Archivs. Señor Troas, der Archivverwalter, behauptet nun, er habe sie vor drei Wochen Señor Balabiente, dem Bürochef des Wirtschaftsattachés, ausgehändigt, aber Señor Balabiente erklärt das für lächerlich. Leider bleibt Señor Troas bei der Behauptung und weigert sich, überhaupt in seinem Archiv nachzusehen, weil er ganz sicher sei. So steht Meinung gegen Meinung, und ich sehe im Augenblick keine Möglichkeit, eine Klärung herbeizuführen.«

Offen gestanden, ich hielt die ganze Geschichte für eine Ausrede.

Am elften Tag, richtiger gesagt, in der elften Nacht, gab Seine Exzellenz einen Empfang für irgendeine andere Exzellenz. Ich hatte die erste Wache und übernahm meinen ersten Rundgang bei Einbruch der Dunkelheit. Die Botschaft erstrahlte in vollem Lichterglanz. Ich stellte mich ein wenig seitlich der Auffahrt in die Büsche und sah zu, was alles vorfuhr. Es glitzerte nur so von Orden und Schmuck.

Beim zweiten Rundgang schienen sie in der Villa schon mit dem Essen zu Ende zu sein, denn die ersten Tangos wurden gespielt. Ich kehrte zu Phil zurück, der noch las.

»Los«, sagte er, »ich übernehme einen Teil deiner Wache. Ich möchte auch etwas von dem Glanz der großen Welt sehen.« Ich war einverstanden und legte mich auf den Diwan. Ich duselte ein wenig ein, schlief dann aber doch volle vier Stunden, denn als Phil mich weckte, hatte er schon zwei Rundgänge vollendet.

»Das Fest ist beendet«, erklärte er. »Der nächste Rundgang ist deine Sache.«

Ich rappelte mich schlaftrunken hoch und griff nach Hut und Taschenlampe. Die Lichter in der Villa waren erloschen. Ich schauderte in der Kühle der Nacht und ging schneller. Die Taschenlampe ließ ich nur hin und wieder aufblitzen. Ich kannte inzwischen jeden Weg im Park und fand ihn auch in völliger Dunkelheit.

Gewöhnlich gingen wir von unserem Pavillon zu den Wirtschaftsgebäuden, um diese Gebäude herum bis zur Mauer, dann an der Mauer entlang bis zum

Tor. Von dort den Hauptweg zur Botschaft und wieder zurück zum Pavillon.

Ich trottete diese Straße, und ich will Ihnen gern gestehen, dass ich nicht besonders aufpasste. Nacht für Nacht die gleiche Tour, ohne dass etwas geschieht, das stumpft ab.

Ich ging an den Garagen vorbei, um sie herum, passierte die Rückfront des Dienerflügels, ließ meine Taschenlampe kurz aufblitzen und ging dann weiter.

Die Zweige eines Strauches berührten meinem Rücken, denn der Weg war hier nur sehr schmal. Ich rieb mir den Nacken, der vom Tau feucht geworden war.

In diesem Augenblick presste sich eine Hand auf meinen Mund. Mit sicherem Griff wurden meine Arme nach hinten und hochgerissen. Ich hörte die Taschenlampe fallen, die Zweige rauschten.

Eine Stimme flüsterte scharf: »Tob, komm her! Hier ist er!«

Ich kam zu Verstand und schüttelte mich, um sie loszuwerden. Sie kriegten Schwierigkeiten mit mir.

»Tob!«, zischte es wieder. »Mensch, beeil dich.«

Wieder rauschten die Zweige. Ich hörte stampfende Tritte auf dem Weg, dann wuchtete etwas vor mir hoch wie ein Berg, aber ein Berg, der die Gestalt eines Mannes hatte. Ich sah nur Umrisse, Schatten gegen etwas helleren Himmel. Der Berg reckte einen Arm, als wolle er die Sterne vom Himmel holen. Vor meinen Augen sprühte ein Funken. Meine Knie wurden weich. Ich fiel und hatte dabei das Gefühl, tief in ein grundloses Meer zu versinken.

Als ich die Augen wieder öffnete, hatte ich keine Ahnung, ob seit dem Niederschlag fünf Minuten, fünf Stunden oder fünf Tage vergangen waren. Mein Schädel dröhnte. Ich lag ganz still, schloss die Augen wieder und überlegte, was passiert war, und probierte meine Glieder. Gefesselt war ich nicht, also vermutlich handlungsfähig. Ich öffnete die Augen erneut. Offenbar lag ich seitlich vom Weg im Gras. War das da unmittelbar vor meinen Füßen ein Busch? Ich bemühte mich, schärfer zu sehen. Verdammt schwierig in der Dunkelheit. Eigentlich sah es aus wie ein Mensch. Oder doch ein Busch? Je länger ich hinstarrte, desto weniger Einzelheiten sah ich. Ich beschloss, es für einen Menschen anzusehen. Wenn es dann doch ein Strauch war und ich einen harten Schwinger in die Zweige schlug, so brauchte ich ja niemandem von meiner Blamage zu erzählen.

Es war aber ein Mensch!

Der Kerl bewachte meine Reglosigkeit mit einer Kanone in der Hand.

Er konnte den leisen Ausruf des Erschreckens nicht unterdrücken, als ich ihn so plötzlich anging, aber er war geschmeidig. Er wich zurück. Mein Hieb traf nur seine Schulter, riss ihn trotzdem von den Beinen, warf ihn in den nächsten Strauch. Ich hechtete hinterher. Zweige peitschten mein Gesicht, Äste krachten unter dem Gewicht meines Körpers, aber meine Hände fassten nur Erde und Blätter. Der Bursche, den ich packen wollte, war wie durch Zauberei verschwunden.

Ich stützte die Hände auf, wollte mich hochrappeln. Meine Finger fühlten etwas Kühles, Metallenes. Ich griff zu. Die Taschenlampe. Sie brannte noch. Ich fasste nach der Halfter. Hallo, mein 38er war auch noch da. Jetzt sprang ich vollends auf die Füße, brach durch das Gebüsch auf den Parkweg, stand still und orientierte mich.

Rechts vor mir lagen die Wirtschaftsgebäude, dahinter ragte die Rückfront der Botschaft.

Ich lauschte. Es war still. Der Wind säuselte in den Blättern, sonst nichts. Dann zuckte ich zusammen. Ganz in meiner Nähe stieß ein Nachtkauz sein klägliches ›Kiwitt‹ aus, aber ich wollte verdammt sein, wenn das ein echter Vogelruf war.

Geduckt und sprungbereit, den 38er in der Linken, die Taschenlampe in der Rechten, schlich ich auf die Gebäude zu. Es war klar, dass ich nicht aus Langeweile niedergeschlagen worden war. Irgendwer hatte irgendetwas mit der Botschaft vor.

Ich blieb wieder stehen. Der Kauz schrie noch einmal. Es hörte sich wie ein dringender Warnruf an.

Ich starrte auf die Rückfront der Botschaft. Dort, oberhalb der flachen Dächer der Wirtschaftsgebäude, war das nicht ein dunkler Fleck? Ich sah so angestrengt hin, dass mir die Augen brannten. Natürlich, es war ein großer dunkler Fleck mit Armen und Beinen.

Ich lächelte grimmig. Augenblick, mein Junge, das werden wir gleich haben. Ich hob die Taschenlampe und den Revolver gleichzeitig. Dann schaltete ich die Lampe ein.

Der scharf gebündelte Lichtstrahl schnitt durch die Nacht, fasste sein Ziel, aber nur für einen Sekundenbruchteil. Denn die Lampe war kaum aufgeflammt, als meine Hand einen schweren Schlag erhielt. Die Lampe flog in hohem Bogen davon. Erst danach hörte ich das scharfe Krachen eines Schusses.

Blindlings stürzte ich den Weg entlang zur Mauer. Ich wusste, aus welcher Richtung der Schuss gefallen war. Dann brach es in den Büschen rechts von mir. Ich warf mich herum, erwartete einen Angriff, aber nichts geschah.

Ich sah wieder zur Hausfront. Sie lag weiß und leer, und jetzt flammte in zwei Fenstern das Licht auf.

Ich lief weiter, erreichte die Mauer. Sie war zu hoch, um sie einfach zu erklettern. Ich duckte mich, sprang. Meine Finger ergriffen den oberen Sims. Noch während ich ächzend versuchte, mich hochzuziehen, hörte ich das Aufbrummen von Automotoren. Ganz instinktiv stellte ich fest, dass es drei Wagen waren, davon einer ein Lastwagen. Noch ein Ruck, und ich saß auf der Mauer. Den roten Schein von zwei Rücklichtern sah ich noch, bevor sie von der Dunkelheit der nächsten Straßenbiegung verschluckt wurden.

Drei Yard unter mir ertönte Phils Stimme: »Halt, runterkommen!«

Das Licht seiner Taschenlampe erfasste mich.

Dann hörte ich ihn enttäuscht sagen: »Ach, du bist es, Jerry!«

Ich sprang herunter: »Hast du dich nicht gewundert, dass ich so lange weggeblieben bin?«, fragte ich schlecht gelaunt.

»Lange?«, fragte er erstaunt zurück. »Du bist noch keine halbe Stunde unterwegs.«

Ich griff an meinen Schädel, der wieder zu schmerzen begann.

»Gar nicht wenig für eine halbe Stunde«, knurrte ich. »Komm, wir wollen die aufgeregten Leute dort an den Fenstern beruhigen. Dann müssen wir Fathgown anrufen. Das fällt in sein Ressort.«

Ich glaube, alle Leute, die in der Botschaft arbeiteten und auch dort schliefen, standen mehr oder weniger flüchtig bekleidet an den Fenstern.

Señor Cagueros, in einem wunderschönen seidenen Schlafrock, hatte sogar gewagt, die Hintertür zu öffnen. Er leuchtete uns an, als wir auftauchten, und sogar sein Englisch war vor lauter Aufregung schlechter.

»Was war los, Señores?«, rief er uns entgegen.

»Ein Einbruchsversuch anscheinend«, antwortete ich. »Kann ich telefonieren?«

Das nächste Telefon befand sich in der Empfangshalle. Es roch noch nach dem Parfüm der Frauen, die an der Gesellschaft teilgenommen hatten.

Ich wählte 2 63 40. Fathgown meldete sich nach ein paar Minuten.

»Cotton«, sagte ich. »Am besten, Sie kommen gleich. Hier hat es etwas gegeben. Rücken Sie mit großer Besetzung an, damit wir die Spuren sichern können.«

»Sofort!«, rief er, und im Geist sah ich ihn mit einem Riesensatz aus dem Bett springen. Cagueros stand noch neben uns.

»Seine Exzellenz wünscht sofortigen Bericht«, sagte er. »Was kann ich Seiner Exzellenz melden?«

Mir platzte allmählich der Kragen. »Sagen Sie bitte Seiner Exzellenz, dass am besten niemand sein Zimmer verlässt, damit die Spuren nicht zerstört werden. Seine Exzellenz täte uns einen großen Gefallen, wenn Seine Exzellenz allen Angestellten befehlen würde, sich schnurstracks wieder ins Bett zu legen.«

Cagueros sah mich versteinert an, aber ich kümmerte mich nicht darum, sondern setzte mich in den nächsten Sessel und ließ mir von Phil eine Zigarette geben.

Fathgown und seine Leute kamen nach knapp zehn Minuten unter Sirenengeheul. Cagueros musste erst den Schlüssel beschaffen, damit das Haupttor geöffnet werden konnte. Zwei Polizeiwagen und ein Geräteauto parkten auf dem Platz, auf dem vor ein paar Stunden noch die Cadillacs, Packards und Buicks der Diplomatie von Washington gestanden hatten.

Inzwischen waren trotz meiner gegenteiligen Anordnung doch ein paar Leute heruntergekommen, darunter zwei Diener, die sich sogar in Livree geworfen hatten, obwohl sie sehr verschlafen aus den Augen blickten.

»Was war los?«, fragte Fathgown statt einer Begrüßung.

»Ganz einfach«, antwortete ich. »Ich empfing eins aufs Dach. Ich wachte wieder auf, prügelte mich mit einem Schatten, der floh, sah etwas an der Rückwand des Hauses, knipste die Taschenlampe an. Sie wurde mir aus der Hand geschossen. Dann fuhren drei Wagen ab. Das ist alles.«

Ein schlanker älterer Mann stieg die große Treppe zur Halle hinunter.

»Seine Exzellenz, der Botschafter«, flüsterte Cagueros hinter mir.

Der Botschafter steuerte Fathgown an und streckte ihm die Hand hin. »Ah, Mr. Fathgown«, sagte er in tadellosem Englisch. »Wir kennen uns ja schon. Eine etwas aufregende Nacht.« Er wandte sich uns zu. Fathgown stellte uns vor.

»Sehr erfreut«, sagte Seine Exzellenz und gab uns Hand. »Sind Sie verletzt?«

»Nicht der Rede wert«, antwortete ich.

»Sie haben aber eine beachtliche Beule an der Stirn«, sagte er.

Er war viel vernünftiger, als ich ihn mir vorgestellt hatte.

Er sah Fathgown fragend an, und der Chef der politischen Abteilung antwortete: »Es scheint ein Einbruchsversuch bei Ihnen stattgefunden zu haben, Exzellenz. Mr. Cotton wurde niedergeschlagen. Vielleicht überprüfen wir die einzelnen Räume.«

»Bitte sehr«, erlaubte er. »Cagueros! Den Hauptschlüssel!«

Er ging selbst mit. Wir sahen uns zunächst die Zimmer im ersten Stock, dann die Räume der zweiten Etage an.

Das achte Zimmer brachte uns Klarheit. Als Cagueros die Tür aufschloss, wehte uns ein kalter Luftzug entgegen. Papier flatterte durch den Raum.

Der Botschafter schaltete das Licht ein. Der Schreibtisch und ein Aktenschrank standen offen.

Ihr Inhalt war auf dem Boden verstreut. Eine Scheibe des Fensters war eingedrückt.

Der Botschafter wechselte einige Sätze mit Cagueros in der Heimatsprache. Dann wandte er sich an Fathgown.

»Das Geschäftszimmer der Handelsabteilung«, erläuterte er. »Wir führen zurzeit Besprechungen mit gewissen Firmen über die Erdölausbeutung in unserem Land. Es wäre unangenehm, wenn diese Papiere gestohlen worden wären. In diesem Durcheinander kann ich das im Augenblick allerdings nicht übersehen.«

»Darf ich trotzdem bitten, keine Aufräumung vornehmen zu lassen, bis wir alle Spuren gesichert haben?«, fragte Fathgown.

Der Botschafter lächelte. »Es ist für uns von außerordentlicher Wichtigkeit, den eventuellen Verlust sofort festzustellen. Ich bedauere.«

Ich verstand. Er wünschte nicht, dass wir in seinen Akten rumwühlten.

Fathgown zuckte ganz leicht mit den Achseln. Das Zimmer, in dem vielleicht die wichtigsten Spuren zu finden waren, blieb für uns verschlossen.

»In zwei Stunden wird es hell«, sagte er. »Dürfen wir uns so lange in Ihrem Haus aufhalten?«

»Bitte sehr. Ich werde Ihnen eine Erfrischung servieren lassen. Vielleicht haben Sie die Freundlichkeit, mir nach Abschluss ihrer Untersuchungen zu berichten.«

»Wie Sie wünschen, Exzellenz«, erwiderte Fathgown.

Gute zwei Stunden später standen wir vor der Rückfront der Botschaft. Das Zimmer, aus dem die Papiere gestohlen worden waren, war nicht zu verfehlen. Die ausgebrochene Fensterscheibe war genau zu erkennen.

»Würden Sie dort hinaufklettern können?«, fragte mich Fathgown.

»Ich wüsste nicht, wie«, antwortete ich. »Wenigstens nicht ohne irgendein Hilfsmittel. Eine Strickleiter oder so etwas.«

»Die müsste ja erst einmal dort befestigt werden.«

»Vielleicht mit einem Haken und dann hochwerfen.«

Fathgown knurrte leise. »Zu schade, dass der Botschafter uns keine Untersuchungen in dem Zimmer anstellen lässt. Wenn sie eine Hakenleiter benutzt haben, müssten wir die Eindrücke sehen können.«

Wir gingen vorsichtig, Schritt für Schritt, den Pfad entlang. »Das dürfte die Stelle gewesen sein, an der ich überfallen worden bin«, stellte ich fest.

Der Fliederbusch, der hier stand, redete eine eindeutige Sprache. Er war niedergedrückt, viele seiner Äste waren abgebrochen, und die größte Anzahl seiner Blätter hatte er verloren.

»Viele Fußspuren«, stellte Phil fest, »aber alles durcheinander getreten. Zweifelhaft, ob ein Experte da noch Einzelheiten herausholen kann.«

Fathgown winkte dem Fachmann für Spuren aus seiner Kommission. Der Mann machte sich mit zwei Gehilfen gleich an die Arbeit.

Vorsichtig gingen wir weiter.

Nach ein paar Schritten fanden wir Glassplitter.

»Hier wurde mir die Taschenlampe aus der Hand geschossen. Vielleicht lassen Sie die Umgebung absuchen, Fathgown. Allzu weit kann sie nicht geflogen sein.«

Phil blickte auf die Rückfront.

»Sie haben sich gleich das richtige Zimmer ausgesucht«, murmelte er. »Sie müssen ganz genau gewusst haben, wie die Zimmer lagen!« Mir fiel etwas ein. »Der Hausplan!«, rief ich. »Der Grundriss, den Mr. Cagueros uns nicht besorgen konnte, weil er abhanden gekommen war. Hieß der Bursche nicht Troas, der ihn einem anderen Mann aus der Botschaft gegeben haben wollte, während dieser Mann behauptete, ihn nicht erhalten zu haben? Prüfen Sie das nach, Fathgown.«

Wir nahmen den Seitenweg und standen nach ein paar Yard vor der Mauer.

»Wahrscheinlich war es hier, wo ich ihnen noch einen Abschiedsblick nachwarf.«

»Reichlich hoch!«, stellte Fathgown fest.

Ich ging hin und wollte es ihm vormachen, aber zweimal verfehlten meine Hände den Mauersims. Erst beim dritten Mal, als ich alle Kraft zusammennahm, gelang es.

»Sieht so aus, als hätte einer von ihnen den anderen geholfen«, stellte Phil fest.

»Wie viele waren es überhaupt?«, fragte Fathgown. Ich rechnete zusammen.

»Zwei, die mich überfielen. Dann der dritte, der mich niederschlug und den sie Tob riefen. Ein Riese von einem Kerl. Ob derjenige, der mich bewachte, identisch mit einem der beiden ist, kann ich nicht sagen. Es war schließlich dunkel.«

»Und Sie haben nicht sehen können, wie der Mann aussah, der an der Mauer herumturnte, als Sie sie anleuchteten?«

Ich winkte ab. »Geben Sie nichts darauf, was ich in dem Augenblick gesehen habe. Es war 'ne Sinnestäuschung. Dauerte ja auch nicht einmal eine Sekunde, und der Strahl meiner Taschenlampe hatte den Kletterer noch nicht richtig erfasst, als mir die Lampe aus der Hand geschossen wurde.«

»Ein toller Schuss übrigens«, brummte Phil. »Ich würde ihn mir nicht zutrauen.«

»Was glauben Sie, gesehen zu haben?«, beharrte Fathgown.

»Okay, ich werde es Ihnen sagen«, gab ich nach, »aber halten Sie danach bitte nicht die New Yorker für verrückt. Mir kam es so vor, als wäre es ein großer Kerl mit riesigen Armen und außerdem einem Buckel.«

»Wie?«, fragten Phil und der Washingtoner wie aus einem Mund.

»Ich habe Sie gewarnt«, sagte ich. »Und wenn ihnen das noch nicht genügt, dann sage ich noch, dass es mir so erschien, als hätte der Kerl zwei Köpfe und trüge einen Mantel von einer komischen roten Farbe.«

»Jerry!«, rief Phil vorwurfsvoll.

Ich zuckte mit den Achseln. »Mir kam es so vor«, brummte ich, »und ich habe selbst gesagt, dass ich es für eine Sinnestäuschung halte.«

»Anfangen lässt sich mit dieser Beobachtung wirklich nichts«, erklärte Fathgown. »Am besten legen

Sie sich ein paar Stunden hin, Cotton. Die Sache mit den verschwundenen Bauplänen prüfe ich nach. Außerdem werde ich einen Arzt auftreiben, der sich um Ihre Beule kümmert.«

Ich ging ganz gern zum Pavillon zurück. Die Untersuchung lag bei Fathgown, und ich hatte da nicht hineinzureden. Ich wusch mich, legte mich hin und schlief ein.

Fathgown und Phil tauchten erst nach Mittag wieder auf. Zu dieser Stunde war ich wieder fit und saß über einem verspäteten Frühstück.

Sie brachten einen Arzt mit. Der Doktor untersuchte meine Stirn, klebte ein Pflaster darauf und sagte, es sei nichts Ernsthaftes.

»Die Sache mit der Bauzeichnung ist komisch. Dieser Archivleiter behauptet steif und fest, sie Señor Balabiente gegeben zu haben, und Balabiente will von nichts wissen.«

»Vielleicht hat er sie jemandem gegeben, der so aussah wie Balabiente.«

»Ja, das dachte ich auch. Es hat ja schon einmal einen Handelsattaché gegeben, der in eine Botschaft ging, als er angeblich in einer Gesellschaft weilte.«

»Der Attaché ist aber anschließend verschwunden, während Señor Balabiente noch vorhanden ist.«

»Das liegt vielleicht nur daran, dass die Leute nicht auf den Gedanken kamen, die Pläne könnten bald vermisst werden.«

»Das ist alles verdammt geheimnisvoll, wie mein Buckliger mit zwei Köpfen.«

Fathgown lächelte flüchtig.

»Na ja«, sagte er, »unsere Leute haben eine ganze

Menge Fußspuren gefunden. Sie sind dabei, Gipsabdrücke zu machen. Kommen Sie heute Abend in mein Büro, Mr. Cotton. Sie können uns bei der Auswertung helfen.«

»Wer macht den Rundgang?«

»Ach so«, sagte er und wand sich vor Verlegenheit. »Sie werden natürlich abgelöst. Das gilt nicht Ihnen persönlich, selbstverständlich, aber nachdem nun einmal während Ihrer Wache hier das Ding gedreht wurde, muss ich die Botschaft von anderen Leuten bewachen lassen.«

Das war es, was mich wurmte. In der Diplomatensprache nennt man es ›in die Wüste schicken‹.

Ich wurde in die Wüste geschickt. Wenn es ungerechterweise geschehen wäre, hätte es mich nicht einmal so sehr geärgert, aber ich musste mir selbst eingestehen, dass ich mit einigem Grund abgesetzt wurde. Sie hatten mich und Phil in die Botschaft gesteckt, damit wir einen Einbruch verhinderten. Ich hatte ihn nicht verhindert, und das war ein Versagen und ein Grund, mich in die Wüste zu schicken.

Am Nachmittag schon hatten uns zwei Kollegen abgelöst. Unsere Sachen befanden sich wieder im Hotel, und wir gingen zu Fathgown.

Er sah müde aus. Sein ganzer Schreibtisch stand voll mit weißen Gipsabdrücken von Fußspuren. Bei ihm befand sich Jack Trivor, der Experte für solche Spuren war.

Gemeinsam stürzten wir uns in die Sammlung. Nicht weniger als sieben verschiedene Fußpaare hatte Trivor aus dem Wust der Abdrücke heraussortiert. Welches davon mir gehörte, war leicht festzustellen, denn ich trug noch dieselben Schuhe.

»Die hier fand ich in der Nähe des Fliederbusches«, erklärte der Experte. »Leider sind es keine vollständigen Abdrücke, nur mal 'ne Spitze, mal 'ne Hacke. Und leider verändern sich Fußabdrücke schnell, wenn jemand anderes darüber trampelt, aber dieser hier stammt von einem Mann, der eine erstaunliche Fußgröße haben muss.«

Er hielt einen Sohlenabdruck hoch, der so groß war wie mein gesamter Fußabdruck.

»Gehört wahrscheinlich dem Burschen, der mich niedergeschlagen hat«, sagte ich. »Der Kerl kam mir in der Dunkelheit vor wie ein Berg.«

Trivor nahm zwei andere vollständige Abdrücke. »Das fanden wir auf dem Mauersims. Es wuchs ein wenig Moos an der Stelle, auf der der Bursche gestanden hat. Normale Schuhe, nichts Besonderes, außer dass es die einzigen Spuren sind, die von richtigen Schuhen stammen.«

»Und die anderen?«, fragte ich.

»Alles Segeltuchschuhe. Verursachen keinen Lärm.«

»Alle?«, vergewisserte ich mich.

Er nickte. »Alle.«

»Das ist komisch. Dass die Leute, die in das Haus eindringen wollen, leise Schuhe tragen, verstehe ich, aber alle bis auf einen?«

»Nach den Abdrücken müssen es mindestens sechs Leute gewesen sein, falls Trivor nicht ein paar Abdrücke von Angestellten der Botschaft erwischt hat«, stellte Fathgown fest. »Sie sprachen nur von dreien, Mr. Cotton.«

»Ich sagte, dass es mindestens drei waren«, berichtigte ich, »aber es können mehr gewesen sein. Ich nehme sogar an, dass es mehr gewesen sind. Zwei überfielen mich, einer schlug mich nieder, einer bewachte mich, einer schoss mir die Lampe aus der Hand, und einer war im Zimmer. Das sind sechs. Stimmt genau mit Trivors Spuren überein.«

»Einziger Anhaltspunkt: Einer von den Kerlen ist riesengroß und wird von seinen Kameraden Tob gerufen«, stellte Fathgown fest und setzte lächelnd hinzu: »Falls wir nicht außerdem nach einem zweiten suchen wollen, der laut Mr. Cotton zwei Köpfe hat. Den müssten wir eigentlich rasch finden.«

»Nun mal etwas anderes«, sagte ich. »Wollen Sie Phil und mich nach New York zurückschicken, Mr. Fathgown?«

Er musterte mich. »Nicht gern«, antwortete er. »Sie sind bisher der einzige Mann, der unmittelbaren Kontakt mit der Bande hatte.«

»Fein, genau das wollte ich hören. Ich mache einen Vorschlag: Geben Sie uns beiden freie Hand, und wir wollen sehen, ob wir die Bande nicht stellen können.«

»An dem Job arbeitet schon alles, was wir in Washington an Leuten frei haben«, erklärte er.

»Okay«, antwortete ich, »dann kommt es auf zwei mehr auch nicht an.«

Er überlegte ein paar Sekunden. »Mir soll es recht sein«, entschied er sich. »Was wollen Sie unternehmen?«

»Ich werde versuchen, das Pferd von einer anderen Seite aufzuzäumen. Die Burschen stehlen Dokumente, Codes, Verträge. Irgendwer kauft sie ihnen ab. Bleibt die Frage: Erhalten sie die Aufträge vorher, oder suchen sie nach ausgeführter Tat den Mann, der an dem gestohlenen Gut Interesse hat?«

»Kaum zu beantworten«, sagte Fathgown.

»Bleiben wir gleich bei unserem Fall«, fuhr ich fort. »Aus der Botschaft sind Aufzeichnungen gestohlen worden, die die Verhandlungen zwischen einer amerikanischen Firma und dem Land des Botschafters wegen der Vergebung von Ölkonzessionen betreffen. Es muss doch festzustellen sein, mit welcher Firma der Botschafter verhandelt hat und welche andere Firma an Informationen über die Verhandlung interessiert sein kann.«

»Eine Hälfte der Auskunft kann ich Ihnen geben«, sagte Fathgown. »Die Ölkonzessionen im westlichen Teil des Landes befinden sich in den Händen der Donk Oil Ltd. Es ist stark anzunehmen, dass dieses Unternehmen auch der erste Interessent für die noch unerschlossenen Ölfelder im Osten ist. Wer aber außerdem noch gern am schwarzen Gold teilhaben möchte, das kann ich Ihnen nicht sagen. Bei dem Reichtum der dortigen Funde dürften wahrscheinlich alle Ölfirmen der Welt in Frage kommen.«

»Immerhin etwas«, sagte ich befriedigt. »Der Generaldirektor von Donk Oil Ltd. wird wohl am besten wissen, wer sein schärfster Konkurrent ist, ein so scharfer Konkurrent, dass es ihm auf die Bezahlung eines Einbruchs nicht ankommt.«

»Die Donk Oil Ltd. hat ihren Sitz in Philadelphia«, sagte Fathgown. »Wir fahren morgen hin.«

Ich glaube, der Empfangsportier in der Halle des Marmorpalastes, der das Verwaltungsgebäude der Donk Oil war, erlitt fast einen Schlaganfall, als zwei ganz gewöhnliche Individuen schlicht und fromm den Generaldirektor zu sprechen wünschten.

»Sind Sie denn angemeldet?«, fragte er.

»No, aber ich hoffe, er empfängt uns trotzdem.« Ich hielt ihm den FBI-Ausweis unter die Nase.

Er telefonierte mit einem Prokuristen, dann mit einem Direktor. Er versuchte, uns diesen Direktor anzudrehen, aber wir bestanden darauf, den obersten Chef zu sprechen. Er telefonierte mit einer Sekretärin. Die Sekretärin telefonierte mit einer Obersekretärin. Dann rief sie ihn wieder an, und nach einer halben Stunde, die wir geduldig, aber hartnäckig warteten, durften wir uns zunächst einmal in den ersten Stock begeben. Wir wurden in ein Wartezimmer gesetzt. Eine Dame erschien und fragte, ob wir nicht sagen könnten, worum es sich handele. Nein, wir könnten es nicht.

Sie ging, kam wieder und sagte, der Herr Generaldirektor bedaure, aber ...

Ich machte einige äußerst abfällige Bemerkungen über die Auffassung, die der Generaldirektor von seinen staatsbürgerlichen Pflichten zu haben scheine, aber schön ... dann würden wir ihm eben eine Vorladung schicken, die bekanntlich bei Nichtbeachtung mit Gefängnis nicht unter einem Monat bestraft würde.

Die Dame bat noch um einige Sekunden Geduld, aber sie kam nicht wieder zurück. Der nächste Besucher riss die Tür auf.

»Sie sind ganz schön aufdringlich!«, knurrte er uns an.

»Ich hoffe, Sie sind der Chef?«, erkundigte ich mich höflich.

»Ich bin's«, seufzte er. »Thomas S. Cool.«

»Na endlich«, seufzte ich. »Wollen wir uns setzen?«

»Wie viel Zeit, glauben sie, habe ich?«, fragte er, setzte sich aber doch.

»Genug, um bei der Aufklärung eines Verbrechens zu helfen«, versetzte ich. »Wir machen es kurz.«

Er war ein untersetzter Mann, sicherlich sechzig, mit gepflegtem weißem Haar und einer Zigarre im Mund, die nach vielen Dollars duftete.

»Die Donk Oil bewirbt sich um Konzessionen in einem bestimmten südamerikanischen Land, nicht wahr?«, begann ich.

Er zog die Augenbrauen hoch, gab aber keine Antwort.

»Es haben in Washington Verhandlungen zwischen dem Botschafter dieses Landes und der Donk Oil Ldt. stattgefunden«, fuhr ich fort. »Die Aufzeichnungen über diese Verhandlungen, vielleicht Vertragsentwürfe oder Ähnliches ...«

»... wurden gestohlen«, ergänzte er. »Ich weiß.«

»Der FBI nimmt an«, fuhr ich fort, »dass der Diebstahl von Konkurrenten veranlasst wurde. Wir hoffen, wenn wir diese Konkurrenten erst kennen, über sie auch an die eigentlichen Täter heranzukommen. Ich nehme an, niemand kann uns diese Konkurrenten besser nennen als der Generaldirektor der Donk Oil Ltd. selbst.«

Thomas S. Cool schien vergessen zu haben, dass er eigentlich keine Zeit hatte. Er lehnte sich bequem in seinen Sessel zurück. »Sie haben offensichtlich keine Ahnung vom Geschäft, junger Mann«, erklärte er behaglich. »So einfach liegt die Sache nicht. Wenn irgendwo in einem Gebiet Konzessionen vergeben werden, die nach Öl riechen, dann beginnt das große Rennen. Dann wird bestochen, geschoben, auch gestohlen. Früher taten die großen Ölkonzerne das noch selbst, aber heute können wir uns das nicht mehr leisten. Wir sind vornehm geworden. Sehen Sie sich unseren Marmorpalast an. Glauben Sie, dass in einem solchen Haus Verbrechen ausgeheckt werden, damit wir an Ölgelände herankommen? Nein, mein lieber G-man, wir machen solche Geschäfte nicht mehr, und unsere großen Konkurrenten sind genauso vornehm wie wir. Und trotzdem sind Ölkonzessionen nach wie vor oft nur durch Bestechung, Schiebung und Diebstahl zu erhalten.«

»Und wie erhalten Sie Ihre Ölkonzessionen nun, ohne sich die Finger zu beschmutzen?«

»Durch Mittelsmänner. Durch internationale Haifische, die sich die Konzessionen an Land ziehen, um sie gleich an uns oder andere weiterzugeben. Es sind berühmte Leute, diese Burschen, allerdings berühmt nur in der Branche. Die Öffentlichkeit kennt sie nicht.«

»Okay, Mr. Cool«, sagte ich. »Vielen Dank für diese Belehrung in Methoden des Ölhandels. Wenn ich mal umsattle, kann ich's sicher brauchen, aber vorläufig bin ich noch G-man. Wie heißt also der Mann, der für mich in Frage kommt?«

Der Präsident der Donk Oil Ltd., dieser mächtige Mann, lächelte. »Ich verrate Ihnen fast ein Geschäftsgeheimnis, aber ich will es tun. Wir arbeiten meistens mit Khantaros zusammen, einem Levantiner, durch dessen Hände Hunderte von Öltürmen gegangen sind, ohne dass er je selbst einen gebaut hätte. Khantaros war nahe an dem südamerikanischen Öl, um das es sich dreht. Wer sein schärfster Konkurrent ist, kann ich mit Sicherheit nicht sagen, aber ich möchte annehmen, dass es sich um Ribormaches handelt, denn dieser gerät ihm am meisten in die Quere.«

»Auch ein Levantiner?«

Cool lachte. »Die beiden stammen aus demselben mazedonischen Dorf. Wahrscheinlich können sie sich deswegen so besonders wenig leiden. Jeder hat den anderen noch in Lumpen herumlaufen sehen und möchte dafür sorgen, dass der Gegner wieder die gleiche Kleidung trägt.«

»Wo finden wir Ihren Khantaros?«

»Dort, wo Sie herkommen, in Washington. Ebenso gut aber kann er auch in Saudi-Arabien oder im Irak sein oder nur in Texas.«

Von Cagueros erfuhren wir Khantaros' Hotel: das Continental, Washingtons teuerster Laden.

Mr. Khantaros war kaum leichter zu erreichen als der Generaldirektor der Ölgesellschaft, aber schließlich führte man uns in einen Salon, den kurz nach uns ein kleiner breiter Mann mit einem kurzen schwarzen Bart betrat. Er hatte Augen wie eine Schlange, trug aber einen Anzug, der von dem Schneider stammen musste, bei dem auch der Herzog von Windsor arbeiten lässt.

»Womit kann ich dienen?«, fragte er in einem barbarischen Englisch, das trotzdem erstaunlich fließend war.

Ich setzte ihm unsere Wünsche auseinander. Khantaros reagierte darauf wie ein Pferd auf einen Peitschenhieb. Er galoppierte sofort los.

»Ich sage Ihnen, dahinter steckt nur Ribormaches, kein anderer. Nur er macht Geschäfte in dieser schmutzigen Weise. Erst hat er sich beim Botschafter abgezappelt und kam nicht an den Drücker. Jetzt kümmert er sich um die Botschaft nicht mehr. Warum? Wissen Sie nicht? Gut, werde ich es Ihnen sagen. Weil er es nicht mehr nötig hat. Weil er die Bedingungen kennt, die wir ausgehandelt haben.«

»Prächtig«, sagte ich. »Jetzt brauchen Sie uns nur noch zu sagen, wo wir Mr. Ribormaches finden, dann nehmen wir ihn in die Zange, und wenn wir ihm die Urheberschaft des Einbruchs nachweisen können, so sind Sie Ihren Konkurrenten für eine längere Zeit los.«

Mr. Khantaros raufte seinen prächtigen Bart.

»Finden? Ha, finden können Sie ihn nur in Südamerika. Er ist abgeflogen. Verhandelt mit der Regierung direkt, überbietet mich.«

Er jammerte noch eine Weile, und als es uns zu viel wurde, gingen wir zu Fathgown.

»Ich telefoniere durch die gesamten Vereinigten Staaten hinter Ihnen her, Cotton. Fein, dass Sie da sind. Wir brauchen Sie. Wir haben sieben Leute festgenommen, von denen jeder mehr als sechs Fuß groß ist. Sehen Sie sich die mal an. Vielleicht erkennen Sie Ihren Freund darunter, zwei Köpfe hat keiner von ihnen.«

»Ich wünschte, ich hätte nie etwas von einem Zweiköpfigen gesagt«, seufzte ich. »Man wird mich bis zu meiner Pensionierung damit aufziehen.«

Wir machten es uns bequem. Fathgown gab die entsprechenden Anweisungen, und es begann eine Parade von Riesen. Der Erste war lang und dünn, war Buchhalter von Beruf und verstand überhaupt nicht, was mit ihm geschehen war.

»Den können Sie nach Hause schicken«, sagte ich. »Von dessen Faustschlag falle ich nicht um.«

Nummer zwei war schon interessanter. Es war so breit, dass er kaum durch die Tür ging, und trotz seiner sechs und einen halben Fuß hatte er praktisch keinen Hals.

»Sie heißen?«, fragte Fathgown, aber der Bulle antwortete mit einer Schimpfkanonade.

»Man sollte euch Schnüfflern den Schädel einschlagen!«, brüllte er. »Ich reiße euren ganzen Bau ab, wenn ihr mich nicht sofort laufen lasst, und ich gebe jedem eins aufs Dach, der mich daran hindert.«

»Gerade darum sind Sie hier, weil wir wissen wollen, ob Sie das schon einmal versucht haben«, erklärte ich ruhig. »Und nun halten Sie mal die Luft an. Beantworten Sie die Frage. Wie heißen Sie?«

»Ich bin der Pampasstier«, erklärte er widerwillig.

»Was sind Sie? Welchen Beruf üben Sie aus?«

»Catcher.«

»Ach so. Und wie heißen Sie richtig?«

»Emanuel Miller, aber ich sage euch, ich ...«

»Stopp, mein Kleiner. Den wilden Stier kannst du im Ring spielen. Hier sei bitte artig wie der andere auch.«

Fathgown setzte das Verhör fort. Es kam nichts dabei heraus.

Nummer drei und vier waren Männer mit hieb- und stichfesten Alibis. Fathgown ließ Nummer fünf kommen.

Hallo, Nummer fünf war interessant. Lend Market, achtunddreißig, arbeitslos und fünf Mal vorbestraft, zumeist wegen Gewalttätigkeit.

»Wer ist Ihr augenblicklicher Chef, Lend?«, fragten wir ihn.

»Habe keinen. Habe mich zur Ruhe gesetzt.« Man merkte dem Burschen an, dass er nicht zum ersten Mal mit der Polizei zu tun hatte. Er sprach so wenig wie möglich.

Er wohnte in einem schäbigen Hotel, schon seit Wochen, aber es war nicht herauszubekommen, warum er sich in Washington aufhielt.

»Suche Arbeit«, knurrte er, und auf die Frage, warum er nicht arbeite, antwortete er, ohne die Miene zu verziehen: »Nichts Passendes gefunden.« Ein Alibi hatte er nicht. Es sei denn, irgendwer würde bestätigen, dass er in der fraglichen Nacht Lends Schnarchen aus seinem Hotelzimmer gehört hatte.

Fathgown sah mich fragend an. Ich nickte: laufen lassen.

»Den knöpfen wir uns vor«, sagte ich, als er draußen war. Sechs und sieben waren wieder Leute von den richtigen Maßen, und es stellte sich heraus, dass der Letztere, Arnt Bott mit Namen, auch keine reine Weste hatte. Er hatte nur eine einzige Vorstrafe, aber die lautete über zehn Jahre schweren Kerkers, denn Bott hatte einen Mann getötet, und nur zu seinen Gunsten hatten die Richter angenommen, dass es sich dabei um einen Totschlag und nicht um Mord gehandelt hatte. Allerdings arbeitete Bott schon seit sechs Monaten in einer kleinen Stahlfabrik und konnte eine feste Adresse angeben. Auch er wurde entlassen, aber hinter seinen Namen wurde ebenso ein Kreuz gemacht wie hinter den Namen Lend Market.

»Wer kann es gewesen sein?«, fragte mich Fathgown, als die Parade beendet war.

»Jeder, außer dem Ersten und dem Dritten. Die beiden waren zu schmal. Aber Market und Bott kommen so gut in Betracht wie der Pampasstier. Tut mir Leid, aber ich kann nichts Genaueres sagen. Nachts um drei Uhr ist es nun einmal dunkel.«

»Haben Sie keinen Vergleich mit den Fußabdrücken genommen?«, fragte Phil.

»Doch. Trivor ließ sie alle ihre Quadratlatschen in Gips stellen. Er ist noch bei der Auswertung. Ich denke, er wird uns gleich das Ergebnis bringen.«

Trivor kam, als wäre sein Stichwort gefallen. Er ließ sich in einen Sessel fallen.

»Welcher Fuß passt in unsere Gartenspur?«

»Genau leider keiner. Große Füße haben sie alle, und ich besitze ja aus dem Botschaftsgarten nur den Abdruck eines Sohlenstücks. Außerdem trug der Bursche doch Segeltuchschuhe, und unsere Gäste hatten alle normale Lederschuhe an den Füßen. Am größten scheint mir die Ähnlichkeit noch bei den Füßen von Nathaniel Lefaut.«

Fathgown warf einen Blick auf seine Liste.

»Schade«, er seufzte. »Der kann es nicht gewesen sein. Lefaut war als Erster hier. Der Buchhalter, lang, aber nicht breit. Cotton glaubt nicht, dass der ihn umgehauen haben könnte.«

Die zweite Panne des heutigen Tages. Es sah nicht so aus, als könnten wir in absehbarer Zeit den Leuten, die wir suchten, die Hand auf die Schulter legen.

Das Telefon läutete. Fathgown hob ab. »Ja«, sagte er, »er ist bei mir.«

Er reichte mir den Hörer. »Der Mann möchte Sie sprechen.«

Ich nannte meinen Namen.

»Sie sind der G-man, der heute bei mir war?«, fragte eine Stimme, die ich nicht sofort erkannte. »Hier spricht Khantaros.«

»Ach so«, sagte ich. »Ja, ich war bei Ihnen.«

»Sie sagten, wenn Sie Ribormaches die Urheberschaft an dem Einbruch in der Botschaft nachweisen könnten, würden Sie ihn unschädlich machen.«

»Ja, das sagte ich.«

»Was verstehen Sie unter unschädlich machen, Mr. Cotton?«

»Urheberschaft bei einem Verbrechen wird wie das Verbrechen selbst bestraft. Ein Einbruch, bei dem Gewalt angewendet wurde, dürfte mindestens fünf Jahre Gefängnis bringen. Sollte Ihr Freund der Hehler sein, das heißt, sollte er nur Papiere gekauft haben, von denen er wissen musste, dass sie gestohlen waren, kommt er vielleicht mit drei Jahren davon.«

In Mr. Khantaros' Stimme schwang der helle Jubel. »Drei oder fünf Jahre, das bleibt sich gleich. Wenn er für die Zeit eingesperrt wird, ist er ruiniert. Mr. Cotton, ich möchte Ihnen eine Mitteilung machen, die Ihnen sicherlich weiterhilft. Wo kann ich Sie sprechen?«

»Kommen Sie zum FBI-Hauptquartier.«

Er wehrte entsetzt ab. »Oh, ich möchte Sie nicht so offiziell sprechen. Geht es nicht woanders?«

»Schön, sagen wir in einer knappen Stunde in meinem Hotel. Claridge Road 18.«

Er dankte und versprach, pünktlich zu sein. Ich legte auf. Wir gingen die Sache noch einmal mit Fathgown durch. Solange keine neuen Anhaltspunkte auftauchten, war es vielleicht das Gescheiteste, Phil und ich fuhren nach Südamerika, aber Fathgown gefiel das wenig. Er fürchtete Komplikationen politischer Art, und so blieb der Entschluss noch in der Schwebe, als wir gingen, um Khantaros zu treffen.

Er wartete bereits in der Hotelhalle. Wir setzten uns zu ihm, und ich bestellte mir einen Drink. Die Halle war um diese Zeit leer. Trotzdem warf Khantaros von Zeit zu Zeit einen misstrauischen Blick auf den Portier hinter seinem Schalter, obwohl der Mann uns überhaupt nicht hören konnte.

»Ich habe Ihnen etwas verschwiegen, Mr. Cotton«, erklärte Khantaros nach einigen Anläufen, »aber jetzt werde ich es sagen. Also, vor gut drei Wochen war ein Mann bei mir. Er meldete sich telefonisch an, nannte keinen Namen, sondern sagte nur, es habe etwas mit Öl zu tun. Ich bat ihn in mein Hotel. Er kam zum vereinbarten Zeitpunkt, redete ein wenig herum und bot mir dann an, er wolle mir sämtliche Unterlagen bringen, die der Botschafter über die Kontezessionserteilung führte. Offenbar wusste er nicht, dass ich selbst der Verhandlungspartner war. Ich ließ ihn darüber im Unklaren, bat ihn um seinen Preis. Er verlangte zehntausend Dollar. Ich feilschte mit ihm, zeigte mich aber interessiert, und wir verabredeten eine neue Zusammenkunft. Ich wollte mich an jenem Tag zum Schein mit ihm einigen und wollte, falls er die Papiere wirklich bringen würde, ihn festnehmen lassen. Er aber kam nicht mehr. Ich vermute heute, er hatte sich mit Ribormaches in Verbindung gesetzt und machte das Geschäft mit ihm. Ich maß der Angelegenheit keine Bedeutung bei, hielt den Mann für einen Schwindler und wurde erst an ihn erneut erinnert, als der Diebstahl in der Botschaft tatsächlich durchgeführt wurde.«

»Das hätten Sie uns auch früher sagen können«, sagte Phil.

Khantaros zupfte verlegen seinen Bart. »Ich hielt mein Vorgehen für nicht ganz gesetzmäßig und dachte, es sei besser, es zu verschweigen.«

»Sah der Mann so aus?«, fragte ich und holte ein Bild jenes Handelsattachés aus der Tasche, der nach der Zinnaffäre verschwunden war und der noch immer im Verdacht stand, die Unterlagen in diesem Fall gestohlen zu haben.

Khantaros warf nur einen flüchtigen Blick auf die

Fotografie. »Nein«, entschied er. »So sah er nicht aus. Er war bedeutend älter, trug eine große Hornbrille, hatte schwarzes Haar mit grauen Schläfen, ungesunde graue Gesichtsfarbe und tiefe Kerben um den Mund.«

»Sie haben ihn sich wenigstens genau angesehen«, lobte ich.

Khantaros gab noch eine erstaunlich genaue Beschreibung der Kleider seines Besuchers, aber Hervorstechendes war dabei nicht festzustellen. Der Mann hatte unauffälliges Grau getragen.

Für so wichtig Mr. Khantaros seine Mitteilung hielt, so wenig half sie uns weiter. Wir sagten sie natürlich Fathgown durch, und Fathgown nahm den Mann in den Kreis der zu suchenden Personen auf. Das war leider alles, was er im Augenblick tun konnte.

Einer der Schwergewichtler, die Fathgown mir vorgestellt hatte, war der Kraftmensch Brandow gewesen, der am Stadtrand im Zirkus auftrat. Ihn wollte ich mir heute Abend mal ansehen.

Schon der Anblick des Zeltes erregte Mitleid. Es war gar kein Zelt, nur eine etwas mehr als wandhohe Wand ohne Dach, die sie im Quadrat aufgestellt hatten. Der Eingang war mit einer Decke verhängt. Eine umgestülpte Kiste diente als Kasse. Der Macbell-Platz lag in der Vorstadt, einem kleinbürgerlichen Stadtviertel. In den Häusern ringsum lagen die Leute in den Fenstern der zweiten und dritten Etage und sahen kostenlos zu. Ich entdeckte einen einzigen Gerätewagen mit einem Aggregat, das diesem kläglichen Zirkus den nötigen Strom lieferte.

Die Vorstellung mochte eben begonnen haben. Phil und ich schritten zur Kasse. Der Mann hinter der Kiste war ein Zwerg mit einem Clownskostüm mit breit geschminktem Mund. Er war höchstens drei Fuß hoch und von abscheulicher Hässlichkeit. Als wir die Karten gelöst hatten, watschelte er hinter seiner Kiste hervor und hielt uns beflissen den Vorhang auf.

Die Vorstellung war nur schwach besucht. Kein Wunder, die meisten Besucher konnten aus ihren Fenstern kostenlos zusehen.

Wir nahmen auf einer der Zuschauerbänke Platz. Der Boden der Arena bestand aus dem Pflaster des Macbell-Platzes, auf dem sich eben der Zauberkünstler Face produzierte. Er trug einen Frack, der nicht einmal schlecht geschnitten war, und zeigte die üblichen Tricks mit einem Mann aus dem Publikum, dem er Eier aus der Nase zog, Geldmünzen von der linken in die rechte Hand hexte und so weiter. Ich hatte schon bessere Sachen gesehen.

Die Nummer war praktisch zu Ende, als wir kamen. Mr. Face, der heute Morgen mit dem Kraftmenschen bei uns gewesen war, bedankte sich für den dünnen Applaus und kündigte gleich die nächste Darbietung an.

Er erkannte uns, lüftete höflich seinen Zylinder und ging durch den Schlitz an der Rückwand des Zeltes.

Es traten zwei Brüder auf, die sich als Parterre-Akrobaten produzierten. Sie machten ihre Sache nicht schlecht. Noch während sie arbeiteten, kam der Zauberkünstler zu uns.

»Nett, dass Sie hier sind«, sagte er. »Darf ich mich zu Ihnen setzen? Nichts Besonderes, was wir hier zeigen«, fuhr er fort, als er Platz genommen hatte. »Wir können eine ganze Menge mehr, aber ohne die richtigen Geräte und eine richtige Bühne können wir es nicht zeigen.«

»Können Sie überhaupt davon leben?«, fragte Phil.

»Schlecht«, sagte er bekümmert, »aber wir finden nichts Richtiges. Sie wissen, das Showgeschäft ist tot in den Staaten. Wir haben schon davon gesprochen, nach Südamerika zu gehen.«

Das Wort brachte mich auf einen Gedanken. Ich sah ihn mir genauer an. Ich stellte ihn mir vor, wie er aussehen mochte, wenn er eine große Hornbrille trüge, aber auch dann ähnelte er in nichts der Beschreibung, die Khantaros von seinem Besucher gegeben hatte. Vielleicht sah er dem Handelsattaché ein wenig ähnlich, aber nicht genug, um einen Menschen zu täuschen, der jenen Mann genau gekannt und täglich gesehen hatte.

Die Brüder waren mit ihren Darbietungen fertig. Mr. Face entschuldigte sich. Er sagte die nächste Nummer an, einen Entfesselungskünstler. Einen kleinen, schmalen Mann, der sich in seiner Bindung wand, aufsprang, die Fessel abstreifte und sich lächelnd verbeugte. Wir konnten nicht herausbekommen, welche Tricks er anwandte, und die Nummer gefiel uns gut, weil sie gewissermaßen in unser Fach fiel.

Es folgte ein Schlangenmensch, danach ein Mann in Cowboyuniform, der allerhand Tricks mit Lasso und Messern vollführte, und als Schluss- und Höhepunkt unser Freund Brandow, der mit nackter Brust und geschwellten Muskeln hereinkam und ein Telefonbuch zerfetzte.

Der Zwerg trat mit ihm zusammen auf und machte die Kraftakte mit Dingen aus Pappmaché nach. Nach jeder Nummer lief er an den Bänken entlang und zeigte grinsend auf die angeblichen Muskeln seiner dünnen Arme.

Dann war das Programm zu Ende. Face machte eine Abschiedsverbeugung und bat das Publikum um Empfehlung. Das Publikum hörte nicht hin und schob sich durch den Ausgang.

Wir blieben, und der Zauberkünstler kam noch einmal zu uns. Ich bot ihm eine Zigarette an. Er nahm sie dankend, gab uns Feuer und rauchte. Er hielt die Zigarette wie ein Mann, der viel gewohnt ist, im Freien zu rauchen, nämlich mit der Glut nach innen. Ich sah es und fragte ihn, warum er so rauche.

Er lachte und nahm die Zigarette richtig zwischen die Finger. »Eine dumme Angewohnheit«, erklärte er. »Ich rauche gern und viel, aber in einem Zirkus ist das Rauchen überall verboten. Wenn ich auf meinen Auftritt warte, rauche ich so, damit die Feuerwehrmänner die Glut nicht sehen.«

»Ich habe den Eindruck, es geht Ihnen so schlecht«, sagte ich, »dass Sie leicht dazu verführt werden könnten, krumme Dinger zu drehen.«

Er stippte die Asche ab, sah auf den Boden und erklärte mit leiser Stimme: »Sie haben gar nicht so Unrecht, Mr. G-man, aber wir wissen nicht, wie wir es anfangen sollten. Wir haben es nicht gelernt. Sie können die Papiere von allen meinen Kollegen haben. Sie sind zwar Artisten, aber brave Burschen. Keiner von ihnen hat gesessen, mit Ausnahme von Lex Traiter, einem der Akrobaten, und bei Lex war es eine Jugendstrafe, ein Dummejungenstreich, kaum mehr als Äpfel stehlen.«

Ich sog nachdenklich an meiner Zigarette.

»Sagen Sie, Mr. Face, wie klettert man an einer Hauswand hoch, an der man eigentlich gar nicht hochkommen kann? So etwas schlägt doch in Ihr Fach.«

»In meines nicht gerade«, antwortete er, »aber wenn Sie wollen, hole ich Ihnen Traiter her. Der versteht mehr davon.«

Ich winkte ab. »Lassen Sie nur«, entschied ich, »aber vielleicht machen wir es einmal an einem Tag. Traiter könnte für uns versuchen, wie er an einer Hauswand hochkommt, an der offensichtlich mal jemand hinaufgeklettert ist. Wir zahlen Spesen. Wo sind Sie zu erreichen?«

Er ließ seine Zigarette fallen. »Unsere Wohnwagen stehen draußen auf einer Wiese bei Laborfleth, einem kleinen Dorf, fast zwanzig Meilen von hier.«

»Na schön«, sagte ich. »Wenn wir Sie brauchen, holen wir Sie dort ab. Gute Nacht, Mr. Face. Schönen Gruß an Ihre Leute.«

Der Nächste in der Reihe der Riesen, der in Frage kam, war Lend Market. Wir suchten das kleine Hotel auf, das er als Adresse angegeben hatte. Es war kaum mehr als ein Absteigequartier, aber Lend war nicht da, obwohl es inzwischen auf elf Uhr ging.

»Warten?«, fragte Phil.

Ich winkte ab. Es war Unsinn, Lend noch einmal auf den Zahn fühlen zu wollen. Wenn, dann mussten wir es kräftiger unternehmen, und das Hotel, so schäbig es war, war nicht der richtige Ort dafür. Ich hatte überhaupt wenig Lust, hinter unseren vier Riesen herzulaufen und herauszubekommen, wer von ihnen mir die Faust auf den Schädel gehauen hatte. Ich wollte nach Südamerika. Ich setzte auf Ribormaches größere Hoffnungen als auf die Fahndungen ins Blaue hinein.

Wir fuhren zur Claridge Road zurück, zu unserem Hotel.

Das Telefon auf unserem Nachttisch schrillte mich um drei Uhr aus dem Schlaf. Fathgown hing an der Strippe und war ziemlich erregt.

»Kommen Sie her, Cotton«, sagte er. »Es hat einen neuen Einbruch gegeben.«

»Wo?«, fragte ich.

»Auswärtiges Amt. Kommen Sie schnell.« Seine Stimme wurde leiser. »Es gab einen Toten dabei. Sie erschossen den Wächter.«

Um zwölf Uhr mittags wussten wir alles, was wir wissen mussten, denn der einzige Mann, der uns mehr hätte sagen können, lag um diese Zeit schon im Leichenschauhaus.

Der Gebäudekomplex des Auswärtigen Amtes bestand aus einem Hauptbau, der zwei in einem rechten Winkel angesetzte Flügel hatte. Der Hof, der sich so bildete, wurde gegen die vierte Seite von einer hohen Mauer abgeschlossen. Diese Mauer grenzte an eine stille Nebenstraße. Wir rekonstruierten die Vorgänge. Sie waren wie üblich über die Mauer gestiegen. Wahrscheinlich waren sie wieder mit ihren Autos vorgefahren, und die Mauer, die mit ihren zehn Fuß Höhe allein schon ein beachtliches Hindernis bot, hatte ihnen keine Schwierigkeiten bereitet.

Vom Hof aus hatte ihr Mann eine Strickleiter benutzt, um zu den ersten Fenstern zu gelangen, die mehr als vier Mannshöhen über dem Niveau des Hofes lagen. Wir wussten das genau, denn wir fanden die Leiter, aber sie hatten nicht versucht, in die Fenster der ersten Etage einzudringen, die schwer vergittert waren. Ihr Mann war von dort aus weitergeklettert zur vierten Etage, und wir hatten keine Ahnung, wie er das angestellt hatte, ohne sich das Genick zu brechen, denn erst in einem Fenster der vierten Etage war eine Scheibe eingedrückt. Einen Teil der Scherben fanden wir auf dem Asphalt des Hofes. Offenbar war dem Mann eine Panne passiert. Die Scheibe musste ihm aus der Hand geglitten sein, war hinuntergefallen und zersplittert. Dieses Geräusch schien der Wächter gehört zu haben.

Das Auswärtige Amt wurde nachts von drei Leuten bewacht, die die Pinkertongesellschaft stellte. Sie waren mit Pistolen bewaffnet und absolut zuverlässig. Jeder von ihnen machte in einstündigen Abständen eine Runde durch je einen Flügel des Komplexes. Dann fanden sie sich in der Portiersloge zusammen, spielten eine Partie oder unterhielten sich.

Die beiden Leute des rechten und linken Flügels waren in jener Nacht eben von ihrer Runde zurückgekehrt. Der Mann, der den Mittelbau kontrollierte, musste durch irgendwelche Umstände bei seinem Kontrollgang aufgehalten worden sein, sodass er etwas länger als gewöhnlich unterwegs war.

Wir nahmen an, dass die Einbrecher die Einteilung der Rundgänge studiert hatten, eine nicht allzu schwierige Sache, wenn man einige Nächte Geduld hatte und aufpasste, wann die Taschenlampen der Wächter aufblitzten. Sie hatten jede Minute genau auskalkuliert, um volle zwei Stunden Zeit für ihr Unternehmen zu haben, aber ihr Plan klappte nicht wegen jener Verzögerung im Rundgang des dritten Wachmanns.

Hätte der Mann bereits in der Portiersloge bei seinen Kollegen gesessen, so hätte niemand das Zerklirren der Scheibe gehört. So aber hörte er es. Er öffnete die Tür zum Hof.

Was er dort gesehen hatte, konnten wir nur vermuten. Jedenfalls hörten seine Kollegen einen Schuss. Sie sprangen auf, rannten nach hinten. Das Außenamt ist ein weitläufiges Geäude. Die Portiersloge liegt unmittelbar hinter dem Haupteingang. Sie brauchten ein paar Minuten, um zum Hof zu gelangen. Alles, was sie noch fanden, war die Leiche ihres Kollegen und die baumelnde Hakenstrickleiter vom Fenster der ersten Etage.

Wir konnten noch ein wenig mehr rekonstruieren. Der Wächter war in den Hinterkopf geschossen worden, offenbar von der Mauer aus, während er auf dem Hof stand und sein Gesicht zur Hinterfront des

Hauses drehte. Seine Pistole lag neben ihm, und es fehlte ein Schuss im Magazin. Seine Taschenlampe brannte noch, als man ihn fand. Der Einschlag der Kugel war deutlich im Mauerwerk zwischen dem zweiten und dritten Stockwerk zu sehen. Offenbar hatte er auf den Fassadenkletterer geschossen, ihn aber verfehlt. Vermutlich hatte er jedoch nicht sehr weit danebengeschossen, so dass wir annahmen, der Kletterer befand sich, irritiert von der Panne mit der Glasscheibe, bereits auf dem Rückzug.

Der Wächter war durch eine Kugel aus einem kleinkalibrigen Gewehr getötet worden. Besonders interessant war, was einer der beiden Wachmänner uns über den Schrei sagte: »Wissen Sie, es war gar kein Schrei. Es hörte sich mehr an wie ein Kreischen. Ich glaubte beinahe, es war ein hysterisches Frauenzimmer, das da kreischte, aber sie kreischte verdammt laut.«

Auf der Straße, dort, wo ihre Autos gestanden haben mussten, fanden wir noch etwas: eine Mikrokamera, geladen mit einem Film. Diesmal wollten sie offenbar fotografieren. Fathgown, der mit einem maßgeblichen Mann vom Außenamt sprach, zog ein bedenkliches Gesicht. Er sagte uns, dass in dem Zimmer, in das sie einbrechen wollten, beachtlich wichtige Dokumente verwahrt würden und dass es bösen Ärger gegeben hätte, wenn der Diebstahl wirklich durch Fotografie durchgeführt worden wäre.

Ich ließ mich von einem Fenster der vierten Etage an einem Seil die Mauer hinab und untersuchte sie, besonders an der Stelle des Kugeleinschlags. Ein wenig darunter zeigte der Verputz spärliche dunkle Flecke, wirklich nur ein paar Tropfen, aber ich hatte sofort den Verdacht, dass es sich um Blut handeln könnte. Ich ließ mir einen Hammer zuwerfen, schlug den Verputz sorgfältig ab und sammelte ihn in meinem Taschentuch.

»Lassen Sie das untersuchen«, sagte ich zu Fathgown. Er schickte es per Eilboten an das chemische Kriminallabor.

Phil war unterdessen mittels der Leiter zu dem vergitterten Fenster des Hochparterre geklettert. Er stand auf dem Fensterbrett, hielt sich an den Gittern und untersuchte, den Kopf in den Nacken gelegt, die weiteren Aufstiegsmöglichkeiten.

»Na?«, rief ich hinauf.

»Da«, sagte er, »der Antennenhalter, und mit einer weiten Grätsche die Ecke dort als Fußstütze, aber ich weiß nicht, wie ich von hier aus hinkommen soll. Es ist zu weit.«

»Spring!«, rief ich.

»Du bist verrückt«, erwiderte er schlicht.

Ich kletterte die Leiter hoch. Er rückte, und ich nahm seinen Platz ein. Ja, er hatte Recht. Die Stützen waren viel zu schwach für einen sicheren Sprung.

»Wenn wir's nicht können, vielleicht können es die Leute, die so etwas gelernt haben. Mr. Face freut sich vielleicht über ein paar Dollars, die er nebenbei verdienen kann.«

Wir begaben uns wieder auf den sicheren Erdboden.

»Geben Sie uns einen Wagen«, bat ich Fathgown. »Wo liegt Laborfleth?«

»Ein Dorf im Norden. Wollen Sie hin?«

»Ja, dort hausen ein paar Leute, die uns vielleicht vormachen können, wie man an einer praktisch haltlosen Wand hochturnt. Wir holen sie her und probieren es aus.«

»Gut, nehmen Sie meinen Wagen.«

Wir zischten ab. Sobald wir aus Washington heraus waren, wurde die Gegend ländlich. Schließlich erreichten wir ein paar verstreute Häuser, vor denen ein viel zu großes Schild stand: Laborfleth.

Ich stoppte vor dem ersten Mann, der mir in die Quere kam.

»Wir suchen ein paar Leute, die hier im Zirkuswagen wohnen sollen«, sagte ich.

Er kratzte sich bedächtig am Kopf.

»Ich glaube, so ein paar Zigeuner treiben sich auf dem Gelände von Birsk herum«, sagte er. »Die erste Farm rechter Hand hinter dem Dorf.«

Birsks Farm war ein sauberes, lang gestrecktes Gebäude, das ganz allein lag. Wir konnten den Farmer erreichen. Er nickte auf unsere Frage. »Sie meinen die Zirkusleute, nicht wahr? Ja, ich habe ihnen erlaubt, ihre Wagen unten am Fluss aufzustellen. Sie müssen den nächsten Feldweg nehmen, aber passen Sie auf, dass Sie mit ihrem Salonauto nicht stecken bleiben.«

Die Straße war wirklich schauderhaft. Sie führte in engen, aber sanften Windungen talabwärts, verengte sich zu einer Art Schluchtpfad, durchquerte dann einen dünnen Baumbestand und endete auf einem freien Platz vor dem Ufer eines kleinen Flusses. Wir sahen die drei Wohnwagen und einen klapprigen Ford. Nur ein Mann war zu sehen, der auf dem Trittbrett des Ford saß und auf einer Mundharmonika spielte.

Er sprang auf, als er uns entdeckte, und sah uns erschrocken entgegen.

»Hallo«, sagte ich, »Mr. Face zu sprechen?«

»Leider nein, Sir«, antwortete er. »Ist zur Stadt gefahren.«

»Schade. Sind die beiden Akrobaten da? Wie heißen sie doch schnell? Traiter, nicht wahr?«

Noch während ich sprach, wurde eine der Wohnwagentüren geöffnet. Brandow kam heraus. Er trug nur Hose und Nachthemd. Er ging auf uns zu, als wollte er uns fressen.

»Was wollen Sie?«, fragte er finster. »Scheren Sie sich weg. Sie haben hier nichts zu suchen.«

»Hoppla!«, rief Phil erstaunt.

Der Mann, mit dem wir zuerst gesprochen hatten, wandte sich an den Riesen und sagte in beschwörendem Ton: »Sei ruhig, die Gentlemen wollten nur die Brüder sprechen.«

»Solange Face nicht hier ist, haben Sie mit keinem zu reden«, beharrte Brandow. »Gehen Sie, sonst mache ich Ihnen Beine.«

Mir langte es. »Halten Sie die Luft an«, konterte ich scharf.

Er machte eine Geste, als wolle er sich auf mich stürzen, und ich überlegte schon, ob ich mich auf einen Boxkampf einlassen oder ihn einfach mit meinem Revolver zur Räson bringen sollte, als die beiden Artisten auf Fahrrädern den gleichen Weg hinunterkamen, den wir benutzt hatten. Einer hatte ein Netz mit Milchflasche am Lenker, der andere trug eine Tüte.

Sie sprangen von ihren Rädern und sahen uns aufmerksam an.

Ich wandte mich von Brandow ab.

»Wir suchen Sie«, erklärte ich den Brüdern. »Vielleicht hat Mr. Face Ihnen gesagt, dass wir eine Arbeit für Sie haben. Könnten Sie uns zeigen, ob es eine Möglichkeit gibt, irgendwo raufzuklettern, wo es unmöglich scheint?«

Sie sahen mich an. Der Größere öffnete den Mund. »Ist das ein Befehl?«

»Befehl?«, fragte ich erstaunt. »Nein, ein Job, der aus der Staatskasse bezahlt wird.«

Er rieb sich hinter den Ohren. »Wir möchten nichts ohne Face machen. Warten Sie, bis er da ist.«

Ich zuckte mit den Achseln. »Brauchen Sie eine Amme? Warten können wir nicht. Sagen Sie dem Zauberkünstler, er möge mich oder das FBI-Hauptquartier anrufen, falls er gnädig bereit ist, den Job durch Sie übernehmen zu lassen. Wiedersehen.«

Wir wendeten und fuhren nach Washington zurück.

Der Anruf des Chefs der kleinen Truppe kam, kaum dass wir im Hauptquartier angelangt waren. Er entschuldigte sich tausendmal, nannte die Traiters Idioten und versprach, mit den beiden sofort zu jedem Punkt zu kommen, den wir bestimmen würden.

»Kommen Sie also zum Außenamt«, sagte ich.

Die Kletterprobe fand am frühen Nachmittag statt. Face brachte die Traiters in dem klapprigen Ford. Die Brüder zogen sich die Hemden über den Kopf und die Hosen aus. Sie trugen unter ihrer Kleidung die Trikots, die sie zum Arbeiten benutzten, und diese mit Goldflittern besetzte Kluft nahm sich seltsam aus in dem nüchternen Hof.

Wie wir benutzten sie eine Leiter, um das Fenster zur ersten Etage zu erreichen. Dort standen sie und rieben sich zweifelnd das Kinn. Schließlich stieg der eine dem anderen auf die Schulter. Der Untermann beugte sich weit nach rechts, hielt sich mit den Füßen am Gitter, während er mit beiden Händen die Waden seines Bruders auf seiner Schulter umklammerte. Es sah aus wie ein lebender Turm zu Pisa, der immer schiefer wurde und jeden Augenblick abbrechen musste. Kurz bevor die Zwei-Mann-Pyramide tatsächlich brach, erreichte der obere den Halter der Fernsehantenne. Sein Bruder ließ los. Der Jüngere schwang herum, zappelte ein wenig und fand dann die Stütze für seinen Fuß in jener Ecke, die schon Phil angepeilt hatte.

»Weiter!«, rief Face ihnen zu.

»Allein geht es nicht«, antwortete er und rief seinem Bruder zu: »Kannst du kommen, Lex?«

Er spreizte ein Bein ab, Lex, der Ältere, versuchte, das Bein zu erreichen, berührte es.

»Muss springen!«, knurrte er.

»Dann los!«, rief Face.

Die Artisten verständigten sich mit ein paar Worten. Sie holten tief Luft.

»Jetzt!«, sagte der Jüngere. Der Ältere sprang.

Es klappte nicht. Die Wucht des Sprunges riss Bolo Traiter sofort von seinem Stand. Zusammen stürzten sie ab.

Es waren immerhin an die vier Mannhöhen, die sie fielen; aber sie schienen das gewohnt zu sein. Sie landeten auf den Füßen, federten den Anprall geschickt mit den Knien ab, sodass sie nicht einmal mit den Händen den Boden berührten.

»Noch einmal!«, befahl Face ärgerlich. Er schien seinen Ehrgeiz darein zu setzen, uns zu beweisen, dass die Hauswand besteigbar war. Ich winkte ab.

»Lassen Sie nur. Wenn die Leute, die wir suchen, das nachts und mit so viel Umstand machen sollten, hätten wir sie gleich beim ersten Versuch gefasst.«

Die Akrobaten stiegen wieder in ihre Kleider.

»Was bekommen Sie von uns für Ihre Mühe?«, fragte Fathgown, der sich das Spiel angesehen hatte.

»Wollen Sie uns zehn Dollar geben?«, fragte Face bescheiden und gierig zugleich.

Er erhielt sie gegen Quittung. Er und seine Leute bedankten sich und zogen mit ihrem Museums-Ford ab. Missmutig fuhren wir ins Hauptquartier zurück. In Fathgowns Zimmer wartete der leitende Chemiker des Untersuchungslabors auf uns, ein bebrillter hagerer Herr.

»Fertig?«, fragte ihn Fathgown.

Der Wissenschaftler nickte.

»War's Blut?«

»Tja, Blut war's«, antwortete er, »aber ich will mich hängen lassen, wenn es Menschenblut war.«

Ich stand vor dem Spiegel meines Zimmers im Hotel und zupfte an der Fliege meines Smokings, aber mitten in der Bewegung ließ ich meine Hände sinken, starrte in den Spiegel, ohne mich zu sehen, und dachte an den sensationellen Tiefschlag, den der Doktor der Chemie uns vor ein paar Stunden im Hauptquartier versetzt hatte.

Kein Menschenblut? So eine Verrücktheit! Phil fragte ihn, ob er in der letzten Zeit die einschlägigen Schreckensfilme mit Riesenungeheuern, Vorzeitdrachen und Menschenaffen von zwanzig Fuß Höhe gesehen hätte.

Fathgown seinerseits behielt die Fassung und erkundigte sich, wenn es schon kein Menschenblut sei, von welchem Lebewesen die Blutspritzer an der Mauer des Außenamts dann stammten. Der Chemiker hielt einen Vortrag, in dem es von Fachausdrücken wimmelte. Er sprach vom Verhältnis der roten zu den weißen Blutkörperchen, vom Hämoglobin, vom Gehalt an Bilirubin, und im Grunde genommen sagte er, dass er das auch nicht wisse. Wir nahmen ihn daraufhin wohl nicht mehr ganz ernst und gerieten in eine Art Galgenhumor. Wir erwogen die Möglichkeit, einer Schlange eine Strickleiter an den Schwanz zu binden, sie eine Mauer hinaufklettern zu lassen, allerdings war das Problem, wie sie die Strickleiter befestigen sollte, nicht lösbar. Wir tobten uns in der Zoologie aus und suchten uns alles Viehzeug zusammen, das von Natur aus in der Lage ist, senkrecht eine Mauer hochzulaufen. Der Chemiker war zum Schluss von unserem Lachen so beleidigt, dass er gehen wollte. Fathgown musste ihn mit einem Whisky versöhnen.

Und doch, jetzt, hier vor dem Spiegel, beschäftigte mich die Feststellung des Mannes. Er galt als ausgezeichneter Chemiker. Ich hatte überhaupt keine Ursache, an dem Ergebnis seiner Untersuchung zu zweifeln. Die Story mit den albernen Diebstählen wurde immer verworrener.

Fathgown hatte uns für heute Abend in den Lanno-Klub eingeladen.

»Treffpunkt der oberen Zehntausend«, sagte er. »Smoking erforderlich.«

»Was wollen wir dort?«, fragte Phil.

»Uns ein wenig umsehen. Hören Sie zu. Den Einbruchsversuch heute Nacht, der offenbar dem Code unseres Auswärtigen Amtes galt, kann eigentlich nur die Botschaft eines bestimmten Landes veranlasst haben. Ich kenne alle maßgebenden Angestellten jener Botschaft. Wenn ich nun einen gewissen Herrn zusammen mit einem Mann sprechen sehen würde, den ich nicht kenne, könnten wir uns vielleicht für diesen Mann interessieren. Man müsste ihm folgen, und das können Sie wahrscheinlich besser als ich. Darum bitte ich Sie, mich zu begleiten.«

Wenn ich ehrlich sein soll, so gefiel mir die Lanno-Bar nicht besonders. In New York sind selbst die exklusivsten Läden noch recht laut. Diese Bar, in der sich alle Leute benahmen wie englische Lords, war so fein, dass man sich scheute, laut zu atmen. Die Ober schwebten auf lautlosen Sohlen und wirkten, als hätten sie mindestens einen Onkel im Senat. Von leichtlebigen Damen, die im Allgemeinen die Bars zu bevölkern pflegen, konnte hier keine Rede sein.

Die einzige Frau weit und breit war die Garderobenfrau, und sie zählte mindestens sechzig Jahre.

Wir drei ließen uns in die schweren Ledersessel an einem Tisch nieder, von dem aus wir einen guten Überblick über den ganzen Betrieb hatten.

Ein Kellner überreichte uns die Weinkarte, die so dick war wie ein Filmmanuskript. Fathgown bestellte auf Staatskosten eine Sache, die ein halbes Wochengehalt kostete. Einen Whisky zu nehmen, was ich viel lieber getan hätte, war hier nicht möglich. Wir nahmen den ersten Schluck mit jenem Zeremoniell, das bei teuren Getränken nun einmal üblich ist.

»Wir haben Glück«, flüsterte uns Fathgown zu, als er sich mit seinem Glas zu uns herüberbeugte. »Am Tisch neben dem vierten Pfeiler sitzt der Mann, den ich zu sehen hoffte.«

Wir blickten uns unauffällig nach dem Mann um. Er war mittelgroß, breitschultrig, hatte glattes, strähniges blondes Haar und ein ausdrucksloses Gesicht.

Fathgown klärte uns über die Funktion des Mannes auf. Er gehörte einer Botschaft an und führte den Titel eines zweiten Handelssekretärs, aber der Washingtoner FBI hielt ihn für den Kopf der Spionageorganisation seines Landes.

»Wir haben Beweise dafür«, sagte er.

»Und warum heben Sie ihn nicht aus?«

Der Chef der politischen Abteilung lächelte fatal: »Diplomatische Immunität. Wir könnten ihn nur durch die Regierung als unerwünscht abschieben lassen, aber dann kommt ein Neuer, den wir erst testen müssen. So ist es einfacher. Er weiß, dass wir wissen, und wir wissen, dass er weiß, dass er uns nicht täuschen kann. Offiziell grinsen wir uns freundlich an, und inoffiziell versuchen wir, ihm seine Agenten wegzufangen, und er versucht, uns Schnippchen zu schlagen.«

Fathgown verbreitete sich weiter über das Thema. Überhaupt, dieses ganze Washington mit seinen vollendeten Manieren, seinen prächtigen Empfängen, seinem diplomatischen Protokoll schien nur die eine Seite der Beziehungen zwischen den Staaten zu sein. Unter der Oberfläche brodelten Intrigen und andere Dinge, die einen Diebstahlversuch, veranlasst von der Botschaft eines Landes, durchaus als selbstverständliche Möglichkeit erscheinen ließen.

Phil, der so saß, dass er den Geheimdienstmann am besten sehen konnte, unterbrach Fathgown in seiner Erzählung.

»Eben ist jemand an seinen Tisch getreten.«

Der Washingtoner warf nur einen Blick hin.

»Uninteressant«, entschied er. »Gesher, Korrespondent vom ›Daily Express‹. Journalisten treiben sich hier die Masse herum.«

»Kennen Sie eigentlich alle Leute?«, fragte ich.

»Soweit sie mit der Diplomatie zu tun haben, fast alle«, antwortete er. »Gehört zur Berufsausbildung.«

Der Geheimdienstmann jenes Landes forderte den Journalisten nicht auf, sich zu ihm zu setzen. Gesher entfernte sich nach ein paar Sätzen.

Eine halbe Stunde später trat ein gebückter Bursche an jenen Tisch, dem unser Interesse galt. Er trug zwar auch den vorschriftsmäßigen Smoking, aber das Kleidungsstück wirkte auf seinem Körper, als hätte er es sich geliehen. Er war mager und ungepflegt. Irgendwie erschien es uns so, als spräche der angebliche zweite Handelssekretär in scharfem Befehlston mit ihm. Er blieb auch nur gute zehn Minuten. Dann ging er.

»Sollen wir?«, fragte ich.

»Einer«, antwortete Fathgown. »Unser Freund bleibt noch. Vielleicht erwartet er noch Besuch.«

Phil erklärte sich bereit, die Verfolgung des Mannes im schlechten Smoking aufzunehmen. Fathgown und ich blieben zusammen bei dem teuren Wein.

Volle zwei Stunden warteten wir. Während dieser Zeit saß unser Freund stur an seinem Tisch, sah stumpf vor sich hin und trank nur hin und wieder von seinem Glas.

Erst nach Mitternacht erhielt er noch einmal Besuch. Ein größerer Gegensatz als zwischen dem ersten und zweiten Besucher war kaum denkbar. Dieser hier war ein schlanker großer Mann mit vollem grauem Haar, einem grauen, recht buschigen Schnurrbart und einer schweren Hornbrille. Sein Smoking war vollendet geschnitten.

Er begrüßte den Wartenden mit einer lässigen Handbewegung, ließ sich in den Sessel fallen, gab dem herbeieilenden Ober seine Bestellung, ohne den Kopf zu heben, und zündete sich dann eine Zigarette an.

Er sagte etwas zu dem Geheimdienstler. Dessen Gesicht verfinsterte sich für eine Sekunde, nahm aber sofort wieder den gleichmütigen Ausdruck an.

»Kennen Sie ihn?«, fragte ich.

»Nein«, antwortete Fathgown. »Wirkt wie einer von den Diplomaten. Ist aber keiner, sonst würde ich ihn kennen. Am besten gehen Sie bereits, Cotton. Warten Sie auf der Straße auf ihn. Nehmen Sie meinen Wagen, aber bestellen Sie mir im Hauptquartier einen neuen. Kann sein, dass Mr. Handelssekretär noch mehr Besucher empfängt. Scheint heute seinen großen Empfangstag zu haben.«

Ich stand auf, schüttelte Fathgown die Hand, spielte ein wenig Abschiedstheater, schlenderte durch die Halle zum Foyer und ließ mir meine Garderobe geben. Der Portier zeigte mir die Telefonzelle. Ich bestellte beim Hauptquartier einen Wagen für Fathgown, ging auf die Straße und setzte mich hinter das Steuer des Lincoln, mit dem wir gekommen waren. Der Wagen stand gut, sodass ich den Eingang der Lanno-Bar im Auge behalten konnte.

Ich wartete eine volle Stunde. Dann endlich erschien der elegante Herr. Der Portier riss diensteifrig den Schlag eines schweren Thunderbird auf, der ein Stück weiter vorn parkte. Wenig später scherte der Wagen aus der Reihe heraus und schoss davon. Ich ließ ihn ruhig fahren, bis ich gerade noch die Schlusslichter sah. Dann erst gondelte ich hinterher.

Es war relativ einfach, die Verbindung zu halten, denn die Straßen waren um diese Stunde schon recht leer. Allerdings vergrößerte sich auf diese Weise auch die Gefahr, dass mein Mann merkte, dass er verfolgt wurde, und das war unerwünscht.

Ich kannte Washington nicht gut genug, um zu

wissen, wohin der Wagen vor mir steuerte. Jedenfalls wurde die Gegend immer einsamer, und schließlich befanden wir uns eindeutig auf einer Landstraße. Der Mann vor mir drückte auf die Tube. Ich sah seine Rücklichter kleiner werden, und ich trat meinerseits den Gashebel herunter.

Zum Henker, der Lincoln Fathgowns schien eine müde Krähe zu sein, wenigstens im Vergleich mit dem Thunderbird vor mir. FBI-Beamte verdienen nun einmal nicht so viel, dass sie sich jedes Jahr ein neues Modell leisten können. Ich fluchte, aber es nutzte mir nichts. Der Abstand vergrößerte sich. Schon die nächste leichte Kurve brachte die Rücklichter aus meiner Sicht. Ich sah sie zwar noch einmal, aber da waren sie schon stecknadelklein, und etwas später waren sie endgültig verschwunden.

Ich fuhr weiter, bis ein paar Häuser rechts und links auftauchten. Ich stoppte und stieg aus. Ich wollte wenigstens wissen, wo ich war.

Der Mond stand zu einem Viertel am Himmel und gab nur wenig Licht.

Ich rieb mir den Schädel. Die Gegend kam mir wahrhaftig bekannt vor. Dann ging mir ein Licht auf. Es war Laborfleth, das Dorf, in dessen Nähe die Zirkusleute hausten.

Ich sprang hinter das Steuer: Ein Zufall vielleicht, aber immerhin hielt ich es der Mühe wert, trotz der späten Stunde den Wohnwagen noch einen Besuch abzustatten.

Ich suchte die Einfahrt zu jenem Feldweg. Es war nicht leicht, aber ich fand sie. Ich ließ den Lincoln die miserable Straße hinunterholpern. Seine Scheinwerfer rissen den Schluchtpfad ins Licht. Es kam das dünne Wäldchen. Dann standen die Wohnwagen im Licht meiner Lampen.

Nichts regte sich auf dem Platz. Fathgowns Wagen hatte einen Seitenscheinwerfer. Ich schaltete ihn ein, stieg aus, drehte ihn langsam und ließ sein Licht über die Wagen und den Platz streichen. Von einem Thunderbird war nichts zu sehen. Nur der uralte Ford stand friedlich neben dem mittleren Wohnwagen.

»Was ist los?«, rief mich eine Stimme an. »Wer sind Sie?«

Ich schwenkte den Scheinwerfer. An einem Fenster des letzten Wohnwagens stand Mr. Face, der Zauberkünstler, anscheinend im Nachthemd und mit verwuscheltem Haar.

»Ich bin's – Cotton!«, rief ich zurück. »Kommen Sie mal heraus, Face.«

»So spät?«, fragte er zurück. »Was Besonderes? Augenblick, ich komme.«

Es dauerte ein paar Minuten. Auch an den anderen Fenstern erschienen Gesichter. Ich erkannte die Traiters, den Schlangenmenschen und Stenless, den Entfesselungsmann.

Face kam heraus, das Hemd in seine Hose gestopft. Die Traiters näherten sich mir in bunten Schlafanzügen, der Schlangenmensch und der Entfesselungskünstler in Trikots, in denen sie auch zu schlafen schienen. Wie sie so zu fünfen, Face etwas vor den anderen, mir gegenüberstanden, machte das nicht gerade einen freundschaftlichen Eindruck.

»Ich bin einem Wagen gefolgt«, sagte ich. »Ich verlor ihn hier in eurer Gegend und fand das merkwürdig.«

»Warum?«, fragte Face. »Die Straße geht nach Princetown und wird viel befahren.«

»Ich find's komisch, und Sie können es mir nicht ausreden«, sagte ich scharf.

»Ich habe keinen Wagen gesehen«, antwortete er ruppig.

Ich überlegte. Die Straße hier herunter war steinig. Der Platz, auf dem wir standen, war mit kurzem Gras bewachsen, das keine irgendwie brauchbaren Reifenspuren liefern würde. Im Scheinwerferlicht danach zu suchen, war völlig sinnlos. Außerdem konnte der Zauberkünstler im Recht sein, obwohl er mir auf einmal verdächtig erschien. Schließlich konnte er nichts dafür, wenn ein von mir verfolgter Wagen ausgerechnet die Straße durch Laborfleth benutzte.

»Was für ein Wagen war es?«, fragte er.

»Ein Thunderbird«, antwortete ich.

»Tut mir Leid«, sagte er. »Wir haben keinen Wagen gesehen, Mr. Cotton. Außerdem, wohin sollte er von hier aus gefahren sein? Höchstens doch in den Fluss.«

Ich gab nach.

»Na schön«, sagte ich. »Tut mir Leid, Ihre Nachtruhe gestört zu haben. Entschuldigen Sie.«

Und ich drehte mich um und ging zum Wagen.

Denken Sie nicht, dass ich sang- und klanglos abfahren wollte. Ich hatte beschlossen, den Wagen zur Straße zurückzusteuern, dann zu Fuß und heimlich zurückzukehren, um zu sehen, wie dieser

Zauberkünstler sich nach meiner Abfahrt benehmen würde. Mir tat es Leid, dass ich nicht sofort auf diesen Gedanken gekommen war, sondern einfach den Weg hinuntergebraust war.

»Gute Nacht, also«, sagte ich, legte die Hand auf die Klinke und war im Begriff, einzusteigen, als ich einen sehr schwachen, aber deutlichen Ruf hörte, einen ganz eindeutigen Ruf.

»Hilfe! Hil …«

Bei der Wiederholung erstickte die Stimme.

Sehr langsam drehte ich mich wieder um. Face und seine Leute standen wie erstarrt.

»Ich hoffe, Sie haben nichts dagegen, wenn ich mir Ihre Wohnwagen einmal von innen anschaue«, sagte ich leise.

Das Gesicht des Zauberkünstlers schien mir weiß bis in die Lippen zu sein, aber vielleicht kam das durch das kalkige Licht des Scheinwerfers.

»Warum?«, fragte er tonlos.

»Aus Neugier.«

Er biss sich auf die Lippe.

»Ich bedauere«, sagte er, »ein Wohnwagen ist eine Wohnung im Sinne des Gesetzes. Sie können unsere Behausungen nur betreten, wenn Sie einen richterlichen Befehl vorweisen.«

Ich lächelte dünn. »Ich werde mir die Freiheit nehmen, auch ohne solches Papier Ihre Wagen zu inspizieren.«

»Wir werden Sie hindern«, entgegnete er.

Ich senkte eine Hand in den Ausschnitt meines Smokings. »Versuchen Sie es!«, forderte ich ihn auf.

Die Traiters, die schon einen Schritt nach vorn gemacht hatten, blieben stehen.

Ich ging auf sie zu. Sie wichen nach rechts und links auseinander. Ich bewegte mich an ihnen vorbei, ohne sie aus dem Auge zu lassen. Seitlich ging ich auf den mittleren Wohnwagen zu, der gut im Scheinwerferlicht lag. Sie rührten sich nicht. Dann, auf ein Zeichen Faces, folgten sie mir langsam.

Der Eingang zu dem Wohnwagen befand sich an der Stirnwand. Eine kleine angelegte Holztreppe führte zu ihm hoch. Auf der obersten Stufe stand Brandow, der Riese. Seine Gestalt verdeckte völlig die niedrige Tür. Er hielt ein kurzes Stück Eisenrohr in der mächtigen Faust und starrte mich mit dem Gesicht eines Bullbeißers an.

»Komm runter, Kleiner«, sagte ich.

»Ich wollte dir schon immer den Schädel einschlagen«, knurrte er.

»Runter!«, fauchte ich. »Oder ich probiere aus, wie viele Kugeln ein Kraftmensch verträgt ...«

Ein Schimmer von Unsicherheit flog über sein Gesicht. Ich benutzte die Gelegenheit und wandte einen Trick an. Er fiel auf die kleine Treppe, die unter ihm zusammenkrachte.

Ich fuhr herum.

Brandow rollte sich ächzend aus den Treppentrümmern. »Siehst du, Kleiner«, sagte ich befriedigt, »in dieser Lage gefällst du mir besser.«

Während er noch auf den Knien lag, stieß ich die Tür auf.

Im schwachen Schein des Lichtes, das von den Scheinwerfern her durch die Fenster fiel, sah ich auf dem Boden einen Mann liegen, dessen Hände auf dem Rücken gefesselt waren, außerdem war er geknebelt.

Ich bückte mich und löste den Knebel.

»Gracias! Mil Gracias!«, sagte der Mann auf spanisch. Er war schwarzhaarig, trug einen verwilderten Schnurrbart, der ehemals klein und elegant gewesen sein musste.

Ich suchte nach etwas, mit dem ich seine Fesseln lösen konnte, fand ein Küchenmesser und zerschnitt sie.

»Können Sie aufstehen?«, fragte ich.

Er richtete sich auf. »Danke, es geht«, sagte er, jetzt in Englisch, aber mit deutlichem Akzent.

»Wollen machen, dass wir hier herauskommen.«

Er ging mit schwankenden Schritten zur Tür.

»Warten Sie, lassen Sie mich vorgehen«, verlangte ich, aber er hatte schon den Fuß auf den Rand gesetzt und sprang.

Das Scheinwerferlicht des Lincoln erfasste seine Gestalt.

In seiner Schwäche war er ein wenig in die Knie gegangen, aber er richtete sich sofort wieder auf.

Ich hörte den Schuss krachen.

Ich war im Begriff hinunterzuspringen, und konnte mich gerade noch zurückwerfen. – Der Mann, den ich vor zwei Minuten befreit hatte, lag mit ausgebreiteten Armen im Gras. Er war getroffen worden.

Sicherlich denken Sie jetzt, dass es jetzt richtig gewesen wäre, den 38er aus der Halfter zu reißen und denen dort draußen zu zeigen, was eine Harke ist. Ich bin ganz Ihrer Meinung, und ich hätte es liebend gern getan, nur … ich trug keine Waffe bei mir.

Eine Kanone macht sich schlecht unter dem Smoking. Mein drohender Griff in die Brusttasche war nur Bluff gewesen, ein Bluff, der jetzt, da sie sich entschlossen hatten, es darauf ankommen zu lassen, nicht mehr half. Sie hatten die Masken fallen lassen, und nun mussten sie mich töten, wollten sie nicht in einer Stunde alle G-men von Washington auf dem Hals haben.

Zeit durfte ich nicht mehr verlieren, und ein Ziel durfte ich dem Mann, der für sie seine Kugeln verfeuerte, auch nicht bieten. Wir wussten, wie genau er schoss, und ich hatte es gerade gesehen.

Schnell, aber lautlos öffnete ich eines der Wohnwagenfenster nach der Flussseite hin, schwang mich durch die enge Öffnung und ließ mich auf den Grasboden fallen.

Durch die Räder des Wagens hindurch konnte ich den kleinen Platz sehen, den die Scheinwerfer des Lincoln erhellten. Keiner von den Artisten war mehr sichtbar, aber ich hörte Faces Stimme: »Bolo! Lex! Schneidet ihm den Weg zum Fluss ab. Brandow, du auch. Fire! Schieß genau, wenn er nach vorn auszubrechen versucht.«

Ich hörte hastige leise Tritte, und ich beeilte mich, mich selbst auf die Socken zu machen. Solange sie glaubten, dass ich bewaffnet wäre, würden sie gewisse Hemmungen haben, mir allzu nahe zu kommen, aber wenn sie diese Illusion verloren, dann stürzten sie sich wie eine Meute Hunde auf mich.

Ein paar Büsche trennten den Fluss vom Standort

der Wagen. Ich erreichte die Büsche unangefochten. Ich hatte keine Ahnung, wie tief das Wasser war, aber ich hörte es rauschen, und reißende Flüsse sind meistens nicht sehr tief.

Während ich noch überlegte, ob es sinnvoll sei, den Bach zu überqueren, hörte ich vom Lagerplatz aus einen wütenden Ruf: »Er ist weg! Los, zum Fluss! Wir müssen ihn finden!«

Sie hatten also den Wohnwagen gestürmt. Und jetzt hörte ich sie auch schon heranstürmen.

Ich patschte ins Wasser. Es war zunächst nicht tief, ging mir nur wenig über die Knie, aber es war wild und stellte hohe Anforderungen an meine Standfestigkeit.

Zehn Schritte, dann tappte ich in ein ausgewaschenes Loch.

Das Wasser schlug mir sofort über den Kopf. Die Gewalt des Flusses riss mich stromabwärts. Einmal von den Beinen, konnte ich mich so schnell nicht wieder aufrichten. Ich wurde über das Flussbett geschlurrt wie ein toter Fisch, prallte hier gegen einen Felsen, dort gegen einen toten Baumstamm und wurde nach einigen fünfzig Yard endlich gegen einen Felsblock gedrückt. Ich klammerte mich an dem glatt gewaschenen Stein fest und richtete mich auf. Das Wasser ging mir an dieser Stelle bis über die Mitte der Brust.

Ich sah Taschenlampen blitzen. Sie suchten den Fluss ab. Ich holte Luft und tauchte. Solange ich es nur aushalten konnte, blieb ich unter Wasser, und als ich Luft brauchte, schob ich nur eben die Nase an die Oberfläche.

Ihr Suchkommando war jetzt schon über meinen Standort hinaus. Ich dachte daran, zum Lager zurückzukehren und den Lincoln zu entern. Ich löste mich von meinem Standort und kämpfte mich flussaufwärts. Es war eine mühselige Schinderei, und vor allen Dingen war sie ohne Erfolg. Ich trat wieder in ein Wasserloch, und da mit Schwimmen gegen das reißende Wasser nicht anzukommen war, wurde ich wieder flussabwärts gespült, und diesmal sogar über den Block hinaus, der mich beim ersten Mal gestoppt hatte. Es sah so aus, als würde ich meinen Gegnern geradewegs in die Hände schwimmen. Zum Glück war es diesmal ein umgestürzter Baumstamm, der mich davor bewahrte. Er lag festgekeilt zwischen zwei Felsblöcken. Ich machte mich hinter ihm klein und beschloss, vorläufig kein Risiko mehr einzugehen, sondern abzuwarten.

Am Blitzen der Taschenlampen sah ich, wie sie nach fünf Minuten zurückkehrten.

Ich fing Bruchstücke einiger Sätze auf: »Zwecklos ... nur weg ... Wenn es ihm gelingt, die Polizei zu alarmieren, bevor wir im Versteck sind, fassen sie uns.«

Ich duckte mich tiefer ins Wasser. Die Taschenlampen entfernten sich. Ihr Licht wurde von den Uferbüschen verschluckt.

Ich rührte mich nicht vom Fleck. Die Kälte des Wassers war mir längst unter die Haut gedrungen. Ich konnte kaum das Klappern meiner Zähne unterdrücken.

Von fern hörte ich das Aufbrummen eines Motors,

der rasch leiser wurde. Es konnten sogar mehrere Wagen sein, die dort abfuhren.

Ich gab noch einmal zehn Minuten zu. Dann kämpfte ich mich quer zur Strömung ans Ufer. Reichlich ausgepumpt blieb ich ein paar Minuten auf dem Trockenen liegen, aber da ich an einer Lungenentzündung nicht interessiert war, rappelte ich mich hoch und machte mich auf die Socken.

Die Richtung war nicht zu verfehlen. Da die Straße auf der Höhe entlangführte, brauchte ich mich nur bergaufwärts durch die Felder zu bewegen. Ich hatte Glück und fand einen Fußsteig. So gut es ging, setzte ich mich in Trab. Keuchend gelangte ich oben an. Allzu weit konnte ich von Laborfleth nicht entfernt sein. Ich schlug die Richtung ein, um irgendjemand herauszutrommeln, der mich nach Washington fahren konnte.

Dann hörte ich hinter mir das Bullern eines Traktors. Ich stellte mich mitten auf die Straße und winkte mit beiden Armen.

Der Fahrer, der Milchkannen zur Molkerei brachte, riss Mund und Augen auf, als sich ein Mann in einem triefnassen Smoking zu ihm auf den Traktor schwang.

»Ich brauche schnellstens einen Wagen nach Washington«, sagte ich.

»Der Chef von der Molkerei besitzt ein Auto«, antwortete er zögernd.

»Na, los!«, ermunterte ich ihn. »Bring deinen Rennwagen hier auf Höchsttouren. Es ist verdammt eilig.«

Er gab Gas, und der Traktor bubberte so eilig die

Straße entlang, als gelte es, den Weltrekord für Zugmaschinen zu brechen.

Die Sonne beschien den kleinen Platz am Fluss. Die drei Wohnwagen und der alte Ford standen dort, wie sie schon seit Wochen gestanden haben mochten. Nichts schien verändert, nur, dass vor einem Wagen eine Zeltplane über eine gekrümmt liegende Gestalt gedeckt war und dass es auf diesem stillen Platz von Polizisten wimmelte.

Fathgown, Phil und ich hatten eben die Inspektion der Wohnwagen beendet. Besonderes hatten wir nicht gefunden.

Soweit wir feststellen konnten, hatten Face und seine Leute vor der Flucht in aller Eile zusammengerafft, was ihnen mitnehmenswert erschienen sein mochte.

Längst wussten wir, wer der Tote unter der Plane war. Jener Handelsattaché, der den Diebstahl der Silbererzpapiere ausgeführt hatte und seitdem verschwunden war. Fathgown war der Meinung, dass der Mann mit von der Partie war, sich für den Diebstahl hatte anheuern lassen, dass es danach irgendwelche Differenzen wegen der Bezahlung gegeben hatte und dass er festgehalten worden war, bis man ihn im Augenblick seiner Befreiung durch mich erschoss.

Wir wussten jetzt manches, was uns vorher unklar gewesen war. Face und die Artisten, die so sorgfältig die hungernden Künstler spielten, waren die Ausführenden jener Einbrüche gewesen, die der politischen

Abteilung des FBI so viel Kopfzerbrechen bereiteten. Mochten Einzelheiten daran auch noch unklar sein, jedenfalls waren sie die richtigen Leute.

Blieb die Frage nach dem Kopf, nach jenem Mann, den ich in der vergangenen Nacht verfolgt hatte. Wir rekonstruierten uns den Fall so, dass dieser Mann die Verfolgung bemerkt, seinen Wagen über den Lagerplatz hinausgefahren hatte, zurückgekehrt war, um abzuwarten, wie ich mich verhielt, und dann eingriff, als ich den Diplomaten befreite.

Schön, ein Polizist freut sich, wenn er weiß, wie sich ein Verbrechen abgespielt hat, wie eine Bande organisiert ist und wie sie ihre Taten durchführt, aber er freut sich noch mehr, wenn er die Bande hinter Schloss und Riegel weiß.

Leider hatten wir in diesem Punkt keinen Grund zur Freude. Face und seine Leute waren wie vom Erdboden verschwunden, von dem geheimnisvollen Chef ganz zu schweigen. Fathgown vertrat die Ansicht, sie hätten Hals über Kopf das Weite gesucht, und er hatte eine Riesenfahndung über die gesamten Vereinigten Staaten organisiert.

Das konnte zwar nichts schaden, aber ich glaubte, dass die Burschen sich ganz in der Nähe, wahrscheinlich in Washington selbst, aufhielten. Ich hatte gehört, dass sie von einem Versteck gesprochen hatten, und zwar in einem Tonfall, der darauf schließen ließ, dass dieses Versteck schon längst für den Notfall vorgesehen war.

»Umso besser«, sagte Fathgown, als ich ihm meine Ansicht mitteilte. »Sie können nicht Monate in einem Versteck bleiben, und wir kennen ihre Gesichter. Wir werden sie fassen, sobald sie die Nase ins Freie stecken.«

Noch am selben Tag erhielt jeder Polizist die Mitteilung, dass eine Reihe von Leuten sofort zu verhaften sei, sobald sie gesehen würden. Wer diese Beschreibung las, musste der Meinung sein, dass zumindest einige dieser Leute ihrer Verhaftung unmöglich entgehen konnten.

Da war Joe Bobbeck, ein Mann von zwerghaft kleinem Wuchs. Brandow, der Riese, Snake, der Schlangenmensch, die Brüder Traiter, Fire, der Cowboy, den ich im Verdacht hatte, dass er zugleich auch der Mann wäre, der so ausgezeichnet zu schießen verstand, und schließlich John Face selbst, der Zauberkünstler. Und als Letzter der geheimnisvolle Fremde mit dem eleganten Wagen, mit dem grauen Haar und der schweren Hornbrille. Jener Mann aus dem Lanno-Klub, der seinen Smoking mit so großartiger Eleganz zu tragen verstand und der mit höchster Wahrscheinlichkeit der Kopf des Ganzen war.

Bei Licht betrachtet, konnten wir den Fall als erledigt ansehen. Was noch zu tun blieb, waren reine Fahndungsmaßnahmen.

Aus diesem Grund hatte Fathgown keine Einwendungen, als er am nächsten Tag ein Telegramm von Mr. High erhielt, in dem er fragte, wann er uns zurückhaben könne.

»Am besten«, erklärte unser augenblicklicher Chef, »bleiben Sie, Cotton, noch hier, aber Decker kann von mir aus sofort abfliegen. Ich denke, dass die Burschen in spätestens zehn Tagen gefasst sind, und ich möchte, dass ich Sie dann für die Verhöre greifbar habe. Ich habe mit Mr. High telefoniert. Er ist einverstanden, dass Sie diese zehn Tage noch in Washington bleiben.«

Am Abend brachte ich Phil zum Flughafen.

»Hoffentlich behält Fathgown Recht«, knurrte ich. »Ich schätze es nicht, wenn ich mich arbeitslos irgendwo herumtreiben und darauf warten muss, dass andere die Leute fassen, die ich suchen sollte.«

»Die Chancen stehen aber nicht schlecht«, antwortete Phil. »Also, auf Wiedersehen in New York.«

Als ich am anderen Morgen aus meinem Zimmer herunterkam, sprach mich der Portier unseres Hotels an.

»Entschuldigen Sie, Mr. Cotton«, sagte er und lächelte unterwürfig. »Es ist ein alter Gast unseres Hauses eingetroffen, ein Professor Edgar B. Hendriksen, ein alter Herr, der jedes Jahr ein paar Wochen bei uns wohnt. Mr. Hendriksen nimmt immer das Zimmer, das Sie jetzt innehaben. Würden Sie damit einverstanden sein, dass wir Sie in den Raum von Mr. Decker umquartieren?«

»Mir soll's recht sein«, knurrte ich missmutig.

»Vielen Dank, Mr. Cotton«, dienerte der Portier.

Ich trieb mich den ganzen Tag im Hauptquartier herum und lauerte darauf, dass von irgendwoher angerufen wurde, man hätte die Bande oder wenigstens einen von ihnen geschnappt. Ich wartete vergeblich. Zwar rasselte zweimal das Telefon, und am anderen Ende erklärte ein vor Aufregung japsender Cop, er hätte diesen oder jenen der Gesuchten gestellt, aber wenn wir dann auf dem Revier eintrafen, wo der angebliche Gangster, sorgfältig bewacht von entschlossenen Cops, hockte, entpuppte sich der Verhaftete als Niete.

Unter anderem wurde gleich an diesem Tag Lend Market zum zweiten Mal verhaftet, und Fathgown ließ daraufhin die Beschreibung für Brandow genauer fassen.

Am Abend saß ich in meinem Hotelzimmer, in jenem Zimmer also, das Phil vorher bewohnt hatte, und las. Es klopfte. Ich rief: »Herein!«

Eine gekrümmte Gestalt in schlotternden Kleidern schob sich in das nur spärlich beleuchtete Zimmer, denn ich hatte nur die Leselampe angezündet.

»Mr. Cotton?«, rief eine dünne, heisere Greisenstimme. »Bitte«, sagte ich und stand auf.

Der Besucher schob sich näher in den Kreis des Lichtes, den die kleine Lampe warf. Ich sah ihn genauer.

Er mochte früher einmal mittelgroß gewesen sein, aber er hielt sich so gekrümmt, dass er klein wirkte. Sein Kopfhaar war voll und weiß, aber es schrie geradezu nach einer Bürste und außerdem nach der Schere. Buschige, fahle, sehr dichte Augenbrauen hingen fast bis auf die goldgeränderte Halbbrille herab. Um seinen Mund und sein Kinn faserte sich ein struppiger dünner Bart. Er musste die sechzig überschritten haben. Von seinen schmalen Schultern baumelte eine altmodische weite Jacke fast bis zur Erde. Um den Hals trug er einen Eckenkragen mit einer wahrhaftig nicht fleckenfreien Plastronkrawatte.

»Entschuldigen Sie die Störung, Mr. Cotton«, flüsterte er heiser, »mein Name ist Edgar B. Hendriksen, Professor für amerikanische Frühgeschichte. Ich möchte mich nur bei Ihnen bedanken, dass Sie mir freundlicherweise den Raum überlassen haben, in dem ich zu schlafen gewöhnt bin.«

»Oh, keine Ursache, Professor«, antwortete ich, »ein Zimmer ist wie das andere. Nehmen Sie einen Drink? Bitte, setzen Sie sich!«

Ich holte ein zweites Glas. Er schlug umständlich die Schöße seines Rockes nach vorn und ließ sich auf einen Sessel nieder.

»Sie sagen das so«, erwiderte er, »aber in meinem Alter ist es höchst unbehaglich, die gewohnte Umgebung verlassen zu müssen.«

Ich goss sein Glas voll. »Was führt Sie nach Washington, Professor?«

Er nippte an dem Whisky, hüstelte, zog ein großes Taschentuch aus den Tiefen seines Rockes, hustete sehr ausführlich und sagte: »Entschuldigen Sie bitte, aber ich bin es nicht gewohnt, Alkohol zu mir zu nehmen. Ich vertrage ihn nicht sehr gut.«

»Tut mir Leid, Sie verführt zu haben«, antwortete ich.

»Oh, es macht nichts. Hier in Washington bin ich zu manchen Handlungen gezwungen, die ich daheim in Lesborn nicht im Traum ausführen würde. Wissen Sie, Mr. Cotton, ich bin der Direktor des Museums für Indianerkultur in Lesborn. Unser Museum ist sehr bedeutend, aber leider gibt es viele Leute, maßgebende Leute, die das nicht einsehen wollen. Jedes Jahr muss ich nach Washington, um für die Bewilligung des Staatszuschusses für mein Museum zu kämpfen. Ich habe Jahr für Jahr größere Schwierigkeiten, ihn durchzusetzen.« Er blickte von unten zu mir herauf. »Haben Sie vielleicht Beziehungen zur Kulturabteilung der Regierung?«

Ich lachte. »Tut mir Leid, Professor, aber auf diesem Gebiet kann ich Ihnen nicht dienen.«

Er seufzte. »Es ist schwierig, die Leute zu überzeugen. Ich hätte Hilfe nötig.«

Ich bot ihm eine Zigarette an.

»Nein, danke«, winkte er ab. »Ich rauche nur sehr selten.« Er erhob sich unter einigem Ächzen.

»Noch einmal meinen herzlichsten Dank für Ihre Freundlichkeit. Es wäre mir sehr unangenehm gewesen, ein anderes Zimmer beziehen zu müssen.«

»Keine Ursache, Professor«, antwortete ich und begleitete ihn zur Tür. »Schlafen Sie gut in Ihrem gewohnten Bett.«

Am anderen Morgen sah ich ihn wieder. Er saß beim Frühstück, zwei Tische von dem meinem entfernt, und aß ein Ei, von dem nicht wenig in seinem Bart hängen blieb. Ich winkte ihm zu, und er erhob sich halb und machte eine artige Verbeugung.

Im Hauptquartier gab es den gleichen Ärger wie gestern. Heute waren es vier Festnahmen, die ich im Einzelnen nachprüfte und die sich im Einzelnen als Nieten herausstellten. Ich kannte das von anderen Fahndungsaktionen. Immer, wenn Gangster dringend gesucht werden, häufen sich im Laufe der ersten Woche die Meldungen von Verhaftungen. In der zweiten Woche flauen sie dann ab und hören im Laufe der dritten Woche allmählich völlig auf. Wenn dann in der vierten Woche oder noch später wieder jemand verhaftet wird, kann man fast hundertprozentig sicher sein, dass es sich diesmal wirklich um den Gesuchten handelt. Kurz vor Feierabend kam ein Anruf von Mr. High.

»Hallo, Jerry«, sagte er, »fein, dass ich Sie direkt erwische. Ich wollte mit Fathgown sprechen, ob Ihr Aufenthalt in Washington wirklich noch nötig ist.«

»Brauchen Sie mich, Chef?«

»Nein, so sehr dringend ist es nicht, aber Phil hat mir berichtet, wie die Aktion in Washington steht. Ich habe es nicht gern, wenn meine besten Leute auf Eis liegen. Wenn Fathgown glaubt, er müsste Sie unbedingt bei der Vernehmung der Bande dabei haben, sind Sie doch auch von New York aus innerhalb von vierundzwanzig Stunden an jedem Ort der USA, an dem er Sie wünscht. Warum sollen Sie ausgerechnet in Washington darauf warten, dass die Bande gefasst wird?«

»Vielen Dank, Chef«, sagte ich. »Sie tun mir einen Gefallen damit. Ich werde mit Fathgown sprechen. Ich rufe Sie wieder an. Schönen Gruß an Phil.«

Ich hängte mich an die Strippe und versuchte, Fathgown zu erreichen, aber es stellte sich rasch heraus, dass er heute Nacht nicht mehr zu erwischen war. Irgendein Staatsbesuch rollte in Washington ab, und Fathgown hatte, wie immer in solchen Fällen, damit zu tun, dass dem Gast der Regierung kein Haar gekrümmt würde.

Ich telefonierte noch einmal mit New York und sagte Mr. High, dass ich erst morgen mit Fathgown sprechen könnte, ob er mich aus Washington abziehen ließe. Ich würde morgen im Laufe des Tages wieder anrufen.

Ich aß im Speisesaal des Hotels zu Abend. Ich war schon beim Nachtisch, als Professor Hendriksen hereinkam und mit seinen kurzsichtigen Augen in die Runde blinzelte. Ich wollte in Deckung gehen, aber er hatte mich schon erspäht und steuerte, begleitet von dem Geschmunzel und Gekicher der anderen Gäste, meinen Tisch an.

»Ah, Mr. Cotton«, freute er sich. »Hat es Ihnen geschmeckt? Würden Sie erlauben, dass ich Ihnen ein wenig Gesellschaft leiste?«

Ich konnte es ihm nicht gut abschlagen, und er setzte sich. In seinem Bart klebte noch ein wenig Gelbes von dem Frühstücksei.

Mr. Hendriksen bestellte sein bescheidenes Abendmahl beim Kellner, bat um eine Flasche Sodawasser und erzählte mir dann mit seiner Greisengeschwätzigkeit seinen Tagesablauf.

Er hatte im Kultusministerium vorgesprochen. Man hatte ihn von einer Abteilung zur anderen verschoben, und er hatte nichts erreicht, aber das war er gewohnt.

»Ich bin sehr hartnäckig, wenn es um mein Museum geht«, erklärte er und kicherte. »Mein Rekord steht auf achtzehn Tagen, die ich brauchte, um die Bewilligung des Zuschusses zu erreichen, aber gewöhnlich komme ich nicht unter drei Wochen weg. Dieses Jahr wird es vermutlich auch sehr lange dauern. Bleiben Sie noch sehr lange in Washington, Mr. Cotton?«

»Nein, wahrscheinlich reise ich schon morgen«, antwortete ich. »Es hängt davon ab, ob mein hiesiger Chef mich freigibt, wie es mein New Yorker Chef will.«

»Es ist noch nicht entschieden?«

»Nein, ich konnte meinen Washingtoner Vorgesetzten noch nicht erreichen. Ich hoffe, morgen die Entscheidung herbeiführen zu können.«

»Schade, dass Sie schon reisen«, sagte er und vertiefte sich in seinen Suppenteller. »Ich hätte Ihnen gern für Ihre Freundlichkeit etwas gezeigt. Ich kenne die Washingtoner Museen sehr genau, und wenn es Sie interessiert, hätte ich gern den Fremdenführer gespielt.«

»Sehr freundlich von Ihnen«, dankte ich. »Leider wird daraus nichts. Im Übrigen müssen Sie mich jetzt entschuldigen. Ich habe noch eine Verabredung, Professor.«

Er legte den Löffel zurück, und wir verabschiedeten uns voneinander mit umständlichem Händedrücken. Er war ein sehr gut erzogener Herr alter Schule, etwas tatterig, aber ich hatte nun einmal keine Lust, mir seine Museumssorgen anzuhören. Ich interessiere mich nicht für indianische Frühgeschichte. Lieber gehe ich ins Kino.

Als ich am nächsten Morgen zum Portier ging, um ihm zu sagen, dass ich wahrscheinlich heute im Laufe des Tages ausziehen würde, stand Professor Edgar B. Hendriksen vor der Theke und ließ sich vom Empfangschef umständlich die Busverbindung zu einem bestimmten Ort der Stadt erklären.

Ich schlug ihm sanft auf seine gekrümmte Schulter.

»Hallo, Professor«, sagte ich gut gelaunt. »Warum nehmen Sie nicht einfach ein Taxi?«

Er blickte schräg über seine Brillengläser zu mir hoch.

»Oh, Mr. Cotton«, sagte er dann erfreut, »ich muss in die Redge Road. Dort soll ein Mann mit viel Interesse für indianische Geschichte wohnen, der Einfluss bei der Regierung hat. Ich will bei ihm vorsprechen. Vielleicht unterstützt er mein Anliegen. Aber ein Taxi kann ich mir nicht erlauben.«

Ich wollte ihm etwas Gutes tun. »Na dann los. Ich fahre Sie eben hin. Bei mir kommt es auf ein paar Minuten, die ich früher oder später zum Dienst antrete, nicht an.«

Er verging fast vor Dankbarkeitsbezeugungen, stülpte sich einen runden schwarzen Hut aufs Haupt und schlurfte neben mir her zur Tür.

Fathgown hatte mir einen Dienstwagen zur Verfügung gestellt. Ich verfrachtete den Professor auf den Beifahrersitz, klemmte mich hinter das Steuer und reihte mich in den fließenden Verkehr ein.

»Fahren Sie bitte sehr vorsichtig, Mr. Cotton«, wisperte Hendriksen. »Ich bin sehr ängstlich.«

»Selbstverständlich«, erwiderte ich, steuerte mit einer Hand, fischte mir eine Zigarette aus der Hand und zündete sie an.

»Würden Sie mir bitte auch eine Zigarette geben, Mr. Cotton?«, fragte der Professor.

»Entschuldigen Sie«, sagte ich. »Ich dachte, Sie rauchen nicht.«

»Nur sehr selten«, antwortete er. »Aber im Augenblick habe ich Appetit.«

Ich hielt ihm das Päckchen hin. Er fischte ein Stäbchen heraus. Ich ließ das Feuerzeug aufschnappen und gab ihm Feuer, ohne den Blick von der Straße zu nehmen.

Ich hörte, wie er den Rauch einsog, und erwartete, dass er hustete, aber er schien es gut vertragen zu können.

Ich warf einen Blick zur Seite. Ich sah seine Hand, die die Zigarette hielt – auf eine ganz merkwürdige Art hielt, zwischen Daumen und Mittelfinger und so, dass die Glut vom Handinneren verdeckt wurde. Ich wusste, dass mir diese Art zu rauchen schon einmal aufgefallen war, aber für einige Sekunden wusste ich nicht, wo und bei wem.

Der Verkehr zwang mich zur Aufmerksamkeit, aber dann sah ich Hendriksen noch einmal an, die Hand mit der Zigarette, das bärtige Gesicht, aber so dicht war der Bart nicht, dass er das Lächeln verdeckte, das jetzt um seinen Mund spielte.

»Merkwürdige Art zu rauchen haben Sie, Professor«, sagte ich langsam.

»So?«, fragte er schnell.

»Ja. Ich kannte einen Mann, der auch so seine Zigarette rauchte, weil er es von der Bühne her gewohnt war. Sie verstehen, damit die Feuerwehrleute die Glut nicht sahen.«

»So«, sagte er, und seine Stimme war nicht mehr das heisere Flüstern eines alten Mannes, sondern eine klare Stimme, die ich gut kannte. »Man kann nicht vorsichtig genug sein, Cotton, aber es kommt nicht mehr darauf an.«

Ein runder harter Gegenstand bohrte sich in meine Seite, ein Gegenstand, dessen stählerne Kühle ich selbst durch die Jacke bis auf meine Haut fühlte.

»Fahren Sie jetzt bitte genau so, wie ich es Ihnen sage«, forderte Edgar B. Hendriksen, ein Mann, den ich für einen trotteligen Professor und Museumsdirektor aus Lesborn gehalten hatte.

Seine Maske war vollendet. Er hatte seine Rolle glanzvoll gespielt, und ich war ihm so arglos auf den Leim gegangen, dass ich einfach nicht kapierte, wie vollkommen er es verstand, die Menschen zu täuschen. Ich hatte mit ihm Whisky getrunken. Wir hatten gemeinsam am Abendbrottisch gesessen. Ich konnte es einfach nicht glauben, so blind gewesen zu sein.

»Face!«, sagte ich.

»Die nächste Straße rechts«, entgegnete er statt einer Antwort. »Übrigens, ich schieße bei der kleinsten verdächtigen Bewegung. Es herrscht genügend Lärm auf der Straße, dass der Knall nicht auffallen dürfte.«

Er drückte die Zigarette aus, griff mit der freien Hand an mir vorbei in meine Brusttasche und nahm meinen 38er an sich.

»Fahren Sie jetzt schneller«, befahl er, und der Druck des Pistolenlaufs gegen meine Hüfte unterstützte den Befehl.

Ich hatte mich inzwischen genügend gefasst, um

meine Chancen auszurechnen. Es gab 'ne Menge Möglichkeiten. Ich konnte den Wagen gegen den nächsten Laternenpfahl steuern. Ich konnte einen Zusammenstoß provozieren, und ich konnte einfach, wie ich es schon einmal in einem ähnlichen Fall getan hatte, mit Wucht in die Bremse steigen. Wenn ich Glück hatte, traf mich seine erste Kugel nicht so schwer, dass ich mich nicht noch auf ihn stürzen konnte.

Aber vorläufig war ich noch viel zu neugierig zu erfahren, was er mit mir beabsichtigte. Bei Licht betrachtet, hatte er nicht mehr Grund, mich umzulegen, als es bei jedem anderen G-man der Fall gewesen wäre. Und solange wir in der Stadt herumkutschierten, würde er ohnedies nicht abdrücken.

Er dirigierte mich in eine Seitenstraße, und als ich diese Seitenstraße sah, gefiel sie mir gar nicht. Schon hob ich den Fuß, um die Bremse zu treten, aber da griff Mr. Hendriksen selbst nach der Handbremse und zog sie an.

Der Wagen schlitterte.

Ich ließ das Steuerrad fahren und warf mich zur Seite über ihn.

Ein Auto ist kein guter Platz, um zu kämpfen. Man hat nicht genug Bewegungsfreiheit. Ich weiß auch nicht, ob ich den Revolver traf. Jedenfalls fiel kein Schuss.

Ich sah noch, wie die Rückfront eines geschlossenen Lieferwagens vor uns aufwuchs, dann lag ich endgültig über dem Professor.

In der Rage des Kampfes hörte ich nicht, wie die

Tür neben dem Fahrersitz aufgerissen wurde. Ich fühlte eine kräftige Faust am Kragen meines Rockes, die mich zurückriss.

Ich zappelte, um mich herumzuwerfen, aber eingeklemmt zwischen Steuerrad und Rückenlehne, behindert von der Gangschaltung, der Handbremse, dem Armaturenbrett, gab es keine Möglichkeit. Sie ließen mir auch nicht viel Zeit, sondern schalteten mich aus.

Als ich die Augen wieder aufschlug, spürte ich als Erstes einen geradezu scheußlichen Gestank. Ich befand mich in einem viereckigen Raum, der mit Blech ausgeschlagen war und der sein Licht nur durch schmale Schlitze empfing, die seitlich angebracht waren. Erst, als meine Sinne das Ruckeln und das Motorengeräusch wahrnahmen, begriff ich, dass ich mich im Laderaum jenes Lieferwagens befand, gegen den mein Auto in der letzten Phase unserer Spazierfahrt noch angestoßen war.

Im Halbdunkeln sah ich die Riesengestalt Brandows, der gebückt stehen musste, daneben die beiden Traiters und Snake, den Schlangenmenschen.

Ich begriff. Face hatte mich nicht in jene einsame Straße dirigiert, um mich abzuschießen, sondern um mich seinen Kumpanen zu übergeben. Wahrscheinlich war es Brandow gewesen.

Ich richtete mich auf und hielt mir den Kopf.

»Bist du das, Brandow, der hier so stinkt?«, fragte ich. Er stieß einen knurrenden Laut aus. Lex Traiter griff nach seinem Arm.

»Lass die Finger von ihm«, warnte er. »Der Chef will es nicht.«

»Wenn ich ihm nur endlich den Hals umdrehen könnte«, wütete der Riese.

Die Fahrt dauerte ungefähr eine Stunde, wovon die letzten zwanzig Minuten über ein miserables Straßenstück zu führen schienen, wenn ich es nach dem Holpern des Wagens richtig beurteilte.

Dann hielt die Karre mit quietschenden Bremsen. Die Tür des Kastens wurde von außen geöffnet. Das Tageslicht flutete herein und blendete mich für Augenblicke.

Meine Bewacher sprangen heraus.

»Komm schon, G-man!«, schrie Brandow. »Oder sollen wir dich holen?«

Ich folgte dem Befehl, und dann sah ich mich der Bande vollzählig gegenüber. Es fehlte keiner, weder Bobbeck, der Zwerg, noch Fire, der Kunstschütze. Sie standen im Halbkreis vor mir und sahen mich an.

Ich blickte mich um. Wir befanden uns auf einem Fabrikhof. In meinem Rücken lagen drei Gebäude von unterschiedlicher Größe. Eines davon schien das Kesselhaus zu sein, denn von ihm ragte ein Schornstein hoch in den Himmel. Den Hof, der einen Durchmesser von hundert Yard haben mochte, umlief eine hohe verrußte Mauer, die links und rechts an die Gebäude anstieß, sodass der Hof völlig umschlossen war. Einziger Zugang schien ein großes, mit massiven Eisentüren verschlossenes Tor in der Mitte der Mauer zu sein. Außer einer Menge Gerümpel stand eine Anzahl Wagen herum. Ich erkannte Fathgowns Lincoln und den Thunderbird, dem ich gefolgt war. Ich befand mich also in dem Versteck, von dem Face in der Nacht am Fluss gesprochen hatte.

Ich wandte meine Aufmerksamkeit wieder der Bande zu.

»Na denn!«, sagte ich. »Ihr habt mich also da, wo ihr mich haben wolltet. Und jetzt steht ihr da wie ein Standgericht. Beeilt euch. Ich bin nicht der erste wehrlose Mann, den ihr erschießt.«

Ich sah, wie es in dem Gesicht von Fire, dem Kunstschützen, zuckte. John Face, immer noch in der Maske des Professor Hendriksen, griff nach seinem Bart und rupfte ihn von seinem Gesicht. Dann streifte er die weiße Perücke ab. Darunter kam sein glattes, mit Mastix verklebtes Haar zum Vorschein.

Er trat ein paar Schritte auf mich zu.

»Es eilt nicht, G-man. Vorläufig brauchen wir Sie noch. Jedenfalls gedenke ich, Sie einige Zeit zu verwahren.«

»Vor Ihnen habe ich 'ne ganze Menge Respekt, Face«, sagte ich und grinste. »Ihre Fähigkeit, sich zu maskieren, ist großartig. Ich dachte, Sie wären nur Zauberkünstler.«

Er war eitel genug zu lächeln. »Wenn Sie sich ein wenig intensiver für meine berufliche Laufbahn interessiert hätten, so wäre es Ihnen nicht schwer gefallen, festzustellen, dass ich unter dem Namen ›Mann mit den tausend Gesichtern‹ ein berühmter Verwandlungskünstler war.«

»Überflüssig festzustellen, dass Sie auch jener Mann im Lanno-Klub waren, dem ich folgte.«

Er lachte. »Ja, das war ich auch. Sie waren mir so nahe auf den Fersen, Cotton, dass ich kaum Zeit hatte, mir die Maske abzureißen und mich auf verschlafen herzurichten.«

»Mr. Fire fuhr unterdessen den Thunderbird in den Wald«, ergänzte ich, »und als er dann zurückkam, griff er mit seiner Kunstfertigkeit als Schütze in die Angelegenheit ein, nicht wahr?«

Er lächelte höhnisch. »Wir werden später noch Gelegenheit genug haben, darüber zu plaudern. Würden Sie sich jetzt bitte in das Innere des Gebäudes begeben? Und, Mr. Cotton, versuchen Sie keine Dummheiten. Sie wissen, wie gut Fire schießt und wie hart Tob Brandow, Ihr spezieller Freund, zuschlägt.«

Alle Mann, die gesamte Gang, geleiteten mich in das rechte Gebäude, nur der Zwerg Bobbeck verließ uns. Ich sah ihn zum Kesselhaus hinübergehen.

Das Gebäude, in das wir uns begaben, schien ehemals die Verwaltung der Fabrik beherbergt zu haben. Die ganze Bude war verdreckt. Die Fenster zum großen Teil zerbrochen. Die Türen hingen schief in den Angeln. Der Raum, in den ich geführt wurde, war notdürftig mit einer Pritsche, einem Tisch und ein paar Stühlen eingerichtet. »So«, sagte Face. »Jetzt brauche ich Ihre Kleider, G-man.«

Ich glaubte, nicht richtig gehört zu haben.

»Jawohl«, wiederholte er. »Rock, Hose, Schuhe, sogar das Hemd und die Krawatte. Besser, Sie ziehen sie freiwillig aus!«

Wozu sollte ich mir unnötige Kopfschmerzen

holen? Drei Minuten später stand ich barfuß in Unterhose und Unterhemd.

»Gib ihm ein paar Klamotten von dir«, befahl Face einem der Traiter-Brüder. Ich erhielt gnädigst einen Trainingsdress und ein Paar alte Segeltuchschuhe zugeteilt.

»Ich möchte gern wissen, was Sie mit meinen Spielsachen wollen«, sagte ich.

»Sehr einfach«, erklärte der Chef dieser seltsamsten Bande, die mir je untergekommen war. »Ich werde in Ihrer Gestalt zu Mr. Fathgown gehen, um mich von ihm zu verabschieden. Außerdem werde ich Ihren New Yorker Chef anrufen, um ihm zu sagen, dass Sie unbedingt in Washington bleiben müssen. So wird Sie niemand vermissen. Der eine wird glauben, Sie wären in Washington, der andere, Sie wären bereits nach New York abgefahren.«

Ich lachte schallend. »Sie glauben doch nicht im Ernst, dass Fathgown die Maskerade nicht durchschaut?« Face war nicht zu erschüttern.

»Als ich meine Fähigkeiten noch auf der Bühne ausübte«, erklärte er, »pflegte ich eine Anzahl Leute aus dem Publikum heraufzubitten. In Minutenschnelle verwandelte ich mich so genau in ihre Gestalt, dass die eigene Mutter uns nicht voneinander unterscheiden konnte: Es brauchen nicht immer falsche Bärte sein, Mr. Cotton. Ich arbeite auch mit Paraffineinspritzungen unter die Nasenhaut, mit Belladonna zur Augenveränderung und Dutzenden von anderen Tricks. Zugegeben, dass ich Mr. Fathgown vielleicht trotz aller Hilfsmittel nicht täuschen könnte, wenn er nur den geringsten Verdacht hätte, ein Fremder könnte sich ihm in Ihrer Maske nähern, Mr. Cotton. Aber er hat diesen Verdacht gar nicht, und außerdem werde ich dafür sorgen, dass die Beleuchtungsverhältnisse nicht ideal sind, wenn wir uns treffen. Sie wissen, er ist bis heute Abend mit der Bewachung des Staatsbesuchs beschäftigt, und abends schaltet auch ein FBI-Chef gern gedämpftes Licht ein. Was Ihre Stimme und Sprechweise angeht, Mr. Cotton«, sagte er, und plötzlich glaubte ich, mich selbst zu hören, denn er wechselte in meinen Tonfall über, »so ist das eine Kleinigkeit für mich, sie nachzuahmen. Das ... habe ich zwanzig Jahre lang geübt.«

Ich konnte ihm eine gewisse Anerkennung nicht versagen.

»Sie sind 'ne Wucht, Face«, sagte ich, »aber es wird Ihnen nichts nutzen. Sie landen doch im Zuchthaus.«

»Wir werden sehen«, antwortete er. »Brandow, Lex, Bolo, schafft ihn in den Keller im Heizungsgebäude. Bindet ihn sorgfältig. Einer bleibt ständig bei ihm.«

Im Geleit führten sie mich über den Fabrikhof zu dem Gebäude mit dem Schornstein. Ein paar Stufen führten in einen dunklen Raum hinab, der offensichtlich früher als Keller für den Koks gedient hatte, denn eine zweite türlose Öffnung ging zu einem daneben liegenden Raum, in dem ich im Vorbeigehen einen Kessel eines großen, aber verrotteten Heizungsofens erblickte.

Verdammt, ich kann nicht sagen, dass sie besonders zart mit mir umgingen. Ich wurde solide verpackt und in einer Ecke deponiert.

Brandow und die Traiters stritten sich ein wenig, wer die erste Wache bei mir halten sollte. Schließlich wurde Lex Traiter bestimmt. Er hockte sich auf die Treppenstufe.

Ich hatte Zeit genug, über meine Lage nachzudenken. Im Augenblick sah es nicht so aus, als sollte ich in nächster Zeit ausgelöscht werden.

Ich musste versuchen, ihnen bei passender Gelegenheit durch die Lappen zu gehen. Blieb lediglich die Frage offen, was ich zur Herbeiführung dieser passenden Gelegenheit von mir aus tun konnte.

Zum Henker, es stank auch in diesem Keller ausgesucht scheußlich. Ich spürte einen intensiven, wilden und scharfen Geruch, genau der gleiche Gestank, der mir schon im Lastwagen in die Nase gestiegen war.

»Hallo«, rief ich Lex Traiter an. »Warum stinkt es bei euch so? Ist das euer Charakter?«

Er grinste und zeigte seine gesunden Zähne. Auf den ersten Blick war er ein durchaus sympathischer Junge. »Ich rieche es schon gar nicht mehr.«

»Keiner spürt den eigenen Gestank.« Aus dem Nebenraum ertönte ein heiseres, wildes Kreischen. Mir fiel die Äußerung jenes Wächters im Außenamt ein, der von einem Gekreisch gesprochen hatte, das sich wie das Schreien einer Wahnsinnigen angehört hatte.

»Wer schreit so?«, fragte ich.

Lex grinste nur, antwortete aber nicht. Aus dem Heizungsraum kam Bobbeck, der Zwerg. Er warf aus seinen hervorquellenden Augen einen flüchtigen Blick auf mich, watschelte zu Traiter hin und fistelte: »Soll der G-man hier bleiben?«

»Face hat's befohlen.«

»Ich hab nicht gern wen in unserer Nähe«, maulte der Kleine. »Face weiß das.«

»Sag es ihm selbst.«

»Werde ich auch«, entgegnete er und watschelte wieder hinaus.

Ich lag den ganzen Tag in der Ecke. Meine Glieder wurden steif.

Durch den Eingang konnte ich ein Stück der Mauer und darüber einen Fetzen vom Himmel sehen. Lex Traiter wurde von Bolo abgelöst, Bolo wieder von Brandow. Ich sah, wie es draußen langsam dunkel wurde.

Ich habe gute Nerven, und ich brachte es fertig, zwischendurch einzuschlafen. Im Anfang lauschte ich auf die Geräusche. Am Spätnachmittag fuhr ein Wagen weg, aber sonst geschah nicht viel. Manchmal wisperte der Zwerg im Raum nebenan, und hin und wieder hörte ich seltsames Schmatzen und Schnalzen, aber den schrillen Schrei hörte ich nie wieder.

Die Ziffern meiner Armbanduhr zeigten zehn Uhr, als Brandow, der inzwischen von Stenless, dem Entfesselungskünstler, in meiner Bewachung abgelöst war, erschien, mich auf die Beine stellte und meine Fußfesseln löste.

Sie führten mich aus dem Keller über den Hof in jenes Zimmer, in das ich unmittelbar nach meiner Gefangennahme gebracht worden war.

Face und Fire, der Kunstschütze, saßen dort am Tisch und aßen.

»Ich soll Ihnen schöne Grüße von Mr. High bestellen«, sagte Face. »Und Mr. Fathgown wünscht Ihnen eine gute Reise.«

»Sie scheinen Erfolg gehabt zu haben«, antwortete ich, »herzlichen Glückwunsch.«

»Ja, es hat geklappt, Fathgown hatte so wenig Zeit, dass ich mich, oder richtiger gesagt Sie, telefonisch bei ihm abmelden konnte, und Ihrem Mr. High habe ich telefonisch beigebracht, dass Sie in Washington vorläufig unentbehrlich sind. Anschließend habe ich Ihr Zimmer bezahlt und Ihr Gepäck abgeholt. Der Portier hat mich ununterbrochen mit Mr. Cotton angeredet.«

»Bei dem ist es kein Wunder«, sagte ich. »Der Bursche steckt doch mit Ihnen unter einer Decke, sonst hätte er mir nicht erzählt, dass Professor Hendriksen seit Jahren in sein Hotel kommt.«

Face lachte. »Irrtum, Cotton. Sie glauben nicht, was ein Hotelportier für eine Zehndollarnote alles zusammenlügt. Und die ganze Sache mit der Zimmertauscherei habe ich nur veranstaltet, um einen Grund zu haben, mich Ihnen als Professor Hendriksen zu nähern.«

Er wandte sich an Brandow.

»Tob, nimm ihm die Fessel ab. Ich denke, Sie werden Hunger haben, Cotton. Setzten Sie sich und greifen Sie zu.«

Nein, ich trat nicht in den Hungerstreik. Ich setzte mich wirklich mit dem Gangsterchef, dem finsteren Kunstschützen und dem riesigen Brandow an einen Tisch, und ich aß mit ihnen Bratkartoffeln und Eier. Ich trank Whisky mit ihnen und rauchte Zigaretten.

Es war eine geradezu gemütliche Runde. Es fehlte nur noch, dass einer von uns eine Pokerpartie vorgeschlagen hätte.

»Was haben Sie eigentlich mit mir vor, Face?«, fragte ich bei der zweiten Zigarette.

»Ich weiß es noch nicht genau«, antwortete er und sog auf seine charakteristische Art an seinem Glimmstängel. »Bestenfalls lasse ich Sie laufen, sobald wir mit genügend Money über die Grenze sind.« Er lächelte kalt. »Vielleicht aber auch erlaube ich Tob, seinen privaten Rachegelüsten freien Lauf zu lassen. Es hängt davon ab, wie Sie sich benehmen.«

»Okay, und warum versuchen Sie nicht, die Grenze zu erreichen?«

»Weil wir noch nicht genügend Dollars gemacht haben. Sie wissen, wir haben uns auf die Beschaffung von Dokumenten spezialisiert. Nur in drei Fällen hatten wir Erfolg, aber nur die Unterlagen über die Ölkonzessionen brachten etwas ein. Glauben Sie mir, Cotton, es gibt keine größeren Gangster als die Chefs ausländischer Nachrichtendienste. Erst versprechen sie goldene Berge, und wenn man mit den gewünschten Papieren ankommt, speisen sie einen mit einem Trinkgeld ab. Auf Drohungen reagieren sie nicht. Sie fühlen sich hinter ihrer diplomatischen Immunität völlig sicher. Es tut mir Leid, dass ich es überhaupt mit Dokumenten versucht habe. Wir hätten uns gleich auf die Banken stürzen sollen, aber die Banken erschienen uns ungewöhnlich gut gesichert.«

»Und jetzt wollen Sie es doch mit den Banken versuchen?«

»Richtig, G-man. Ich habe mir schon seit Tagen eine kleine Bank ausgesucht, die Filiale der State and Industrial Bank in der Balley Street. Ein kleiner Laden, aber einmal in jeder Woche beherbergt er die Gelder für die Lohnzahlung der Flex-Textil-Werke. Dieses Geld wollen wir uns holen, Cotton.« Er lächelte. »Da ich trotz der Aufmerksamkeit Ihrer Polizisten ziemlich ungestört durch die Straßen streifen kann, habe ich alle Beobachtungen gemacht. Übermorgen Abend geht es los. Interessieren Sie Einzelheiten?«

»Nicht besonders, aber schießen Sie los.«

»Am Donnerstagabend liegen in dem Banktresor fünfhunderttausend Dollar. Der Tresor liegt ganz gegen die sonstigen Gewohnheiten im zweiten Stock. Das Gebäude ist dreistöckig, wobei der zweite und dritte Stock praktisch fensterlos sind. Allerdings nur praktisch fensterlos, denn im dritten Stock befindet sich ein kleines unvergittertes Fenster, das aus irgendwelchen Gründen dort angebracht worden ist. Vom Parterre aus ist der Tresor nicht zu erreichen, weil der Aufgang durch Alarmanlagen gesichert ist, aber von der dritten Etage ab ist eine solche Sicherung nicht eingebaut worden, wahrscheinlich, weil niemand auf den Gedanken gekommen ist, man könnte von oben in das Gebäude eindringen. Es würde auch niemand können, aber wir sind dazu in der Lage.«

»Kein Nachtwächter?«

»Doch, aber er ist kein Problem. Er hält sich nur im Parterre auf. Der Tresorraum ist auch für ihn wegen der Sicherungen nicht zu betreten.«

Ich drückte meine Zigarette aus.

»Ich hoffe, Sie werden sich den Hals dabei brechen, Face.«

In seinen Augen glomm ein böses Licht auf.

»Sie werden frech, G-man«, sagte er leise. »Schön, wenn Sie uns einen Halsbruch wünschen, dann sollen Sie die Folgen eines Misslingens als Erster zu spüren bekommen. Wir werden Sie mitnehmen.«

Brandow und Fire blickten überrascht hoch.

»Dein Ernst, John?«, fragte der Kunstschütze.

»Mein voller Ernst.«

»Ich garantiere Ihnen, dass ich bei der ersten sich bietenden Gelegenheit Krach mache, dass sämtliche Cops der Stadt zusammenlaufen.«

»Wir werden das zu verhindern wissen, aber wenn es schief gehen sollte, dann werfen wir Sie unseren Verfolgern gern vor die Autoreifen, das wird auch einen Polizisten stoppen.«

Ich grinste ihn frech an. »Seien Sie vorsichtig, Face. Auch einen Sturz aus einem schnell fahrenden Auto kann man überleben.«

Meine Ruhe ärgerte ihn.

»Tob, bring ihn wieder nach unten! Jetzt habe ich sein Gesicht lange genug genossen.«

Die nächsten zwei Tage, volle achtundvierzig Stunden, verbrachte ich zum größten Teil gefesselt im Keller. Sie waren anständig genug, mir hin und wieder etwas zu essen und zu trinken zu geben, und dann ließen sie mich auch, unter Bewachung von mindestens drei Mann, bei denen der Riese Brandow nie fehlte, eine Zigarette rauchen.

Das lange Liegen bekam mir nicht besonders. Ich wurde tatendurstig, dass ich ein paar Mal nahe dran war, alles auf eine Karte zu setzen, aber ich zwang mich immer wieder zur Ruhe. Wenn Face sein Wort erfüllte und mich mit zu dem geplanten Einbruch nahm, bot sich dort sicher eine bessere Gelegenheit als in dieser alten Fabrik, die nach meiner Schätzung mindestens dreißig Meilen vor den Toren Washingtons liegen musste. Ich wusste von Snake, dem Schlangenmenschen, der mich ein paar Mal bewacht hatte und der der Geschwätzigste der Bande war, dass wir uns in einer alten Pulverfabrik befanden und dass die Bande diesen Ort, der völlig einsam war, schon als Versteck benutzt hatte, als ein Teil von ihnen noch in den Wohnwagen bei Laborfleth hauste.

Von nebenan, aus dem Heizungsraum, ertönten von Zeit zu Zeit immer wieder das Schmatzen und Schnalzen und das heisere Wispern des Zwerges Bobbeck. Er sprach mit irgendwem, mit einer Person, die ich noch nie gesehen hatte. Manchmal verstand ich ein paar von den Worten, die er flüsterte. Immer waren es Kosenamen, aber selbst der geschwätzige Snake schwieg auf meine Frage, mit wem Bobbeck sich nebenan so intensiv beschäftigte.

In der dritten Nacht meines Aufenthalts wurde ich von Brandow auf seine übliche sanfte Weise geweckt. Heute wurden mir die Fußfesseln nicht gelöst. Brandow legte mich einfach auf seine Schulter und trug mich hinaus. Die gesamte Bande war versammelt. Ihre Fahrzeuge waren aufgefahren. An der Spitze der Thunderbird, dann ein großer geschlossener Ford und der Lieferwagen.

»Es geht los, G-man«, Face grinste mich an. »Sie kommen zu mir in den Thunderbird. Brandow wird sich neben Sie in den Fond setzen. Ich nehme das Steuer. Außerdem fahren die Traiters noch auf den Vordersitzen mit. Hinein mit ihm, Tob.«

Brandow schob mich wie eine Puppe in den Wagen. Er stülpte mir einen Hut auf den Kopf und legte mir einen Mantel um, damit ein zufälliger Beobachter nicht meine Fesselung sah.

»Den Knebel verpasse ich dir schon rechtzeitig«, knurrte der Riese.

Face schwang sich hinter das Steuer, und die Brüder Traiter enterten den Wagen. In den Ford stiegen Fire und Stenless, Snake hingegen klemmte sich hinter das Steuer des Lastwagens.

Face drehte sich zu mir um.

»So, Cotton, nun werden Sie das Geheimnis unserer Erfolge kennen lernen.« Er kurbelte das Fenster herunter und rief: »Bobbeck, du kannst kommen!« Dann sagte er zu mir: »Je weniger Menschen Togo sehen, desto besser ist es. Bobbeck hat ihn zwar gut im Griff, aber nach Möglichkeit vermeiden wir es, ihn zu beunruhigen. Bei der Arbeit lässt es sich leider nicht immer verhindern. Aber sehen Sie, da ist er!«

Ich konnte den Kopf ausreichend drehen, um aus dem Fenster zu blicken, und die Scheinwerfer der Wagen gaben genug Licht, um die Szene noch gespenstischer zu machen. Aus dem Heizungskeller näherte sich eine bizarre, riesige Gestalt mit langem lohfarbenem Haar, kurzen krummen Beinen und Armen, die länger und dicker waren als Männerbeine. Ich musste zweimal hinsehen, um sicher zu sein, aber das Bild blieb so, wie ich es zuerst gesehen hatte.

Dort aus dem Heizungskeller stieg ein großer Orang-Utan, ein Männchen der zweitgrößten Affenrasse der Erde. Er stützte sich beim Gehen mit dem rechten Handrücken auf die Erde, seine linke Hand hielt die Hand von Bobbeck, der neben der Riesengestalt doppelt klein wirkte, neben ihm watschelte und zärtlich auf ihn einwisperte.

Das ungleiche und doch sich auf eine erschreckende Weise ähnliche Paar steuerte den Kastenwagen an. Mit einem leichten und eleganten Satz sprang der Affe hinauf, streckte dem Zwerg seine Arme hin und hob ihn völlig mühelos hoch.

Wahrscheinlich hatte ich bei diesem Schauspiel mein Gesicht nicht völlig in der Gewalt. Face lächelte befriedigt.

»Früher staunten in den Nachmittagsvorstellungen die Kinder, wenn Bobbeck auf Togo in die Manege ritt, wenn der Orang mit dem Zwerg auf dem Rücken Seile hochkletterte und die tollsten Sprünge vorführte.« Seine Stimme klang höhnischer. »Heute trägt Togo unseren Bobbeck an Fassaden hoch, die nicht einmal Lex und Bolo ersteigen könnten. Mühelos hält er oben die Strickleiter, die Bobbeck ihm um den Körper bindet und auf der wir anderen hinaufklettern. Sie werden sehen.«

»Schließ den Lastwagen!«, wandte er sich an Bolo Traiter. »Sie sind drin.«

Es ging los. Es war zu dunkel, um zu erkennen,

wie die Gegend aussah, durch die wir fuhren. Der Wagen schaukelte langsam über eine miserable Straße. Ich nahm an, dass rechts und links Brachgelände war und dass diese Schotterstraße, auf der wir uns befanden, früher eine Verbindung zwischen der Pulverfabrik und einer Landstraße hergestellt hatte. Nach einer knappen halben Stunde langsamster Fahrt kamen wir auf Asphalt, dann auf eine breite betonierte Autostraße.

Hier trennten sich die Wagen. Offenbar war ein genauer Zeitplan festgelegt worden, denn Face fuhr ziemlich langsam und kontrollierte immer wieder seine Uhr.

Die Autostraße mündete langsam in bewohnte Gegend. Rechts und links tauchten Häuser auf. Kein Zweifel, dass wir uns in einem Vorort Washingtons befanden.

»Besser, du verbindest ihm jetzt das Maul, Tob!«, befahl Face.

Er hatte alles vorbereitet. Sie schoben mir einen Knebel zwischen die Zähne und banden ein Tuch darüber, damit ich ihn nicht mit der Zunge ausstoßen konnte.

»G-man«, sagte Face vorn hinter dem Steuer tonlos, »in zehn Minuten geht es los. Ich warne Sie noch einmal, uns zu stören.«

Ich konnte nur vor mich hinbrummeln. Brandow legte seine Pratze auf meine Schulter und drückte mich tiefer in die Polster, sodass mein Kopf nicht über den unteren Rand der Seitenfenster hinaussah. Der Thunderbird rollte langsam weiter. Ich konnte zwar nichts mehr sehen, aber ich hatte das Gefühl, als steuerte Face den Wagen ständig um das gleiche Häuserviereck.

Ein paar Minuten später flüsterte Lex Traiter: »Da sind der Laster und der Ford.«

»In Ordnung«, brummte Face, steuerte scharf an den Bordstein und stoppte. Er und die Traiters sprangen aus dem Wagen. Brandow blieb neben mir sitzen.

Ich schob mich langsam so weit höher, dass ich aus dem Seitenfenster sehen konnte. Aber viel war nicht zu entdecken. Die Nacht war dunkel. Die Straße, in der wir hielten, war nur schmal. Links lief die Mauer einer Fabrik entlang, rechts, unmittelbar vor dem Wagen, ragte die fensterlose, glatte Rückwand eines Hauses hoch.

Jetzt tastete sekundenschnell der Strahl eines Scheinwerfers diese Mauer entlang, blieb für ein paar Augenblicke an einem kleinen Fenster hoch oben hängen, erlosch dann.

Dann schob sich an meinem Gesicht ein gewaltiger Schatten vorbei.

Ich vernahm jenen beißenden Geruch, den ich seit Tagen im Heizungskeller gerochen hatte. Und noch einmal hatte ich jene Vision, wegen der mich Fathgown so herzlich ausgelacht hatte: die Umrisse eines buckligen Mannes mit zwei Köpfen.

Der Zwerg Bobbeck ritt auf dem Rücken des Orang-Utans Togo.

Wieder blitzten die Taschenlampen, immer nur für Sekundenbruchteile. Ich hörte das heisere Wispern des Zwerges.

»Auf, Togo! Hoch, mein Guter! Sei brav! Hoch!«

Ich strengte meine Augen an. War dort an der dunklen Mauer ein Fleck, der sich bewegte, noch dunkler als der Hintergrund? Ich konnte nichts mit Sicherheit erkennen.

Ein paar Minuten lang herrschte absolute Stille. Von ganz fern schlug eine Uhr an. Mechanisch zählte ich die Schläge mit. Drei Uhr nachts!

Dann hörte ich Faces Stimme: »Geschafft!«

Ein schwaches klatschendes Geräusch. Die Taschenlampen blitzten. Ich erhaschte für einen Augenblick das Ende einer langen Strickleiter, und die Gestalt des einen Traiters, der schon seine Füße auf die unterste Sprosse setzte. Stille! Völlige Stille für mindestens zehn Minuten. Dann schob sich noch einmal die plumpe Gestalt des Orangs an mir vorbei. Bobbeck flüsterte: »Komm, mein Kleiner. Wir sind fertig. Wir ...«

Eine Minute später brummte der Motor des Lastwagens auf. Er glitt an unserem Wagen vorbei.

Wieder Stille, dann tauchte Face plötzlich am Seitenfenster auf.

»Wir kriegen den Tresor nicht auf! Gib die Dynamitpatronen, Tob.«

»Willst du das wirklich wagen?«, fragte mein Bewacher.

»Klar«, zischte er. »Glaubst du, wir können bis morgen früh an dem verdammten Schrank herummurksen?«

Brandow kramte ein kleines Päckchen aus der Seitentasche hervor. Face entriss es ihm und verschwand in der Dunkelheit.

Ich holte tief Luft. Wenn sie sprengten, dann gab es

Krach genug, und dann mussten sie sich verteufelt beeilen, um abzuhauen, bevor die Umgebung auf den Beinen war. Das war meine Gelegenheit.

Ich veränderte ein wenig meine Lage. Die Chancen waren schlecht genug, aber viel besser würden sie wahrscheinlich nie werden. Ich zog die Knie an, soweit es meine Fesseln erlaubten.

Wieder vergingen Minuten absoluter Stille, in denen nicht mehr zu hören war als der schnaufende Atem Brandows neben mir. Dann, plötzlich, krachte es heftig über unseren Köpfen. Die Sprengladung war explodiert. Und jetzt explodierte auch ich.

Ich warf mich nach vorn und schleuderte Brandow gegen die Seitenwand. Dann schnellte ich hoch. Das Polster des Vordersitzes klappte um. Ich fühlte das Steuerrad im Rücken, legte mich darauf, zog die Knie an und stieß mit den Füßen zu, dass die Tür aufsprang. Ich fiel auf den Wagenboden, meine Beine hingen von den Knien ab im Freien. Ich zappelte wie ein Aal, rutschte auf die Straße, bevor Brandow zugreifen konnte. Aber es nutzte mir nichts. Völlig hilflos rollte ich auf den Asphalt.

In diesem Augenblick wurde es ziemlich heftig. Zwei Gestalten stürzten zum Wagen.

»Weg!«, schrie der Erste. »Schnell weg!« Ich erkannte Faces Stimme.

»Der G-man!«, brüllte Brandow, der schon aus dem Wagen gesprungen war.

»In den Wagen mit ihm!«, rief Face. »Wir brauchen ihn! Beeil dich, verdammt!« Brandows riesiger Schatten wuchs vor mir hoch wie ein Berg. Sein Arm reckte sich hoch. Dann war Nacht.

Als ich die Augen aufschlug, lag ich auf der Pritsche in dem Zimmer im Verwaltungsgebäude der Pulverfabrik.

»Er ist wach!«, meldete Snake, der neben mir auf der Pritsche saß und mich beobachtete.

»Steh auf, G-man!«, knurrte Face. Ich rappelte mich hoch. Mir ging es ganz gut. Nicht einmal Kopfschmerzen hatte ich. Vielleicht kam es daher, dass Brandow gewöhnt war, mit der blanken Faust zuzuschlagen. Ich war nicht mehr gefesselt. Face saß am Tisch, neben ihm Fire und Brandow. Lex Traiter hockte in einer Ecke. Stenless lehnte an der Tür.

Ich nahm den freien Stuhl am Tisch, bediente mich aus einem Zigarettenpäckchen, das auf der Platte lag und fragte: »Haben Sie schon gezählt?«

Brandow fuhr mit einem Fluch auf und griff nach mir.

»Finger weg!«, befahl Face, und der Riese sank auf seinen Stuhl zurück.

Ich rieb meinen Hals, an dem ich noch den Druck der Finger spürte.

»Warum so aufgeregt bei einer harmlosen Frage?« Ich grinste. »Sei beruhigt, Kleiner. Ich will nichts abhaben.«

»Sie dürfen sich freuen, G-man«, sagte Face. »Es hat nicht geklappt.«

»Eine erfreuliche Nachricht«, ich lachte. »Ich freue mich wirklich.«

Er sah mich aufmerksam und verwundert an: »Warum freuen Sie sich eigentlich?«, fragte er. »Sie haben doch nichts davon. Ihre Situation ist so schlecht wie vorher, eigentlich noch schlechter.«

Ich zuckte mit den Achseln. »Es liegt wahrscheinlich an der Gewohnheit. Ich tue nichts anderes, als Gangstern Striche durch die Rechnung zu machen. Darum freue ich mich wahrscheinlich, wenn auch ohne mein Zutun eine Rechnung nicht aufgeht. Wie kam's denn, dass es schief lief?«, erkundigte ich mich freundlich.

»Die verdammte Dynamitladung genügte nicht«, wütete Face, »aber Bolo kriegte einen Stahlsplitter gegen den Schädel.«

»Sie werden es mir nicht übel nehmen, wenn ich nicht sehr traurig darüber bin.«

»Bring diesen G-man doch endlich um«, knirschte Fire. Es war, glaube ich, der erste Satz, den ich aus dem Munde des Kunstschützen hörte.

Face winkte ab.

»Fire hat im Grunde genommen Recht«, erklärte er. »Wir haben nicht genügend Geld, um aus dem Lande zu fliehen. Früher oder später werden wir auch hier aufgestöbert. Wir werden uns wehren, und für Sie haben wir immer noch eine Kugel übrig. Ihre einzige Chance, am Leben zu bleiben, ist, sich auf unsere Seite zu schlagen.«

»Zusammenarbeit?«

Er nickte. »Zusammenarbeit, richtig.«

»Wie stellen Sie sich das vor, Face?«

»Wir brauchen Geld! Das ist das Erste! Man hat versucht, die State and Industrial Bank zu berauben. Es werden dort eine Menge von Ihren Leuten auftauchen, um alle möglichen Untersuchungen anzustellen. Ich nehme an, dass diese Untersuchungen bis heute Abend abgeschlossen sind. Aber dennoch wird sich der Direktor nicht wundern, wenn morgen früh mehrere G-men aufkreuzen, um den Tresor noch einmal in Augenschein zu nehmen. Er wird auch bereit sein, diesen G-men die Stelle zu zeigen, wo er sein Geld jetzt aufbewahrt. Ein paar schnelle Hiebe dürften genügen, um den Herrn Direktor genügend lange stumm zu machen. Unangefochten könnten die G-men die Bank verlassen, und zwar mit genügend Geld in den Aktentaschen.«

»Ich soll der Anführer dieser G-men sein, nicht wahr? Hören Sie, Face, das würde mir mein Chef niemals verzeihen.«

»Wenn wir abfahren, lassen wir Sie hier zurück, Cotton. Wir geben Ihnen einen Anteil von der Beute, genauso viel, wie auf jeden von uns entfällt. Sie können das Geld irgendwo verstecken, können dann zu Ihrem Chef gehen und ihm sagen, wir hätten Sie gezwungen, bei der Banksache mitzuwirken. Der FBI wird nicht von seinen Leuten verlangen, dass sie sich unter allen Umständen abschießen lassen.«

Ich lächelte. »Sehen Sie, Face, darin ist der FBI eigen. Genau das verlangt er unter gewissen Umständen von seinen Leuten.«

»Zum Henker!«, schrie er. »Wollen Sie lieber sterben, als mit einem Haufen Geld in der Tasche gesund aus der Sache herauszukommen?«

Ich nahm mir eine neue Zigarette.

»Wissen Sie, Face«, sagte ich gemütlich. »Ihr Angebot könnte mich ernsthaft in Versuchung führen, wenn es eine Garantie dafür geben würde, dass Sie Wort halten, aber ich kenne Leute Ihres Schlages gut genug, um zu wissen, dass Sie mich doch nur übers Ohr hauen würden. Sie steckten mir nicht einen einzigen Dollar in die Tasche, aber dafür wären Sie mit Kugeln außerordentlich freigebig.«

Sein Gesicht verzerrte sich.

»Also nein?«

»Nein«, antwortete ich und stieß den Rauch aus.

Er lachte hämisch. »Und doch werden Sie mir helfen, die Bank auszuräumen, und dann, Cotton, wenn ich Sie mit bis zur Grenze geschleppt habe, wird man Sie dort finden, und dann können Sie nicht mehr den Mund zur Verteidigung auftun. Alle werden glauben, dass Sie an der Überrumpelung der Bank teilgenommen haben. Keine trauernden Kollegen an Ihrem Grab, Cotton. Keine ehrsamen Reden von der Pflichterfüllung bis in den Tod. Der Bankdirektor wird Ihre Leiche identifizieren, und er wird sagen: ›Das ist der Mann, der mich niedergeschlagen hat.‹ Heimlich, ohne Pauken und Trompeten werden Sie verscharrt werden als ein G-man, der seinen Eid brach und mit Gangstern gemeinsame Sache machte, bis seine Kumpane, die er verfolgen sollte, ihm ein paar Kugeln in die Rippen jagten.«

»Vielen Dank für die Aufklärung, Face«, sagte ich kalt. »Wie wollen Sie das anstellen? Auch mit einem Revolver in meinem Rücken zwingen sie mich nicht dazu.«

Er nahm einen Gegenstand aus seiner Brieftasche. Er klappte ihn auf und fischte meinen FBI-Ausweis heraus.

»Ihr Ausweis, Cotton«, sagte er. »Mit Bild und Fingerabdruck. Den Fingerabdruck kann ich nicht imitieren, aber ich denke, der Herr Bankdirektor wird nicht auf den Gedanken verfallen, meine Finger mit Ihrem Abdruck zu vergleichen. Und was die Fotografie angeht, so hoffe ich, dass es mir gelingen wird, Ihnen einigermaßen ähnlich zu sehen. Man soll seine Fähigkeiten gebrauchen, wie sie einem gegeben sind, nicht wahr, Mr. Cotton?« Den letzten Satz sprach er wieder in meinem Tonfall, und in diesem Tonfall fuhr er fort. Er war so ähnlich, dass wahrscheinlich sogar Phil sich hätte täuschen lassen.

»Ein G-man betritt morgen die Bank, begleitet von einem zweiten Zivilisten und einem Cop in Uniform. Wir haben eine solche Uniform, Cotton. Der G-man legt seinen Ausweis vor. Er verlangt den Direktor zu sprechen. Der Direktor kommt. Der Direktor prüft den Ausweis. FBI-Beamter Jeremias Cotton aus New York. Der Beamte erklärt: ›Wir haben die Vermutung, dass New Yorker Gangster an der Tat beteiligt sind. Können wir den Tatort sehen?‹ Der Direktor führt die Beamten zum Tresor. Vielleicht liegt dort das Geld, vielleicht inzwischen woanders. Der FBI-Beamte Cotton stellt sachliche Fragen. Der Direktor antwortet. Dann wünscht G-man Cotton den jetzigen Aufbewahrungsort des Geldes zu sehen. Ich glaube nicht, dass der Direktor sich weigern wird. Wenn der Kassenschrank geöffnet worden ist und das Geld vor den Beamten liegt, wird G-man Jerry Cotton seine Waffe ziehen. Seine Begleiter werden den Kassenschrank ausräumen. Der Direktor wird entsetzt die Arme hochhalten. Und zum Schluss wird man ihn niederschlagen. Eine Woche oder vierzehn Tage später wird die

Leiche von G-man Jerry Cotton irgendwo an der Grenze gefunden. Der Direktor wird bestätigen, dass dies der Mann war, der ihn niedergeschlagen hat, und der FBI wird fassungslos sein, dass einer seiner besten Männer auf solche Abwege geraten konnte.«

Ich sprang auf und griff über den Tisch, um Face zu packen.

Er hatte es geschafft, mich in Rage zu bringen. Vor meinem inneren Auge hatte ich für Sekunden Phil und Mr. High gesehen, die daran glauben würden, dass ich niemals eine solche Tat begangen haben könnte, und die verzweifelt darüber sein würden, dass sie das Gegenteil nicht beweisen konnten.

Diese Vorstellung war schlimmer als die Gewissheit des Todes, der mich erwartete, und darum griff ich zu.

Er kippte samt seinem Stuhl um. Brandow sprang auf die Füße. Ich war vor ihm hoch und stieß den Tisch von mir.

Von hinten sprang mir Stenless, der Entfesselungskünstler, ins Genick. Ich duckte mich ab und gab mein Bestes. O nein, noch war ich nicht der Sieger dieser Schlacht, die bis jetzt kaum zwei Minuten gedauert hatte. Fire, Lex Traiter, Snake, alle drei standen noch, und sie griffen mich hastig und stürmisch an.

Ich werde Ihnen die Schilderung des Restes ersparen. Zum schlechten Schluss lag ich auf dem Boden, völlig ausgepumpt und kampfunfähig, zerschrammt und zerbeult. Aber noch immer bei Bewusstsein.

Ich hörte John Face sagen: »Macht Schluss, er hat genug!« Sie ließen endlich von mir ab.

Ich lag auf dem Gesicht. Durch irgendeinen Umstand waren beide Hände unter meine Brust geraten.

»Steh auf, G-man!«, befahl Face. Ich wollte gehorchen, stemmte die Hände auf den Boden und fühlte in diesem Augenblick einen kalten kleinen Gegenstand unter der Handfläche.

Okay, sie hatten mich ziemlich fertig gemacht, aber mein Gehirn funktionierte noch. Ich erkannte, dass der Gegenstand aus Metall war, und ich handelte instinktiv und blitzschnell. Ich tat so, als würde ich wieder zusammenbrechen, und während ich Gesicht und Brust erneut auf den Boden fallen ließ, schob ich den Gegenstand unter den Trainingspullover, den ich trug. Ich rollte sogar den Rand des Pullovers schnell noch ein, da packten mich schon kräftige Fäuste und stellten mich auf die Füße.

Face trat nahe vor mich hin. Ich ließ mich in Brandows und Traiters Armen hängen, als könnte ich nicht stehen.

»Solche Späßchen sind zwecklos, G-man«, sagte der Chef. »Du hast nichts erreicht, außer dass dir die Knochen ein paar Tage wehtun, aber beruhige dich, bald wird dir nichts mehr wehtun. Morgen früh hole ich mir in deiner Maske das Geld der State Bank. Dann schlagen wir uns zur Grenze durch, aber dich lassen wir auf amerikanischem Boden zurück.« Mit einer Kopfbewegung befahl er den beiden Männern, die mich hielten: »Schafft ihn in den Keller!«

Sie schleiften mich weg, und ich ließ mich schleifen, quer über den Hof in den Kellerraum neben der Heizung. Ich hatte nur eine einzige Sorge während dieser Minuten: dass ich den kleinen Gegenstand unter dem Trainingspullover nicht verlor.

Widerstandslos ließ ich mich in den Keller verpacken. Ich wurde wie gewöhnlich gebunden. Brandow schlang mir einen Strick um die Handgelenke und schnürte mit einem dritten Seil die Oberarme an die Brust. Die Unterarme konnte ich bewegen. Dann setzte sich Lex Traiter auf die Treppe zum Hof und übernahm die erste Wache.

Glauben Sie mir, es kostete mich große Überwindung, ruhig und reglos liegen zu bleiben, ohne mich zu vergewissern, ob sich der metallene Gegenstand noch unter dem Pullover befand, aber ich bezwang mich, und ich wartete den ganzen Tag über bis zum Einbruch der Dunkelheit.

Die Wache wurde zwischendurch abgelöst. Ich hielt die Augen geschlossen und versuchte zu schlafen. Sie brachten mir nichts zu essen, und ich war froh darüber, denn wenn sie sich mit mir beschäftigten, bestand neue Gefahr, dass sie meine kleine Beute entdeckten.

Endlich wurde es draußen dunkel. Stenless, der zuletzt die Wache gehabt hatte, wurde von Snake abgelöst. Der Schlangenmensch trat zu mir, stieß mich leicht mit dem Fuß an und erkundigte sich höhnisch, wie sehr mich mein Körper schmerzte.

Ich reagierte nicht. Er gab nach einer Weile das Spiel auf, ging hinüber in den Heizungskeller, aber auch der mürrische Zwerg schien kein geeigneter Gesprächspartner zu sein. Er kehrte bald zurück, setzte sich auf die oberste Stufe der Treppe ins Freie. Ich konnte seine Silhouette gegen den helleren Nachthimmel sehen. Erst pfiff er ein wenig, aber dann hörte er auch damit auf. Ich glaubte zu erkennen, dass er den Kopf nach vorn hängen ließ. Sicherlich war er eingeschlafen oder döste zumindest vor sich hin.

Vorsichtig, unter Vermeidung von jedem Geräusch, bog ich die Unterarme so weit ab, wie es ging, schob meine gefesselten Hände unter den Pullover und tastete nach jenem kleinen Gegenstand. Im Anfang hatte ich ihn kühl durch das Unterhemd hindurch auf meiner Haut gefühlt, aber als er Körperwärme annahm, hatte ich das Gefühl für ihn verloren. Jetzt erspürten ihn meine Finger wieder, und ich atmete auf. Es war nicht mehr als eine kleine, aber kräftige Nagelschere. Einem der Bandenmitglieder mochte sie bei der Schlägerei aus der Tasche gefallen sein.

Ich zog die Hände zurück und lag ganz still und überlegte. Ich konnte versuchen, mich jetzt zu befreien. Snake war sicherlich nicht schwer zu überrumpeln, und der Zwerg nebenan war kein ernsthafter Gegner, aber wenn ich eine echte Chance haben wollte, wirklich zu entkommen, musste ich einen der Wagen benutzen können. Ich wusste, dass das Tor mit einem großen Vorhängeschloss verriegelt war, und der Schlüssel zu diesem Schloss befand sich in den Händen oder in den Taschen von Face, Brandow oder Fire. An diesen Schlüssel heranzukommen, selbst, wenn es mir gelang, Snake lautlos auszuschalten, war unmöglich.

Ich überlegte weiter. Face würde morgen früh seinen Raubzug bei der Bank starten. Wenn er seinen Plan so durchführte, wie er gesagt hatte, würde er nicht allein hinfahren, sondern einen oder zwei seiner Leute mitnehmen. Sehr wahrscheinlich kamen dafür Fire, der Kunstschütze, und Lex Traiter in Frage, die die unauffälligsten Gesichter hatten und bei denen die Chance, nicht erkannt zu werden, am größten war. Wenn ich also meinen Ausbruchsversuch startete, sobald Face abgefahren war, durfte ich mit drei Gegnern weniger rechnen. Freilich, wenn es hell war, war es für mich schwieriger, mich im Halbdunkeln des Kohlenkellers unbemerkt von meiner Wache von meinen Fesseln zu befreien.

Ich beschloss jedenfalls, bis fünf Uhr morgens zu warten, und dann, wenn es dämmerte, den Befreiungsversuch zu unternehmen.

Die Stunden der Nacht tröpfelten dahin. Kurz nach Mitternacht wurde Snake wieder von Stenless abgelöst. Ich lag ganz ruhig, sammelte meine Kräfte und wartete auf den ersten grauen Schimmer über der Mauer.

Dieser graue Schimmer kam. Es war so weit. Zum zweiten Mal schob ich meine gefesselten Hände unter den Pullover, und diesmal holte ich die kleine Nagelschere heraus. Sehr langsam und sorgfältig, ständig von der Angst geplagt, dass ich sie verlieren und dass sie klirrend auf den Steinboden fallen könnte, zwängte ich Daumen und Mittelfinger in die Öffnungen. Wenn ich die Finger der rechten Hand ganz weit zurückbog, konnte ich mit den Scherenspitzen die Fesselung über dem linken Handgelenk berühren.

Ich probierte so lange, bis das Seil zwischen den Scherenschneiden lag. Dann drückte ich die Schere zum ersten Mal zusammen. Der Strick war viel zu dick für die kleine Schere. Wirkungslos glitten die Schneiden ab.

Ich versuchte es andersherum. Ich stocherte mit den geschlossenen Spitzen in dem Seil herum, um die Fasern aufzulockern und sie dann einzeln zu zerschneiden.

Als ich so weit war, hörte ich, wie es auf dem Hof lebendig wurde. Ich schob die Schere wieder unter den Pullover und wartete mit angehaltenem Atem, aber niemand kam zu mir. Stenless erhob sich von der Treppe und ging fort.

Ich hörte Schritte, das Schlagen einer Autotür, das Aufbrummen eines Motors, Brandows tiefe Stimme, die ›Hals- und Beinbruch‹ wünschte, das Quietschen der Angeln des großen Tores und das Wegfahren eines Autos. Wenig später schlugen die Eisenflügel des Tores wieder zusammen.

Obwohl sich inzwischen das matte Grau über den ganzen Himmel ausgebreitet hatte, war es in dem Kohlenkeller noch so dunkel, dass ich hoffen durfte, meine Bewegungen würden noch nicht erkannt.

Ich begriff, dass Face mit den für dieses Unternehmen Ausgesuchten bereits abgefahren war, um unbehelligt vor vollem Tageslicht in der Stadt zu sein. Wahrscheinlich würden sie so lange in der Stadt herumgondeln, bis die Bank öffnete, um als Erste den Schalterraum zu betreten.

Ich angelte die Schere erneut hervor und bearbeitete das Seil über dem Handgelenk. Stenless kam noch nicht zurück. Wahrscheinlich besprach er mit Brandow die Aussichten für das Gelingen von Faces Plan. Die Bande hatte mehr Sorgen, als sie zugaben. Meine rechte verdrehte Hand wurde steif von der Anstrengung, und ich fühlte, wie sich ein Krampf anbahnte. Schweißtropfen perlten mir auf der Stirn, aber dann kam das letzte Zusammendrücken der Schere, und das Seil gab nach, als ich die Hände bewegte.

Im selben Augenblick hörte ich Schritte, die sich dem Keller näherten. Ich drehte mich rasch auf die Seite, zog die Beine an, sodass die Knie meine freien Hände verdeckten, und tat, als ob ich schliefe.

Der Schein einer Taschenlampe traf mich. Brandows Stimme brummte: »Der Kerl hat wirklich Nerven. Ich weiß nicht, ob ich in seiner Lage schlafen könnte.«

»Viel besser ist unsere auch nicht«, knurrte Stenless. »Wenn ich daran denke, was uns bevorsteht, wenn wir geschnappt werden, vergeht mir der Schlaf.«

»Face schaukelt die Sache schon«, antwortete Brandow. Er entfernte sich. Ich hörte seine Schritte auf dem Pflaster des Hofes.

Ich blinzelte unter halb geschlossenen Lidern hervor. Stenless hockte wieder auf der oberen Treppenstufe und sah auf den Hof hinaus. Es war jetzt so hell, dass ich Einzelheiten seiner Kleidung erkennen konnte.

Wenn ich die Arme zwischen den Knien hindurchschob, konnte ich mit der Schere an die Fußfesseln herankommen. Immer noch auf der Seite liegend, machte ich mich auf diese Weise daran, das Seil um meine Fußgelenke zu zerschneiden. In meiner Ecke war es noch dunkel genug, dass Stenless, falls er den Kopf wandte, kaum etwas bemerken würde.

Jetzt, mit freien Händen, ging die Befreiung viel schneller vor sich. Knappe zehn Minuten, und die Fußfesseln fielen mit leisem Geräusch. Ich blickte aufmerksam zu Stenless hin, aber der rührte sich nicht.

Die Oberarmfesseln zu zerschneiden wagte ich nicht mehr. Das Risiko war zu groß, dass mein Bewacher es bemerken würde.

Nun, da ich Hände und Füße frei hatte, hinderten sie mich kaum noch, sodass ich hoffen durfte, Stenless überrumpeln zu können.

Ich veränderte meine Lage nicht. Sehr genau überlegte ich mir jede Bewegung, um so schnell über Stenless herfallen zu können, dass er weder Zeit zur Gegenwehr noch zu einem Schrei fand. Nur ein ganz klein wenig drehte ich mich mehr auf das Gesicht, so dass ich die Arme aufstützen und beim Aufspringen zu Hilfe nehmen konnte.

Ein letzter Atemzug, ein kurzes Zusammenbeißen der Zähne, ein Sammeln aller Kräfte, dann tobte ich hoch und nach vorn, und ich war über Stenless, bevor er noch die Zeit fand, den Kopf zu wenden.

Ich ließ ihn zu Boden gleiten. Er lag still und rührte sich nicht.

Ein erstes Drittel, nein, vielleicht nur ein Zehntel meines Planes war geglückt, und schon passierte die erste Panne. Ich hatte noch nicht die Fesseln der Oberarme abgestreift, da erschien Bobbeck, der

Zwerg, in der Verbindungstür zwischen Heizungs- und Kohlenkeller.

»Mach nicht so einen Krach, Sten«, wisperte er. »Togo schläft.«

Er erkannte mich. Sein hässliches Gnomengesicht verzerrte sich vor Entsetzen. Ich stürzte vor.

Instinktiv wich er zurück in den Heizungskeller, aber er schrie nicht.

Ich bekam ihn nicht zu fassen, stolperte die wenigen Stufen zwischen den beiden Kellerräumen hinunter, blieb aber auf den Füßen, warf mich erneut nach vorn und erwischte Bobbeck.

Ich hob ihn hoch. Er war nicht schwer. Er trat wild um sich. Zwei Schritte vor uns ragte neben dem Heizungsofen der Käfig des Orang-Utans. Das Tier stand vorn an den Gittern, die Arme links und rechts ausgebreitet, und glühte mich mit seinen unheimlichen Augen an. Ich schleuderte Bobbeck von mir. Er prallte gegen das Gitter.

Der große Affe starrte auf den betäubten Zwerg, dann auf mich. Er öffnete sein Maul, zeigte seine Eckzähne und stieß ein langes schrilles Heulen aus. Seine riesigen Hände rüttelten an den Eisenstäben.

Zum Henker, ich hatte keine Zeit, mich mit ihm zu beschäftigen. Mit zwei Sätzen sprang ich in den Kohlenkeller zurück. Ich riss an den Seilen, die immer noch meine Oberarme hinderten. Es war nicht mehr schwer, sie abzustreifen.

Ich bückte mich und tastete den immer noch bewegungslosen Stenless ab. Er trug nichts bei sich, was einer Waffe ähnlich sah. Ich blickte mich in dem Kohlenkeller um. Auch nichts, nicht einmal eine Kiste, aus der man eine Latte hätte brechen können.

Ich überlegte ein paar Sekunden lang. Wenn sie eine Waffe hatten, stand es immer noch nicht gut um mich, aber ich glaubte nicht, dass sie besonders gut bewaffnet waren. Bisher hatte ich nicht mehr Waffen bei ihnen gesehen als den Revolver, mit dem Face mich überrumpelt hatte, und Fires Gewehr. Außerdem verfügten sie noch über meinen 38er. Aber es war anzunehmen, dass sie alle diese Waffen für das Unternehmen zur Bank mitgenommen hatten.

Eine große Auswahl von Möglichkeiten stand mir auch nicht mehr zur Verfügung. Ich musste hinübergehen in das ehemalige Verwaltungsgebäude, um diejenigen auszuschalten, die sich dort befanden.

Ich hoffte, dass es nicht mehr als höchstens drei sein würden, und wenn ich Glück hatte, konnte ich wenigstens einen davon ebenso unschädlich machen wie Stenless und den Zwerg.

Immer noch tobte nebenan der Orang-Utan. Ich musste mich beeilen, sonst fiel sein Geschrei den anderen auf, und sie schauten nach dem Affen.

Ich nahm die wenigen Stufen der Treppe und streckte den Kopf vor, aber ich zog ihn sofort wieder zurück, denn Snake näherte sich vom Haupthaus her.

Ich presste mich seitlich an die Kellerwand. Fünf Sekunden später verdunkelte seine Gestalt den Eingang.

»Hallo, Sten!«, rief er. Ich warf mich nach vorn, packte seine Beine und zerrte ihn die Treppe hinunter.

Er machte keine Gegenbewegung mehr. Wieder sprang ich auf die oberste Stufe, sah hinaus auf den Hof. Wer würde auftauchen? Und wie viele würden es sein, die noch in dem Gebäude waren?

Es war nur noch einer. Tob Brandow stürzte aus dem Haus, nur mit Hose und Netzhemd bekleidet und mit leeren Händen. Wie eine Dampfwalze rückte er an.

Ich lächelte. Mit einem konnte ich fertig werden, selbst wenn es ein Bursche von den Ausmaßen Brandows war. Ich trat ins Freie.

Tob stoppte bei meinem Anblick wie ein Stier in der Arena, der plötzlich den Matador sieht. Auf acht oder zehn Schritte standen wir uns gegenüber.

»So, Kleiner«, sagte ich langsam. »Endlich können wir beide mal eine faire Runde miteinander ausfechten.«

Die Wut schüttelte ihn so, dass er kaum einen Laut herausbrachte.

»Ich ... bringe ... dich ... um«, stöhnte er, und dann stürzte er mit ausgestreckten Armen nach vorn.

Sie wissen, Brandow war ein Hüne, der einen Mann mit einem einzigen Schlag fällen konnte. Freilich, der Schlag musste den Mann treffen, und jetzt waren keine Kumpane des Riesen da, die mich festhielten oder an einer Wand festnageln konnten. Mit zwei Sidesteps ließ ich ihn leer laufen, genauso leicht und elegant, wie der Torero in der Arena den Stier an sich vorbeischießen lässt.

Brandow stoppte und warf sich herum. Ich lächelte ihn an, dieses Lächeln brachte ihn um den

Rest seiner Besinnung. Er tobte heran wie eine Schnellzuglokomotive. Ich passte genau auf. Ich ging nicht weg, sondern in sein Heranbrausen hinein schlug ich einen Haken, der sich gewaschen hatte.

Er schloss die Augen und war groggy.

Ich nahm mir nicht einmal die Zeit, mich nur eine Sekunde lang über diesen Erfolg zu freuen. Ich spurtete zum Verwaltungsgebäude hinüber, rannte in das Zimmer, in dem gestern die Schlägerei stattgefunden hatte, und fand Brandows Jacke über einem Stuhl.

Ich wühlte in den Taschen, und – hurra, ich fand den Schlüssel zum Vorlegeschloss des Tores.

Im Hundertyardtempo spurtete ich zurück, quer über den Hof zum Tor. Mit fliegenden Fingern schloss ich auf, riss das Vorhängeschloss vom Riegel, schob den Riegel zurück, packte mit beiden Händen zu. Kreischend schwang sich der erste eiserne Flügel in den Angeln. Ich sprang zu dem anderen, riss den rostigen Sockelriegel hoch, stieß den Flügel zurück.

Für einen Augenblick packte mich das beglückende Gefühl der Freiheit. Vor mir, zwischen dem Brachland, schlängelte sich die schlechte Schotterstraße. Die Gegner waren besiegt, und hinter mir auf dem Hof wusste ich den Thunderbird, der mich nach Washington tragen würde.

Ich warf mich herum, bereit, zu dem Auto zu preschen – und erstarrte bei einem Anblick, der alles wieder in Frage stellte.

Drüben stand, durch die Weite des Hofes von mir

getrennt, beim Eingang der Zwerg. Neben ihm, aufgestützt auf die Handknöchel seiner langen Arme, stand Togo, der Orang-Utan, und beide, der Zwerg und der Riesenaffe, stierten aus bösen Augen zu mir hin. Bobbeck musste zu sich gekommen sein und den Affen aus dem Käfig geholt haben.

Ich kann mit Menschen kämpfen. Ich kann selbst einen Riesen wie Brandow schlagen, wenn die Chancen einigermaßen gleichstehen, und ich weiß, dass ich es selbst einem Berufsboxer meiner Gewichtsklasse schwer machen kann, mich auszuknocken. Aber ich weiß ebenso, dass ich nicht gegen ein Tier kämpfen kann, das dreimal so schwer ist wie ich, das die Kraft von fünf Männern haben dürfte und ein Gebiss, kaum weniger schrecklich als das eines Tigers.

Mich durchschüttelte der ganz primitive Instinkt, wegzulaufen, hinaus auf die Schotterstraße, einfach fort von diesem Ungeheuer, aber wie weit wäre ich wohl gelangt, bevor der Affe mich eingeholt hätte?

Ich blieb stehen. Sekunden, die mir wie Stunden erschienen, standen der Affe, der Zwerg und ich uns Auge in Auge gegenüber.

Dann gellte Bobbecks hässliche Stimme wie ein Kreischen über den Hof.

»Pack ihn, Togo! Los! Den da! Reiß ihn auseinander, Togo!«

Der Orang stieß ein dunkles Grunzen aus. Seine langen Arme ruckten nach vorn. Ich konnte die mächtigen Muskeln unter dem lang behaarten Fell spielen sehen.

Bobbeck erlitt einen Anfall wahnsinniger Freude. Er sprang in die Höhe, schwenkte die Arme, seine Augen schienen ihm aus dem Kopf zu kugeln.

»Heiheo!« kreischte er. »Pack ihn, Togo!« Und er schüttelte seine dürre Faust gegen mich und heulte: »Jetzt kriegst du es! Jetzt packt er dich!«

Zwischen uns ziemlich genau in der Mitte, nur ein wenig seitlich, stand der Thunderbird. Wenn ich den Wagen erreichte, bevor das Vieh mich angriff, blieb mir eine Chance. Der Orang war nicht gewöhnt, über Menschen herzufallen. Trotz Bobbecks gellender Befehle war er nach zwei unbeholfenen Schritten wieder stehen geblieben.

Langsam setzte ich einen Fuß vor den anderen. Ich ließ kein Auge von dem Affen. Der Schweiß rann mir in langen Bächen von der Wange hinunter.

Der Zwerg war zu dem Affen gesprungen. Er stieß ihn in den Rücken. »Pack ihn! Pack ihn!«, heulte er. Der Orang tat wieder drei oder vier Schritte gegen mich und blieb dann stehen. In der Zeit aber hatte ich schon zwanzig oder dreißig Schritte auf den Wagen zu getan.

Die nächsten zwanzig Schritte ging ich ohne Zögern, und Bobbeck gelang es nicht, Togo zu einem Angriff zu bringen. Ich fühlte mich sicher, und da beging ich einen schweren Fehler.

Zehn Schritte trennten mich noch von dem Wagen. Vielleicht gingen die Nerven mit mir durch. Jedenfalls, diese zehn Schritte rannte ich.

Sicherlich erschreckte diese Plötzlichkeit meiner Bewegungen das Biest. Vielleicht glaubte es, ich wollte es angreifen.

Jedenfalls jagte es plötzlich über den Platz. Seine Bewegungen sahen aus wie das Rollen einer von großer Kraft bewegten Kugel, die Arme und Beine hat. Und jetzt stieß er ein Geheul aus, das wie ein schrilles Kreischen klang.

Ich fühlte den Griff der Klinke unter der Hand. Ich riss die Tür auf. Ich stürzte hinter das Steuer, schlug die Tür zu. Der Schlüssel steckte. Ich drehte ihn. Mit den selbstverständlichen Bewegungen tausendfacher Gewohnheit trat ich die Kupplung durch, als ich auf den Anlasser drückte. Meine Knie bebten wie im Krampf. Ich presste den Fuß auf den Gashebel. Der Motor des Thunderbird heulte wie eine Rakete.

Neben mir, getrennt nur durch die dünne Scheibe, tauchte eine entsetzliche Fratze auf. Wie von einem Sturmwind aus den Angeln gerissen, flog die Seitentür auf. Der wilde, beißende Geruch des Orangs schlug wie eine Wolke auf mich nieder, und ich spürte die Hitze seines Körpers neben mir.

Ich riss den Fuß von der Kupplung hoch. Das Getriebe rastete ein. Die Kraft des im Vollgas laufenden Motors sprang auf die Räder über. In bockenden Sätzen schoss der Thunderbird rückwärts, denn der Rückwärtsgang war eingelegt gewesen.

Der Affe heulte auf, als die Gewalt des Wagens ihm die Tür aus den Händen riss.

Ganz plötzlich überkam mich das Gefühl von Sicherheit, und damit kehrten Ruhe und Überlegung zurück. Ich trat die Bremse, stoppte, schaltete den ersten Gang ein und gab Vollgas. Mit einem Satz sprang der Wagen nach vorn. Das Steuerrad glitt leicht durch meine Hände. Ich lächelte.

Dann tauchte die riesige lohfarbige Gestalt erneut vor dem Kühler auf. Togo, mit Schaum vor dem Maul, nahm rasend vor Wut den Wagen an.

Instinktiv, mit jenem eingeborenen Gefühl, nicht unnütz Leben zu vernichten, riss ich das Steuer herum, aber es war zu spät. Der linke Kotflügel und der Orang stießen zusammen. Vor der Kraft der Technik, vor dieser kalten, seelenlosen Macht eines hundertpferdigen Motors war auch die urwelthafte Naturkraft eines Riesen aus den Wäldern Borneos ein Nichts. Wie einen großen Ball sah ich aus den Augenwinkeln den riesigen Affen zur Seite fliegen, dann wurde es für mich Zeit, das Steuer herumzureißen, denn die Mauer wuchs bedrohlich vor mir auf.

Es gelang. Ich gewann das Tor. Der Thunderbird nahm die Schotterstraße unter die Räder.

Hören Sie, ich kann Ihnen nicht schildern, was ich fühlte. Und vielleicht war es gut, dass ich noch ein Ziel vor mir hatte, sonst wäre ich vermutlich sentimental geworden. So aber schüttelte ich ab, was ich in der letzten Stunde erlebt hatte, und richtete meine Gedanken auf das, was noch zu tun war.

Ich warf einen Blick auf die Uhr im Armaturenbrett. Sie zeigte halb acht. Selbst wenn ich dem Wagen heftig auf den Kopf trat, musste ich mit einer Dreiviertelstunde bis Washington rechnen. Ich biss die Zähne zusammen. Eine Viertelstunde nach acht Uhr konnte ich in der Bank stehen, und Face würde sich wundern, verdammt wundern.

Der Thunderbird vollführte auf der miserablen Straße bei der hohen Geschwindigkeit Sätze wie ein mutwilliger Ziegenbock. Ich musste das Gas wegnehmen, wollte ich nicht noch im letzten Moment einen Unfall bauen. Mit immer noch fünfzig Meilen jagte ich vorwärts, und ich fieberte danach, endlich die Landstraße zu erreichen.

Zehn endlose Minuten, vielleicht ein paar mehr, und endlich sah ich die schmale Landstraße vor mir, die in zahlreichen Kurven zum Highway führte.

Langsam drückte ich den Gashebel nieder. Ich verstehe 'ne Menge vom Autofahren, und ich weiß ziemlich genau, wie schnell man mit einem Wagen in die Kurve gehen darf, ohne dass er ausbricht.

Auf schleudernde Hinterräder kam's mir dabei nicht an. Runde zwanzig Minuten Landstraße, dann die Einmündung in den Highway und nun kam der Motor aus dem Vollgas nicht mehr hinaus.

Die Straße war zu diesem Zeitpunkt schon belebt. Was immer darauf herumkroch, ich ließ es zurück wie ein Düsenflugzeug einen Übungshubschrauber.

Ende des Highways – und die ersten Häuser von Washington.

Mit voller Geschwindigkeit ging es nun beim besten Willen nicht mehr, aber jedenfalls fuhr ich immer noch viel zu schnell. Das erregte den Unwillen eines Cops. Er trat sein Motorrad an und brauste hinter mir her. Ich hörte seine Sirene heulen und sah ihn im Rückspiegel.

Ich ließ die Geschwindigkeit abfallen und wartete, dass er mich überholte und sich an meine Seite setzte, aber er fuhr an mir vorbei, bremste sein Motorrad ab und winkte, ich sollte heranfahren.

Ich stoppte, und er stoppte, und während er langsam von seiner Maschine stieg und auf mich zustiefelte, sprang ich aus dem Wagen und rannte ihm entgegen.

»Sie sind wahnsinnig, so schnell zu fahren! Wissen Sie, wie viele Menschen durch hohe Geschwindigkeit auf Straßen ...?«

»Sergeant«, unterbrach ich, »halten Sie keinen Kursus für richtiges Benehmen im Verkehr ab. Ich bin Cotton vom FBI New York. Ein paar Burschen drehen in diesem Augenblick ein Ding in der State- und Industrial-Bank-Filiale in der Balley Street. Sagen Sie mir lieber, wie ich dorthin komme, und klemmen Sie sich selbst dann an das nächste Telefon.«

Er musterte mich von oben bis unten. Ich sah nicht gerade gentlemanlike aus, und er sagte streng: »Nehmen Sie mich bloß nicht auf den Arm.«

Ich ging schon wieder zum Wagen, wandte mich aber noch einmal um: »Halt, Sergeant, Sie könnten mir Ihre Waffe geben. Es wird wahrscheinlich hart hergehen.«

Er war völlig verdattert.

Ich streckte ihm meine Hand hin. »Los, machen Sie schon!«

»Das geht doch nicht«, stotterte er. »Kommen Sie mal mit zum Revier.«

Oh, ich hatte keine Zeit, mich mit einem Mann aufzuhalten, der nicht schnell genug begriff.

»Entschuldigen Sie«, sagte ich, war mit zwei Schritten an ihn heran und nahm ihm den Revolver aus der Halfter. Ich ließ ihn los, und er riss Mund und Augen auf.

»Los!«, fauchte ich. »Wie komme ich zur Balley Street?«

»Geradeaus!«, stammelte er. »An der großen Kreuzung links, zweite Straße rechts, dann die dritte noch einmal rechts.«

»Vielen Dank!« Ich saß schon wieder hinter dem Steuer. »Und alarmieren Sie die Firma!«

Gas! Gang rein, zweiter Gang, dritter Gang, Hand auf die Hupe! Ich zischte weiter, um den Zeitverlust einzuholen. Die Ampel an der Kreuzung sprang auf Rot um, als ich heran war. Ich riskierte es trotzdem. Ein Lastwagen musste nach rechts weg, als ich ihm vor der Nase entlanghuschte.

Zweite Straße rechts. Die Reifen des Thunderbird quietschten, als ich ihn um die Kurve riss, und sie quietschten noch einmal, als ich das Steuerrad herumwirbelte, um in die Balley Street einzubiegen.

Eine kleine, schmale Straße ohne viel Verkehr.

Ich trat auf die Bremse. Auf der anderen Straßenseite stand der schwarze Ford. Ich sah Lex Traiters Gesicht über dem Steuerrad.

Jetzt sah er mich. Seine Augen weiteten sich. Sein Unterkiefer klappte herunter. Dann handelte er. Er versuchte nicht, sich mir in den Weg zu werfen, auf mich zu schießen oder seine Kumpane zu warnen. Ich sah ihn einige hastige Bewegungen machen. Der Ford fuhr an, bevor mein Thunderbird endgültig stand, und als ich auf die Straße sprang, zischte der Wagen schon mit ziemlicher Geschwindigkeit an mir vorbei. Traiter saß geduckt wie ein Rennfahrer über dem Steuerrad.

Ich ließ ihn sausen. Er konnte uns nicht entkommen. Face und Fire interessierten mich mehr, und allein diese beiden waren wahrhaftig gefährlich.

Der Revolver des Polizisten lag schwer in meiner Hand, als ich die wenigen Stufen zum Kassenschalter der Bank hinaufstieg. Ich stieß die Pendeltür zurück und stand in dem nur kleinen Raum.

Drei Angestellte hinter dem Schalter. An der Stirnfront eine Treppe zu den oberen Räumen, daneben eine Tür mit der Aufschrift: ›Direktion‹. Vor den Schaltern nur vier Kunden.

Der Mann am Schalter hob den Kopf, sah mich, sah meinen Aufzug, sah den Revolver in meiner Hand. Er wurde sehr weiß im Gesicht, und seine Arme begannen langsam in die Höhe zu kriechen, als wären sie selbstständige Lebewesen. Ich winkte ab, aber er verstand die Geste völlig falsch. Er wurde nur noch blasser.

In diesem Augenblick ging die Tür auf. Zwei Männer kamen heraus, und jeder von ihnen trug eine Aktentasche. Es war leicht, den einen von ihnen zu erkennen. Der Kunstschütze Fire sah so aus, wie ich ihn immer gesehen hatte, und dass er sich den kleinen schwarzen Schnurrbart abrasiert hatte, machte keinen großen Unterschied.

Aber obwohl ich wusste, wer der andere war, glaubte ich doch für einen Sekundenbruchteil meinen eigenen Augen nicht. In meinem Anzug, mit meinem Gang trat John Face aus der Tür mit der Aufschrift: ›Direktion‹. Er trug den Hut auf die gleiche Art, wie ich ihn zu tragen pflege, ein wenig in das Genick geschoben. Sein mageres Gesicht war voller, seine Augenbrauen hatten eine andere Farbe, die Farbe meiner Augenbrauen. Er trug eine Nase im Gesicht, die ich an ihm noch nie gesehen hatte, aber die ich jederzeit betrachten konnte, wenn ich in einen Spiegel blickte. Tja, es war so. Ein ordentlich angezogener, lässig-korrekter FBI-Beamter Jerry Cotton ging auf den zerzausten, mit alten Segeltuchschuhen und einem schmutzigen Trainingsanzug bekleideten Jerry Cotton zu. Wahrhaftig, im Augenblick sah John Face dem Bild in meinem FBI-Ausweis ähnlicher als ich selbst.

Sie gingen fünf Schritte in den Schalterraum hinein, und ich tat zwei Schritte auf sie zu, bevor sie mich erblickten.

Sie blieben wie angewurzelt stehen, aber John Faces Gesicht färbte sich nicht. Fire aber ließ die Aktentasche fallen. Seine Hand fuhr zur Brust hoch.

Vielleicht schoss der Kunstschütze besser als ich, sicher sogar, aber ich war schneller. Seiner Hand, die meinen 38er noch aus der Halfter gebracht hatte, entfiel die Waffe.

Ich ging auf John Face zu. Ich wartete, dass auch er einen Griff zur Waffe wagen würde, aber er ließ nur die Aktentasche aus der Hand gleiten. Dann, mit einem Aufschrei panischen Entsetzens, warf er sich herum und hetzte in großen Sprüngen die Treppe hinauf.

Ich lief ihm nach. Hinter mir begannen schrill die Alarmglocken zu läuten. Endlich hatte es einer der Bankangestellten gewagt, auf die Auslösetaste zu treten.

Ich beeilte mich nicht sonderlich. Ich wusste, dass Face mir nicht entwischen konnte. Ich hörte ihn vor mir die Treppe hinaufkeuchen. Er rannte am Tresorraum vorbei in den dritten Stock, in dem das Archiv der Bank untergebracht war.

Die Tür stand auf, als ich diesen dritten Treppenabsatz erreichte.

Ich ging ohne Zögern hinein. Das kleine Fenster, durch das die Bande in jener Nacht den Einbruch gestartet hatte, gab nur wenig Licht. Neben dieser Öffnung stand Face. Er hatte das Gesicht mir zugewandt, und jetzt hielt er eine Waffe in der Hand.

Ich sah ihn an. Sein Blick war auf mich gerichtet, und es lag sehr viel Angst darin.

Langsam ging ich auf ihn zu. Ich wartete darauf, dass er versuchen würde, den Finger zu krümmen. Ich trat auf drei, auf zwei Schritte heran, und er wagte es nicht.

Dann stand ich ganz dicht vor ihm. Ich spürte, dass er zitterte. Leise und verächtlich sagte ich: »Feigling!«

Plötzlich fand ich, dass er mir gar nicht mehr ähnlich sah, dass seine Maske miserabel war und dass er nichts anderes war als ein erbärmlicher Verbrecher, nicht mehr als alle anderen, die zum Schluss ihrer Laufbahn vor meinem 38er gestanden hatten.

Er öffnete die Hand. Der Revolver polterte auf die Erde. Langsam nahm er die Arme in die Höhe.

Noch während John Face ins Untersuchungsgefängnis und Fire mit einer schweren Verletzung ins

Hospital geschafft wurden, brauste ein starkes Kommando zur alten Pulverfabrik.

Sie fanden den toten Orang-Utan. Neben ihm hockte Bobbeck, der Zwerg, und ließ sich widerstandslos abführen. In einem Raum entdeckten die Cops Faces Zimmer mit Dutzenden von Perücken, Bärten, Schminkutensilien.

Die anderen Bandenmitglieder waren verschwunden, aber Brandow wurde noch am selben Tag verhaftet. Stenless und Snake, die zusammengeblieben waren, fing man zwei Tage später, und Lex Traiter, der es mit dem Ford schaffte, bis an die mexikanische Grenze zu gelangen, kassierte zwei Kugeln aus den Gewehren der Zollbeamten, als er versuchte, die Grenze zu überschreiten.

Nicht einer der Männer von der Zirkusbande entging seinem Schicksal. Sie standen vor den Schranken des Gerichts, und die Richter sprachen die Strafen aus, die die Männer nach dem Gesetz verdienten.

ENDE

Der Tod saß uns im Nacken

Dreißig Meilen westlich von Santa Fe liegt Charrington, und drei Meilen westlich von Charrington liegt Crowbeech Ranch, wo sie großartige Shorthorn-Rinder züchten und auch etwas von guten Pferden verstehen. Außerdem haben sie ein paar Zimmer zu viel, die der Ranchbesitzer, Mr. Yookerman, an Gäste vermietet, aber nur, wenn sie ihm empfohlen sind und wenn es sich um Leute handelt, die wirklich der Ruhe bedürfen Und die sich bereit erklären, den Ranchbetrieb nicht zu stören.

Okay, Phil und ich, wir fühlten uns ruhebedürftig; wir waren bereit, uns nicht in die Ranchgeschäfte einzumischen, und empfohlen worden waren wir durch Blyck, den Chef der FBI-Sektion Santa Fe, der seinerseits unseren Chef, Mr. High, in New York gut kannte. Vor zwei Tagen waren wir in New York gestartet, hatten in Santa Fe gestoppt, um Blyck zu danken, waren nach Charrington weitergegondelt, hatten das einzige Taxi des Ortes, der knapp dreitausend Einwohner haben mochte, gechartert und waren damit auf Crowbeech Ranch vorgefahren.

Mr. Yookerman gab uns zwei Pferde, Till und Tom, auf denen wir unsere Reiterfahrungen auffrischen konnten.

Am Abend saßen Yookermans Cowboys um ein Feuer. Sie hatten zwei Gitarren, und sie sangen Lieder, die so alt waren wie die Anwesenheit der weißen Männer in diesem Land, jene Lieder vom Reiten, Kämpfen, Lieben und Sterben, die die ersten Pioniere sangen, als sie nach Westen zogen.

Am dritten Tag freilich ritten wir nicht aus. Wir hatten des Guten zu viel getan. Ein Pferderücken ist nun einmal kein schaumgummigepolsterter Autositz. Daran hatten wir nicht gedacht, und nun mussten wir es bezahlen. Reitschmerzen sind kaum weniger angenehm als Zahnschmerzen, und wenn wir uns setzten, benutzten wir bescheiden nur eine Ecke vom Stuhl.

Am Nachmittag stellte uns Mr. Yookerman einen Mann namens Eugen Balder vor. »Er möchte Sie gern sprechen.«

»Uns?«, fragte ich erstaunt, denn außer Blyck kannten wir keine Seele tausend Meilen im Umkreis.

Der Grauhaarige nickte eifrig.

»Sie sind doch die G-men aus New York, nicht wahr?«, sagte er hastig.

»O nein«, antwortete ich. »Wir sind Feriengäste, und wir haben überhaupt keinen Beruf.«

»Ich habe ihm gesagt, dass Sie FBI-Beamte sind«, warf Yookerman ein und strich seinen starken weißen Schnurrbart.

»Okay, wir sind also G-men«, gab ich zu, »aber das sind wir nur in New York oder dort, wo unser Chef uns in amtlicher Eigenschaft hinschickt. Hier sind wir ganz privat, und der FBI hat mit unserem Aufenthalt auf Crowbeech Ranch nichts zu tun.«

»Es handelt sich um Mord«, sagte Eugen Balder.

Ich schob mir den Hut aus dem Gesicht.

»Wenn Sie es wünschen, kommen wir natürlich mit«, antwortete ich, »aber am besten benachrichtigen Sie die Mordkommission der Staatspolizei.«

»Er geschah schon vor fünf Wochen«. erklärte Balder schüchtern. »Ich möchte Sie bitten, die Untersuchung aufzugreifen.«

»Ist er denn noch nicht untersucht worden?«, fragte Phil erstaunt.

»Doch, doch, natürlich«, entgegnete der Alte hastig, »aber ich wollte Sie bitten, die Untersuchung neu aufzugreifen.«

Er war ein alter Herr, und ich blieb höflich.

»Es tut mir sehr Leid, Mr. Balder, aber dazu haben wir nicht die geringste Befugnis.«

»Es dreht sich darum, dass John Stenberry seinen Onkel Milton Graves erschossen haben soll«, erklärte Yookerman, aber Balder fiel ihm ins Wort.

»Nein, er hat ihn nicht umgebracht. John hat das niemals getan. Ich kenne doch John. Er wäre nie zu einer solchen Tat imstande.«

Der Rancher zuckte die breiten Schultern.

Balder wandte sich an uns. »Glauben Sie mir, ich kenne John von Kindesbeinen an. Ich weiß, dass er einer solchen Tat nicht fähig ist. Alles hat sich gegen ihn verschworen, und er weiß nicht, wie er aus der Schlinge wieder herauskommen soll, aber ich bin sicher, dass er es nicht war.«

Phil und ich tauschten einen raschen Blick.

»Sind Sie mit ihm verwandt?«, fragte Phil.

»Nein, aber ich war Vormann der Cowboys auf der Ranch seines Vaters. Ich habe ihn reiten, schwimmen gelehrt, und ich habe ihm beigebracht, wie man mit einem Lasso umgeht. Ich kenne ihn ganz genau. Er hat keinen Menschen umgebracht.«

»Ich nehme an, die Polizei und die meisten Leute

sind der Ansicht, er hätte es doch getan?«, sagte ich.

Balder antwortete nicht direkt. »Ich glaube an seine Unschuld«, entgegnete er.

Ich wandte mich an den Rancher. »Und Sie, Mr. Yookerman?«

»Ich habe keine Meinung in diesen Dingen«, antwortete er. »Ich kümmere mich um meine Rinder, um nichts sonst, aber Eugen ist ein alter Freund. Ich erzählte ihm, dass zwei G-men ihre Ferien bei mir verbringen wollten. Er bat mich, ihn mit Ihnen bekannt zu machen, und ich tat ihm den Gefallen.«

Mir tat der alte Mann Leid, der so fest an die Unschuld des Burschen glaubte, den er als Kind gekannt hatte, aber ich weiß, dass Liebe blind macht und mancher Mann ein Verbrechen begeht, der als Kind das netteste Wesen von der Welt war. Und ich neige nicht dazu, zu glauben, dass die Polizei sich häufig irrt, wenn sie jemanden des Mordes an einem Mitmenschen beschuldigt.

»Wenn es Sie beruhigt, Mr. Balder«, sagte ich, »will ich gern Mal mit dem Chef der Mordkommission von Santa Fe sprechen. Er wird mir die Facts des Falles sicherlich nicht vorenthalten.«

»Das nützt nichts!«, rief er verzweifelt. »Morgen ist schon die Gerichtsverhandlung.«

Ich wurde ein wenig ungeduldig. »Hallo, Mr. Balder«, sagte ich, »Sie werden nicht von mir erwarten, dass ich bis morgen einen anderen Mörder finde.«

Offenbar hatte er in seiner blinden Liebe wirklich etwas Ähnliches gedacht, denn er fand nicht sofort eine Antwort. Alles, was er herausbrachte, war: »Bitte ... Vielleicht ... Sie könnten ...«

Yookerman sprang ihm bei.

»Wie wäre es, wenn Sie morgen nach Charrington hineinfahren und sich die Sitzung des Geschworenengerichts anhören?«, fragte er.

»Was soll das für einen Sinn haben?«, gab ich ärgerlich zurück. »Es ist Sache des Gerichts, ein Urteil zu finden, und es steht mir nicht zu, daran auch nur Kritik zu üben. Glauben Sie, die Mordkommission von Santa Fe hätte leichtsinnig gehandelt, als sie das Material gegen John Stenburry, oder wie der Bursche sonst heißen mag, zusammengetragen hat?«

»Davon kann keine Rede sein«. antwortete der Rancher gelassen. »Es ist nur so, dass Eugen seine ganze Hoffnung auf Sie gesetzt hat. Hören Sie meinen Vorschlag. Sie fahren morgen zur Sitzung des Schwurgerichts. Sie können meinen Jeep haben. Wenn das Gericht sein Urteil gesprochen hat, und Sie sind der Ansicht, dass es zu Recht besteht, fahren Sie zurück und kümmern sich nicht mehr um den Fall. Andernfalls unterhalten Sie sich noch einmal mit Eugen Balder.«

Er sah unseren Gesichtern an, dass wir von seinem Vorschlag nicht besonders begeistert schienen. Er lächelte unter seinem Schnurrbart.

»Reiten können Sie morgen doch nicht«, sagte er. »Der Jeep ist besser gefedert als die Pferde.«

»Okay«, antwortete ich mürrisch. »Wir gehen zur Verhandlung, aber ...«, und jetzt richtete ich meine Worte an Eugen Balder, »... wenn ich nach der Verhandlung zu Ihnen sage, dass Ihr junger Freund zu Recht verurteilt worden ist, dann sprechen wir besser nicht mehr darüber.«

Er nickte, aber in seinen traurigen braunen Augen stand ein Schimmer der Hoffnung.

Die Sitzung des Geschworenengerichts im Mordprozess Milton Graves gegen John Stenberry fand im Gemeindesaal von Charrington statt. Der Oberrichter von Santa Fe führte den Vorsitz, und die Geschworenen setzten sich aus sechs Leuten zusammen, die alle aus Charrington stammten, und sie alle mochten John Stenberry seit seiner Kinderzeit kennen.

Die Eröffnung der Verhandlung war für acht Uhr morgens angesetzt. Wenn ein Richter eine Verhandlung so früh ansetzt, dann ist er gewöhnlich der Ansicht, dass das Beweismaterial klar genug ist, um das Urteil im Laufe eines Tages zu fällen.

Natürlich hätten wir keinen Platz mehr bekommen, denn alle Einwohner Charringtons drängten zu dieser Sitzung, wenn Yookerman nicht mit dem Sheriff telefoniert und uns zwei Plätze hätte reservieren lassen. So saßen wir also jetzt in der dritten Reihe, und ich kann nicht behaupten, dass ich besonders neugierig gewesen wäre. Eugen Balder war nicht anwesend, da er als Zeuge vernommen werden sollte und deshalb den Gerichtssaal nicht vorher betreten durfte.

Um fünf Minuten vor acht Uhr brachten zwei Cops aus Santa Fe den Angeklagten John Stenberry herein. Er war ein Mann, der eben die dreißig überschritten haben mochte, und er gefiel mir auf den ersten Blick nicht besonders.

Er war ein ganz hübscher Bursche, aber sein Gesicht war verweichlicht, und seine Augen flackerten unruhig. Er nahm seinen Platz ein und hielt den Kopf gesenkt, aber er konnte den neugierigen Blicken nicht entgehen.

Punkt acht Uhr betraten das Gericht und die Geschworenen den Raum. Wir standen auf und warteten, bis diese Männer, die über schuldig oder unschuldig zu entscheiden hatten, Platz genommen hatten. Mr. Lenton Hardy, der Oberrichter, klopfte dreimal mit dem Hammer.

»Die Sitzung ist eröffnet«, erklärte er. »Wir verhandeln heute gegen John Stenberry aus Charrington, einunddreißig Jahre alt, den die Staatsanwaltschaft beschuldigt, seinen Onkel Milton Graves durch drei Schüsse getötet zu haben.«

Er machte eine Handbewegung zu Calridge McDonald, dem Staatsanwalt, der sich erhob und sprach: »Führen Sie John Stenberry in den Zeugenstand.«

Einer der Cops führte den jungen Mann in den Zeugenstand. Der Richter nahm ihm den Eid ab. Nach der amerikanischen Gerichtsordnung kann ein Angeklagter als Zeuge in eigener Sache sowohl vom Staatsanwalt wie vom Verteidiger vernommen werden. Der Richter entscheidet lediglich über die Zulässigkeit der Fragen.

McDonald verließ seinen Platz und postierte sich nahe bei Stenberry.

»Sie heißen John Stenberry, nicht wahr?«

»Ja«, antwortete der Angeklagte leise.

»Sie stammen aus Charrington?«

»Ja.«

»Genau genommen, stammen Sie doch nicht aus Charrington, nicht wahr?«

»Ich wurde auf der Bellstone Ranch geboren. Sie liegt fünf Meilen außerhalb der Stadtgrenzen.«

»Bellstone Ranch gehörte Ihrem Vater, nicht wahr?«

»Ja.«

»Bis wann?«

»Bis vor ungefähr zehn Jahren.«

»Wem gehörte sie seitdem?«

Stenberry senkte den Kopf und antwortete nicht. Der Staatsanwalt wandte sich an das Gericht.

»Ich kann die Antwort geben, die der Angeklagte verweigert, weil sie ihn belastet. Bellstone Ranch gehört jetzt Milton Graves. Milton Graves ist ein Onkel des Angeklagten, ein Bruder seiner Mutter. Stenberrys Vater, ein leichtsinniger Mensch, der die harte Arbeit des Ranchers scheute, versuchte auf leichtere Weise Geld zu verdienen. Er stieg in das Ölgeschäft ein, in ein Geschäft, das sein Schwager Milton Graves ihm vorgeschlagen hatte. Natürlich war alles nur Schwindel. Sie fanden trotz Dutzender von kostspieligen Versuchsbohrungen keinen Tropfen, und Stenberry senior verlor darüber sein Vermögen. Es stellte sich später heraus, dass er sein Vermögen dabei an den Mann verlor, dem er die Idee zu dieser Aktion verdankte, an Milton Graves. Kurz und gut, Graves übernahm die Ranch, und die Stenberrys, jetzt arm wie Kirchenmäuse, bezogen eine kleine Hütte auf dem letzten Stück Land, das ihnen noch geblieben war. Hier starben kurz hintereinander die beiden Eltern. Und das, Euer Ehren, ist das erste Motiv der Mordtat: Rache an dem Mann, der ihn um sein Erbe gebracht hatte.«

Stenberry warf den Kopf hoch. »Ich habe meinen Onkel nicht erschossen!«, rief er.

Der Staatsanwalt blieb kühl.

»Das Gericht wird darüber entscheiden. Wollen Sie meine weiteren Fragen beantworten?«

Der Angeklagte nickte.

McDonald fuhr fort.

»Obwohl zwischen Milton Graves und Ihrem Vater seit dem Zusammenbruch und seit der Übernahme der Ranch durch Ihren Onkel bittere Feindschaft herrschte, nahmen Sie nach dem Tode Ihrer Eltern den Verkehr wieder mit ihm auf. Das war vor ungefähr fünf Jahren.«

»Ich sah ihn bei der Beerdigung meiner Mutter«, erklärte Stenberry zögernd. »Ich hasste ihn und wollte ihm an den Kragen, aber er erklärte mir, es hätte zwischen meinen Eltern und ihm manche Missverständnisse gegeben, aber er wäre nicht dafür, dass diese Feindschaft auch im nächsten Glied fortgesetzt würde. Er wollte Versöhnung.«

»Sie versöhnten sich mit ihm?«

»Ja.«

»Trotz allem, was er Ihren Eltern angetan hatte?«

»Er stellte es anders dar. Er sagte...« Aber McDonald unterbrach den jungen Mann mit einer Frage.

»Oder gab er Ihnen Geld?«

Wieder ließ Stenberry den Kopf sinken. »Er gab mir auch Geld«, sagte er kaum hörbar.

»Um es deutlich zu sagen: In den nächsten fünf Jahren lagen Sie ihm auf der Tasche. Sie holten sich bei ihm immer neue Beträge ab, aber wir werden später noch Zeugenaussagen hören, dass Milton Graves Ihnen häufig Ihre Forderungen verweigerte, dass es zu Krach zwischen ihm und Ihnen kam. Kurz und gut, sie gerieten in ein Abhängigkeitsverhältnis. Wahrscheinlich haben Sie ihn an jenem Abend wieder um Geld gebeten. Er verweigerte es Ihnen, und Sie...«

Der Staatsanwalt vollendete den Satz nicht. Er sagte zum Richter: »Ich habe zunächst keine weiteren Fragen. Ich behalte mir vor, den Angeklagten zu einem späteren Zeitpunkt der Verhandlung noch einmal in den Zeugenstand zu holen.«

Stenberrys Anwalt war Albert Bybough, ein dicklicher rosiger Mann. Er bat das Gericht, verschiedene Leute in den Zeugenstand rufen zu dürfen, und nannte ihre Namen. Der Oberrichter stimmte zu.

Bybough ließ Leute aufmarschieren, die mehr oder weniger Schlechtes über Milton Graves aussagten. Es ging aus diesen Zeugenaussagen hervor, dass Milton Graves, obwohl ihm die Bellstone Ranch gehörte, selbst nicht sehr gut bei Kasse gewesen sein konnte. Er hatte die Ranch nie als Ranch geführt, hatte keine Rinder gezüchtet, keinen Weizen angebaut. Nach und nach hatte er alle Cowboys entlassen. Das Ranchhaus, die Stallung, das alles war verwahrlost. – Ein Mann, der irgendetwas mit den Grundbüchern in Santa Fe zu tun hatte, sagte aus, dass Graves Hypotheken auf die Güter aufgenommen hatte. Ein Ingenieur einer Bohrfirma beantwortete die Frage, wo dieses Geld geblieben war. Seine Firma hatte bis vor vier Monaten auf den Feldern der Bellstone Ranch weiter nach Öl gebohrt. Graves hatte also das Spiel, das Stenberrys Vater verloren hatte, weitergespielt und hatte ebenfalls nicht dabei gewonnen, denn der Ingenieur antwortete auf des Anwalts Frage: »Haben Sie Öl gefunden?«

»Nicht einen Tropfen, und wir hörten mit den Arbeiten auf, als Milton Graves nicht mehr zahlen konnte.«

»Bestand zu diesem Zeitpunkt Aussicht, dass Öl gefunden werden konnte?«

»Nicht mehr als bei jedem anderen Loch, dass man in den Boden der Vereinigten Staaten bohrt.«

Bybough bedankte sich, und er hielt dem Gericht eine kleine Rede.

»John Stenberry kann also seinen Onkel nicht umgebracht haben, weil er sein reiches Erbe zurückerhalten wollte, denn dieses reiche Erbe besteht aus völlig verschuldetem Land, das vor lauter Versuchsbohrungen wie ein Schweizer Käse mit Löchern versehen ist.«

McDonald, der Staatsanwalt, sprang auf und rief: »Es steht nicht fest, dass Stenberry wusste, wie verschuldet sein Onkel war.«

Der Verteidiger beantragte die Vernehmung von Ann Sullighan.

Es handelte sich um ein Mädchen von vielleicht

vierundzwanzig Jahren, ein hübsches, schlankes Ding, wenn sie auch nicht gerade neueste New Yorker Modelle trug.

»Miss Sullighan, Sie sind die Adoptivtochter von Milton Graves?«, fragte Bybough.

»Ich glaube nicht«, antwortete sie, »denn eine Adoption im Sinne des Gesetzes wurde nie vollzogen.«

Bybough schien selbst von dieser Antwort überrascht.

»Jedenfalls leben Sie schon sehr lange bei ihm.«

»Seit meinem fünften Lebensjahr. Mein Vater war einer von Mr. Graves' Cowboys. Er stürzte in einer Rinderherde und kam dabei zu Tode. Da meine Mutter schon bei meiner Geburt gestorben war, nahm Mr. Graves mich auf.«

»Es bestand ein Vertrauensverhältnis zwischen Ihnen und ihm? Er betrachtete Sie als seine Tochter?«

»Ja.«

»Hat er Sie als seine Erbin eingesetzt?«

»Ich weiß es nicht. Er sprach davon, dass die Ranch nach seinem Tode mir gehören solle, aber ich weiß nicht, wie es nach dem Recht steht.«

»Existiert kein Testament?«

»Ich weiß es nicht. Es ist kein Testament gefunden worden.«

»Miss Sullighan, wann lernten Sie Mr. Stenberry kennen?«

»Ungefähr vor fünf Jahren, als er zum ersten Mal wieder das Haus seines Onkels betrat.«

»Hat sich Mr. Stenberry später Ihnen in einer

bestimmten Weise genähert? Sie wissen, was ich meine?«

»Er hat mir einmal einen Heiratsantrag gemacht«, antwortete das Mädchen und wurde rot.

»Sie haben ihn abgelehnt?«

»Ich habe nicht darauf geantwortet, und John hat es wohl als Ablehnung aufgefasst.«

»Glauben Sie, dass John Stenberry Milton Graves ermordet hat?«

McDonald, der Staatsanwalt, sprang auf. »Ich erhebe Protest gegen diese Frage. Sie hat keinen sachlichen Charakter.«

»Frage abgelehnt«, bestimmte Richter Hardy und schlug mit seinem Hammer auf den Tisch.

»Wo waren Sie an dem Tag, an dem der Mord geschah?«

»Ich war in Santa Fe. Ich fuhr gegen Mittag fort, um in der Stadt Besorgungen zu erledigen, kam erst am Abend zurück und fand Onkel Milton nicht vor. Ich machte mir keine Gedanken darüber. Es geschah öfters, dass er nicht zu Hause war. Erst, als ich am anderen Morgen sein Bett unberührt fand, ging ich zum Sheriff. Sie suchten ihn dann, und am Mittag erhielt ich Bescheid, dass er gefunden worden sei.«

»Um wie viel Uhr kamen Sie nach Hause, Miss Sullighan?«

»Gegen neun Uhr abends.«

Bybough entließ die Zeugin, und nun kam ein Mann mit Namen Less Harding an die Reihe. Er war ungefähr im Alter von Stenberry, war Besitzer einer Ranch im Osten, und es stellte sich heraus, dass der Angeklagte und er Schulfreunde gewesen waren.

Harding war der Einzige, dessen Aussage ausgesprochen günstig für Stenberry lautete. Zwar konnte er nichts Sachliches vorbringen, das Stenberry entlastet hätte, aber er zeichnete ein günstiges Bild von ihm. Er berichtete genau, was Stenberry ihm von seinem Onkel Milton erzählt hatte, und er sagte, sein Freund habe Milton Graves für einen schnurrigen Kauz gehalten, der nicht mehr ganz ernst zu nehmen sei.

Er konnte nicht sagen, ob Stenberry Geld von Graves erhalten hatte, aber es stellte sich auf eine Frage des Staatsanwalts heraus, dass er selbst dem Freund hin und wieder ein wenig unter die Arme gegriffen hatte. Er brachte es geschickt fertig, anzudeuten, dass er John Stenberry den Mord nicht zutraue, aber viel nützte das dem Angeklagten auch nicht. Als die allgemeinen Vernehmungen beendet waren, herrschte im Saal die Meinung vor, dass John Stenberry ein herumlungernder Taugenichts sei, der noch nie in seinem Leben eine ehrliche Arbeit getan, sondern nur anderen Leuten auf der Tasche gelegen und auf seine Chance gewartet habe.

Nach dem Verteidiger kam der Staatsanwalt wieder zum Zuge.

»Ich möchte die Ereignisse des Mordtages schildern und klären«, sagte Calridge McDonald. »Ich bitte den Sheriff Pal Mandow als Zeugen aufzurufen.«

Der Sheriff, ein großer, breitschultriger Mann, der ein wenig wie Mr. Yookerman aussah, schilderte, fast ohne vom Staatsanwalt unterbrochen zu werden, wie Miss Sullighan am Morgen um acht Uhr zu ihm gekommen war, um ihn vom Verschwinden von Mr. Graves zu unterrichten. Er hatte daraufhin seine vier Gehilfen zusammengetrommelt, und sie waren in verschiedene Richtungen davongeritten.

Mandow selbst war bei dem Blockhaus von John Stenberry vorbeigekommen. Es war ihm aufgefallen, dass die Tür offen stand. Er war hineingegangen, hatte nach Stenberry gerufen, hatte dann den Wohnraum betreten und Milton Graves tot auf dem Fußboden gefunden. Dann hatte er sofort die Mordkommission in Santa Fe alarmiert.

Als nächster Zeuge wurde Inspektor Thomas Land von der Mordkommission vernommen. Er berichtete, dass er und seine Leute gegen neun Uhr dreißig am Tatort eingetroffen seien. Sie hätten sich um die Spurensicherung bemüht, aber es seien keine Spuren von fremden Personen zu finden gewesen. Lediglich habe man in einer Entfernung von dreihundert Yard den Jeep von Milton Graves vor einem Baum gefunden. Man habe ganz den Eindruck gehabt, dass versucht worden sei, das Auto zu beseitigen, jedoch sei dabei der Täter auf dem schmalen Waldweg vor einen Baum gefahren. Wenige Schritte vom Jeep entfernt habe man einen alten Armeerevolver gefunden, von dessen sechs Patronen drei gefehlt hätten.

Man habe dann sofort versucht, John Stenberry habhaft zu werden. Seine Leute hätten in der Richtung gesucht, in der er nach dem Standort des Jeeps zu fliehen versucht haben müsse. Erst am Abend des gleichen Tages sei er in Santa Fe gefunden worden, und zwar am Steuer seines eigenen alten Ford. Dort habe man ihn verhaftet.

Der Polizeiarzt, der dem Inspektor in den Zeugenstuhl folgte, sagte aus, dass Milton Graves durch drei Schüsse in den Rücken getötet worden sei. Er sei sofort tot gewesen. Der Tod müsse ungefähr um Mitternacht eingetreten sein.

Ein Gerichtschemiker erklärte, dass die tödlichen Kugeln ohne Zweifel aus dem Armeerevolver abgefeuert worden seien.

Ein Experte für Fingerabdrücke bestätigte, dass die Fingerabdrücke auf dem gefundenen Armeerevolver von John Stenberry stammten. Ebenso seien Stenberrys Abdrücke auf der Brieftasche des Toten festzustellen gewesen, jener Brieftasche, die ohne Geld, aber mit den Papieren im Blockhaus in der Nähe der Leiche gefunden worden war.

»Ich bitte John Stenberry in den Zeugenstand!«, verlangte der Staatsanwalt.

Wieder musste der Angeklagte in dem Sessel seitlich vom Richter Platz nehmen.

»Geben Sie uns Ihre Schilderung des Tages, an dem Ihr Onkel ermordet wurde!«, forderte McDonald.

Mit leiser Stimme schilderte Stenberry den angeblichen Verlauf jenes Tages. Er sei am Morgen nach Charrington geritten, um mit Mr. Grown von der Bank zu sprechen, der ihm eventuell eine Hypothek auf sein Haus versprochen habe. Mr. Grown habe jedoch seine Zusage zurückgezogen, ohne eine richtige Begründung dafür zu geben.

Als er wieder zu dem Blockhaus gekommen sei, habe dort ein Mann auf ihn gewartet, der ihm eine

Botschaft seines Onkels ausgerichtet habe, er solle um Mitternacht zum Hell Ground kommen.

An dieser Stelle unterbrach ihn der Staatsanwalt.

»Sie kannten den Mann nicht, der Ihnen die Botschaft, diese angebliche Botschaft brachte?«

»Nein, ich habe ihn nie zuvor gesehen. Er sah recht verwahrlost aus. Er machte den Eindruck eines Landstreichers.«

»Überbrachte er die Nachricht schriftlich oder mündlich?«

»Schriftlich – ein einfacher Zettel.«

»Mit oder ohne Unterschrift?«

»Ich weiß nicht. Ich habe nicht darauf geachtet.«

»War es die Schrift Ihres Onkels?«

»Ich kann es nicht sagen. Ich hatte keinen Zweifel, dass die Botschaft von meinem Onkel stammte.«

»Wo ist der Zettel?«

»Ich habe ihn nicht mehr.«

»Haben Sie ihn fortgeworfen.«

»Nein, ich steckte ihn in die Tasche. Die Leute, die mich später überfielen, müssen ihn mir abgenommen haben.«

»Davon sprechen wir später. Wunderten Sie sich nicht, dass Ihr Onkel Sie zum Hell Ground bestellte? Soviel ich weiß, ist das eine sehr einsame Gegend, die zum Gebiet der Bellstone Ranch gehört, ein kleines Tal, in dem ein Bohrturm von einer Versuchsbohrung steht, nicht wahr?«

»Ja, ich wunderte mich sehr über diesen Treffpunkt zu dieser Stunde, aber andererseits hatte mein Onkel immer allerhand Unsinn mit seinen Bohrtürmen im Sinn. Jedenfalls ritt ich zur Ranch, um jetzt schon mit ihm zu sprechen. Ich wollte nicht zum Hell Ground hinausreiten.«

»Und haben Sie Mr. Graves gesprochen?«

»Nein, es war niemand auf der Ranch.«

Der Staatsanwalt richtete sich auf. »Mr. Stenberry, wir haben uns die Mühe gemacht, sämtliche Einwohner von Charrington und alle Rancher der Umgebung zu befragen, ob Milton Graves zu der Stunde, zu der Sie auf seiner Ranch gewesen sein wollen, irgendwo war oder irgendwo gesehen worden ist. John Stenberry, diese Befragung hat einwandfrei ergeben, dass niemand ihn gesehen hat. Er muss auf der Ranch gewesen sein, und wenn Sie wirklich hingeritten sind, müssen Sie ihn gesprochen haben. Ich aber glaube, dass Sie gar nicht dort waren, sondern dass vielmehr Sie Ihren Onkel auf irgendeine Weise bewogen haben, zu Ihnen zu kommen, um ihn zu töten.«

»Nein«, sagte Stenberry nur. »Es war so, wie ich es sage.«

Der Staatsanwalt zuckte die Achseln. »Erzählen Sie weiter.«

»Ich blieb bis gegen neun Uhr in meinem Haus. Dann nahm ich das Pferd, um zum Hell Ground zu reiten. Von mir sind es fast zwei Stunden Wegs. Ich kam ziemlich genau um Mitternacht dort an und wartete bis ein Uhr oder etwas länger. Da Onkel Milton nicht kam, ritt ich zurück. Ungefähr um drei Uhr morgens betrat ich wieder meine Hütte. Ich ging ins Wohnzimmer, aber sobald ich den Fuß auf die Schwelle gesetzt hatte, bekam ich einen schweren

Schlag auf den Kopf. Von diesem Augenblick an weiß ich nichts mehr.«

»Und wann begann Ihr Gehirn wieder zu funktionieren?«

»Am Nachmittag des nächsten Tages. Ich fand mich in meinem Wagen in einem kleinen Wäldchen, das ich nicht kannte. Der Schlüssel steckte im Schloss. Ich versuchte, mich zu erinnern, was geschehen war. Dann machte ich mich auf den Weg aus dem Wald hinaus, erreichte auch eine Landstraße und fuhr in irgendeine Richtung, kam nach Santa Fe und wurde dort festgenommen.«

»Es war inzwischen dunkel geworden, nicht wahr?«

»Ja, es war dunkel.«

Der Staatsanwalt wandte sich an die Geschworenen.

»Ich bin der Ansicht, Gentlemen, dass John Stenberry sich und seinen Wagen in jenem Wäldchen versteckt hat, um nach Einbruch der Dunkelheit zu fliehen, und ich glaube, Sie werden diese Ansicht teilen, wenn Sie hören, welche weiteren Beweise sich fanden, als die Polizei den Festgenommenen untersuchte. Man fand in seiner Jackentasche fünf zerknüllte Dollarscheine und zwei Scheine über tausend Dollar. Diese Geldnoten wiesen Beschädigungen auf, und die Sachverständigen stellten fest, dass sie von einer Kugel beschädigt worden waren, einer Kugel, die die Brieftasche des Mannes durchschlagen hatte, für dessen Tod wir heute die gerechte Strafe zu finden bemüht sind.

Doch nicht genug damit. Die Geldnoten zeigten auch Blutspuren. Es war Milton Graves' Blut.«

Ein Murmeln lief durch den Gerichtssaal. McDonalds Behauptung, für die die Beweise bei den Akten lagen, war so gut wie ein Todesurteil für Stenberry.

Der Staatsanwalt ging zum Richtertisch, nahm einen alten Armeerevolver, der bei dem Beweismaterial lag, in die Hand, ging zum Angeklagten zurück und fragte: »John Stenberry, ist das der Revolver Ihres Vaters?«

»Ja«, sagte Stenberry.

»Befand sich diese Waffe in Ihrem Blockhaus?«

»Ja.«

»Wo?«

»Das weiß ich nicht. Ich habe sie monatelang nicht in den Händen gehabt. Sie muss irgendwo herumgelegen haben.«

»Aber sie gehört Ihnen.«

»Das kann ich nicht leugnen.«

McDonald hob die Stimme. »Nun gut. Das Gutachten der Gerichtschemiker stellt einwandfrei fest, dass die tödlichen Schüsse auf Milton Graves aus diesem Revolver abgegeben worden sind. Die Waffe zeigt ferner Ihre Fingerabdrücke. John Stenberry, was können Sie von Ihrem Leugnen noch erhoffen? Legen Sie endlich ein Geständnis ab!«

Stenberry sprang vom Zeugenstuhl hoch. »Ich habe meinen Onkel nicht getötet!«, schrie er. »Ich kann nur sagen, dass ich ihn nie in jener Nacht gesehen habe. Es war alles so, wie ich es sage.«

Die Polizisten sprangen hinzu und drückten ihn in

seinen Stuhl zurück. Ein Weinkrampf schüttelte ihn. Richter Hardy schlug mit seinem Hammer auf den Tisch.

»Ich unterbreche die Sitzung für eine halbe Stunde, bis der Angeklagte sich beruhigt hat. Führen Sie ihn hinaus!«

Als die Gerichtsverhandlung eine halbe Stunde später wieder eröffnet wurde, saß Stenberry bleich und stumm zwischen den beiden Polizisten.

»Werden noch Zeugen zur Vernehmung gewünscht?«, fragte der Richter.

Anwalt Bybough nannte noch ein paar Namen, darunter den von Eugen Balder. Er verlangte auch eine neue Vernehmung des Reviervorstehers und des Leiters der Mordkommission. Er gab sich alle Mühe, günstige Tatsachen für Stenberry festzustellen, aber außer der leidenschaftlichen Sympathieerklärung des alten Balder blieben nur zwei Punkte, die ein wenig für Stenberry sprachen. Der junge Mann hatte behauptet, niedergeschlagen worden zu sein, aber erst zwei Tage nach seiner Festnahme hatte ihn ein Arzt untersucht. Der Arzt sagte aus, dass er keinerlei Kopfverletzungen hätte feststellen können, gab aber zu, dass ein Schlag mit einem Gummiknüppel oder einem Sandschlauch eine Betäubung hervorrufen könnte, ohne die Kopfhaut zu beschädigen.

Dem Inspektor Land warf Bybough vor, dass er nicht veranlasst habe, Stenberrys Blut auf Betäubungsmittel zu untersuchen. Land zuckte nur mit den Achseln, und in gewisser Weise hatte er Recht damit. Es war unsinnig, den Geschichten eines Mannes Glauben zu schenken, der durch eine Unzahl stich- und hiebfester Indizien belastet war. Man konnte fühlen, dass alle Leute hier im Saal, dass der Richter und die Geschworenen so dachten.

»Noch Fragen?«, erkundigte sich Richter Hardy.

»Keine Fragen«, erklärte der Verteidiger.

»Ich erteile dem Staatsanwalt das Wort zum Plädoyer.«

Calridge McDonalds Rede war kurz. Er zählte die Tatsachen auf. Zum Schluss sagte er: »Ich glaube nicht, dass sich irgendeiner hier im Saal befindet, der den unsinnigen Erzählungen des Angeklagten Glauben schenkt. Meine Herren Geschworenen! In unserem Land gibt es seit Alters her für den Mord an einem Menschen nur eine Strafe: den Tod. Ich halte John Stenberry für schuldig des Mordes. Es ist an Ihnen, seine Schuld zu bestätigen und ihn der Strafe zu überantworten, die er verdient hat.«

Den Tatsachen des Staatsanwalts hatte Albert Bybough an Facts nichts gegenüberzustellen.

»Mein Mandant hat nicht gestanden!«, rief er. »Es gibt nur einen einzigen vollständigen Beweis für die Schuld eines Mannes am Tode eines anderen Mannes: sein Geständnis. Noch so deutliche Indizien sind kein Beweis. Der Zufall kann sie zusammengewürfelt haben, oder die wahren Täter haben sie zusammengetragen, um Stenberry dem Unglück auszuliefern. Solange John Stenberry nicht gestanden hat, lädt jeder eine schwere Last auf sein Gewissen, der ihn schuldig spricht. Bedenken Sie das, bevor Sie Ihren Spruch fällen.«

Es war gegen fünf Uhr nachmittags, als Bybough mit diesen Worten sein Plädoyer schloss. Richter Hardy erklärte die Sitzung für beendet. Er bat die Geschworenen, sich zur Beratung zurückzuziehen. Nach amerikanischem Recht bestimmen nur die Geschworenen, ob ein Angeklagter der Tat schuldig ist oder nicht. Das Strafmaß zu bestimmen ist dann Sache des Richters.

Obwohl es ungewiss war, wie lange die Sitzung der Geschworenen dauern könnte, verließ niemand den Saal. Balder, der vorne auf der Zeugenbank saß, zwängte sich zu uns durch und fragte mit Tränen in den Augen: »Wenn sie ihn nur nicht zum Tode verurteilen, Mr. Cotton, damit Sie mehr Zeit haben, den Fall aufzugreifen. Sie werden ihn doch aufgreifen, nicht wahr?«

»Warten wir den Urteilsspruch ab, Mr. Balder«, beruhigte ich. Nach einer knappen halben Stunde erschienen der Richter und die Geschworenen wieder. Die Anwesenden erhoben sich.

Richter Hardy schlug dreimal mit seinem Hammer auf die Platte.

»Nach den Gesetzen unseres Landes richte ich an den Obmann der Geschworenen die Frage: Schuldig oder nicht schuldig?«

Der Obmann der Geschworenen, ein großer kräftiger Mann mit dem sonnengebräunten Gesicht eines Ranchers stand auf.

»Euer Ehren«, sprach er die festgelegte Formel, »nach eingehender Beratung sind wir zu der Überzeugung gekommen, dass John Stenberry des Mordes an Milton Graves schuldig ist.«

In das atemlose Schweigen, das dem letzten Wort des Geschworenen folgte, dröhnte ein dumpfes Poltern. John Stenberry war ohnmächtig vom Stuhl gesunken.

Phil und ich fuhren mit Yookermans Jeep zur Crowbeech Ranch zurück. Dem Schuldspruch der Geschworenen war der Urteilsspruch des Richters nicht gefolgt. Wie üblich, würde Richter Hardy das Strafmaß dem Angeklagten allein bekannt geben, aber es war ganz klar, dass er ihn zum Tode verurteilen würde. Es gab keine andere Möglichkeit. Wen die Geschworenen des Mordes schuldig sprachen, den musste der Richter zum Tode verurteilen.

Erst, als das letzte Haus von Charrington hinter uns lag und der Jeep über die staubige und ausgefahrene Straße quer durch die Prärie holperte, sagte Phil: »Das war der vollkommenste Indizienbeweis, dem ich je zugehört habe.«

»So ...«, brummte ich.

»Fast zu vollkommen«, sagte er gedehnt. »Sah gerade so aus, als hätte Stenberry mit Fleiß jeden Fehler gemacht, dass ihm ja auch nicht eine Lücke blieb, durch die er hätte schlüpfen können.«

»Er hatte schließlich keine Erfahrung im Töten.«

»Immerhin, etwas geschickter hätte er sich schon anstellen können«, hing Phil weiter laut seinen Gedanken nach. »Zumindest die Geschichte seines angeblichen Niederschlags und seiner stundenlangen Betäubung hätte besser sein können.«

»Aus dem Netz hätte ein Dutzend der besten

Anwälte der Staaten ihn nicht herausgeholt«, sagte ich.

»Ich habe nie jemand gesehen, der sich so fest in den Seilen der polizeilichen Untersuchung verfangen hat.«

»Eigentlich zu fest, um es ohne Mithilfe von dritter Seite getan zu haben.«

»Natürlich, Santa Fes Mordkommission hat das ihre dazu getan, um ihn anzuschmieden.«

»Ich sprach von einer dritten Seite, Phil, und ich meinte nicht die Polizei damit. Inspektor Land hat nur die Facts festgestellt, und er brauchte nicht der Spur nachzuhelfen. Die Facts waren bitter genug für John Stenberry.«

»Du glaubst, jemand habe ihm eine Falle gestellt?«

»O nein, ich glaube nur, dass die Indizien so großartig einwandfrei waren, dass man nachsehen sollte, warum sie so einwandfrei waren. Vielleicht war John Stenberry wirklich so dumm. Vielleicht war nur ein anderer besonders schlau.«

»Du willst also den Fall aufnehmen?«

»Ich möchte meine Nase ein wenig hineinstecken. Es ist schließlich egal, wohin wir unsere Pferde laufen lassen, ob ziellos in die Prärie, oder ob wir versuchen, sie in eine bestimmte Richtung zu lenken, vielleicht zu Stenberrys Blockhütte, vielleicht zum Haus von Milton Graves oder zu jener komischen Gegend, die sie hier Hell Ground nennen.«

Phil schwieg den Rest des Weges. Erst, als die Lichter der Crowbeech Ranch auftauchten, sagte er: »Du hast Recht. Die Indizien waren wirklich ein bisschen zu einwandfrei.«

Trotzdem lenkten wir unsere Pferde am anderen Tag nicht zu einem der Punkte, die ich auf der Heimfahrt genannt hatte, sondern wir liehen uns noch einmal den Jeep und fuhren nach Santa Fe hinein, und zwar zum Polizeipräsidium. Wir fragten nach Inspektor Thomas Land. Er empfing uns in seinem Büro.

Er zog erstaunt die Augenbrauen hoch, als wir uns als FBI-Beamte vorstellten, und er wurde verwirrt, als ich ihm sagte, dass unser Interesse dem Graves-Fall galt.

»Ich verstehe nicht, welches Interesse die Bundespolizei an einem simplen Mordfall haben kann«, sagte er.

»Nicht die Bundespolizei ist interessiert, sondern wir beide sind es ganz privat«, stellte ich richtig. »Wir waren gestern in der Gerichtsverhandlung. Die Wucht der Beweise war geradezu erdrückend.«

»Zu erdrückend, wollen Sie sagen?«, ergänzte er.

»Sie haben sich schon selbst Gedanken darüber gemacht?«

»Selbstverständlich. Ich habe noch nie einen Mörder gesehen, gegen den so viele Beweise vorlagen wie gegen John Stenberry. Ich hätte gern einiges von der Geschichte geglaubt, die er zu seiner Entlastung vorbrachte, aber er konnte uns nicht den geringsten Beweis für die Wahrheit liefern. Wir mussten uns an die Tatsachen halten, und die Tatsachen sprachen gegen ihn.« Er lächelte ein wenig. »Wo kämen wir hin, Mr. Cotton«, sagte er, »wenn wir an die Unschuld eines Mannes glaubten, nur weil die Tatsachen zu sehr gegen ihn sprechen?«

»Ich sage nicht, dass ich an Stenberrys Unschuld glaube, aber ich möchte doch meine Nase ein wenig hineinstecken. Ich bin darum gebeten worden, und ich möchte dem Mann, der mich darum bat, den Gefallen gern tun. Ich hoffe, Sie haben nichts dagegen.«

»War es Eugen Balder, der um Ihre Hilfe bat?«

»Ja.«

Land schüttelte den Kopf. »Der Alte ist der Einzige, der in Charrington herumrennt und beteuert, John Stenberry sei unschuldig. Sonst glaubt niemand mehr an seine Unschuld – außer vielleicht noch Ann Sullighan.«

»Die Adoptivtochter von Graves? Ihre Aussage im Prozess war nicht gerade besonders günstig für Stenberry, und mit seinen Annäherungsversuchen bei ihr scheint er nicht viel Glück gehabt zu haben.«

»Trotzdem«, beharrte Land. »Ich habe den Eindruck, dass sie Stenberry lieber mag, als sie zugab.«

»Als mögliche Erben von Graves' Hinterlassenschaft waren beide eigentlich Konkurrenten.«

Der Inspektor zuckte verächtlich mit den Schultern.

»Graves' Erbe! Darum lohnt es sich nicht, zu streiten. Wahrscheinlich war er der Mann mit den meisten Schulden fünfzig Meilen im Umkreis.«

»Was war er eigentlich für ein Bursche, Mr. Land? Im Prozess kam er nicht besonders gut weg.«

»Das hätte er auch nicht verdient. Sie wissen, er hat seinem Schwager diese Ölstory eingeblasen, die den alten Stenberry in den Ruin trieb, aber als Milton Graves das meiste Gelände der Bellstone Ranch in den Händen hatte, erlag er dem gleichen Gedanken, es müsse sich unbedingt in der Gegend Öl finden lassen. Er verpulverte alles dafür. Sie hörten es im Prozess. Dabei sah er nicht so aus, als ließe er sich auf Phantastereien ein. Er war ein kerniger breitschultriger Mann um die sechzig, ein richtiger Ranchertyp. Wenn er nicht umgebracht worden wäre, hätte er sicherlich achtzig Jahre und mehr erreicht.«

»Die Bellstone Ranch ist also von ihm nie bewirtschaftet worden?«

»Bewirtschaften kann man das nicht nennen, was dort getrieben wurde. Miss Sullighan bemühte sich zeitweise, mal ein paar Kälber groß zu bekommen, und natürlich besaßen sie ein paar Pferde, aber Graves interessierte sich nie dafür, und so musste das Mädchen ihre Ranchpläne wieder fallen lassen.«

»Graves hatte nicht viel Verkehr mit den anderen Ranchern, nicht wahr?«

»Zum Schluss praktisch überhaupt nicht mehr. Er trieb sich mehr mit Leuten wie Adail Fourback herum.«

»Hallo, wer ist Adail Fourback? Der Name ist im Prozess nicht gefallen.«

»Für den Prozess hat er keine Bedeutung. Am Tag, beziehungsweise in der Nacht, in der Graves umgebracht wurde, befand er sich in Los Angeles. Das steht einwandfrei fest. Aber sonst hatte er 'ne Menge mit Milton Graves zu schaffen, wobei keiner genau weiß, was es eigentlich war. Er stammt nicht aus

Charrington, nicht einmal aus Santa Fe. Irgendetwas muss ihn in unsere Gegend gelockt haben, und ich glaube nicht, dass es ein ehrliches Geschäft war. Er sieht nicht so aus, als interessierten ihn ehrliche Geschäfte.«

»Glauben Sie, dass Graves ihn mit seinem angeblichen Öl angelockt hat?«

Land lachte.

»Mit faulem Zauber können Sie Adail Fourback nicht kommen. Faulen Zauber macht er selbst. Vielleicht hat er gesehen, wie sehr am Ende Graves war, und er ließ sich mit ihm ein, um den richtigen Augenblick abzupassen, in dem ein schlauer Mann die gesamte Bellstone Ranch für ein paar Dollar schnappen konnte. Dass er selbst Rancher werden wollte, glaube ich nicht. Er ist nicht der Typ dazu, auf dem Lande zu leben. Er passt besser in eine Bar als in den Kuhstall.«

Wir lachten.

»Vielen Dank für die Auskünfte, Inspektor«, sagte ich. »Sie haben also nichts dagegen, wenn wir die Nase ein wenig in den Fall Graves-Stenberry stecken?«

»Im Gegenteil. Es wäre scheußlich, wenn ein Unschuldiger hingerichtet würde. Ich halte zwar Stenberry für den Täter, aber ich glaube selbst, dass es eher ein Totschlag als ein Mord war. Leider ist Graves durch Schüsse in den Rücken getötet worden, und das schließt eine Tötung im Affekt praktisch aus, denn Leute, die sich streiten, stehen sich gewöhnlich gegenüber.«

»Noch einmal schönen Dank, Inspektor. Wir

möchten bei Gelegenheit den Tatort besichtigen. Steht dem etwas im Wege?«

»Stenberrys Blockhütte ist noch versiegelt.« Er warf einen Blick auf seinen Kalender. »Ich könnte morgen zu Ihnen hinauskommen, und wir könnten gemeinsam hinfahren.«

»Einverstanden. Um wie viel Uhr kommen Sie?«

»Gegen neun Uhr.«

»Noch einmal schönen Dank. Bis morgen also.«

Wir waren noch vor dem Mittagessen auf der Crowbeech Ranch. Die Filets von Yookermans eigenen Rindern zergingen auf der Zunge.

»Kleine Siesta?«, fragte Phil, nachdem wir uns damit voll gestopft hatten.

»Fällt heute aus. Wir satteln Till und Tom. Ich möchte zum Hell Ground. Es ist so viel von dieser Gegend geredet worden. Ich will sie mir ansehen.«

Mr. Yookerman beschrieb mir den Weg. Seine Beschreibung war von jener grandiosen Einfachheit, die in dieser Gegend noch üblich war.

»Sehen Sie die runde Kuppe des Berges mit der einzelnen Spitze in halber Höhe? Reiten Sie genau darauf zu. Sie müssen den Fluss passieren, aber er ist sehr seicht. Nach zwei Stunden werden Sie zwei bewachsene Hügel entdecken, die ziemlich eng beieinander stehen. Es sieht aus, als bildeten sie ein Tor. Zwischen den Hügeln senkt sich das Gelände ziemlich plötzlich in ein Tal von zweihundert Yard Breite und einer Meile Länge. Früher war das Tal ziemlich wüst bewachsen, aber seit Graves seinen Bohrturm dort aufgestellt hat, ist das Gebüsch niedergetrampelt oder gefällt worden.«

»Hell Ground gehört also zur Bellstone Ranch?«

»Ungefähr die Hälfte. Die andere Hälfte ist im Besitz der Familie Stenberry geblieben.«

»Interessant.«

»Wieso interessant, Mr. Cotton? John Stenberry hat sich um das Stück nie gekümmert. Seine Hälfte ist so wüst wie an dem Tag, an dem sie geschaffen wurde. Viel Glück für den Ritt.«

Reiten lernt man mit jedem Tag besser, und Till und Tom verhielten sich freundlich. Ziemlich genau nach den vorausgesagten zwei Stunden, als die Hügelkette am Horizont schon recht nahe gekommen war, erkannten wir in der Ebene jene zwei Erhebungen, zwischen denen sich das Tal zum Hell Ground hinabsenkte. Von weitem sah es wirklich wie ein Tor aus, aber je näher wir kamen, desto weiter wurde dieses Tor, bis es schließlich ein Einschnitt von ein paar hundert Yard Breite war, in dem sich die Prärie zu einem Tal senkte.

Auf der Talsohle war das Licht mehr als eine Nuance dunkler. Die Sonne erreichte um diese Stunde schon nicht mehr den Grund.

Wir ließen unsere Pferde locker gehen und sahen uns um. Der Pflanzenwuchs des Hell Ground war in den Monaten, in denen Menschen und Maschinen hier gearbeitet hatten, zertrampelt worden, aber jetzt hatte er sich schon wieder aufgerichtet.

Ich zügelte Tom. Phil hielt an. Wie ein Ding aus einer anderen Welt ragte über dem Gebüsch und den niedrigen Bäumen das Gestänge eines primitiven Bohrturms.

»Eine von Milton Graves' Ölhoffnungen«, sagte ich.

Phil sah sich um. »Eine Gegend mit Öl unter der Oberfläche habe ich mir immer anders vorgestellt.«

»Lass uns hinreiten«, antwortete ich.

Der Turm, eine Pyramide aus Stahlbändern, stellenweise mit Holz verkleidet, mochte dreißig Fuß hoch sein, ein relativ kleines Ding, mit dem meiner Meinung nach große Bohrtiefen nicht zu erreichen waren, aber ich verstand fast nichts von der Ölbohrung. Erstaunlich war der gute Erhaltungszustand, obwohl doch nach den Angaben, die der Ingenieur im Prozess gemacht hatte, die Bohrungen schon seit vier Monaten eingestellt worden waren.

Nirgendwo zeigte sich Rost. Das eigentliche Bohrgestänge glänzte vor Öl und Fett. Etwas links vom eigentlichen Turm stand unter einem Holzdach der Transformator, der den Strom für den Bohrturm geliefert haben mochte. Die Erde rings um den Bohrturm war glatt getreten.

Wir legten den Kopf in den Nacken und blickten an dem Turm hoch. Gegenüber den Riesenbauten, die wir schon einmal auf den texanischen Ölfeldern gesehen hatten, war dieses hier ein lächerliches Ding. Zwischen ihm und echten Bohrtürmen bestand der gleiche Unterschied wie zwischen dem ersten Flugzeug der Brüder Wright und einem Düsenjäger.

»Wo mögen sie den Strom für den Transformator herbekommen haben?«, fragte Phil.

»Durch Wasserkraft«, sagte eine Stimme hinter uns. Wir fuhren herum und sahen uns einem Mann gegenüber, der aus den Büschen herausgetreten war und uns freundlich anlächelte.

Wenn ich freundlich sage, dann meine ich, dass er die Lippen nach oben verzogen hatte, aber sehr gewinnend war sein Lächeln dennoch nicht. Er war groß, hager und hatte etwas von einem Wolf an sich.

Seine Haut zeigte einen Stich ins Gelbe, und sein kleiner Schnurrbart auf der Oberlippe war noch schwarz, während seine Haare schon graue Fäden zeigten. Er trug eine kurze Lederjacke, einen weichen Hut und schwarze Reithosen mit langen Stiefeln, wie sie in dieser Gegend nicht üblich sind.

»Haben Sie sich erschreckt?«, fragte er. »Entschuldigen Sie! Ich hörte Sie kommen und dachte, es sei besser, erst zu sehen, wer es ist. Sie sind nicht von hier?«

»Warum so vorsichtig?«, fragte ich statt einer Antwort. »Die Zeiten sind vorbei, an dem ein Fremder in der Prärie ebenso gut ein Indianer auf dem Kriegspfad wie ein räuberischer Bandit sein konnte.«

Er wiegte den Kopf. »Wer weiß? Der Besitzer dieses Stückchen Landes zum Beispiel ist vor einiger Zeit ermordet worden.«

»Wir wissen es. Übrigens, mein Name ist Jerry Cotton, und das ist Phil Decker. Wir sind Feriengäste bei Mr. Yookerman auf der Crowbeech Ranch.«

»Aha«, machte der Unbekannte, »die G-men aus New York. Erfreut, Sie kennen zu lernen. Mein Name ist Adail Fourback.«

Hallo, da lief uns also der Mann in den Weg, den ich gerne kennen lernen wollte. Seltsam, dass dieses Zusammentreffen ausgerechnet in dem sagenhaften

Hell Ground geschah. Ich tat, als hätte ich den Namen nie gehört.

»Sehr erfreut«, sagte ich. »Aber woher wissen Sie, wer wir sind?«

Er stieß ein heiseres Lachen aus.

»Je weniger Leute in einem Land wohnen, desto schneller spricht sich alles herum. Jeder hier weiß, dass der alte Balder Sie gebeten hat, nach Unschuldsbeweisen für seinen kleinen Liebling John Stenberry zu suchen, und wie es scheint, sind Sie bereits eifrig dabei. Sonst würde ich Sie wohl kaum im Hell Ground treffen.«

»Und warum treffen wir Sie im Hell Ground, Mr. Fourback? Suchen Sie auch nach Unschuldsbeweisen?«

Er schüttelte sich vor Lachen. »O nein, mir ist es völlig gleichgültig, ob John Stenberry oder ein anderer dran glauben muss. Vielleicht wissen Sie es schon, und wenn Sie es nicht wissen, so werden Sie es bald erfahren. Darum sage ich es ihnen lieber gleich selbst. Der alte Milton und ich waren Geschäftsfreunde. Genauer gesagt, er hätte es gern gesehen, wenn wir Geschäftsfreunde geworden wären.« Er grinste. »Darum stehe ich hier. Voll trauervoller Gedanken an den guten alten Gauner Milton Graves.« Er zeigte auf den Turm. »Es handelt sich nämlich um das Ding dort, für das mir Graves die Dollar aus der Tasche ziehen wollte.«

Ich stieg vom Pferd. »Ihre Pietät ist rührend, Mr. Fourback«, sagte ich. »Milton Graves wollte Geld von Ihnen für diesen Bohrturm? Haben Sie es ihm gegeben?«

Er lachte schallend. »Bin ich ein Narr? Wenn ich meine Dollarscheine den Niagara hinunterschwimmen lasse, so habe ich mehr Spaß daran, als sie in dieses Loch zu stecken. Und der wirtschaftliche Nutzen ist der Gleiche, nämlich keiner.«

»Trotzdem sind Sie viel mit Milton Graves zusammen gewesen. War das unter diesen Umständen nicht Zeitverschwendung?«

Er wurde aufmerksam.

»Ist das schon ein Verhör? Okay, ich war ein paar Mal mit dem alten Graves zusammen, aber nicht ich war es, der diese Zusammenkünfte veranlasste. Er rannte mir alle Augenblicke die Bude ein mit irgendwelchen neuen Ideen und Vorschlägen.«

»Ob er wohl erschossen worden wäre, wenn Sie ihm Geld gegeben hätten?«, fragte ich langsam.

Adail Fourback sah mich überrascht an.

»Was hat mein Geld mit seinem Tod zu tun?«

Ich zuckte die Achseln. »Vermutlich nichts.«

Ich wechselte das Thema. »Soviel ich weiß, ist hier vier Monate nicht gearbeitet worden. Erstaunlich, wie gut erhalten die Bohranlage ist.«

»Graves hat sie täglich bis zu seinem Tode versorgt. Ich glaube, er rannte zwei Mal am Tag mit einem Öltopf hierher und schmierte das ganze Ding von oben bis unten.«

»Woher hatte er die Kraft, um das Bohrgestänge in Betrieb zu setzen?«, erkundigte sich Phil.

»Er benutzte das Wasser. Wollen Sie es sehen? Kommen Sie mit. Ich zeige es Ihnen.«

Wir folgten ihm auf einem schmalen Pfad, der vom Bohrplatz fort zwischen den Büschen durch zur Ostseite des Taleinschnitts führte. Hier lief ein Bach entlang, der ziemlich viel Wasser führte, und dieser Bach war durch ein künstliches Wehr gestaut worden. Unterhalb einer Schleuse stand eine Schaufelradturbine. Wenn man den Schleusenschieber öffnete, traf das Wasser das Schaufelrad, die Turbine drehte sich und erzeugte Strom. Wahrscheinlich allerdings so schwachen Strom, dass er erst durch den Transformator am Turm hochgetrieben werden musste. Eine starke Erdleitung führte von der Turbine den Weg entlang, den wir gekommen waren.

»Das alles hat Graves investiert, um damit Öl aus der Erde zu pumpen«, sagte Fourback. »Nun ja, wenn er etwas gefunden hätte, so hätten schon die paar ersten hunderttausend Liter seinen Laden rentabel gemacht.«

»Wem gehört der Kram jetzt eigentlich?«, fragte Phil.

Er lächelte höhnisch. »Keine Ahnung. Graves hat sicherlich gewollt, dass alles dieser Miss Sullighan gehören sollte, aber wenn sich kein Testament findet, dann gehört es John Stenberry, und da der Henker den leichtsinnigen John wahrscheinlich daran hindern wird, das Erbe anzutreten, so muss nach irgendwelchen Verwandten zweiten Grades, nach drittklassigen Cousinen und Cousins gesucht werden. Fragt sich nur, ob es sich lohnt. Der ganze Kram ist nur das wert, was ein Schrotthändler dafür zu zahlen bereit ist.«

»Sind Sie Schrotthändler?«, fragte Phil.

Adail Fourback war überrascht. »Nein. Wieso?«

»Weil Sie den Schrott so angelegentlich in Augenschein nehmen.«

Der dunkle Ehrenmann lachte.

»Ich sagte doch schon, es geschah aus Pietät.« Er warf einen Blick auf seine Armbanduhr. »Jetzt habe ich allerdings reichlich viel Zeit für die Pietät aufgewendet. Mein Pferd steht dort drüben. Reiten Sie mit?«

Phil und ich verständigten uns mit einem Blick.

»Einverstanden«, sagte ich.

Zu dritt, Fourback in der Mitte, ritten wir über die Prärie. Unsere Zufallsbekanntschaft erklärte: »Das ganze Land hier gehört zur Bellstone Ranch. Graves hätte es jederzeit gut verkaufen können, aber das tat er nicht. Weil er Öl unter diesem Land vermutete, hatte er immer Angst, dass der Nachbar, wenn seine Bohrungen fündig würden, ebenfalls ein Loch in die Erde grub und sich an seinem Ölsee beteiligte, ohne dass er etwas dagegen hätte tun können. Freilich, Hypotheken hat er aufgenommen, dass die Grashalme sich darunter biegen. Sehen Sie die Stelle dort vor den Bäumen. Dort hat er vor drei Jahren gebohrt. Ich schätze, mindestens achttausend Dollar hat er in diesen Fleck von zehn Quadratyard gesteckt, ohne auch nur einen Cent davon wieder herauszuholen.«

»Wo liegt eigentlich Bellstone Ranch?«, fragte ich.

»Drei Meilen nördlich von unserem Weg. Wenn Sie ein wenig gegen Norden reiten, treffen Sie auf die ausgefahrene Spur, die Milton mit seinem Jeep auf dem Weg zum Hell Ground produziert hat. Er ritt in seinen späteren Jahren nicht mehr gern.«

»Sollen wir uns ein wenig mit Miss Sullighan unterhalten?«, fragte ich Phil.

»Wenn die Ranch so nahe an unserem Weg liegt, wie Mr. Fourback sagte«, antwortete er.

»Wir machen den kleinen Umweg. Wollen Sie mitkommen?«, fragte ich Fourback.

Er lachte. »O nein, ich möchte bei Ihrem kriminalistischen Verhör nicht stören«, sagte er. »Auf Wiedersehen! Und viel Erfolg!«

Er gab seinem Pferd die Sporen. Wir hörten sein Lachen noch, als er schon ein gutes Stück entfernt war.

»Wenn man einen Menschen vor den Richter bringen könnte, nur weil er unsympathisch ist, wahrhaftig, Adail Fourback hätte keine Gnade zu erwarten«, sagte Phil nachdenklich.

»Und ein Lügner ist er dazu«, ergänzte ich. »Ein Typ wie er, der von Pietät spricht. Das ist lachhaft. Ich möchte verdammt gern wissen, was ihn wirklich zum Hell Ground gezogen hat.«

Auf den ersten Blick sah man nicht, wie verfallen die Bellstone Ranch war. Das Dach des Stallgebäudes wies große Löcher auf. Ein Scheunentor hing schief in den Angeln. Die Zäune der Koppeln waren längst zerbrochen. Einzig das Wohnhaus in der Mitte machte noch einen leidlichen Eindruck.

Zwei Pferde waren vor dem Haus angebunden. Inzwischen hatte ich so viel über Pferde gelernt, dass auch ich erkannte, dass es großartige Tiere waren, Gäule, wie sie nur die Rancher selbst ritten. Zur Bellstone Ranch gehörten sie sicherlich nicht.

Nein, sie gehörten nicht zur Ranch. Wir lernten die

Besitzer sofort kennen, allerdings auf höchst dramatische Art und Weise. Noch bevor wir nahe genug an das Haus heran waren, kamen zwei Männer heraus, aber nicht hintereinander, sondern gleichzeitig und nicht in einer Haltung, in der man im Allgemeinen fremde Häuser verlässt.

Die beiden Herren hielten sich umfasst, und sie kugelten sich gewissermaßen ins Freie. Sie wälzten sich ein paar Mal umeinander, dass der Staub aufwirbelte. Dann kamen sie auf die Füße.

Wir gaben Till und Tom die Sporen, aber bevor wir ganz heran waren, waren schon die ersten Schläge gefallen. Der größere, blonde Mann traf genauer. Sein Gegner landete auf dem Rücken, sprang wieder auf, stürzte sich erneut auf den Feind und fing sich einen zweiten präzisen Haken ein, der ihn auf den Boden warf.

Der Blonde wollte hinterher, um ihm den Rest zu geben, aber jetzt war ich heran. Ich rutschte von Tom hinunter, erwischte den Blonden, der mich in seiner Rage gar nicht bemerkt zu haben schien, noch eben an der Schulter und riss ihn zurück. Er war so in Fahrt, dass er mich mit dem bedenken wollte, was er gerade in den Muskeln hatte, aber ich fing seinen Arm ab, verdrehte ihn ein wenig, dass er einen Schmerzenslaut ausstieß, und redete ihm beruhigend zu: »Stopp! Stopp, alter Freund. Ich habe Ihnen nichts getan. Ich möchte nur verhindern, dass Sie dem jungen Mann ernsthaften Schaden zufügen. Sie scheinen überlegen zu sein. Betrachten Sie sich als Sieger durch Abbruch in der zweiten Runde!«

»Lassen Sie los!«, fauchte er. »Das geht Sie nichts an! Kümmern Sie sich um Ihren eigenen Unsinn!«

Ich tat ihm den Gefallen und ließ seinen Arm los. Er drehte sich um und sah mir ins Gesicht. Der Ausdruck seiner Züge änderte sich.

»Sind Sie nicht der G-man, der bei Yookerman wohnt?«, fragte er.

Ich nickte.

Er rieb sich sein Handgelenk, strich sich dann das blonde Haar aus der Stirn.

»Okay«, sagte er mürrisch. »Schon in Ordnung.«

»Ich habe Ihr Gesicht auch schon gesehen«, sagte ich.

Er klopfte sich den Staub von den Hosen.

»Ich bin Less Harding, der Freund von John Stenberry. Sie werden mich bei der Gerichtsverhandlung gesehen haben.«

Ich erinnerte mich. Er war jener junge Rancher, der als Einziger zugunsten von Stenberry ausgesagt hatte.

Phil hatte sich inzwischen des anderen Kämpfers angenommen. Er war nicht leichter zu beruhigen gewesen als Harding, aber Phil verstand dieses Geschäft nicht schlechter als ich.

Hardings Gegner war ein Mann in seinem Alter, nur wenig kleiner als er, braunhaarig und mit einem nicht schlecht geschnittenen Gesicht, das allerdings jetzt etwas verwüstet war.

Erst jetzt vermerkte ich, dass eine dritte Person auf der Szene erschienen war, Ann Sullighan. Sie stand unter der Tür und hielt zwei Hüte in den Händen, große Stetsonhüte, wie sie in dieser Gegend getragen werden. Energisch ging sie auf die beiden jungen Männer los, drückte jedem von ihnen seinen Hut in die Hände und fauchte: »Am besten gehen Sie jetzt beide. Sie benehmen sich wie die Rowdys.«

»O nein!«, rief Harding. »Ich denke nicht daran, zu gehen. Erst müssen Sie mir sagen, ob Sie ein Wort von dem glauben, was dieser Lump dort gesagt hat.«

Der Braunhaarige machte eine Geste, als wollte er sich erneut auf seinen Feind stürzen.

»Ich wollte, ich könnte es beweisen«, knirschte er. Ann Sullighan wandte sich an ihn.

»Es war wirklich sehr ungehörig von Ihnen, Glen, solche Dinge über Less zu sagen. Und die Art, wie Sie mit mir reden, gefällt mir ebenfalls nicht. Verlassen Sie jetzt die Ranch!«

Ohne Antwort ging der junge Mann zu seinem Pferd, band es los, schwang sich hinauf in einer Art, um die ich ihn heimlich beneidete, riss es herum und gab ihm die Sporen.

»Wir sprechen uns noch, Harding!«, rief er dem Blonden zu.

»Gern!«, rief dieser zurück. »Das war ohnedies zu wenig!«

»Hört sich ja gefährlich an«, sagte ich zu ihm, während der Fortreitende in einer Staubwolke verschwand. »Achtzig Jahre früher hätten Sie sich jetzt vor einer Kugel in Acht zu nehmen.«

»Das ist heute auch noch drin!«, antwortete Less Harding.

Phil und ich nannten Miss Sullighan unsere Namen. Es stellte sich heraus, dass sie die einzige war, die bisher noch nichts von unserem Beruf gehört hatte. Harding erklärte es ihr, und sie fragte sofort: »Werden Sie sich um John Stenberry kümmern?«

»Glauben Sie, dass er unschuldig ist?« Sie senkte die Augenlider.

»Ja, ich glaube es«, sagte sie leise.

»Ich glaube es auch!«, warf Harding ein. »Hören Sie, Mr. Cotton, tun Sie, was Sie können. Ich stehe Ihnen gern zur Verfügung.«

Ann Sullighan bat uns nicht, ins Haus zu kommen. Ich vermutete, dass sie sich der Einrichtung schämte, und ich machte es mir draußen bequem.

Ich stellte eine Reihe von Fragen an sie, aber keine ihrer Antworten brachte irgendetwas Neues von Bedeutung.

»Hat Graves eigentlich auch zu Ihnen über seine Versuche, Öl zu finden, gesprochen?«

»Nein, nicht sehr viel. Er sprach wohl oft davon, wie reich wir sein würden, wenn eine seiner Bohrungen fündig würde, aber über Einzelheiten sprach er nicht. Er nahm wohl an, dass ich von Erdöl nichts verstand, und er hatte ja auch Recht damit.«

»Sprach er auch nie von den Bohrversuchen im Hell Ground? Das war wohl die letzte Bohrung, die er niederbringen ließ.«

»Hoffnungen setzte er auf jedes Loch, das er in die Erde bohrte«, warf Harding ein.

»Von einem realen Erfolg jedoch sprach er nicht?«

Sie machte eine hilflose Geste. »Er sagte oft, dass die Erdproben günstig seien, aber das sagte er immer. Ich hörte schon gar nicht mehr richtig hin, wenn er davon anfing. Ich war immer der Meinung, wir hätten besser wieder Rinder gezüchtet.«

»Kennen Sie Adail Fourback?«

»Ja, Onkel Milton brachte ihn ein paar Mal mit hierher. Sie sprachen dann lange im Arbeitszimmer miteinander.«

»Was sagte Milton Graves von John Stenberry?«

»Eigentlich nie etwas Gutes. Er mochte ihn wohl nicht besonders.«

»Und trotzdem hat er sich mit ihm versöhnt? Warum tat er das?«

»Ich weiß nicht. Ich glaube, er sagte einmal, er würde ihn vielleicht noch brauchen.«

»Gab er ihm viel Geld?«

»Ich kann darüber keine genauen Angaben machen«, sagte sie. »Er hat nie in Einzelheiten darüber gesprochen. Ich nehme nicht an, dass er ihm viel Geld gegeben hat.« Sie senkte die Stimme. »Wir besaßen ja selbst nicht viel.«

Ich stand auf. »Vielen Dank, Miss Sullighan. Ich denke, wir werden uns noch einige Male sehen.«

»Warten Sie!«, rief Less Harding. »Ich komme mit.«

Er verabschiedete sich von dem Mädchen, während wir schon zu den Pferden gingen. Ich hörte, wie er sagte: »Denken Sie daran, was ich Ihnen versprochen habe. Sie finden immer einen Platz auf der Harding Ranch.«

Als wir dann von der Bellstone Ranch fortritten, drehte er sich ein paar Mal um, aber Ann Sullighan war bereits ins Haus zurückgegangen.

»Sie haben auch eine Ranch?«, erkundigte ich mich.

»Ja, sie liegt dort drüben. Eine Stunde Ritt von hier. Grenzt an den Bellstone-Besitz.« Er lachte und zeigte eine Reihe weißer Zähne. »Aber ich bohre nicht nach Öl, und darum ist meine Ranch in Ordnung, nicht schlechter als die von Yookerman.«

»Wenn Sie ein so ordentlicher Mensch sind, muss Ihnen Stenberry doch ein Dorn im Auge gewesen sein.«

»Der arme John!«, sagte er traurig. »Viel war mit ihm nicht los, aber wir waren Freunde, als wir Kinder waren, und er tat mir Leid. Früher war er ein ganz ordentlicher Bursche, aber als seine Familie herunterkam, rutschte er mit. Ich habe immer gehofft, er würde sich noch fangen, aber jetzt scheint er endgültig am Ende zu sein.«

»Das hört sich nicht so an, als wenn Sie an seine Unschuld glauben.«

Er schob den Hut in den Nacken.

»Es spricht zu viel gegen ihn, um einen solchen Glauben nicht zu erschüttern«, antwortete er. »Ich kann mir nur nicht vorstellen, dass John auf seinen Onkel geschossen haben soll. Es passt nicht zu ihm. Er war zu ...«, er suchte nach dem richtigen Wort, »... zu waschlappig dazu.«

»Wer war eigentlich der Bursche, mit dem Sie sich geprügelt haben?«

»Glen Meunier, auch einer von unserem Jahrgang. Wir sind alle in die gleiche Schule gegangen, John, Glen und ich.«

»Trotzdem schlagen Sie sich mit ihm?«

»'ne Eifersuchtssache. Glen mag Ann Sullighan gut leiden, und ich sage Ihnen ganz ehrlich, dass ich sie auch sehr hübsch finde. Nun wird Ann wahrscheinlich das Haus von Graves verlassen müssen, da sich ja kein Testament zu ihren Gunsten gefunden hat, und nach Johns Tod werden irgendwelche entfernten Verwandten als Eigentümer auftauchen, falls nicht die Gläubiger vom alten Graves wie die Wölfe über den mageren Brocken herfallen. Abgesehen davon halte ich es nicht für gut, wenn ein junges Mädchen mutterseelenallein in der Einsamkeit haust. Ich reite also hinüber, um ihr einen Platz auf der Harding Ranch anzubieten. Ich dachte, sie könnte so etwas wie eine Wirtschafterin abgeben, und natürlich habe ich auch daran gedacht, allmählich würden wir näher zusammenfinden, wenn wir uns täglich sähen. Als ich ankam, war Glen Meunier schon da, und er war wohl mit dem gleichen Gedanken gekommen. Glens Ranch ist kleiner als meine. Er hat sie nicht geerbt wie ich, sondern hat vor ein paar Jahren ein Stück Land kaufen können. Anscheinend war Glen gleich mit der Tür ins Haus gefallen und hatte Ann schlicht und einfach gefragt, wann er das Aufgebot bestellen könnte. Natürlich gab sie ihm eine ausweichende Antwort. Sie ist nicht eine von der Sorte, die sich schnell entscheidet, und außerdem glaube ich, hat sie eine Zeit lang John Stenberry mal ganz gern gesehen. Glen hatte offenbar seinen Korb schon weg, als ich aufkreuzte, und das machte ihn so wütend, dass er gleich über mich herfiel. Er sagte ein paar Sachen, die ich unmöglich auf mir sitzen lassen konnte.« Er lachte wieder. »Das Ende der Unterhaltung haben Sie ja gesehen.«

»Was sagte Meunier?«

Harding wurde verlegen. »Na, zum größten Teil waren es alte Dinge, die sich in der Schulzeit zugetragen haben sollen. Im Großen und Ganzen behauptete er, ich sei schon zu allen Zeiten meines Lebens ein großer Schuft gewesen.«

Er hielt sein Pferd an.

»Ich muss mich jetzt leider von Ihnen trennen. Wenn Sie weiter in dieser Richtung reiten, können Sie die Crowbeech Ranch nicht verfehlen. Schönen Gruß an Mrs. und Mr. Yookerman. Habe mich gefreut, Ihre Bekanntschaft zu machen, und ich würde mich noch mehr freuen, wenn Sie etwas für John erreichen würden.«

»Dann käme er Ihnen doch wieder bei Miss Sullighan in die Quere.«

Er lachte herzhaft. »Ach, darum ist mir nicht bange, John steche ich allemal aus, wenn ich es will.«

Er wendete sein Pferd und ritt nach Nordosten davon. Wir machten uns auf den Weg nach Hause.

Am anderen Morgen nach dem Frühstück saß ich, eine Marlboro im Mund, und malte gedankenverloren Skizzen auf die Zigarettenschachtel. Ich malte einen Bohrturm und schrieb Hell Ground darüber. Nördlich davon zeichnete ich eine Hütte, die die Bellstone Ranch darstellte, noch weiter nordwestlich musste die Hütte von John Stenberry liegen. Ich zeichnete ferner die Ranches von Less Harding und Glen Meunier ein, und ich malte die Stadt Charrington hin, wo Adail Fourback sich aufhielt. Dann starrte ich lange auf die Zeichnung und dachte, dass der Bohrturm im Hell Ground genau in der Mitte all dieser Häuser und Wohnorte stand und dass es auf der Zeichnung so aussah, als drehe sich alles um ihn. Aber es sah nur auf der Zeichnung so aus. Tatsächlich gab es keine Anzeichen dafür, dass diese paar Zentner Eisen eine größere Bedeutung haben könnten als den Schrottwert.

Während ich noch in meinen Grübeleien versunken war, kam Inspektor Land in einem Polizeichevrolet.

»Hallo, Inspektor«, begrüßte ich ihn. »Was Besonderes?«

Er machte ein erstauntes Gesicht.

»Wir waren für heute verabredet. Mr. Cotton, Sie wollen sich doch den Tatort, John Stenberrys Blockhaus, ansehen.«

Ich hatte diese Verabredung tatsächlich vergessen. Jetzt stiegen wir in Yookermans Jeep. Land nahm das Steuer.

Nach einer knappen Stunde Fahrt sahen wir so etwas wie ein Wäldchen aus Hickorybäumen und zwischen der ersten Baumreihe eine Blockhütte aus geschälten Stämmen. Die Fensterläden waren vorgelegt. Das Haus machte einen unbewohnten, toten und verkommenen Eindruck.

Land fuhr eine Schleife und stoppte genau vor der Tür.

»Das ist also Stenberrys Hütte«, sagte er, während

wir ausstiegen. »Sie steht auf einem Stück Boden, das vorläufig noch ihm gehört. Damals, als die Bellstone Ranch zusammenbrach, blieben ein paar Fetzen Land für die Stenberrys über. Es war wohl mehr Zufall, dass Graves nicht alles schluckte. Wahrscheinlich wusste der alte Stenberry selbst nicht, was ihm noch alles gehörte, und es kam erst heraus, als anlässlich seiner Pleite Bestandsaufnahme gemacht wurde«.

Er stoppte plötzlich, starrte auf die Blockhaustür und stieß einen Laut der Verwunderung aus.

»Hier war jemand«, sagte er langsam.

Auch wir sahen es. Das polizeiliche Siegel an der Tür war erbrochen. Die Tür selbst stand einen Spalt auf.

Land nahm seinen Polizeirevolver aus der Tasche.

»Das gefällt mir nicht«, murmelte er. »Treten Sie lieber einen Schritt zurück.«

»Sie werden es vielleicht nicht glauben, Inspektor«, sagte Phil lächelnd, »aber hin und wieder erleben wir Ähnliches auch in New York.«

»Herauskommen!«, rief er. »Polizei!«

Nichts rührte sich.

»Gehen wir hinein«, sagte ich. »Ich glaube nicht, dass noch jemand drin ist.«

Eine Lampe hatten wir nicht bei uns. Wir mussten uns durch das Dunkel zu den Fensterläden tasten, um sie aufzustoßen.

Die Hütte bestand aus zwei Räumen, die durch einen schmalen Gang getrennt waren. Links befand sich eine Art Wohnzimmer, rechts ein Schlafraum.

Das Mobiliar war spärlich, eine Couch, zwei zerschlissene Sessel, ein paar Schränke und sonstige Möbel. Die ganze Wohnung war dick verstaubt, aber man konnte dennoch im Wohnzimmer die Kreidestriche auf dem Boden erkennen, jene Linien, die ein Mann der Mordkommission dort um den reglosen Körper von Milton Graves gezogen hatte.

»Sieht nicht so aus, als wenn hier etwas berührt worden wäre«, bemerkte Land.

»Sind das unsere Fußspuren?«, fragte Phil und zeigte auf die Abdrücke im Staub, die vor der Couch zu sehen waren.

»Von uns ist doch niemand dort hergegangen?«, erkundigte sich Land unsicher.

»Großer Fuß«, stellte ich fest. »Der Bursche muss ein Riese gewesen sein.«

»Jedenfalls werde ich von den Fußspuren Abdrücke machen lassen«, erklärte Land energisch. »Ich telefoniere gleich nach Santa Fe und lasse meine Leute kommen.«

Wir schlossen die Fensterläden erneut und gingen aus der Hütte, deren Tür Land hinter sich zuzog, ohne sie jedoch neu zu versiegeln.

»Zeigen Sie uns bitte noch die Stelle, an der Graves' Jeep vor dem Baum gefunden wurde«, bat ich.

»Das war auf diesem Weg, der durch das Wäldchen führt«, erklärte er und führte uns den Pfad von der Hütte entlang: ein Pfad, der gerade breit genug war, um einen Wagen von der Größe eines Jeeps passieren zu lassen.

»Hier war es«, sagte Land und zeigte auf einen

Baumstamm, dessen Rinde an einer Stelle noch abgeschürft war.

In diesem Augenblick wieherte in der Nähe ein Pferd. Alle drei horchten wir auf.

»Ich glaube, es kam daher!«, rief Phil. »Kommt!«

Aber bevor wir uns richtig in Bewegung gesetzt hatten, teilten sich ein paar Büsche, und zum Vorschein kam, sein Pferd am Zügel führend, Adail Fourback.

»Hallo, Mr. Land!«, grüßte er. »Hallo, Mr. Cotton und Mr. Decker!«

»Was tun Sie hier?«, fuhr ihn der Polizeiinspektor an.

»Ist das verbotenes Gelände?«, fragte er mit einer Unschuldsmiene, die zum Himmel schrie. »Ich ritt spazieren, und ich hoffe, ich geriet nicht an einen Platz, an dem Atombomben gebaut werden.« Sein Lächeln war der blanke Hohn.

»Haben Sie Stenberrys Hütte betreten?«

»Aber nein, Inspektor. Man kann doch überhaupt nicht hinein. Ich hörte, Sie haben sie selbst versiegelt.«

»Ein Siegel kann man erbrechen.«

Fourback legte beteuernd die Hand aufs Herz.

»Denken Sie nicht, ich würde ein polizeiliches Siegel erbrechen, Inspektor. Außerdem war bei John Stenberry doch nichts zu holen.«

»Welche Schuhgröße haben Sie, Mr. Fourback?«, fragte ich, und unser aller Augen senkten sich auf seine Schuhe.

Er griff sich nervös an den Kragen. »Warum interessiert sie das?«

Ich sah, dass seine Füße zu klein waren, um den Riesenabdruck hinterlassen zu haben.

»Trinken Sie eigentlich gern Whisky?«, erkundigte ich mich weiter.

Er war noch verwirrt. Er wusste nicht, wohin wir ihn mit unseren Fragen locken wollten. Das machte ihn unsicher.

»Warum fragen Sie? Nein, überhaupt nicht. Er macht einen unklaren Kopf.« Er versuchte einen Scherz. »Ein Geschäftsmann hat es lieber, wenn seine Partner Whisky schätzen.«

»Welchem Partner bringen Sie die Flaschen, die sich in der Tasche am Sattelknopf befinden?«

Er zuckte zusammen und warf einen Blick auf die offene Tasche am Sattelknopf seines Pferdes, aus der die Hälse von vier Flaschen heraussahen.

»Ach, diese hier«, lachte er nervös. »Ja, das ist nur allgemeiner Vorrat. Lege ich mir auf Lager für den Fall, dass ich in nächster Zeit Geschäftsfreunde bewirten muss.«

»Hören Sie mit dem Unsinn auf«, fauchte ihn Land an. »Ich will nicht, dass Sie sich hier herumtreiben. Klettern Sie auf Ihren Gaul und hauen Sie ab.«

Fourback öffnete den Mund zum Widerspruch, verzichtete dann aber, stieg auf und ritt aus dem Wäldchen hinaus.

Als wir dann später mit dem Jeep durch die Prärie nach Crowbeech Ranch zurückfuhren, sahen wir einmal in großer Entfernung den Schattenriss eines Reiters und seines Pferdes. Wahrscheinlich war es Fourback.

Von Adail Fourback sollten wir an diesem Tag noch mehr zu hören bekommen. Am Abend rief Mrs. Yookerman mich ans Telefon.

»Hier spricht Albert Bybough«, stellte sich der Anrufer vor. »Sie wissen, Mr. Cotton. Ich bin der Anwalt von John Stenberry.«

»Ja, ich weiß, Mr. Bybough.«

»Der alte Balder erzählte mir, dass Sie sich um die Angelegenheit kümmern wollen. Wenn Sie neue Tatsachen herausbekommen, lassen Sie es mich sofort wissen. Jede Stunde kann unter Umständen kostbar sein.«

»Gern, Mr. Bybough, aber ich habe bisher nicht die leisesten Anzeichen dafür gefunden, dass John Stenberry seinen Onkel nicht ermordet hat.«

»Ja, ja, ich verstehe, und ich kläre Sie über den Rechtsweg nur auf für den Fall, dass Sie etwas finden. Eigentlich rufe ich Sie nur an, um Sie darüber zu informieren, dass heute Nachmittag Mr. Fourback bei mir war, um sich nach den Rechtsverhältnissen zu erkundigen.«

»Ach«, sagte ich erstaunt. »Was wollte er wissen?«

»Er wollte eine bündige Antwort darüber, wer Erbe wäre, wenn Stenberry auf den elektrischen Stuhl muss. Es interessierte ihn, ob Ann Sullighan den Graves'schen Besitz bekäme und wer für die Reste der Bellstone Ranch in Frage käme, die sich noch in Johns Besitz befunden haben.«

»Und was antworteten Sie ihm?«

»Ann Sullighan käme nicht in Frage, da sie nie adoptiert wurde. So seltsam es klingen mag, aber nach dem Gesetz ist John Stenberry der Erbe seines von ihm angeblich ermordeten Onkels.«

»Seltsam, dass sich die Leute so brennend für die Hinterlassenschaft interessieren. Allgemein gilt die Ranch doch als erledigt und völlig verschuldet?«

»Ja, wer Bellstone Ranch erbt, muss erst einmal eine ganze Menge Geld hineinstecken, um die Hypotheken abzutragen.«

»Hören Sie, Mr. Bybough, und wenn Öl gefunden wird?«

»Lächerlich, Mr. Cotton. Sie haben das Gutachten des Ingenieurs. Seit Jahrzehnten bohrten der alte Stenberry und später Milton Graves Löcher in den Boden der Bellstone Ranch, ohne einen Tropfen zu finden. Die Polizei fand nach dem Mord in Graves' Schreibtisch Dutzende von Gutachten über Untersuchungen von Bohrproben. Sie waren alle negativ. Eher bohren Sie dort eine Quelle mit Whisky an als einen Ölsee.«

»Na schön«, gab ich nach. »Jedenfalls vielen Dank für Ihren Anruf. Ich glaube, wenn Adail Fourback uns sagen würde, was er wirklich beabsichtigt, kämen wir vielleicht ein Stück weiter.«

Am anderen Morgen, während des Frühstücks, fragte mich Phil: »Willst du noch weiter in der Angelegenheit herumstochern?«

»Ich bin dickköpfig«, antwortete ich, »aber ich gebe zu, dass es nicht viel Spaß macht. Manchmal zweifle ich selbst, ob wir uns nicht von dem blinden Glauben des alten Balder an seinen Schützling haben beirren lassen. Gegen Stenberry spricht alles, außer der Tatsache, dass zu viel gegen ihn spricht. Wenn wir wenigstens dahinter kämen, aus welchem Grund heraus ihm der Mord in die Schuhe geschoben worden wäre, dann würde ich etwas hoffnungsvoller in die Zukunft sehen.«

Mrs. Yookerman hatte uns den Frühstückstisch wegen des herrlichen Wetters vor dem Haus unter einer alten Linde gedeckt. Es war hochromantisch, wenn auch die Wespen, die sich ständig an dem Honig versuchten, lästig waren.

Durch das Tor fuhr ein Jeep, der von einem Mann im Stetson-Hut gesteuert wurde. Erst als er hart neben unserem Tisch stoppte, erkannten wir darunter den Sheriff Pal Mandow.

»Morgen, Gentlemen«, grüßte er. »Ich bin auf dem Wege zur Bellstone Ranch. Ich bekam eben einen Anruf von Miss Sullighan. Wenn ich sie richtig verstanden habe, so ist heute Nacht auf der Ranch eingebrochen worden. Ich dachte mir, dass Sie vielleicht interessiert sind mitzukommen.«

»Sind wir«, sagte ich und knüllte die Serviette zusammen. Drei Minuten später befanden wir uns im Jeep des Sheriffs bereits unterwegs.

»Hat Ihnen Miss Sullighan keine näheren Umstände mitgeteilt?«, erkundigte ich mich während der Fahrt.

»Nein, sie rief von der Tootam Ranch aus an. Offenbar hat sie die Nacht dort verbracht und sah heute Morgen bei der Heimkehr, dass jemand dort gewesen war. Sie kehrte sofort zur Tootam Ranch zurück und rief von dort aus an.«

»Tootam Ranch? Den Namen habe ich noch nie gehört.«

»So nennt Glen Meunier seine kleine Ranch. Glen ist ein junger Bursche, der selbst ...«

»Ja, danke, Sheriff«, unterbrach ich. »Wir kennen ihn.«

Obwohl der Sheriff so rasch fuhr, wie es die Prärie erlaubte, so fanden wir von der Bellstone Ranch bereits zwei Leute vor. Es waren Miss Sullighan und Glen Meunier, der ein Gewehr bei sich trug. Sie waren sofort nach dem Anruf zurückgeritten.

»Wir sind gar nicht näher herangegangen«, erklärte der junge Gegner von Less Harding. »Ich dachte, wir könnten sonst Spuren zerstören.«

»Na, erzählen Sie mal, Miss Sullighan«, forderte der Sheriff das Mädchen auf. Ann sah blass und ungewöhnlich verstört aus.

»Es begann eigentlich schon gestern Abend«, begann sie stockend. »Ich versorgte die Pferde. Es war schon ein wenig dämmerig, als ich aus dem Stall zurückkam. Ich erkannte eine Gestalt, die am äußeren Zaun lehnte und auf die Ranch starrte, ohne sich zu rühren. Ich erschrak sehr, aber ich fasste mich dann und ging auf die Gestalt zu. Doch sobald ich die ersten Schritte tat, drehte sich der Fremde um und ging fort.«

»Es war ein Mann, nicht wahr?«

Sie nickte.

»Ein sehr großer Mann?«

»Sie überlegte. »Nein, er kam mir nicht besonders groß vor, aber er wirkte irgendwie unheimlich. Ich kann Ihnen nicht sagen, warum er so auf mich wirkte. Es war schon zu dunkel, als dass ich Einzelheiten seiner Kleidung oder seines Gesichts hätte erkennen können, aber die Art, in der er am Zaun lehnte und auf das Haus starrte, war schrecklich.« Sie zögerte, dann sagte sie mit versagender Stimme: »Einen Augenblick lang habe ich ihn für Onkel Milton gehalten.«

Wir schwiegen alle ein paar Sekunden, aber im Grunde genommen war es nicht verwunderlich, wenn das Mädchen Gespenster sah nach allem, was in den letzten Wochen auf sie eingestürzt war.

»Was taten Sie dann?«, fragte der Sheriff.

»Ich bekam einen Anfall von Angst«, erklärte sie. »Ich hätte keine Stunde mehr allein sein können. Ich sattelte das Pferd, schloss ab und ritt zur Tootam Ranch hinüber und bat Glen, mich für eine Nacht aufzunehmen.«

»Ja, sie war völlig verstört, als sie bei mir ankam«, nahm Meunier das Wort. »Ich ritt dann noch am Abend hierher, aber inzwischen war es völlig dunkel geworden, und ich konnte nichts feststellen.«

»Bitte weiter, Miss Sullighan«, bat der Sheriff.

»Heute Morgen hatte ich mich beruhigt«, erklärte sie. »Ich schämte mich, dass ich einem lächerlichen Gefühl nachgegeben hatte, dankte Glen für seine Gastfreundschaft und ritt zurück. Er wollte mitkommen, aber ich hielt es nicht für nötig. Als ich dann vor der Ranch ankam, sah ich sofort, dass jemand in der Nacht hier gewesen war. Sie sehen es ja selbst.«

In der Tat hing die Tür schief in den Angeln. Sie war offensichtlich durch Fußtritte aufgebrochen worden.

»Ich warf mein Pferd herum, ritt zu Glen zurück, telefonierte von dort aus mit Ihnen, Mr. Mandow, und dann ritten Glen und ich zurück. Wir sind erst wenige Minuten vor Ihnen hier angekommen.«

»Danke, Miss Sullighan«, antwortete der Sheriff. »Dann wollen wir uns das Haus mal ansehen.«

Wir betraten den Korridor, warfen einen Blick in die Küche, das Schlafzimmer rechts davon und zwei kleine Kammern, die sich neben der Kellertreppe befanden.

Als wir die Tür zum Wohnzimmer aufstießen, brauchten wir nicht mehr länger zu suchen, um zu wissen, was der nächtliche Besucher hier gewollt hatte. Das Zimmer war übersät mit Papieren. Der Schreibtisch war kurzerhand mit einem Beil zerschlagen worden. Eine kleine Vitrine, die an der Wand gestanden hatte, war ein Haufen Brennholz.

Das Sofa war mit einem Messer aufgeschlitzt worden. Ebenso waren die Fächer und die Seitenwände eines großen Schrankes restlos zerschlagen. Das Zimmer sah aus, als hätte ein Tobsüchtiger mit einem Beil darin gewütet.

»Ob er gefunden hat, was er suchte?«, fragte Phil hinter meinem Rücken.

»Jedenfalls hat er sich sehr angestrengt, um es zu finden.«

»Ich glaube, wir holen besser Inspektor Land«, sagte der Sheriff.

Er ging hinaus. Ich hörte, wie er Meunier bat, von seiner Ranch nach Santa Fe zu telefonieren und Land und ein paar seiner Leute hinauszubitten. Unterdessen kam Ann Sullighan mit scheuen Schritten herein.

»Du lieber Himmel!«, rief sie leise, als sie die Verwüstung sah.

Lands Leute hatten das Haus und die Umgebung des Hauses gründlich abgesucht, aber sie hatten nichts gefunden. Schließlich waren sie Polizisten und keine Indianer, und der Boden der Prärie ist fest und hält keine Spuren.

Ann Sullighan hatte so etwas wie eine Bestandsaufnahme gemacht und äußerte, dass nichts von Wert verschwunden sei. Es gab wohl auch nichts, was des Mitnehmens wert gewesen wäre.

Die zwei Sergeants, die Land mitgebracht hatte, der Inspektor, der Sheriff, Phil und ich saßen jetzt inmitten des Trümmerfelds, das das Wohnzimmer darstellte, und ordneten und sichteten die Papiere. Bis jetzt war uns nichts Interessantes in die Hände geraten. Es waren viele Rechnungen darunter, Schuldscheine, Bankauszüge. Ein Sergeant fand einen Lageplan der Bellstone Ranch mit Einzeichnungen der Bohrlöcher. Er brachte es dem Inspektor, aber der winkte ab.

»Das Ding haben wir schon in Händen gehabt, als wir nach seinem Tod hier herumstöberten. Damals hielten wir es für interessant, aber die Bohrstellen, die er eingezeichnet hat, sind allgemein bekannt.«

Es gab eine Menge Zeug hier, das mit Bohren und Erdöl zu tun hatte, auch einige Gutachten über Bohrproben. Ich las den jeweils letzten Satz: »Nach den oben durchgeführten Analysen ist mit einem Fündigwerden nicht zu rechnen.« Und ich dachte darüber nach, wie sehr solche Sätze Milton Graves niedergeschmettert haben mochten.

»Was hältst du davon?«, fragte Phil und reichte mir einen einfachen weißen Umschlag.

Er wog nicht schwer. Er schien belanglos und uninteressant.

»Öffnen für den Fall meines Todes.«

Keine Unterschrift, nichts, was auf den Schreiber hätte schließen lassen.

»Mr. Land!«, rief ich den Inspektor an und hielt ihm das Kuvert hin. Er warf nur einen Blick darauf.

»Milton Graves' Schrift!«, rief er.

Land zerriss das Kuvert, zog einen einfachen weißen Bogen heraus und las vor.

Es war praktisch nur ein einziger Satz.

»Ich bestimme Ann Sullighan als alleinige Erbin all meiner Liegenschaften und Besitztümer. Milton Graves.«

Wir hatten das Testament des Ermordeten gefunden.

Ich blickte von einem zum anderen. Ann hatte die Hände zum Mund erhoben und starrte den Inspektor an, als warte sie auf eine Fortsetzung. In den Gesichtern der Sergeants malte sich eine echte Sensation. Glen Meunier rieb sich den Schädel.

»Ein gültiges Testament, Inspektor?«, fragte ich.

»Soviel ich davon verstehe, ja. Es genügt den gesetzlichen Vorschriften.«

»Keine Fälschung?«

»Wir werden es prüfen, aber ich habe bei der Untersuchung so viel Schriftstücke von Graves'

Hand in den Fingern gehabt, dass ich seine Schrift kenne. Wenn es eine Fälschung sein sollte, dann eine ungewöhnlich geschickte. Wir werden das nachprüfen.«

»Wann ist das Testament geschrieben worden?«

Land blickte nach dem Datum und stieß einen leisen Pfiff aus.

»Vierzehn Tage vor seinem Tod.«

»Kann ich es noch einmal sehen?«, bat ich und streckte die Hand aus. Er reichte mir das Blatt.

Es waren die gleichen Schriftzüge wie auf dem Kuvert. Ich bin kein Grafologe, aber mir schien es, als wären die Zeilen in höchster Eile, ja fast in Erregung hingeworfen worden.

Ich gab ihm den Bogen zurück.

»Seltsam, dass wir es jetzt finden. Sie erzählten mir, Sie hätten Graves' Papiere nach seinem Tod genau durchgesehen.«

»Ja, natürlich. Dieses Schreiben fand sich nicht darunter. Alle haben erwartet, dass ein Testament zugunsten von Miss Sullighan gefunden würde. Wir haben sehr eifrig danach gesucht.«

»Wieso finden wir es jetzt, nachdem ein anderer hier gesucht hat? Reichlich gewaltig gesucht hat?«

Der Inspektor hob die Schultern.

»Ich habe keine Erklärung dafür.«

Ich stand auf. »Ich auch nicht, aber es muss einen Zusammenhang zwischen dem Einbruch und dem Testament geben.«

»Glauben Sie, der Mann, der hier einbrach, suchte das Testament?«

Ich lachte. »Dann hätte er ungewöhnlich viel Pech

gehabt. Er zertrümmerte sämtliche Möbel, um es zu finden, und übersah es dann doch. So viel Pech gibt es eigentlich gar nicht.«

Ich wandte mich an Miss Sullighan.

»Sie haben zwei Pferde, nicht wahr. Würden Sie uns die Gäule leihen? Mein Freund und ich reiten miserabel, aber wir versprechen Ihnen, uns möglichst in Acht zu nehmen.«

Eine Viertelstunde später ritten wir jene deutlich sichtbare Reifenspur entlang, die von der Ranch des alten Graves zu seinem Bohrturm im Hell Ground führte. Wir hätten den Jeep des Sheriffs nehmen können, aber ich wollte nicht, dass Land oder ein anderer sich anbot, uns zu begleiten. In einem Jeep ist für vier Männer Platz, auf zwei Pferderücken nur für zwei, auch wenn man es in Westernfilmen manchmal anders sieht.

»Ich nehme an, dein Ziel ist der Hell Ground«, sagte Phil, als die Ranch nicht mehr zu sehen war.

»Allerdings.«

»Und was erwartest du dort?«

»Ich wäre ein sehr kluger Mann, wenn ich das wüsste«, lachte ich. »Ein Mann, würdig einer Gehaltserhöhung. Ich reite auf Verdacht hin. Es geistert um die Orte, an denen Milton Graves gelebt hat. In der Hütte, in der er starb, war jemand. In das Haus, in dem er lebte, brach jemand ein. Ich möchte sehen, was an dem Bohrturm passiert ist, um den Graves' Gedanken bis zu seiner letzten Stunde kreisten.«

»Was soll passiert sein?«, fragte Phil hartnäckig weiter.

»Oh, Phil, ich weiß es nicht. Vielleicht wurde er gesprengt, vielleicht wurde er vergoldet oder neu angestrichen.«

Er warf mir einen schrägen Blick zu, knurrte irgendetwas, was haarscharf an einer Beleidigung vorbeiglitt, und schwieg für eine Weile.

Aber dann fing er wieder an.

»Das mit dem Testament ist komisch. Alle haben schon damit gerechnet, dass das Erbe an Stenburry zurückfällt. Na ja«, fuhr er fort, »durch die Auffindung des Testaments wäre der Plan totgelaufen. Der Mann hätte seine Chance verspielt.«

»Und Ann Sullighan hätte gewonnen?«

Phil hielt sein Pferd an.

»Das Mädchen kommt doch nicht in Frage!«, rief er.

»Laut Statistik werden in den Vereinigten Staaten jährlich mehr als einhundertundfünfzig Frauen wegen Mordes verurteilt.«

»Aber doch nicht solche Frauen!«, protestierte Phil.

»Hallo«, sagte ich, »ist in der Prärie geschehen, was in New York nicht passierte? Hat es dich erwischt?«

»Unsinn«, knurrte er wütend. »Ich bilde mir nur ein, dass ich über genügend Menschenkenntnis verfüge, um einem Menschen anzusehen, ob er eines Mordes fähig ist oder nicht.«

»Darum hat es auch in vielen Fällen so lange gedauert, bis wir einen Mörder fassten, der uns von Anfang an vor der Nase saß.«

Jetzt war er beleidigt, aber dann lachte er.

»Zugegeben! sagte er. »Aber was ist nun mit dem Testament?«

»Ich weiß so wenig wie du, ob das Auftauchen des Testaments den Plan des Mörders zunichte macht, einerlei, ob dieser Mörder nun Stenberry ist, dem es ohnedies gleichgültig sein könnte, weil es ihm nichts mehr nützt, oder ein anderer. Ich frage mich ganz etwas anderes. Inspektor Land ist sicherlich ein tüchtiger Mann, und ich habe keinen Grund, an der Fähigkeit seiner Leute zu zweifeln. Wie kommt es, dass wir das Testament erst finden, nachdem ein Mann wie ein Berserker in Graves' Wohnung gewütet hat?«

»Vielleicht ein Geheimfach, das Land bei all seiner Tüchtigkeit übersah. Der Einbrecher wusste von dem Fach, und so zerschlug er einfach alle Möbel. Auf diese Weise musste er es einfach finden.«

»Und warum nahm er es nicht mit?« Phil schob sich den Hut ins Gesicht und kratzte sich den Kopf.

»Keine Antwort«, erklärte er.

»Auch keine Antwort«, sagte ich, »außer der einen: Er wollte, dass das Testament gefunden würde.«

»Wozu in aller Welt soll er das gewollt haben?«

»Vielleicht, weil er es gut mit Miss Sullighan meinte.«

»Warum in aller Welt soll ein Mörder es gut mit Miss Sullighan meinen?«, stöhnte Phil verzweifelt.

»Wer sagt dir, dass der Einbrecher identisch ist mit dem Mörder?«

Phil sah mich vorwurfsvoll an. »Jerry, nimm 'nen alten Freund nicht auf den Arm. Ich habe ein Dutzend Fragen auf Lager, die das, was du gerade gesagt hast, zum leeren Geschwätz machen. Warum tut dieser sagenhafte Menschenfreund das erst jetzt? Was ist mit dem Kerl, den Miss Sullighan gesehen hat? Wer war in Stenberrys Hütte? Warum …?«

»Hör auf«, winkte ich ab. »Ich kann dir nicht eine der Fragen beantworten. Ich habe es nur so dahingesagt. Wenn Stenberry doch seinen Onkel erschossen haben sollte, muss ja der Einbrecher ein anderer sein. Das Auftauchen des Testaments spricht eigentlich nur gegen Stenberry. Man könnte annehmen, sein Onkel hat ihm gesagt, dass er Ann zum Erben eingesetzt hat, daraufhin packte Stenberry die Wut, und er tötete ihn.«

»Und das alles wegen eines total verschuldeten Ranchbesitzes?«

Ich zuckte die Achsel. Wir waren am Hell Ground angelangt und lenkten unsere Pferde zum Eingang des Tales.

Alles war unverändert. Das stählerne Gerüst des Bohrturms reckte seine hässliche Gestalt zwischen den Büschen und Bäumen empor. Wir stiegen ab und banden die Pferde fest.

»Hier war niemand«, sagte Phil und sah sich um.

Ich ging näher an den Bohrturm heran. In der Mitte verschwand das Gestänge in der Erde. Ich legte die Hand auf den Boden. Die Erde fühlte sich feucht an. Wenn die Gegend ein Garten gewesen wäre, hätte ich annehmen können, der Gärtner hätte vor ein paar Stunden seine Pflanzen gegossen.

Phil war zu mir getreten. Er machte ein Gesicht wie ein schnuppernder Hund.

»Hier war doch wer«, sagte er leise.

Er legte den Kopf in den Nacken und sah am Bohrturm hoch.

»Irgendetwas hat sich verändert«, knurrte er. »Aber was? Es sieht anders aus.«

»Das Öl ist frisch«, antwortete ich.

»Ja«, rief er. »Das ist es. Jemand hat das Öl erneuert.«

»Früher tat das immer Graves«, sagte ich langsam.

Er antwortete nicht, sondern ging zu dem geschützten Transformator für den Motor.

Ich krümelte ein wenig von der feuchten Erde zusammen. Sie war locker und von anderer Erde als der Boden der Umgebung.

»Jerry!«, rief Phil vom Transformator.

Ich ging hinüber. Er zeigte auf die Erde, dann auf den Transformator, auf den Motor.

»Öl, Öl«, sagte er. »Alles ist frisch geölt worden.«

»Komm mit«, schlug ich vor. »Wir gehen zur Wasserstaustelle.«

Als wir an der kleinen Turbine standen, die Graves zur Stromerzeugung benutzt hatte, gab es keinen Zweifel mehr. An den Schiebern war deutlich zu erkennen, dass das Wasser vor nicht allzu langer Zeit auf die Turbine geleitet worden war. Das Holz war noch feucht. Der Boden im Ableitungsbrett zeigte noch Wasserstellen, wenn jetzt auch der kleine Fluss wieder seinen alten Weg floss.

Phil und ich sahen uns an.

»Es gibt nur eine Erklärung«, sagte ich langsam. »Der Bohrturm ist heute Nacht in Betrieb gewesen.«

Weder Phil noch ich dachten daran, im Augenblick nach einer Erklärung zu suchen, wer sich mit dem Turm beschäftigt hatte, und vor allen Dingen, warum man es getan hatte. Wir gingen noch einmal zum eigentlichen Bohrloch zurück, und ich kratzte etwas von jener Erde zusammen und tat es in eine Zigarettenschachtel. Dann ließ ich mir von Phil in das Gestänge helfen, nahm einen Stein und kratzte in dreifacher Mannshöhe die Drehwelle ein wenig an.

»So«, sagte ich, als ich wieder unten stand. »Morgen wollen wir feststellen, ob der Kratzer sich noch an der gleichen Stelle befindet. Wenn irgendwer die Welle in Bewegung setzt, wäre es ein unwahrscheinlicher Zufall, wenn das Zeichen an der gleichen Stelle wäre.«

»Und was willst du mit der Erde machen?«, fragte Phil.

Die Antwort bekam er erst, als wir in Lands Dienstwagen saßen und uns von ihm nach Charrington fahren ließen.

»Sagen Sie, Inspektor«, erkundigte ich mich. »Bei welcher Stelle kann man schnell eine Bodenprobe untersuchen lassen?«

»Auf was untersuchen?«, fragte er zurück.

»Auf den Gehalt von Erdöl.«

Land warf den Kopf herum.

»Hallo!«, rief er. »Sagen Sie bloß, Sie sind vom Ölfieber angesteckt worden? Das muss irgendwie hier in der Luft liegen.«

»Da ich keine Ranch habe, die dabei draufgehen kann, ist es ja nicht so schlimm.«

»Wenn Sie eine gründliche Analyse haben wollen, müssen Sie die Probe schon an das Geologische Institut in Frisco senden.«

»Ja, ich brauche eine sehr gründliche Analyse. Ich muss nicht nur wissen, ob in meiner Bohrprobe Erdöl ist, ich muss auch wissen, ob sie vermuten lässt, dass man Erdöl finden kann, wenn man ein wenig tiefer bohrt.«

»Also Frisco«, erklärte Land. »Wenn Sie wünschen, geben Sie mir die Probe. Ich schicke sie ein und schreibe dabei, dass es eilig ist. Ich wette, Sie haben sie aus einem von Graves' Löchern gekratzt, aber ich sehe keinen Sinn darin, das alles wieder von vorn anzufangen. Sie haben doch das Gutachten des Ingenieurs gehört. Graves' Bohrlöcher sind so trocken wie meine Kehle.«

Wir lachten. Das Stichwort passte. Es war inzwischen Abend geworden, und wir fuhren gerade in Charrington ein.

Land stoppte seinen Wagen.

»Gehen wir hier hinein«, sagte er. »Ist nicht gerade ein vornehmer Laden, aber der Whisky ist billig und gut. Ich war ein paar Mal hier, als ich den Fall untersuchte.«

Wir machten uns nicht die Mühe, einen Tisch zu nehmen. Wir tranken zwei oder drei Gläser im Stehen und sprachen ein wenig über den Fall. Einmal gab es Krach, als der Wirt ein Individuum hinauswarf, das an einem Tisch neben der Tür hockte und so betrunken war, dass der Kerl einschlief. Wir sahen nur flüchtig hin. Der Bursche schimpfte, aber es wurde kaum mehr als ein Lallen daraus.

Der Wirt kam zurück und klopfte sich die Hände ab.

»Der Kerl ist so dreckig, dass man ihn kaum anfassen mag«, brummte er zu uns hinüber, »aber Geld hat er mehr als genug. Möchte wissen, wen er totgeschlagen und die Brieftasche abgenommen hat. Sollten sich einmal darum kümmern, Inspektor.«

»Aus meinem Bezirk liegt kein Totschlag vor«, lachte Land. »Nicht einmal ein Raubüberfall.« Er warf einen Blick auf die Uhr. »Ich muss gehen. Ich möchte unseren Schriftsachverständigen heute Abend noch sprechen. Er soll mir bestätigen, dass das Testament wirklich von Graves' Hand stammt. Wie kommen Sie zur Crowbeech Ranch zurück?«

»Sheriff Mandow bringt uns hinaus, sobald sein Dienst zu Ende ist. Wir gehen gleich zu ihm hin.«

»Also auf Wiedersehen«, sagte er. »Übrigens, bei Licht betrachtet, spricht das Auftauchen des Testaments eigentlich nur gegen Stenberry.«

»Ja«, antwortete ich. »Phil und ich haben auch schon darüber gesprochen.«

Von der Tür aus rief er zurück: »Wegen der Bodenprobe rufe ich Sie an, sobald ich Bescheid aus Frisco habe. Sie wären der erste G-man, der Erdölbesitzer würde.«

Wir tranken noch ein Glas. Dann machten auch wir uns auf den Weg zum Büro des Sheriffs.

Inzwischen war es völlig dunkel geworden. Die Einwohner von Charrington saßen zu dieser Stunde bei ihren Abendmahlzeiten, und so kam es, dass außer uns trotz der relativ frühen Stunde kaum jemand auf der Straße war. Charringtons Straßenbeleuchtung war auch nicht gerade der letzte Schrei. Eigentlich war es hier nicht heller als auf der Prärie.

Wir waren keine fünfzig Schritte gegangen, als uns ein Kerl in den Weg taumelte. Für einen Augenblick dachte ich, er wollte uns anrempeln, aber dann roch ich die Whiskywolke, in die er gehüllt war, wich einen Schritt zur Seite und gab ihm einen leichten Stoß.

»Pass auf, alter Freund!«, fuhr ich ihn an.

Streitsüchtig blieb er stehen. »Ich werde es euch allen noch zeigen!«, schrie er mit einer Zunge, die bei jeder Silbe einen Knoten schlug. »Ihr elenden Charringtoner, ihr werdet an mir noch eure Überraschung erleben. Auf dem Bauch werdet ihr noch vor mir herumkriechen. Ich bringe es noch dazu, dass euch die Haare zu Berge stehen. Ich ...«

Wir waren einfach weitergegangen. Das Geschrei des Betrunkenen interessierte uns nicht.

»War das nicht der Bursche, den der Wirt vorhin an die Luft setzte?«, fragte Phil.

»Ich glaube, er war es«, versetzte ich gleichgültig. Wir waren am Büro des Sheriffs angelangt. Er selbst saß hinter seinem Schreibtisch und machte einen Bericht über den Einbruch.

»In den letzten zehn Jahren sind nicht so viele schwere Verbrechen in meinem Distrikt vorgekommen wie in den letzten paar Monaten. Dieser Einbruch bei Miss Sullighan war der erste seit Ende des Krieges. Alles, was in dieser Zeit geschah, war hin und wieder mal eine Schlägerei.«

Er sah, dass ich lächelte, und fuhr fort: »Ich verstehe, Mr. Cotton, dass für einen Beamten aus New York so etwas lächerlich klingt.«

»Für einen Beamten aus New York ist der Einbruch auf der Bellstone Ranch genauso schwer zu klären wie für Sie, Sheriff. Von dem Mord an Milton Graves ganz zu schweigen.«

Er stand auf und griff nach seinem Hut.

»Ich kann mir denken, dass die Ereignisse Sie daran denken lassen, John Stenberry könne vielleicht doch nicht der Mörder sein, aber wenn Sie meine Meinung hören wollen, so bin ich der Ansicht, dass John es getan hat. Wollen wir jetzt fahren?«

In rascher Fahrt brachte er uns mit dem Jeep zur Crowbeech Ranch hinaus, sprach noch ein paar Worte mit Yookerman und verabschiedete sich dann.

»Wurde Zeit, dass Sie kommen, Mr. Cotton«, sagte Yookerman. »Meine Frau hat das Abendbrot fertig.«

Er ging voran. Ich hielt Phil einen Augenblick lang zurück. »Was hältst du von einem Abendritt?«, fragte ich.

»Wohin?«

»Zum Hell Ground!«

Die Nacht war kühl, und hier am Boden des Tales war die Kälte besonders zu spüren. Wir schauerten und krochen tiefer in die pelzgefütterten Westen, die Mr. Yookerman uns aus seinem Bestand für dieses Unternehmen geliehen hatte.

Seit über zwei Stunden hockten wir zwischen zwei Büschen des Hell Ground. Wenn wir die Zweige auseinander bogen, konnten wir den Stahl des Bohrturms im bleichen Mondlicht, das allerdings nur spärlich bis zum Boden der engen Schlucht vordrang, schimmern sehen. Unsere Pferde standen ein paar Yard weiter, und wir hofften, dass sie ruhig bleiben würden, falls jemand kommen sollte.

Und ich rechnete damit, dass jemand kam. Ich wollte den geheimnisvollen Mann sehen, der in der Nacht einen Bohrturm in Betrieb setzt, ein Unterfangen, das gar nicht so einfach sein konnte, selbst wenn es sich um ein so einfaches Ding wie dieses hier handelte.

Ich war immer mehr zu der Überzeugung gekommen, dass alle Geschehnisse hier um das Gestänge aus ein bisschen Stahl und Holz und um das Loch von ein paar tausend Fuß Tiefe kreisten. Es musste etwas daran sein, an diesem Bohrloch im Hell Ground, oder vielleicht war auch nichts daran, aber ein paar Leute glaubten, das Ding sei eine großartige Sache.

Ich hoffte, dass der Mann, der gestern hier herumgespielt hatte, es heute wieder tun würde. Dann wollte ich meinen Kopf aus dem Gebüsch stecken und wollte ihn fragen, warum er es tat. Ich hatte keine Vorstellung davon, wer der Mann sein würde, aber ein wenig dachte ich an Adail Fourback. Ich hatte den Sheriff noch auf dem Heimweg nach ihm gefragt, aber Mandow wusste nur, dass er ihn im Laufe des Tages nicht gesehen hatte. Vermutlich befand er sich gar nicht in der Stadt.

»Wir hätten einen Schluck Whisky mitnehmen sollen«, flüsterte Phil neben mir. »Das vertreibt die Zeit und wärmt.«

Mir fielen die Whiskyflaschen ein, die Fourback in einer Tasche am Sattelknopf seines Pferdes bei unserer letzten Begegnung bei sich gehabt hatte. Eigentlich etwas viel Whisky für einen Mann, der von sich behauptete, praktisch nicht zu trinken.

Meine Gedanken schweiften ab zu jenem Betrunkenen, der uns auf der Charringtoner Straße in die Quere getaumelt war. Ich begann zu überlegen, wie der Mann ausgesehen hatte. Mein Gehirn tat es eigentlich ganz von selbst, weil es nichts anderes zu tun hatte. Richtig gesehen hatte ich den Mann nicht. Auf der Straße war es viel zu dunkel gewesen.

Vielleicht kennen Sie das Gefühl, wenn man sich selbst bei solchen Gedanken erwischt. Ich fragte mich, warum mir der Mann so interessant schien. Waren es die Sätze des Wirtes gewesen, als er davon sprach, was der Bursche wohl ausgefressen haben müsste, dass er trotz seines miserablen Aufzugs so viel Geld für Whisky besaß? Aber Miss Sullighan vermisste nicht einen einzigen Cent.

In diesem Augenblick unterbrach ein Geräusch meine Gedanken. Es war nicht jenes Geräusch, das ich erwartet hatte: krachende Zweige unter den Stiefeln von Büschen, wenn sie jemand zur Seite streift. Es war etwas ganz anderes.

Es war ein zweimaliges, echoloses kurzes und scharfes Knallen, zwei Schüsse, die abgefeuert wurden, aber so weit entfernt, dass man es ebenso gut für einen Irrtum halten konnte.

Neben mir zuckte Phils Kopf hoch.

»Waren das Schüsse?«, fragte er.

Also kein Irrtum. Ich nickte.

»Vielleicht galten die Schüsse einer Klapperschlange, vielleicht gingen sie überhaupt nur aus Versehen los.«

Bis um drei Uhr morgens regte sich nichts. Über dem Himmel begann schon eine Ahnung von Grau heraufzuziehen. Ich reckte die vor Kälte steifen Glieder.

»Geben wir es auf, Phil«, schlug ich vor. »Heute Nacht erscheint das Bohrturmgespenst nicht mehr.«

Wir holten die Pferde, tasteten uns mit Hilfe von Taschenlampen aus dem Hell Ground hinaus, in dem es jetzt, da der Mond untergegangen war, völlig finster war. Unsere Pferde fielen von selbst in einen beachtlichen Galopp, sobald sie den Boden der Prärie unter den Hufen fühlten.

Immerhin war es fast hell, als wir Crowbeech Ranch erreichten. Yookerman war schon auf den Beinen. Er und ein paar Cowboys waren damit beschäftigt, einige Pferde zu beschlagen, die es nötig hatten.

»Ausflug gut bekommen?«, fragte er gelassen.

»Wir hatten uns mehr davon versprochen.«

»Haben Sie Milton Graves gesehen?«, erkundigte

er sich wie beiläufig und feilte an dem Huf eines Rappen herum.

»Was sagen Sie da?«, fragte ich zurück.

Yookerman ließ das Bein des Gaules los und richtete sich auf.

»Alle reden sie davon, und ich dachte mir, Sie müssten es als Erster wissen, ob an dem Gerede etwas dran ist.«

»Worüber reden Sie?«

»Na, dass Milton Graves nachts heimlich seinen Bohrturm im Hell Ground in Betrieb setzt.«

»Aber Graves ist doch tot!«

Der Rancher kratzte sich mit der Feile am Hinterkopf. »Ich habe ihn als Leiche nicht gesehen.«

Ich musste lachen. »Reden wir nicht mehr davon, Mr. Yookerman«, schlug ich vor. »Sie können sich fest darauf verlassen, dass Milton Graves nicht mehr unter den Lebenden weilt.«

»Wer hat dann seinen Bohrturm in Betrieb gesetzt?«

»Woher wollen Sie wissen, dass im Hell Ground gebohrt worden ist?«

»Alle sagen es. Mein Nachbar Rowernick rief mich an und erzählte, in der Nacht sei im Hell Ground gebohrt worden, und nun hätten sie dort auch Öl gefunden.«

Nach unserem missglückten Ausflug hatten wir die Absicht, ein paar Stunden zu schlafen, und wir hatten an etwas mehr als drei Stunden gedacht, aber es wurden nicht mehr, denn Inspektor Thomas Land weckte uns gegen acht Uhr mit heftigem Klopfen an meine Tür.

»Kommen Sie herein!«, sagte ich schlaftrunken. Phil, der ebenfalls wach geworden war, kam im Schlafanzug aus dem Nebenzimmer.

»Was ist denn los, Inspektor?«, gähnte ich und rieb mir die Augen.

Er war ungewöhnlich bleich und ziemlich aufgeregt.

»Ich habe einen Toten gefunden«, sagte er.

Ich setzte mich senkrecht im Bett hoch.

»Wo?«, fragte ich.

»In John Stenberrys Hütte. Praktisch an dem gleichen Fleck, an dem die Leiche Milton Graves' lag.«

Ja, er hatte Recht. Der Mann lag nur wenig von den Kreidestrichen entfernt, die noch immer in dem Blockhaus die Lage der Leiche von Milton Graves andeuteten. Seiner Kleidung nach, die völlig abgerissen war, musste er ein Tramp sein, ein Landstreicher übelster Sorte. Sein Gesicht, stoppelbärtig und von roten Haaren, in die sich Grau mischte, umrahmt, war nichtssagend. Seine Füße, ohne Schuhe, steckten in durchlöcherten Strümpfen.

Land hatte ihn gefunden, als er heute Morgen zum Blockhaus gekommen war, weil ihm das Erbrechen des Polizeisiegels keine Ruhe gelassen hatte. Er war dann sofort zur Crowbeech Ranch gefahren, hatte von dort aus seine Kommission alarmiert, so dass seine Leute mit dem Einsatzwagen praktisch gleichzeitig mit uns ankamen.

Der Fotograf machte seine Aufnahmen, dann beugte sich der Polizeiarzt über den Mann. Seine Untersuchung dauerte nicht lange.

»Zwei Brustschüsse, beide genau ins Herz. Er war sofort tot. Hier am Kopf eine Platzwunde von einem Niederschlag. Kann sein, dass er beim Fallen irgendwo angeschlagen ist, aber eigentlich möchte ich eher sagen, dass er niedergeschlagen und betäubt wurde, bevor die Schüsse ihn töteten.«

Land selbst untersuchte die Taschen. Er fand nichts darin, nicht einmal ein Päckchen Zigaretten oder eine Schachtel Streichhölzer.

»Sein Mörder hat ihn restlos ausgeräumt«, sagte er, als er sich aufrichtete, »vorausgesetzt, er hat überhaupt etwas bei sich getragen.«

»Irgendetwas trägt auch ein Tramp bei sich, und wenn es nur ein Taschenmesser ist«, sagte ich mit Bestimmtheit. »Dem Mann sind die Taschen geleert worden, damit wir seine Identität nicht feststellen können.«

»Warum trägt er keine Schuhe?«, fragte Phil mehr sich selbst als uns.

»Wahrscheinlich ist er im Schlaf getötet worden. Die Schuhe werden wir irgendwo hier finden«, vermutete Land.

»Der Mann ist nicht hier ermordet worden«, sagte ich.

»Woher wissen Sie das?«

»Wir haben im Hell Ground die Schüsse gehört, die ihn umbrachten. Ich glaube nicht, dass man dort Schüsse hören kann, die hier und noch dazu in der Hütte abgefeuert werden. Wir können das ausprobieren, aber ich nehme an, dass ich Recht behalten werde.«

»Und warum hat er dann keine Schuhe an? Er wird nicht in Strümpfen durch die Gegend gelaufen sein.«

»Nein, ich vermute sogar, dass er ungewöhnlich große Schuhe getragen hat. Erinnern Sie sich an die Fußabdrücke. Nach der Größe nahmen wir an, dass der heimliche Eindringling ein Riese sein musste. Wir haben uns geirrt. Der Mann hat die Schuhe wahrscheinlich von einem ungewöhnlich großen Mann geschenkt bekommen.«

»Okay, Mr. Cotton, aber ich sehe überhaupt keine Schuhe an seinen Füßen. Glauben Sie, dass die Schuhe irgendein Beweisstück sein könnten, dass der Mörder sie entfernte?«

Phil nahm mir die Antwort ab.

»Der Mann versuchte, irgendwo einzudringen. Er zog die Schuhe aus, um leise zu sein, wurde dennoch überrascht, niedergeschlagen, in der Prärie erschossen und dann hierher gebracht.« Er wandte sich an den Arzt.

»Doc, können Sie etwas dazu sagen?«

Der Doktor kniete noch einmal bei dem Toten nieder und untersuchte ihn. Als er aufstand, schüttelte er den Kopf.

»Nichts mit Sicherheit. Es sind keine Schleifspuren oder dergleichen festzustellen.«

Land rief seine Leute zusammen und gab ihnen einige Befehle. Sie verteilten sich in der Umgebung, um nach Zeichen für die Anwesenheit anderer Personen zu suchen.

Wir selbst gingen ins Freie.

»Sie kennen den Mann, Inspektor, nicht wahr?«, sagte ich.

Er nickte. »Ja, es ist der Betrunkene aus der Kneipe, in der wir gestern unseren Whisky nahmen.«

»Wir sind ihm am Abend noch einmal begegnet. Wir stießen mit ihm zusammen. Er gab 'ne Menge Drohungen gegen Charrington und seine Bürger von sich. Er sagte, er würde den Leuten hier noch die Augen öffnen. So ähnlich drückte er sich aus. Wir hielten es für die Prahlereien eines Betrunkenen, aber es scheint einen Mann gegeben zu haben, der diese Prahlerei ernst nahm.«

Land hatte sich gegen einen Baumstamm gelehnt und trommelte mit den Fingern gegen die Rinde.

»Es wird nur immer dunkler«, sagte er.

»Für John Stenberry wird es langsam heller«, antwortete ich.

»Ja, ja«, sagte er zerstreut, »ich habe auch schon daran gedacht. Der Bursche dort in der Hütte könnte der Landstreicher sein, der Stenberry die Botschaft seines Onkels überbracht haben soll.«

»Und wer, glauben Sie, hat diesen Mann erschossen?«

»Natürlich weiß ich das nicht, aber ich werde dennoch nicht zögern, einen Mann deswegen zu verhaften, und er muss schon ein hundertprozentiges Alibi nachweisen können, wenn er meinen Verdacht zerstreuen will.«

»Adail Fourback, nicht wahr?«

»Ja, genau den. Sind Sie anderer Ansicht?«

Ich überlegte laut. »Wir trafen Fourback in der Nähe der Hütte, als sie Besuch bekommen hatte. Er trug eine Menge Whisky bei sich, obwohl er angeblich keinen Whisky mag. Der Tote dort aber war zu seinen Lebzeiten ein großer Anhänger von Alkohol in jeder Form. Das haben wir selbst gesehen. Ohne Zweifel steckt Fourback irgendwie in dieser Affäre. Nur müssen Sie es ihm nachweisen können, Inspektor.«

»Sobald wir hier fertig sind, fahre ich nach Charrington und suche ihn dort. Wenn er sich dort nicht aufhält, alarmiere ich die Polizei in Santa Fe.«

Es dauerte noch ungefähr zwei Stunden, bis Lands Leute sicher waren, nichts übersehen zu haben. Allerdings hatten sie auch nichts von Bedeutung gefunden.

Gemeinsam mit dem Inspektor fuhren wir nach Charrington. Land wusste, dass Adail Fourback in einem bestimmten Hotel wohnte, wenn er sich in der kleinen Stadt aufhielt.

Der Hotelbesitzer gab ihm eine klare Auskunft auf seine Frage, wann Adail Fourback abgereist sei.

»Gestern Morgen, aber ich glaube, er war auch in der Nacht davor nicht zu Hause. Er hatte einen Schlüssel, und ich habe ihn nicht heimkommen hören, als ich das Hotel geschlossen hatte. Er machte einen übernächtigten Eindruck und sagte, er würde für ein paar Tage verreisen, aber ich solle ihm das Zimmer reserviert halten.«

Land verbarg nur mühsam seine Enttäuschung, dass Fourback in der Nacht, in der die Tat geschehen war, sich offenbar nicht mehr in Charrington aufgehalten hatte, wenn das natürlich auch nicht unbedingt bedeuten musste, dass er nicht der Täter war.

»Sagte Ihnen Mr. Fourback nicht, wohin er reisen wollte?«, fragte ich den Hotelbesitzer.

»Nein, aber er ließ sich die Flugpläne hach Frisco geben. Offenbar wollte er von Santa Fe aus fliegen.«

Mehr war hier nicht zu erfahren. Land verabschiedete sich, um sofort nach Santa Fe weiterzufahren. Er wollte von dort aus die Fahndung nach Fourback veranlassen.

Phil und ich gingen in jene Kneipe, in der wir den Mann gestern flüchtig gesehen hatten, der jetzt im Leichenschauhaus von Santa Fe lag.

Zu dieser frühen Stunde war die Kneipe noch leer. Eine ältere Frau stand hinter der Theke und spülte Gläser. Wir fragten nach dem Wirt, und sie ging, um ihn zu holen.

»Wir waren gestern bei Ihnen«, sagte ich, als er zu uns kam. »Erinnern Sie sich?«

»Ja, natürlich«, antwortete er höflich. »Sie sind doch die G-men, die bei Mr. Yookerman wohnen. Eben darum sprach ich ja auch von dem Geld, das der Kerl besaß. Ich dachte, Sie würden es als Hinweis auffassen.«

»Wegen dieses Mannes kommen wir. Holen Sie drei Gläser und setzen Sie sich zu uns an den Tisch.«

»Haben Sie den Burschen früher schon einmal gesehen?«, erkundigte ich mich, nachdem wir den ersten Schluck getrunken hatten.

»Gestern Mittag zum ersten Mal. Er kam herein und war schon beachtlich angesäuselt. Ich wollte ihm zunächst nichts geben, aber er zeigte mir sein Geld. Es war ein ganzer Packen, mindestens fünfhundert Dollar. Okay, da gab ich ihm natürlich, was er verlangte. Erst aß er, aber später trank er nur noch.«

»Haben Sie nicht mit ihm gesprochen?«

»Doch, ich habe versucht, ihn auszuholen, aber solange er noch einigermaßen nüchtern war, gab er keine Antworten. Er sagte lediglich, er hoffe hier in der Gegend Arbeit zu finden. Genauer gesagt, drückte er sich so aus, als hätte er hier einen prima Job in Aussicht. Und dann hat er noch telefoniert.«

Ich horchte auf. »Das ist interessant. Ihr Telefon hängt dort an der Wand, wie ich sehe. Konnten Sie nicht verstehen, was er sagte?«

Der Wirt trank in bedächtigen Schlucken sein Glas aus. Offenbar fühlte er sich geschmeichelt, dass er Beamten der Bundespolizei etwas erzählen konnte.

»Also – das war so. Er versuchte zwei- oder sogar drei Mal Anschluss zu bekommen, aber es gelang ihm nicht. Dann hatte er Glück, aber in diesem Augenblick war ich gerade damit beschäftigt, mit einem Gast abzurechnen, der in der anderen Ecke meines Lokals saß. Ich beeilte mich, in seine Nähe zu kommen, aber da war das Gespräch praktisch schon beendet.«

»Bekamen Sie gar nichts mit?«

»Praktisch nur den letzten Satz. Er lautete ungefähr: ›Also, ich komme zu Ihnen hinaus‹. Danach hängte er auf und sah mich misstrauisch an.«

»Mit wem er telefoniert hat, wissen Sie nicht?«

»Nein, er verdeckte den Apparat mit seinem Körper, als er die Nummer wählte.«

Ich überlegte einen Augenblick und fragte: »Haben Sie von Charrington aus Direktverkehr mit anderen Städten?«

»Nein, Sie können nur die Anschlüsse, die zum Amt Charrington gehören, selbst wählen. Alle anderen Verbindungen müssen Sie über das Fernamt anmelden.«

Ich warf ein Geldstück auf den Tisch. »Ich glaube, das wäre es wohl«, sagte ich und stand auf. »Vielen Dank, Mister. Ich glaube, Sie haben uns ein schönes Stück weitergeholfen.«

Draußen auf der Straße fragte mich Phil: »Wie kommen wir jetzt zur Crowbeech Ranch zurück?«

»Weiß ich noch nicht. Schlimmstenfalls rufen wir Yookerman an, er soll uns seinen Jeep schicken. Es ist ja kein Problem, ihn zu erreichen. Sein Anschluss gehört zum Amt Charrington. Direktwählverkehr, Phil!«

Er sah mich misstrauisch an. »Was willst du damit sagen?«

»Ich muss eine früher geäußerte Meinung revidieren. Der arme Bursche, der dennoch so viel Geld für Whisky hatte, versuchte nicht, irgendwo einzudringen, sondern ging zu einer Verabredung. Ich möchte fast annehmen, er ging nicht nur hin, sondern wurde auf halber Strecke abgeholt.«

»Und warum finden wir ihn dann ohne Schuhe?«

»Tja, das habe ich mir auch schon überlegt, und ich habe nur eine Erklärung dafür gefunden. Der Mann, der den Tramp erschoss, scheint einiges über die Methoden der Polizei zu wissen oder doch gelesen zu haben. Er dachte daran, dass man an der Erde, die an den Schüben eines Mannes hängt, feststellen kann, wo dieser Mann gewesen ist. Um dieses Risiko zu vermeiden, nahm er dem Toten die Schuhe ab.«

Phil stieß einen Pfiff aus. »Alle Achtung«, murmelte er.

»Er ist gewissermaßen ein sorgfältiger Mörder«, fuhr ich in meinen Gedanken fort, »und jetzt denke bitte einmal an die Sorgfalt, mit der alle Indizien im Mordprozess Graves gegen John Stenberry sprachen.«

Phil nickte. »Beachtliche Verwandtschaft.«

Phil fasste meinen Arm.

»Hör mal zu, Jerry«, sagte er. »Ich habe mir inzwischen ein paar eigene Gedanken gemacht. Da ist noch immer die Sache mit dem Einbruch bei Miss Sullighan. Der Bursche hat doch die ganzen Möbel zerschlagen, und er ist mit Sicherheit in der Absicht dahin gekommen, Kleinholz aus der Einrichtung zu machen, weil er sonst nicht zu seinem Ziel zu finden wusste. Nun musste er doch damit rechnen, dass Miss Sullighan zu Hause war, und er konnte nicht hoffen, dass sie sein Toben sanft verschlafen würde. Ich schließe daraus, dass er wusste, er würde Miss Sullighan nicht antreffen. Und das wiederum wusste niemand besser als der Mann, in dessen Haus sich Miss Sullighan gerade aufhielt.«

»Also Glen Meunier.«

»Ja, an ihn dachte ich.«

Ich wiegte den Kopf. »Logisch ist das durchaus,

was du da sagst. Da ich der Ansicht bin, der Einbrecher hat das Testament nicht gesucht, sondern hingebracht; da wir ferner wissen, dass Meunier Miss Sullighan schon einmal einen Heiratsantrag gemacht hat, wäre es denkbar, dass er das Testament des Alten zu irgendeinem Zeitpunkt an sich gebracht hat und jetzt den Augenblick für gekommen hielt, es den Behörden in die Hände zu spielen, weil er sicher ist, Miss Sullighan früher oder später als Eheweib heimzuführen, womit er in den Besitz gekommen wäre. In diesem Falle wäre das Zerschlagen der Möbel nur Tarnung gewesen, um den Eindruck zu erwecken, das Testament wäre aus irgendeinem Geheimfach zum Vorschein gekommen. Andererseits gibt es natürlich noch mehr Möglichkeiten. Miss Sullighan hat einen Mann an dem Zaun des Grundstücks gesehen. Ich zweifle nicht daran, dass es der Tramp war. Es ist leicht möglich, dass er beobachtete, wie sie fortritt, und er hat den Einbruch durchgeführt. Ebenso aber auch kann irgendwer anders im Laufe der Nacht zu dem Haus gekommen sein und festgestellt haben, dass es im Augenblick ohne Bewohner war. Wer weiß, mit welchen Vorsätzen der Bursche gekommen ist und was Ann Sullighan passiert wäre, wenn er sie zu Hause angetroffen hätte.«

Phil schüttelte sich. »Scheußlicher Gedanke.«

Ich nahm mir eine Zigarette und zündete sie an.

»Mit Sicherheit weiß ich nur eins«, sagte ich und stieß den Rauch aus. »Unschuldig an dem letzten Mord und an dem Einbruch ist auf jeden Fall John Stenberry, denn er sitzt in der Todeszelle des Zuchthauses von Santa Fe. Jeder andere hier, vierzig Meilen im Umkreis, kann der Täter sein. Mit John Stenberry ist irgendein dunkles Spiel gespielt worden, und ich habe das Gefühl, an diesem Spiel sind eine ganze Reihe von Leuten beteiligt gewesen.«

Die Straße herunter kam ein Jeep geschossen. Der Wagen hatte einen ziemlichen Zahn drauf, aber ich erkannte doch den blonden Schopf des Mannes hinter dem Steuer und winkte.

Der Mann trat auf die Bremse, allerdings konnte er sein Fahrzeug erst ein gutes Stück hinter unserem Standort zum Stehen bringen. Er sprang heraus und kam auf uns zu. Es war Less Harding, John Stenberrys Freund.

»Hallo, Mr. Cotton! Hallo, Mr. Decker!«, grüßte er.

»Hallo, Mr. Harding. Sie scheinen es eilig zu haben. Können Sie uns trotzdem zur Crowbeech Ranch fahren, wenn Sie Ihre Geschäfte in der Stadt erledigt haben?«

»Gern, weiß nur nicht, wie lange es dauert und was der Sheriff mich alles fragen wird.«

»Sie wollen zum Sheriff?«

Sein Gesicht, das bisher ein Lächeln gezeigt hatte, veränderte sich.

»Verdammt, ja. Ich hab 'ne Menge Sinn für Humor, aber irgendwer hat heute Morgen in aller Frühe versucht, mir eins aufzubrennen, und das geht mir denn doch über die Hutschnur.«

»Man hat auf Sie geschossen?«

»Ja, ich kam aus dem Haus heraus, als es praktisch noch dunkel war. Gleich knallte es zwei Mal. Einer der Schüsse riss mir den Hut vom Kopf. Ich... Warum soll ich es zwei Mal erzählen«, unterbrach er sich. »Kommen Sie mit zum Sheriff und hören Sie es sich an!«

Wir stiegen zu ihm in den Wagen. Kaum fünf Minuten später saßen wir Sheriff Mandow gegenüber.

Der Sheriff traute seinen Ohren nicht.

»Auf Sie ist geschossen worden, Less? Das ist doch nicht möglich.«

»Tut mir Leid, wenn ich Ihnen noch mehr Ärger mache, Sheriff, aber es ist so. Schreiben Sie es ruhig auf.«

»Ich werde mir noch eine Stenotypistin halten müssen, wenn das so weitergeht«, seufzte Mandow. »Wer um alles in der Welt soll auf Sie geschossen haben, Less?«

»Einer hat es mir schon einmal angedroht«, antwortete er. »Waren Sie nicht zufällig Zeuge?«, wandte er sich an uns.

»Vom Schießen war, glaube ich, nicht die Rede«, antwortete Phil. »Eher von Faustschlägen.«

»Dass er damit nichts erreicht, haben Sie ja gesehen«, gab Harding zurück.

»Von wem reden Sie, um alles in der Welt?«, fragte Mandow dazwischen.

Harding senkte den Kopf. »Möchte ich nicht sagen, Sheriff«, sagte er knapp. »Ich habe den Schützen nicht erkannt, und ich möchte niemanden ungerechterweise verdächtigen.«

»Nennen Sie den Namen ruhig, Mr. Harding«, mischte ich mich ein und wandte mich dann an den

Sheriff. »Er spricht von Glen Meunier. Die beiden Herren hatten eine kleine Differenz wegen Miss Sullighan.«

»Aber deswegen schießt man doch nicht gleich«, sagte der Sheriff erschrocken.

»Hat ja auch niemand behauptet!«, fuhr Harding dazwischen. »Wenigstens ich nicht.«

»Kommen wir also zur Sache«, beruhigte ich die Gemüter. »Erzählen Sie dem Sheriff den Ablauf der Geschichte.«

Es war eine einfache Story. Wie alle Rancher war Harding heute Morgen sehr früh aus dem Haus gekommen, um nach dem Rechten zu sehen. Es muss um ungefähr fünf Uhr gewesen sein, zu einer Stunde also, in der es eben hell zu werden anfängt. Die Schüsse waren gefallen, sobald er einen Fuß ins Freie gesetzt hatte. Harding hielt sie für Gewehrschüsse. Ganz instinktiv hatte er sich in den Hausflur zurückfallen lassen und war dann aufgestanden, um sein Gewehr zu holen, aber schon in diesem Augenblick hatte er sich rasch entfernende Hufschläge gehört. Er war dann doch zum Stall hinübergelaufen, aus dem inzwischen die drei Cowboys aufgetaucht waren, die sich zu dieser Zeit auf dem Hof befanden, während die anderen Männer mit der Herde unterwegs waren. Sie hatten sich auf die Pferde geschwungen, aber der Vorsprung des Schützen war viel zu groß gewesen, um ihn zu erreichen, zumal niemand wusste, in welcher Richtung er sich entfernt hatte.

»Ich kann mir nicht vorstellen, dass Meunier solche Sachen macht«, bemerkte Sheriff Mandow kopfschüttelnd, als Hardings Geschichte zu Papier gebracht war. »Manchmal ist er ja ein wenig hitzköpfig.«

»Ich sagte schon, Sheriff, dass ich Meunier nicht verdächtigen will«, erklärte Harding mit Nachdruck. »Aber ich weiß auch niemanden, der einen Grund hätte, mich umbringen zu wollen.«

Sheriff Mandow stand auf und griff nach seinem Hut.

»Fahren wir hinaus, Less, und sehen wir uns die Sache mal an. Ich möchte Inspektor Land erst benachrichtigen, wenn ich der Überzeugung bin, dass es sich tatsächlich um einen Mordversuch handelt. Er hat Ärger genug mit dem Erschossenen in Stenberrys Hütte.«

»Immer noch mit Graves?«

»Nein, nein. Es wurde ein anderer Mann dort erschossen. Ein Landstreicher. Für Ihren Freund John ist das günstig. Er behauptete ja immer, er sei durch einen Zettel seines Onkels zum Hell Ground geholt worden, und er sagte ja auch, dass ein unbekannter Landstreicher ihm diesen Zettel überbracht habe. Diese Behauptung erhält jetzt mehr Gewicht.«

»Das ist fein«, freute sich Harding. »Ich wünschte, ich könnte Johns Gesicht sehen, wenn er die Nachricht erhält.«

Wir fuhren mit zwei Jeeps hinaus, Phil mit dem Sheriff, ich mit Harding.

»Stellen Sie sich eigentlich nicht die Frage, wer es gewesen ist, wenn es Ihr Freund John nicht war?«, erkundigte ich mich.

Er zeigte seine Zähne und antwortete, ohne den Blick zu wenden. »Ich interessiere mich für Rinderzucht, Mr. Cotton. Sich für die Aufklärung von Morden zu interessieren, das ist Ihre Sache.«

Ich lachte. »Trotzdem interessiere ich mich auch nebenbei für Rinder.«

Er lachte mit. »Sie können gern jede Auskunft darüber von mir haben, und ich verlange nicht einmal eine Gegenleistung in Gestalt einer Lektion über die Aufklärung von Mordfällen. Die Rinderzucht lässt für Nebeninteressen keinen Spielraum.«

Es war ein hübscher kleiner Hieb, und ich steckte ihn ein.

»Haben Sie Milton Graves gut gekannt?«, wechselte ich das Thema.

»Jeder kannte ihn.«

»Nein, ich meine, ob Sie ihn gut gekannt haben?«

»Nicht besser als alle anderen.«

»Sie gelten doch als ein relativ reicher Mann; Mr. Harding. Hat Graves nie versucht, Sie für seine Ölpläne finanziell anzuzapfen?«

Wieder lachte er. »Er wusste wohl, dass das bei mir nicht viel Zweck haben würde. Wir haben uns ein paar Mal gesehen, als er wieder die Beziehungen mit John aufnahm, aber ich habe ihm recht deutlich zu verstehen gegeben, dass ich nicht viel von ihm hielt. Ich habe John einige Male geraten, sich mit seinem Onkel nicht näher einzulassen. Ich werde das Gefühl nicht los, dass Graves Hintergedanken dabei hatte.«

»Kennen Sie auch Adail Fourback?«

»Vom Sehen. Wissen Sie, Mr. Cotton, ich halte ihn mir vom Leibe. Ich glaube, er betrügt die Leute schon, wenn er ihnen nur die Tageszeit sagt.«

»Ist er Ihnen irgendwann einmal nahegekommen, dass Sie ihn sich vom Leibe halten mussten?«

»Ja, vor Monaten tauchte er ein Mal auf der Ranch auf und wollte mir ein Fleischgeschäft vorschlagen. Wenn ich ihn recht verstanden habe, wollte er mir Importfleisch aus Kanada besorgen, das ich dann als Frischfleisch weitergeben sollte. Aber ich verkaufe meine Rinder nur lebend und hörte gar nicht hin und warf ihn hinaus, als ich merkte, dass die ganze Sache ohnedies nicht sauber war.«

Wir erreichten Hardings Ranch. Schon von fern sah man den Gebäuden an, dass es sich um einen mustergültig geführten Betrieb handelte. Die Mauern waren blendend weiß gekalkt. In den Zäunen fehlte keine Latte. Auf dem Hof lag kein Dreck.

Wir kletterten aus den Autos und sahen uns um.

»Ich glaube, er hat von dort aus geschossen«, sagte Harding und zeigte auf ein Gebüsch, das in ungefähr dreihundert Yard Entfernung vor dem Zaun stand.

»Dann hat er sich aber eine Menge zugetraut«, stellte Phil fest. »Das ist eine Kunstschützenentfernung.«

»Wo standen Sie, Mr. Harding?«, fragte ich.

»Hier«, antwortete er. »Und zwar ungefähr so ...« Er stellte sich in den Hauseingang.

»Sagten Sie nicht, dass einer der Schüsse Ihnen den Hut vom Kopf riss?«

»Ja, kommen Sie mit herein. Ich zeige ihn Ihnen.«

Das Wohnzimmer, in das er uns führte, war geradezu elegant eingerichtet, jedenfalls nicht schlechter als eine Stadtwohnung. Er bot uns etwas zu trinken an. Dann holte er den Hut. Es war ein grauer Stetsonhut, und er hatte ein Loch vorn und ein Loch hinten.

Sheriff Mandow wog den Hut in den Händen.

»Ich glaube, ich werde doch Inspektor Land benachrichtigen müssen«, murmelte er. »Das sieht nicht sehr harmlos aus.«

»Ich glaube, am besten verlegt der Inspektor seinen Wohnsitz nach Charrington«, bemerkte Harding und grinste uns an. »Zwei Morde, ein Einbruch, ein Mordversuch! Viel mehr wird ihm auch in Santa Fe nicht geboten. Und hier kann er außerdem noch Gespenster fangen, seitdem Milton Graves seinen Bohrturm im Hell Ground wieder laufen lässt.«

»Was wissen Sie darüber?«, fragte ich.

»Meine Cowboys erzählen es«, antwortete er. »Sie brachten es aus der Stadt mit. Graves soll im Hell Ground gesehen worden sein und den Bohrturm in Betrieb genommen haben.«

»Das ist doch 'n Märchen!«

Er lachte. »Natürlich. Ich halte es auch dafür, aber irgendetwas muss doch daran sein, wenn es auch nicht Graves war, der den Bohrturm laufen ließ.«

Sheriff Mandow verlangte die Cowboys zu sprechen, die sich während der Schüsse im Haus befunden hatten. Sie bestätigten Hardings Aussage. Wir suchten nach den Kugeln. Eine konnte Harding uns auf den Tisch legen. Er hatte sie im Flur gefunden. Es musste diejenige gewesen sein, die ihm den Hut vom Kopf gerissen hatte. Die zweite Kugel war nicht zu finden. Auch im Mauerwerk waren keine Spuren zu sehen.

Harding brachte uns mit seinem Wagen zur Crowbeech Ranch, während der Sheriff zur Stadt fuhr, um Land zu benachrichtigen. Erst als wir schon bei dem Yookerman'schen Besitz aus dem Wagen kletterten, fiel mir etwas auf.

»Ich habe noch eine Frage an Sie, Mr. Harding«, sagte ich. »Sie haben uns gesagt, es sei schon um fünf Uhr morgens auf Sie geschossen worden, aber Sie kamen erst gegen Mittag in die Stadt, um den Sheriff zu informieren. So weit ist der Weg von Ihrer Ranch nach Charrington nun wieder nicht.

»Ich hatte ursprünglich nicht die Absicht, die Sache an die große Glocke zu hängen, und jetzt tut es mir auch schon wieder Leid, dass ich es überhaupt getan habe. Es war mehr als eine Kurzschlusshandlung. Wir gingen unserer Arbeit nach, aber als ich dann zufällig die Kugel fand, die ebenso gut in meinem Schädel hätte stecken können, da packte mich die Wut, und ich sprang in den Jeep und raste zum Sheriff.«

»Es packte Sie doch sicherlich die Wut auf den Schützen. Auf ein Stückchen Metall bekommt man keinen Zorn.«

»Natürlich«, gab er zu.

»Und Sie hatten eine bestimmte Vorstellung, wer der Schütze gewesen sein könnte.«

»Nein, nein«, sagte er. »Davon hatte ich keine Vorstellung.«

»Vielleicht sind Sie sich selbst nicht darüber im Klaren, aber ich wette, Sie haben an Glen Meunier gedacht.«

Er zuckte unbehaglich mit den Achseln.

»Mag schon sein, dass ich an ihn gedacht habe. Ich habe sonst mit niemandem Differenzen, aber es ist Sache des Sheriffs oder des Inspektors, das zu beweisen.«

»Mr. Harding«, sagte ich bedächtig. »Es ist 'ne Menge hier passiert in letzter Zeit. Und alles, was geschah, hatte ja irgendetwas mit Milton Graves und seinem Bohrturm zu tun. Halten Sie es nicht für möglich, dass der Finger am Abzug des auf Sie gerichteten Gewehrs nicht aus Eifersucht gekrümmt wurde, sondern weil auch Sie auf irgendeine Weise in Milton Graves' Angelegenheiten stecken?«

Jetzt lachte er. »Tut mir Leid, Mr. Cotton, aber dafür gibt es wirklich nur den einen Anhaltspunkt, dass ich John Stenberrys Freund war und noch bin. Im Übrigen habe ich mich weder um die Ölpläne seiner Familie gekümmert, noch liegen unsere Ländereien so nahe beieinander, dass ich mich irgendwie daran beteiligen könnte, wenn auf dem Gebiet der Bellstone Ranch wirklich Öl gefunden würde.«

»Na ja, Mr. Harding«, schloss ich die Unterredung, »Rinder sind auch viel hübscher anzuschauen als Bohrtürme. Vielen Dank fürs Heimbringen, und nehmen Sie sich vor Kugeln in Acht!«

Wir sahen ihm nach, bis wir seinen Jeep aus den Augen verloren.

»Wollen wir mit Mrs. Yookerman über ein verspätetes Mittagessen verhandeln?«, erkundigte sich Phil. Ich war einverstanden. Die Verhandlungen verliefen günstig. Unter einer alten dicken Zypresse im Garten machten wir uns über die Steaks her.

»Siehst du eigentlich inzwischen klarer, Jerry?«, fragte Phil, während er noch an den letzten Bissen kaute.

»Im negativen Sinne ja. Ich weiß, wer nicht für den Tod des Tramps in Frage kommt. Ich weiß ferner, wer sicherlich nicht das Testament hervorgezaubert hat und wer damit also auch den Einbruch auf Bellstone Ranch nicht ausführte.«

»Und was weißt du im positiven Sinne?«

»Dass John Stenberry seinen Onkel nicht erschossen hat. Ich finde nicht, dass John Stenberry ein sympathischer Mann ist, aber er ist das Opfer eines raffinierten Planes, sicherlich nicht das einzige Opfer, aber das einzige Opfer, das noch lebt, obwohl der Mann, der an den Fäden zieht, sogar ein Gericht bemüht hat, um ihn vom Leben zum Tode zu bringen.«

»Ich verstehe den Plan des Mannes«, sagte Phil nachdenklich. »Er tötete Milton Graves und schob die Schuld John Stenberry in die Schuhe. Erst wenn Stenberry hingerichtet war, hatte der Mann freie Bahn für seine weiteren Pläne, obwohl wir nicht wissen, wie diese Pläne aussehen und worum es sich dabei überhaupt dreht. Jedenfalls hätte sich der Mann sicherlich ruhig verhalten, bis Stenberrys Urteil vollstreckt worden wäre. Aus irgendwelchen Gründen, die wir nicht kennen, wurde er gestört. Irgendetwas oder auch irgendwer zwang ihn zum früheren Handeln. Er führte den Einbruch aus. Er setzte den Bohrturm in Betrieb. Er tötete den Tramp. Er schoss auf Less Harding.«

»Bist du sicher, dass alle diese Taten von einem Mann ausgeführt wurden?«

Er sah mich überrascht an. »Sie gehören alle irgendwie zusammen, nicht wahr? Und so ist anzunehmen, dass sie alle von einer Person durchgeführt wurden. Sicherlich von verschiedenen Leuten, aber zumindest unter einem Kommando.«

Ich nahm mir eine Zigarette. »Das ist natürlich möglich, aber man kann auch die Taten anders lesen. Die eine Tat löste die andere aus, ungefähr so: Der Bohrturm wurde in Betrieb gesetzt, weil der Tramp in John Stenberrys Hütte aufgekreuzt war. Der Einbruch wurde durchgeführt, weil der Bohrturm in Betrieb gewesen war. Der Tramp wurde getötet, weil eingebrochen worden war. Und auf Less Harding wurde geschossen, weil man den Tramp getötet hatte.«

Phil lächelte. »So etwas nannte man auf dem College: logische Deduktion.« Er hatte vor Jahren mal die Universitätslaufbahn begonnen, bevor er beim FBI landete, und manchmal kam er auf diese Zeit zurück und warf mit Ausdrücken um sich, die ich nicht verstand. »Allerdings«, fuhr er fort, »ich vermisse in deinen Darlegungen die Logik.«

»Ich habe auch nicht behauptet, dass sie logisch sind. Ich habe nur eine Möglichkeit zeigen wollen.«

Mit einer Handbewegung wischte Phil meine Antwort vom Tisch. »Und vor allen Dingen ist bisher nicht die wichtigste Frage beantwortet worden. Um was geht es eigentlich bei all diesen Verbrechen mitten in einer friedlichen Landschaft?«

»Das«, antwortete ich und drückte meine Zigarette aus, »das werden wir in dem Augenblick wissen, wenn wir das Gutachten des Geologischen Instituts aus Frisco vorliegen haben. Aber ich denke mir, dass alles nur geschehen ist, weil ein Mann seinen Mitmenschen Hirngespinste einzupflanzen verstand, weil er seine eigene Verrücktheit und Gier nach Reichtum auf andere übertrug.«

Am anderen Morgen rief uns Inspektor Land von dem Telefon des Sheriffs aus an.

»Ich bin hier in Charrington, Mr. Cotton«, sagte er. »Ich kam von Santa Fe heraus, um Adail Fourback zu verhaften. Es war ganz einfach. Er kam in der vergangenen Nacht nach Charrington zurück, und der Wirt rief uns an, dass er wieder da sei.«

»Haben Sie ihn schon vernommen?«

»Nein, ich dachte mir, Sie würden vielleicht gern dabei sein. Er ist ziemlich wütend und protestiert heftig.«

»Wir kommen sofort.«

Yookermans Jeep stand uns zur Verfügung. So saßen wir eine halbe Stunde später in Sheriff Madows Büro Adail Fourback gegenüber. Der dunkle Ehrenmann kaute verbissen an seiner Unterlippe. Er fühlte sich offensichtlich in seiner Lage nicht wohl.

Inspektor Land begann das Verhör sofort nach

unserem Eintritt. Fourback hatte uns mit einem ironischen Satz begrüßt: »Ach, die New Yorker! Da bleiben für einen armen Provinzverbrecher keine Chancen.«

Wir reagierten nicht darauf, und Land stellte seine erste Frage.

»Wo waren Sie in der Nacht vom 14. auf den 15. dieses Monats?«

»In einem Hotel in Frisco, Mr. Inspektor. Falls Sie es nachprüfen wollen, so kann ich Ihnen Namen und Anschrift nennen. Sunset Hotel in der Froorer Avenue. Außerdem kann ich Ihnen einen benutzten Flugschein für die Passage Santa Fe – Frisco vorweisen.«

Jetzt war die Reihe an Land, sich auf die Unterlippe zu beißen. Wenn Fourbacks Alibi stimmte, dann kam er als Mörder für die Tat an dem Tramp nicht in Betracht. Und die Sicherheit, mit der er es angeboten hatte, ließ darauf schließen, dass die Angaben den Tatsachen entsprachen oder dass er zumindest dafür gesorgt hatte, dass sie einer Nachprüfung standhielten.

»Wir werden das nachprüfen«, sagte Land, nahm das Telefon und ließ sich mit seiner Dienststelle in Santa Fe verbinden. Er gab eine Menge Anweisungen durch, um die Richtigkeit von Fourbacks Angaben feststellen zu lassen.

»In ein paar Stunden haben wir Bescheid«, sagte er, als er auflegte. »So lange behalten wir Sie hier, Mr. Fourback.«

»Ich glaube, ich habe ein Recht darauf, zu wissen, aus welchem Grund Sie mich verhaftet haben. Was soll ich verbrochen haben?«

»Wenn Ihr Alibi stimmt, brauchen wir uns weiter über die Tat selbst nicht zu unterhalten«, entgegnete Land. »Mich interessiert vielmehr, was Sie in Frisco gemacht haben.«

»Wenn mein Alibi stimmt, braucht Sie das auch nicht zu interessieren«, schlug Fourback zurück. »Schließlich muss man ja wissen, was man verbrochen haben soll.«

»Es handelt sich um einen Mord«, sagte ich ruhig.

Er warf seinen Kopf zu mir herum. »Einen Mord?«, fragte er heiser. »An wem?«

»An einem Tramp«, antwortete ich langsam und ohne einen Blick von ihm zu lassen. »An einem Mann, dessen Namen wir nicht kennen, aber der genauso gerne Whisky mochte wie Ihre Geschäftsfreunde, Mr. Fourback.«

Das war das erste Mal, dass Adail Fourback die Herrschaft über seine Gesichtszüge verlor. Er wurde bleich, seine Unterlippe fiel herunter und seine Hände, die auf der Stuhllehne lagen, begannen zu zittern.

»Die Nachricht scheint Sie zu erschüttern«, stieß ich nach. »War er wirklich ein Geschäftsfreund von Ihnen? Oder vielleicht sogar ein richtiger Freund?«

»Ich kenne keine Tramps«, brachte er mühsam hervor.

»Er war der Mann, der in Stenberrys Hütte übernachtet hat«, sagte ich. »Ich hoffe, Sie erinnern sich, dass wir Sie an jener Hütte trafen. Sie, Mr. Fourback, trugen eine Anzahl Whiskyflaschen mit sich, und Whisky, Mr. Fourback, mochte er für sein Leben gern. Wollen Sie immer hoch behaupten, dass Sie ihn nicht gekannt haben?«

»Ich habe ihn nicht umgebracht!«, schrie er. »Zum Henker, ich war in Frisco!«

»Niemand behauptet, dass Sie ihn umgebracht haben«, erklärte ich scharf. »Aber Sie kannten ihn, und Sie wissen, wer sein Mörder ist. Sie, Adail Fourback, wissen es.«

Er ließ den Kopf sinken, starrte vor sich hin, gab aber keine Antwort.

Sanfter fuhr ich fort. »Ich halte es für richtig, wenn Sie jetzt zugeben, dass Sie den Tramp kannten. Es wäre gut für Sie und für die Klärung des gesamten Falles, wenn Sie uns erzählen, was Sie wissen, was Sie allein wissen.«

Er behielt seine Haltung bei, mehrere Minuten lang herrschte Schweigen. Dann hob Fourback den Kopf. Seine Augen waren wieder eng geworden, hatten einen lauernden Ausdruck angenommen, und in seinem Gesicht malte sich eine gewisse Entschlossenheit ab.

»Es tut mir Leid«, sagte er mit jener Ironie, die er für gewöhnlich zur Schau zu tragen pflegte. »Ich kann Ihnen keine Auskünfte geben. Ich habe keinen Tramp gekannt. Wenn Sie mir einen Namen nennen könnten, würde ich Ihnen vielleicht sagen können, ob ich dem Mann irgendwann einmal begegnet bin. Das, was Sie sich zusammenreimen, weil Sie mich zufällig mit ein paar Flaschen Whisky gesehen haben, ist lächerlich. Es ist nicht verboten, Alkohol zu haben, zu transportieren und zu trinken. Wir leben schließlich nicht mehr in den Zeiten der Prohibition.«

Ich zuckte die Achseln. »Schade, Mr. Fourback, dass Sie keine Vernunft annehmen wollen. Den Toten können wir Ihnen zeigen, aber ich fürchte, das wird uns jetzt auch nicht mehr weiterbringen. Sie haben sich offenbar vorgenommen, ihn nicht mehr zu kennen. Geben Sie mir eine Antwort auf eine andere Frage. Fourback, was interessiert Sie eigentlich an dem ganzen Milton-Graves-Fall?«

Er lächelte. »Sie können nicht von mir verlangen, dass ich Sie in meine Geschäftsgeheimnisse einweihe.«

»Sie überschätzen mein Interesse an Ihren Geschäften. Ich fürchte nur, dass Sie sich auf ein abschüssiges Pflaster begeben, bei dem Sie zu Fall kommen könnten, dass Sie nie mehr aufstehen. Kurz gesagt, Fourback, wir alle, Inspektor Land, Sheriff Mandow, mein Freund hier und ich, wir haben an zwei Morden genug. Wir legen keinen Wert auf einen dritten.«

»Ich habe diese beiden Morde nicht begangen«, brauste er auf. »Beweisen Sie solche Behauptungen, wenn Sie sie aufstellen. Und ich werde auch keinen dritten Mord begehen!«

»Nein«, fuhr ich ihm in die Rede, »aber Sie können das dritte Opfer werden.«

Der Satz traf die anderen Anwesenden mehr als Adail Fourback. Mandow und Land sahen mich überrascht an. Fourback biss die Zähne zusammen und knurrte: »Ich weiß mich zu schützen. Ich habe einen Waffenschein und den Revolver dazu.«

Wieder hing ein paar Minuten lang das Schweigen im Raum.

Ich versuchte es noch einmal. »Ich gebe Ihnen zu, Fourback, dass ich nicht genau weiß, um was Sie hier spielen. Ich übersehe die Zusammenhänge noch nicht restlos, aber ich glaube, dass Ihr Spiel jedenfalls zu mehr als zur Hälfte verloren ist. Ich denke, dass Sie bisher ohne eigenen Einsatz gespielt haben. Sie haben sich nur im passenden Augenblick eingeschaltet. Jetzt wird es für Sie höchste Zeit auszusteigen, wenn Sie nicht Ihre Haut riskieren wollen. Ich gebe Ihnen noch eine Information, auf die Sie sicherlich Wert legen. Anwalt Bybough hat mich informiert, dass Sie sich bei ihm nach den Erbverhältnissen von Milton Graves erkundigt haben. Es sah ja eine ganze Zeit lang so aus, als würde John Stenberry der Erbe sein und nach ihm irgendwelche Verwandte dritten und vierten Grades, die Sie wahrscheinlich längst kennen. Aber hier die Information, Fourback: Milton Graves hat Ann Sullighan als Alleinerbin eingesetzt.«

Das war der zweite schwere Schlag, den ich ihm innerhalb von ein paar Minuten versetzte. Er konnte sein Gesicht kaum noch beherrschen.

»Also, Fourback?«, fragte ich.

Er schüttelte nur den Kopf. »Ich habe genug von der Fragerei«, sagte er, aber er sagte es leise und so, als bäte er um Schonung. »Bringen Sie mich irgendwohin, bis die Nachrichten über meine Angaben ankommen. Vorher lassen Sie mich ja doch nicht laufen.«

Mandow sah Land fragend an. Der Inspektor nickte.

Der Sheriff erhob sich, fasste Fourbacks Arm und

sagte: »Na, dann kommen Sie mal mit in die Zelle. Mr. Land sagt mir Bescheid, wann ich Sie wieder laufen lassen kann.«

Fourback ging mit, ohne uns anzusehen. Er schien überhaupt niemanden zu sehen, so sehr war er in Gedanken versunken.

Sobald sich die Tür hinter den beiden Männern geschlossen hatte, stürzte sich Land auf mich.

»Was ist los, Mr. Cotton? Was wissen Sie? Sie müssen es mir sagen!«

»Ich habe nicht die Absicht, es Ihnen zu verschweigen«, wehrte ich ab, »aber Sie haben selbst gehört, was ich Fourback sagte. Ich übersehe sein Spiel wirklich noch nicht. Hören Sie, Inspektor, die ganze Sache liegt einfach so, dass sich zwei Männer, vielleicht auch zwei Gruppen, um Milton Graves' Erbe streiten. Einer von ihnen ist ohne Zweifel Adail Fourback, und wahrscheinlich liegt der Fall so, dass die andere Gruppe einiges getan hat, um in den Besitz von Graves' Erbe zu kommen, einschließlich der Tatsache, dass sie sich nicht aus dem Spiel hinausdrängen lassen. Er machte Gegenzüge. Auf diese Gegenzüge erfolgten wiederum Züge von der anderen Seite. Einer davon war der Mord an dem Tramp. Und Fourback dürfte jetzt ziemlich in Verlegenheit sein, wie er weiterziehen soll. Darum bedrängte ich ihn, alles zu sagen, was er weiß, aber es schien noch zu früh zu sein. Er will noch nicht aufgeben. Er hofft noch auf Millionen.«

»Die Bellstone Ranch und Millionen?«, rief der Sheriff, der eben wieder eintrat. »Bei aller Ehre für das Gras, das dort wächst, aber Millionen ist der Boden nun doch nicht wert.«

»Der Boden nicht, aber das, was darunter ist.«

»Immer noch Erdöl?«, stieß Land hervor. »Mr. Cotton, es gibt kein Erdöl unter dem Boden der Bellstone-Ranch.«

»Vielleicht gibt es keins«, antwortete ich, »aber Milton Graves glaubte, dass es welches gäbe, und eine Menge anderer Leute scheinen es auch zu glauben.«

»Ich werde das untersuchen lassen!«, rief Land und sprang auf. »Ich werde das sofort auf Staatskosten untersuchen lassen.«

»Sie haben die Bodenprobe von mir. Haben Sie sie weitergegeben?«

»Ja, aber das ist mir zu unsicher. Ich lasse sofort den Ingenieur kommen, der früher für Graves gearbeitet hat.«

Das Tal des Hell Ground war erfüllt von Lärm und von Stimmen, von Gehämmer und dem Geräusch der Arbeit. Land hatte es fertig bekommen, dass jener Ingenieur aus dem Prozess, Lickfield mit Namen, sofort mit drei Arbeitern von seiner Firma abgestellt worden war. Mit einem mittelschweren Lastwagen voller Geräte waren sie zum Hell Ground gekommen, wo der Inspektor, der Sheriff, Phil und ich sie erwarteten. Es war der Morgen des Tages nach der Verhaftung von Adail Fourback, und Fourback befand sich bereits seit zwölf Stunden auf freiem Fuß.

Die Untersuchung der Schüsse, die auf Less Harding abgefeuert worden waren, hatte Land einem seiner Untergebenen übertragen. Er hatte uns bereits mitgeteilt, dass wohl nichts dabei herauskommen würde. Meunier war während der Nacht mit seinen Cowboys bei der Herde gewesen.

Jetzt standen wir vor dem Bohrturm. Ingenieur Lickfield ließ den Blick von der Spitze zum Fuß gehen und schüttelte den Kopf.

»Das Ding sieht aus, als wäre gestern noch damit gebohrt worden«, stellte er kopfschüttelnd fest.

»Ungefähr stimmt das«, antwortete ich. »Wenn auch nicht gerade gestern.«

Er rief einem seiner Arbeiter zu: »Sieh nach, ob die Gestängelager in Ordnung sind.«

Wir hörten ein paar Hammerschläge. »Sind in Ordnung, Chef.«

»Conny, welche Gewindelänge hängt eigentlich jetzt dran?«

Der Mann kletterte in den Turm bis zur Bohrkopfspitze, wo die Kraft des Motors auf das Gestänge übertragen wurde.

»Keine Nummer dran, Chef!«

»Ist doch Unsinn«, knurrte Lickfield. »Wir kerben jedes Gestänge mit der Nummer ein.«

Er nahm aus einer Aktentasche einen Aktenordner und blätterte darin. »Die Bohrkontrolle«, erklärte er uns, die wir neugierig zusahen. »Wir verbohren Gestängelänge nach Gestängelänge, nehmen ab einer gewissen Tiefe eine Bohrprobe pro Gestänge und halten das alles hübsch säuberlich fest. Sehen

Sie hier. Das war der letzte Tag, den wir für Graves gearbeitet haben.« Er las vor:

»Gestänge Nummer 56 verbohrt. Gestänge Nummer 57 bohrfertig eingehängt. Bohrprobe Nummer 16 entnommen.«

Er rief wieder den Arbeiter an.

»Die Nummer 57 müsste zu sehen sein, Conny. Es muss Gestänge Nummer 57 sein.«

»Nicht zu sehen, Chef!«, kam die Antwort.

»Könnte Graves allein weitergebohrt haben?«, fragte ich.

»Ganz allein? Nein, das dürfte schwierig sein. Er kann natürlich zur Not ein eingehängtes Gestänge allein verbohren, aber ein neues Gestänge einzuhängen, dazu bedarf es mindestens einer Hilfskraft, und dann ist es noch eine scheußliche und nicht ungefährliche Arbeit.«

»Suchen Sie nicht weiter nach der Nummer, Mr. Lickfield«, erklärte ich. »Offenbar hat sich Graves dieser Arbeit unterzogen.«

»Na schön«, sagte der Ingenieur. »Fangen wir an.«

Er schickte einen seiner Leute zu der kleinen Turbine, um den Wasserlauf umzustellen, kontrollierte selbst die Wasserzuleitung zum Bohrloch, stellte unter dem Rücklauf ein großes Gefäß auf, um die vom Wasser hochgeschwemmten Erdmassen aufzufangen.

»Alles klar?«, fragte er.

Ein Hebeldruck gab der elektrischen Kraft den Weg frei zum Motor, das Getriebe übertrug das Drehmoment auf das Bohrgestänge. Knirschend begann das Gestänge sich zu drehen und irgendwo innen in der Erde, sechshundert oder siebenhundert Yard tief, fraß sich der Bohrmeißel ins Erdreich ein: Gleichzeitig stürzte sich das vom Bach hergeleitete Wasser in das hohle Gestänge, kühlte den Meißel und spülte das unten losgefräste Erdreich über den Rücklauf nach oben.

Lickfield stand dabei und beobachtete fachmännisch, wie das Gestänge sich drehte.

»Tadellos erhalten«, murmelte er. »Richtig gehend gepflegt.«

Es dauerte ein paar Minuten, bis die herunterstürzenden Wassermengen das Bohrloch so weit gefüllt hatten, dass sie aus dem Rücklaufstutzen wieder herausschwemmten. Dann begann es zu laufen, zuerst klar, allmählich sich trübend und schließlich in Form eines Schlammes. Das Gestänge hatte sich unterdessen um rund ein Yard gesenkt.

Lickfield hatte den Behälter ein paar Mal ausgeschüttet. Jetzt schien ihm genügend Festsubstanz darin zu sein. Er gab das Stoppzeichen. Der Arbeiter am Transformator warf einen Hebel herum. Der Motor erstarb, das Gestänge drehte sich nicht mehr.

»Los, verladet das«, sagte der Ingenieur und zeigte auf den Behälter mit der Bohrprobe.

»Wann kann ich das Ergebnis haben?«, fragte Land.

»In drei Tagen. Wir machen den Leuten in Frisco Dampf. Sie sollen alles andere stehen und liegen lassen.«

»Ich habe schon mit dem Institut gesprochen.

Mr. Cottons Probe reichte leider nicht aus. Sie wollen anfangen, sobald Sie da sind.«

Lickfield sah nach der Uhr. »Ich schaffe die Mittagsmaschine noch. Hoffentlich bekomme ich noch einen Platz. Ich dachte, dass es länger dauern würde und habe für die Abendmaschine gebucht. So long also!«

Ein paar Minuten später brummte der Lastwagen mit dem Ingenieur davon. Wir sahen ihm nach.

»In drei Tagen also werden wir wissen, ob an Milton Graves' Traum vom großen Reichtum mehr dran war, als wir immer angenommen haben«, sagte Mandow nachdenklich.

»Aber dann werden wir immer noch nicht wissen, wer sein Mörder war«, entgegnete ich. »Würden Sie mich mit nach Santa Fe nehmen, Inspektor? Ich möchte dort mit ein paar Leuten reden.«

»Haben Sie Bekannte in Santa Fe?«

»Nein, Mr. Land. Ich habe nur gestern im Laufe des Nachmittags etwas herumtelefoniert, und nun möchte ich einige Leute persönlich kennen lernen.«

Die Leute, mit denen ich gestern telefoniert hatte, waren eigentlich eine Dienststelle, und zwar das Registrierungsamt des Staates in Santa Fe, das also auch für Charrington zuständig war. Ich hatte mich über die Verwandtschaftsverhältnisse der Stenberrys und der Graves' informiert, und ich hatte eine lange Liste von Namen bekommen.

Mit dieser Liste war ich bei Anwalt Bybough

gewesen, und Mr. Bybough hatte die Freundlichkeit, mir auseinander zu setzen, wer von diesen vielen Leuten nun als Erbe in Frage kam. An erster Stelle standen zwei Tanten zweiten Grades und ein angeheirateter Vetter. Diese Leute wohnten in Santa Fe, und sobald Inspektor Land Phil und mich abgesetzt hatte, suchten wir die beiden Tanten auf.

Es waren zwei alte Fräuleins, deren Hausname noch Graves lautete, obwohl sich der Verwandtschaftsgrad eigentlich schon in nebulöse Fernen verlief.

Erst glaubten sie, wir wollten ihnen etwas verkaufen, und als wir erklärten, wir kämen von der Polizei, schienen sie in Ohnmacht fallen zu wollen.

»Sicherlich kommen Sie wegen dieses scheußlichen Mordes in Charrington«, wimmerte die eine und stöhnte ihre Schwester an: »Ethel, ich habe dir immer gesagt, wir werden noch Unannehmlichkeiten davon haben. Ach, unser guter Name, unser guter Ruf!«

Sie ließen uns dann doch hinein, und schließlich saßen wir in ihrem Plüschsalon auf Sesseln, die so staubig waren, dass man sie kaum zu berühren wagte.

»Sie haben also von dem Mordfall in Charrington gehört?«, begann ich.

»Wir lasen davon in der Zeitung.«

»Wussten Sie damals schon, dass Sie mit Milton Graves, also dem Ermordeten, verwandt sind?«

Miss Ethel, die die Energischere zu sein schien, antwortete: »Wir fürchteten es gleich, aber natürlich sprachen wir zu niemandem davon. Es ist unangenehm, in einen solchen Fall verwickelt zu werden.«

»Es ist anzunehmen, dass Mr. Graves ein größeres Erbe hinterlassen hat«, sagte ich, »und dass Sie als Erbinnen in Betracht zu ziehen sind.«

Hei, wie leuchteten ihre Augen auf! Gleichzeitig aber wurden sie sehr misstrauisch.

»Sind Sie wirklich von der Polizei?«, fragte die Ältere.

Ich zeigte meinen Ausweis.

»Wieso sprechen Sie von größerem Erbe?«, erkundigte sich Miss Ethel. »Soviel wir wissen, handelt es sich nur um eine völlig verschuldete Ranch.«

Ich beschloss, deutlich zu werden. »Sie wissen also bereits, was dort zu erwarten ist. Woher wissen Sie es? Wer hat es Ihnen gesagt?«

»Ich weiß nicht, ob wir darüber sprechen sollen«, zierten sie sich.

»Sie müssen«, erklärte ich knapp. »Sonst müsste ich Sie offiziell im Polizeipräsidium vernehmen.«

Das brach ihren Widerstand, und die Geschichte, die wir dann aus ihnen herausholten, war einfach, aber sie klang genau so, wie ich es erwartet hatte.

Ein Rechtsanwalt, ein gewisser Mr. Lewenacker, war an sie herangetreten und hatte sie von ihrer Erbmöglichkeit im Graves-Fall informiert. Er hatte eine Menge Grundbuchauszüge bei sich, aus denen selbst für die alten Damen klar wurde, dass das Erbe restlos verschuldet war. Lewenacker bot sich an, die Interessen der Damen zu vertreten. Er bekam sie dazu, ihm eine Abtretungserklärung zu unterschreiben.

»Haben Sie seine Adresse?«, fragte ich.

Sie konnten sie uns nennen. Wir dankten für die Auskunft, verabschiedeten uns, versprachen, dass ihnen nichts Böses geschehen würde, fischten uns ein Taxi und fuhren zu Mr. Lewenacker.

Es gibt Anwälte von verschiedenen Sorten. Viele sind großartige Leute, aber hin und wieder sind welche darunter, die ihr Diplom jedem zur Verfügung stellen, der es bezahlen kann. Mr. Lewenacker gehörte ohne Zweifel zu jener Sorte. Er war ein kleiner glatzköpfiger Mann, der irgendwie schmuddelig wirkte.

Ich kann wohl sagen, das es ihn ziemlich erschütterte, als wir uns als Beamte der Bundespolizei vorstellten. Wahrscheinlich war seine Praxis in dunklen Geschäften bisher zu klein gewesen, als dass er mit Kollegen von uns je zu tun gehabt hätte.

»Es handelt sich um die Geschwister Graves«, erklärte ich. »Sie haben sich von ihnen eine Vollmacht ausstellen lassen, dass Sie die Ansprüche der beiden älteren Damen in der Erbschaftssache Graves vertreten dürfen. Wir möchten diese Vollmacht sehen.«

Er wagte keinen Widerspruch, sondern wühlte eifrig in seinen unordentlichen Papierbergen, brachte schließlich einen mit der Schreibmaschine beschriebenen Bogen zu Tage und reichte ihn uns zögernd.

Ich las den Wisch durch, unter dem die Namen der beiden Schwestern standen. Ich bin kein Jurist und verstehe nichts von rechtlichen Kniffen und Schlichen, aber hier genügte der gesunde Menschenverstand, um herauszulesen, dass die Graves-Fräulein um das Erbe beschwindelt werden sollten. Der entscheidende Absatz, der dem Notar Handlungsfreiheit gab, lautete: »Die Unterzeichneten sind damit einverstanden, dass Mr. Lewenacker sich in ihrem Namen um den Zuspruch des Erbes bemüht und dass er ihnen das Erbe selbst oder den Gegenwert in Bargeld aushändigt.«

Ich ließ das Blatt sinken, fasste den kleinen Anwalt ins Auge und fragte: »In wessen Auftrag haben Sie sich das Dokument besorgt?«

Er versuchte eine Flucht ins Amtsgeheimnis.

»Das kann ich Ihnen leider ...«

»Fangen Sie bloß nicht diese Tour an«, stoppte ich ihn. »Beantworten Sie meine Frage. Wer ist Ihr Auftraggeber?«

»Ich kenne ihn nicht«, antwortete er kleinlaut. »Ich bekam den Auftrag telefonisch. Den Spesenvorschuss erhielt ich in einem Umschlag mit der Post. Am Telefon nannte sich der Mann Myer.«

»Wie geistreich«, bemerkte Phil.

»Wohin haben Sie berichtet?«

»Er rief an und erkundigte sich, wie es geklappt hätte.«

»Hatten Sie irgendwelche Anweisungen für den Fall, dass das Erbe tatsächlich den Schwestern zugesprochen worden wäre?«

»Ich sollte es verkaufen, und zwar nach dem staatlichen Schätzungspreis.«

»An Mr. Myer?«

»Ich vermute, allerdings sagte er am Telefon, er würde mir noch Anweisungen geben.«

»Beschränkte sich Ihr Auftrag auf die Schwestern Graves?«

»Nein, ich wollte eine gleiche Verfügungsberechtigung von Mr. Laundon.«

Ich kannte den Namen. Es war jener Vetter zweiten Grades, der ebenfalls auf meiner Liste der Erbberechtigten stand.

»Und kamen Sie mit ihm auch zu einem Abschluss?«

»Nein. Mr. Laundon hatte sich unter ähnlichen Bedingungen schon an einen anderen Anwalt gebunden.«

Ich stieß einen Pfiff aus. Eine so präzise Auskunft zu bekommen hatte ich nicht zu hoffen gewagt.

Ich verlangte von Lewenacker den Namen seines Kollegen. Er hieß Wether, und die beiden Anwälte schienen sich spinnefeind zu sein. Okay, wir verwarnten Mr. Lewenacker nachdrücklich, nichts über unseren Besuch verlauten zu lassen, falls sein Auftraggeber sich bei ihm melden würde. Dann begaben wir uns zu Mr. Wether, der sich von Mr. Lewenacker nur dadurch unterschied, dass er lang und hager war, im Übrigen aber genauso eine mitteldunkle Existenz war wie der andere.

Die Geschichte, die wir von Wether hörten, ähnelte der anderen erstaunlich, bis auf ein paar Details, die aber unwesentlich waren. Wether konnte uns noch nicht einmal einen so einfachen Namen wie Myer nennen. Als er Dollars sah, hatte er auch nicht lange gefragt. Über jenen Laundon, den angeheirateten Vetter, hörten wir von ihm, dass es um den Burschen nicht besonders gut stand und dass Wether gegen ein paar Dollar alles unterschrieben bekommen hatte, was er nur wollte. Wir verwarnten auch

Mr. Wether eindringlich, und er beteuerte hoch und heilig, er würde schweigen wie das Grab.

Sie erinnern sich vielleicht, dass ich am Anfang dieser Geschichte einmal den Namen Blyck erwähnte. Blyck war der FBI-Chef von Santa Fe, und ihm galt unser letzter Besuch in der Stadt. »Freue mich, Sie zu sehen«, sagte er, als wir sein Büro betraten. »Sie sehen gut aus. Also haben Sie sich doch erholt, obwohl ich von Inspektor Land hörte, dass Sie es nicht lassen können, dem Beruf nachzugehen.«

»Als Zeitvertreib und in frischer Luft bekommt es uns«, antwortete ich lächelnd. »Heute haben wir eine Bitte an Sie, Blyck. Wir brauchen ein Tonbandgerät, und zwar ein möglichst kleines Gerät. Am besten eines von der Sorte, das man unauffällig bei sich tragen kann.«

»Hohe Anforderungen, aber ich werde sehen, was ich für Sie tun kann. Bis morgen Abend kann ich es haben. Ich schicke es zu Ihnen hinaus.«

»Vielen Dank.«

»Und wann werden Sie den Mörder fassen, nachdem es Stenberry nun doch nicht gewesen zu sein scheint?«

»Wenn Sie mir das Tonband morgen Abend schicken, hoffe ich, ihn übermorgen Abend festnehmen zu können.«

»Alle Achtung! Kennen Sie ihn schon?«

»Nein, aber ich hoffe, ihn übermorgen kennen zu lernen.«

Wir verabschiedeten uns und suchten noch einmal Inspektor Land auf. Obwohl es inzwischen ziemlich spät geworden war, trafen wir ihn in seinem Büro, zusammen mit jenem Sergeant, der die Untersuchungen wegen der Schüsse auf Less Harding geleitet hatte. Der graue Stetson-Hut, den Harding dabei verloren hatte, lag als Beweisstück mitten auf dem Tisch.

»Kugeln aus einem Jagdgewehr«, erklärte Land mit einer Handbewegung zu dem Hut, »aber wir werden nie aufklären, wer es gewesen ist. Die ganze Sache verläuft spurlos im Dunkeln. Es bietet sich nicht der Hauch eines Zusammenhangs mit dem Graves-Fall, und ich würde wirklich glauben, die Schüsse wären von Meunier aus Eifersucht abgefeuert worden, wenn sein Alibi nicht gut wäre.«

»Ist es so gut?«

»Er war in der Nacht mit seinen Cowboys und der Herde draußen«, sagte der Sergeant. »Die Cowboys bestätigen es.«

»Ich habe gesehen, wie es ist, wenn Yookermans Cowboys die Herde nachts treiben«, sagte ich. »Es ist leicht möglich, dass ein Mann sich entfernt, ohne dass die Mittreiber es merken.«

»Es war aber doch hell, als die Schüsse fielen. Die Cowboys sind ganz sicher, ihn gegen fünf Uhr gesehen zu haben, und die Herde stand zu diesem Zeitpunkt über eine Stunde Entfernung von Hardings Ranch ab.«

Ich blickte noch einmal auf den grauen Hut. Na ja, es war also noch einmal gut gegangen.

»Wollen Sie mir einen Gefallen tun, Land?«, fragte ich den Inspektor.

»Welchen?«

»Können Sie eine Reihe von Leuten übermorgen, vielleicht so gegen zehn Uhr, zur Yookerman-Ranch bitten?«

»Mit welcher Begründung?«

»Die Begründung überlasse ich Ihrer Fantasie. Ich möchte nur, dass folgende Personen anwesend sind: Miss Ann Sullighan, Less Harding, Glen Meunier, Sheriff Mandow, Adail Fourback, Yookerman und selbstverständlich Sie selbst. – Ich möchte ein paar Fragen an jeden von ihnen richten, aber ich kann das nur, wenn Sie selbst mir gewissermaßen dazu den Auftrag geben.«

Er zuckte die Achsel. »Ich sehe den Sinn nicht, aber wenn Sie es wünschen, werde ich mit Mandow telefonieren. Er kann das Notwendige veranlassen. Also übermorgen um zehn Uhr bei den Yookermans.«

Der nächste Tag war eigentlich der erste Ferientag, seit wir unsere Nasen in diese Mordaffäre gesteckt hatten. Am Abend kam ein Bote von Blyck und brachte uns das Tonbandgerät. Es war größer, als ich gehofft hatte, aber wir konnten es doch so installieren, dass Phil es leicht bedienen konnte, ohne dass jemand etwas davon merkte.

Der erste Gast am anderen Tag war Sheriff Mandow, der lange vor der verabredeten Zeit erschien.

»Wissen Sie, was Inspektor Land mit dieser Szene vorhat?«, erkundigte er sich nervös. »Die Leute haben zum Teil nicht schlecht geschimpft, als ich meine Einladungen überbrachte. Land hätte mir wirklich sagen können, was das Theater soll.«

»Der Vorschlag zu dieser Zusammenkunft stammt von mir«, sagte ich gelassen.

Dem Sheriff kugelten beinahe die Augen aus dem Kopf. Er rieb sich zwischen Hals und Kragen.

»Soso«, murmelte er. »Entschuldigen Sie, wenn ich Sie kritisiert habe.«

Wir verwickelten ihn in ein unverbindliches Gespräch über Rinderzucht, aus der er immer wieder in Richtung unserer Absichten auszubrechen versuchte, aber wir hielten eisern am Thema fest. Ann Sullighan war der nächste Gast. In ihrer Begleitung befand sich Less Harding, den sie unterwegs getroffen hatte. Kurz darauf kam Glen Meunier, der nervös an seiner Unterlippe zu kauen begann, als er Harding an Anns Seite sitzen sah.

Wenige Minuten vor zehn Uhr erschien Adail Fourback. Er begrüßte die Anwesenden mit einem kurzen Nicken, suchte sich einen Platz und ließ seinen Blick von einem zum anderen gleiten. Mit dem Mann war in den letzten Tagen eine entscheidende Veränderung vorgegangen. Er hatte seine überlegene Haltung verloren und wirkte unsicher.

Land kam als Letzter in seinem Wagen.

»Können wir anfangen?«, fragte er gleich.

»Mr. Yookerman fehlt noch«, antwortete ich und ging selbst, um den Rancher zu holen.

Ich hatte dafür gesorgt, dass um den Tisch unter der Zypresse eine Anzahl von Stühlen aufgestellt war. So fand dieses Gespräch im Freien statt. Sobald auch Yookerman auf einem Stuhl Platz genommen hatte, begann ich.

»Das Land, in dem Sie leben, ist etwas weitläufig,

und der armen Polizei fällt es manchmal schwer, Sie anzutreffen«, sagte ich leichthin. »Darum haben wir Sie heute einmal hierher gebeten. Crowbeech Ranch liegt für Sie alle ungefähr in der gleichen Entfernung, und so hoffe ich, dass es keine Zumutung für Sie war.«

Ich wandte mich an den Rancher.

»Mr. Yookerman, stellen Sie sich bitte einmal vor, dass auf dem Grund Ihres Nachbarn Öl gefunden würde. Wie viel verdienen Sie jetzt?«

Er war von der Frage überrascht, strich seinen Schnurrbart und brummte: »Verdammt indiskret die Frage, Mr. Cotton. Sind Sie von der Polizei oder von der Steuerbehörde?«

»Jedenfalls würde eine Ölquelle Ihr Einkommen verzehnfachen, verhundertfachen. Würden Sie ruhig zusehen, wenn Ihr Nachbar eine Quelle findet?«

»Was sollte ich sonst tun?«, fragte er zurück.

»Sie könnten Ihren Nachbarn umbringen.«

Er sprang auf. »Donnerwetter, Mr. Cotton, das ist aber ein starkes Stück.«

»Setzen Sie sich, Mr. Yookerman. Ich behaupte nicht, dass Sie Graves umgebracht haben. Ich will nur wissen, ob es Sie nicht berühren würde, wenn ganz in Ihrer Nähe eine Ölquelle zu sprudeln anfinge.«

Ich wandte mich an die anderen beiden Rancher, an Less Harding und an Glen Meunier.

»Sie verdienen Ihr Geld auf die gleiche Weise wie Mr. Yookerman. Was halten Sie von einem Ölbrunnen, der in Ihrer Nähe zu sprudeln anfängt?«

»Ich bin Rancher und will Rancher bleiben«, sagte

Meunier, aber Harding antwortete nicht direkt, sondern wandte sich an Land: »Ich wäre Ihnen dankbar, Inspektor, wenn Sie Mr. Cotton veranlassen würden, uns zu sagen, warum er diese Fragen stellt.«

»Ich gebe Ihnen allen die Antwort gern«, sagte ich. »Milton Graves wurde ermordet, weil er unmittelbar davor stand, eine Ölquelle im Hell Ground anzubohren.«

»Sind Sie sicher?«, fragten Yookerman und Mandow wie aus einem Mund.

»Ich bin noch nicht sicher«, gab ich zu, »aber ich werde es bald wissen. Gestern wurde auf Veranlassung der Polizei im Hell Ground gebohrt. Die Proben befinden sich bereits im Geologischen Institut in Frisco.«

Ich wandte mich an Fourback.

»Wenn sich diese Proben als positiv erweisen, Mr. Fourback, dann haben Sie keine Chancen mehr, von Graves' Erben sein Land für einen Apfel und ein Ei zu kaufen. Es wird bekannt werden, und die Preise werden in die Höhe schnellen.«

»Graves' Erbin ist Miss Sullighan«, antwortete Fourback abwesend. »Ich habe mir nie Illusionen gemacht, dass ich den Besitz von ihr kaufen könnte.«

»Sie wussten nicht, dass sie die Erbin sein würde, als Sie Ihre Bemühungen in Gang brachten. Jetzt ist sie die Erbin, und ich frage Sie, was Sie jetzt zu tun gedenken?«

Er ließ sich nicht überrumpeln.

»Sie überschätzen mein Interesse am Graves-Besitz, Mr. Cotton. Vielleicht hätte ich das Land billig gekauft, aber dann nicht wegen des angeblichen Öls, von dem Sie ja selbst noch nicht wissen, ob es überhaupt existiert, sondern weil es gutes Weideland ist, das man günstig an die Rancher der Umgebung weiterverkaufen kann.«

»Hätten Sie das Land gekauft?«, fragte ich Glen Meunier. »Ich habe gehört, der alte Graves schätzte Sie ziemlich, wahrscheinlich weil er Sie für harmlos hielt. Hat er Ihnen nie vorgeschlagen, seine Arbeiten am Bohrturm mitzufinanzieren?«

»Graves wusste, dass ich kein Geld für Spielereien habe«, antwortete Meunier ablehnend.

»Aber Sie sind ehrgeizig. Ihr Landbesitz ist klein. Ich glaube, wenn ich die Situation hier richtig beurteile, viele der Rancher sehen Sie über die Schulter an. Sie sind auch hitzköpfig. Sie suchen Ihre Chance. Graves' Tod könnte eine solche Chance für sie gewesen sein.«

Er fuhr von seinem Stuhl hoch. Sein Gesicht wurde krebsrot. Er sah aus, als wollte er sich auf mich stürzen.

»Sie – Sie verdächtigen mich des Mordes!«, schrie er und brachte die Worte vor Erregung kaum heraus.

»Sie nicht mehr als zum Beispiel Sie, Mr. Harding«, antwortete ich und drehte mich Meuniers Konkurrenten zu. »Warum ist auf Sie geschossen worden?«

»Es ist Ihre Sache, das herauszufinden«, entgegnete er kühl.

»Wenn Sie nie etwas mit Graves und seinem Ölturm zu tun hatten, warum dann ist auf Sie geschossen worden?«

»Ich sagte schon, es ist Ihre Sache, das herauszufinden.«

»Sie waren Stenberrys Freund. Sie konnten ihm am besten die Falle stellen, in die er hineintappte.«

Ich sprach den Sheriff Paul Mandow an.

»Sie müssten eigentlich 'ne ganze Menge davon mitbekommen haben, was Graves mit seiner Bohrerei beabsichtigte. Wenn ich richtig informiert bin, muss jeder Bohrversuch angemeldet werden, und nach den Bundesgesetzen muss der Untersuchungsbescheid der Probebohrungen dem zuständigen Beamten zur Abstempelung vorgelegt werden, damit die ordnungsgemäße Überwachung garantiert ist. Hat Graves Ihnen diese Untersuchungsbescheide vorgelegt, Sheriff?«

»Selbstverständlich«, antwortete Mandow. »Ich habe sie auch abgestempelt. Die Bohrung geschah unter der Leitung eines zugelassenen Ingenieurs. Das war alles, was ich zu kontrollieren hatte, und solange der Name von Mr. Lickfield auf den Dokumenten stand, hatte ich keinen Grund, die Abstempelung zu verweigern.«

»Aber haben Sie nie die Gelegenheit benutzt, die Papiere dabei zu lesen? Ein Satz genügt. Er steht immer am Ende eines solchen Untersuchungsbescheides, und er lautet entweder: ›Die Bohrprobe war negativ. Keine Anzeichen für Öl‹, oder: ›Bohrprobe positiv. Mit Fündigwerden kann gerechnet werden.‹ Haben Sie das gelesen, Sheriff?«

»Ja, natürlich«, sagte Mandow zögernd. »Das geschah ganz von selbst. Aber die Bohrproben aus Graves' Türmen waren doch immer negativ.«

»Wirklich alle? Waren die letzten Bescheide nicht vielleicht doch positiv?«

»Nein, nein. Sie haben doch den Ingenieur vernommen. Alles negativ.«

»Danke, Sheriff«, sagte ich und ging auf Miss Sullighan zu.

»Sie sind die Einzige, die bisher noch kein Wort gesprochen hat, Miss Sullighan. Sie erben, was Graves hinterlassen hat. Zuerst sah es nicht gerade nach viel aus, aber jetzt ist doch die Möglichkeit drin, dass Sie Millionen bekommen. Das bisher immer noch unaufgeklärte Auftauchen des Testaments setzt sie zweifelsfrei an die Spitze der Erbberechtigten.«

»Ich weiß das, Mr. Cotton«, antwortete das Mädchen. »Mr. Bybough, der Anwalt, rief mich kürzlich zu sich und informierte mich, dass das Testament rechtsgültig sei.«

»Miss Sullighan, Sie leben schon lange bei Graves. Er hielt Sie wie eine Tochter. Sie sagten einmal, dass er mit Ihnen kaum über seine Ölpläne gesprochen habe. Es ist eigentlich unwahrscheinlich, dass zwei Menschen, die zusammen in der Einsamkeit leben, nicht miteinander über das sprechen, was sie bewegt. Und Graves bewegte nichts so viel wie seine Ölbohrungen. – Er machte ein Testament zu Ihren Gunsten vierzehn Tage vor seinem Tod. – Miss Sullighan, wussten Sie wirklich nicht, dass dieses Testament existierte?«

Sie sah mich mit erschreckten Augen an.

»Nein«, beteuerte sie.

»Sie haben eine Geschichte erzählt, aus welchen

Gründen Sie in der fraglichen Nacht aus dem Haus gegangen seien. Wir haben Ihnen diese Geschichte zunächst geglaubt, obwohl nicht ganz erklärlich ist, wieso ein mutiges Mädchen wie Sie, das gewohnt ist, allein mitten in der Prärie zu leben, sich dadurch ins Bockshorn jagen lässt, dass eine Gestalt am Zaun ihres Hauses lehnt. Miss Sullighan, Sie müssen zugeben, dass es auch durchaus denkbar wäre, dass Sie selbst jene Zerstörung in dem Wohnzimmer angerichtet, das Testament unter den Papierwust gelegt haben und dann erst zu Meuniers Ranch ritten, um sagen zu können, dass der Einbruch in Ihrer Abwesenheit geschah.«

»Was sagen Sie da für furchtbare Sachen, Mr. Cotton«, meldete sich jetzt selbst Yookerman empört, und Sheriff Mandow sekundierte ihm.

»Ein Mädchen kann gar nicht so viel Kraft haben, dass es eine solche Zerstörung anrichtet.«

»Sie kann einen Helfer gehabt haben, einen Mann, der auch einen Teil der anderen Aufgaben für sie übernommen hat«, beharrte ich.

Glen Meunier fühlte sich angesprochen.

»Ich höre mir das nicht mehr länger mit an!«, schrie er.

Ich lächelte. »Auch nicht mehr nötig, Mr. Meunier. Wir sind am Ende.« Ich wandte mich an alle. »Ich danke Ihnen dafür, dass Sie gekommen sind. Ich glaube, Sie haben uns und damit der Gerechtigkeit ein gutes Stück weitergeholfen. Vielen Dank.«

Sie sahen sich überrascht an. Niemand hatte mit diesem Ende gerechnet, selbst Land nicht, denn er sagte, nachdem die anderen Teilnehmer der Konferenz fortgegangen waren: »Was sollte das ganze Schauspiel, Mr. Cotton? Ich habe bessere Hinweise von Ihnen erwartet, ja, ich dachte sogar, Sie würden uns den Täter nennen.«

»Noch zu früh, Inspektor«, antwortete ich. »Den Zweck der Unterredung sehen Sie dort.«

Ich zeigte auf Phil, der eben im Begriff war, sein Tonbandgerät aus seinem Versteck zu holen.

»Ich glaube, es sind die Stimmen aller Leute darauf, die für meine Zwecke in Frage kommen. Ich werde dieses Tonband zwei Männern vorlegen, und die Antworten dieser Männer werden den Fall im letzten Sinne entscheiden. – Fahren Sie mit uns nach Santa Fe, Inspektor.«

Dennoch wurde es Nachmittag, bis wir die beiden Leute in Lands Büro versammelt hatten, die uns die Auskünfte geben sollten, die wir noch brauchten: die beiden Anwälte Lewenacker und Wether.

»Ich spiele Ihnen jetzt ein Tonband vor, auf dem mehrere Stimmen zu hören sind. Was diese Stimmen sagen, braucht Sie überhaupt nicht zu interessieren. Sie sollen uns lediglich sagen, ob eine dieser Stimmen identisch mit der des Mannes ist, der Sie angerufen hat und Sie beauftragte, sich mit den Graves-Erben in Verbindung zu setzen. Passen Sie also auf. Ich lasse das Tonband erst einmal abspielen. Dann spielen wir es noch ein Mal, und dann sagen Sie ›Halt!‹, wenn die Stimme Ihnen bekannt vorkommt.«

Ich gab Phil ein Zeichen. Meine eigene Stimme kam aus dem Lautsprecher: »Mr. Yookerman, stellen Sie sich einmal vor ...«

Ich beobachtete Lewenacker und Wether, während das Tonband abspulte. Einmal machte der kleine dicke Notar eine Bewegung, später sein Kollege, aber beide schwiegen, bis Phil das Tonband abstellte und zurücklaufen ließ.

»Noch einmal so«, sagte ich. »Und jetzt melden Sie sich bitte, wenn die Stimme ertönt.«

Phil drückte den Schalter. Wieder ertönte es: »Mr. Yookerman, stellen Sie sich einmal vor ...«

»Halt!«, rief Lewenacker wenig später. »Das ist die Stimme des Mannes, für den ich das Graves-Erbe sichern sollte.«

»Ach, Unsinn«, knurrte Wether bissig. »Der Mann war noch gar nicht dran. Wenigstens nicht derjenige, der mit mir sprach.«

»Ich kann doch meinen Ohren noch trauen«, empörte sich der dickliche Notar. Ihre berufliche Feindschaft drohte hier im Büro der Polizei auszubrechen.

»Nur Ruhe, Gentlemen«, stoppte ich sie. »Es ist durchaus möglich, sogar wahrscheinlich, dass Sie zwei verschiedene Auftraggeber hatten. Hören wir das Tonband weiter an.«

Phil schaltete das Tonband wieder ein und kurz darauf erklärte Wether: »Das ist der Mann, der mich anrief!«

Ich blickte auf Land. Er saß hinter seinem Schreibtisch. Seine Wangenmuskeln waren gespannt, dass sie sich unter der Haut abzeichneten.

»Ich hätte es nicht für möglich gehalten«, murmelte er.

Ich bedankte mich bei Mr. Lewenacker und bei Mr. Wether. Sobald sie aus dem Büro heraus waren, fragte ich den Inspektor: »Was wollen Sie tun?«

Er stand auf. »Ich nehme beide fest. – Warten Sie hier. Ich muss zum Untersuchungsrichter. Ich brauche vor allen Dingen einen Haussuchungsbefehl.«

Die Ranch lag ohne Licht da, aber seitab im Hof flackerte ein Feuer, und ein paar Cowboys saßen dort herum. Wir traten in ihre Mitte.

»Wir wollen den Chef sprechen«, sagte Land.

Ein alter Graubart blickte auf.

»Ist nicht da, Mister. Ist vor einer knappen Stunde fortgeritten.«

»Wohin?«

Der Alte hob die Schultern. »Das sagt uns der Chef nicht, Mister, und wir fragen ihn nicht.«

»Wissen Sie wenigstens die Richtung?«

»Da entlang!«, er zeigte mit dem Arm.

Ich überlegte einen Augenblick und vergegenwärtigte mir die Karte, die ich einmal auf die Zigarettenschachtel gezeichnet hatte.

»Das ist die Richtung zum Hell Ground«, sagte ich. »Das Drama scheint dort enden zu wollen, wo es angefangen hat.«

Wir enterten wieder den Lincoln. Land nahm das Steuer. Ich setzte mich neben ihn. Phil blieb auf dem Trittbrett stehen und hielt ein aufmerksames Auge auf die Löcher der Erdhunde. Dann kreuzten wir die ausgefahrene Bahn, die der Jeep des alten Milton Graves durch die Prärie gepflügt hatte, und von dort aus ging es ein wenig besser.

Auf dem Pfad zum Hell Ground mochten wir fünf Minuten lang in Lands Polizei-Lincoln mit mittlerer Geschwindigkeit gerollt sein, als Phil rief:

»Halt! Halt!«

Land trat auf die Bremse, aber schon im Augenblick von Phils Ruf hatten auch wir es gehört. Von fern, aber nicht allzu fern peitschten Schüsse. Erst zwei, dann einer und schließlich kurz hintereinander drei, die offenbar aus einer anderen Waffe stammten.

Land gab wieder Gas. Er tat so, als wäre die Prärie ein erstklassiger Asphalt, und er bekam prompt die Quittung dafür. Ein- oder zweihundert Yard mochten uns noch vom Eingang zum Hell Ground trennen, als der Wagen mit dem Hinterrad in ein Erdloch brach. Phil verlor seinen Trittbretthalt und landete irgendwo im Freien, allerdings ohne sich irgendwelche edleren Körperteile zu beschädigen.

Es lohnte nicht, das Fahrzeug wieder flottzumachen. Wir rannten im Höchsttempo den schmalen, sich senkenden Weg zur Talsohle hinab. Als wir fast unten waren, dröhnte uns noch ein Schuss in den Ohren. Dann war es still.

Phil und ich standen nebeneinander, bemühten uns, unseren keuchenden Atem zu unterdrücken und lauschten. Land stieß ein paar Augenblicke später zu uns.

In einiger Entfernung polterte es dumpf.

»Tritte von Pferdehufen«, flüsterte der Inspektor und wollte loslaufen. Ich hielt ihn am Arm fest.

»Keinen Zweck. Ein Pferd holen wir nicht ein.«

Langsam stiegen wir weiter der Talsohle entgegen. Schon sahen wir den Stahl des Bohrturms undeutlich gegen den Nachthimmel schimmern. Land war der einzige von uns, der eine Waffe hatte. Wieder blieben wir stehen, jetzt ganz in der Nähe des Turmes. »Wenn einer getroffen ist, muss sich das Opfer in der Nähe befinden.«

»Machen Sie Ihre Taschenlampe an, Inspektor«, riet Phil. »Ich glaube nicht, dass wir Kugeln bekommen, wenn wir unseren Standort verraten.«

Land drückte den Knopf und ließ den starken Strahl seiner Stablampe über die Büsche gleiten.

Dann hörten wir ganz in der Nähe ein leises Stöhnen. Land schwenkte die Lampe. Wir brachen durch ein paar Büsche. Dann sahen wir den Mann.

Adail Fourback lag auf der Seite, in der rechten Hand noch die Pistole, die linke auf die Brust gepresst.

Ich kniete neben ihm nieder, zog die Hand fort und untersuchte seine Wunde. Er schien schwer verletzt zu sein. Phil rannte in der Dunkelheit fort zu dem Lincoln, um die Autoapotheke zu holen.

»Bleiben Sie liegen, Fourback!«, sagte ich. »Rühren Sie sich nicht! Bewegen Sie sich nicht!«

»Es war Harding!«, stöhnte er. »Less Harding!«

»Ich weiß«, antwortete ich. »Ich habe Ihnen gesagt, dass Sie das dritte Opfer werden würden.«

Wo immer Harding sich jetzt befinden mochte, als erste Aufgabe mussten wir zunächst Fourback in die Hände eines Arztes bringen. Zu diesem Zweck machten wir mit Hilfe des Wagenhebers den Lincoln wieder flott, aber das dauerte mehr als eine Stunde. Mit äußerster Sorgfalt packten wir den Angeschossenen hinein. Phil begleitete Land, um ihn zu unterstützen. Ich ließ mir die Pistole des Inspektors geben, sprang an der Stelle vom Wagen, von der ich annahm, dass sie Hardings Ranch am nächsten lag, und ging zu Fuß in die Richtung, von der ich hoffte, dass sie richtig wäre.

Ich marschierte länger als eine Stunde. Dann sah ich einen Feuerschein.

Nichts hatte sich verändert. Die Cowboys saßen noch immer um ihr Feuer. Ich trat zu ihnen.

»War der Chef inzwischen da?«, fragte ich.

»Ja«, antwortete der Vormann. »Er ist aber wieder fortgeritten.«

»Haben Sie ihm gesagt, dass wir hier waren?«

»Ja!«

»Und in welche Richtung ritt er?«

»Dorthin!«, sagte er und diesmal zeigte sein Arm gegen die Berge, die sich in der Ferne ganz zart gegen den Himmel abzeichneten.

Ich verlangte ein Pferd, und sie gaben es mir nach einigem Zögern. Ich ritt zu Yookerman, nahm von dort aus den Jeep, fuhr nach Charrington, sprach mit Land, ließ mir den Haussuchungsbefehl geben, besprach mit ihm die notwendigen Maßnahmen und fuhr dann zu Hardings Ranch zurück.

Ohne auf die Einrichtung sonderlich viel Rücksicht zu nehmen, suchte ich nach ein paar Dingen, die ich glaubte, finden zu müssen. Und ich fand sie schließlich.

Am frühen Morgen, als es eben hell geworden war, wurde es lebendig in der Prärie. Es kamen ein Dutzend Polizisten aus Santa Fe mit Jeeps, und es kamen die Rancher der Umgebung mit ihren Cowboys, die bei der Herde entbehrlich waren, insgesamt mehr als fünfunddreißig Mann. Sheriff Mandow hatte sie aufgerufen.

Ich stieg in den Jeep, in dem Phil und Land saßen. Ein Polizist nahm das Steuer. Der ganze Trupp setzte sich in Bewegung in Richtung auf die Berge zu, in denen Less Harding seine Rettung zu finden hoffte.

»Hat Fourback noch etwas gesagt?«, erkundigte ich mich.

»Kein Gedanke daran«, antwortete Land. »Die Ärzte legten ihn sofort auf den Operationstisch. Überhaupt fraglich, ob er durchkommt.«

»Ich kann Ihnen den ganzen Vorfall auch ohne seine Aussage rekonstruieren«, antwortete ich. »Meine Darstellung kann höchstens in unwesentlichen Einzelheiten von der Wahrheit differieren. Wussten Sie, Inspektor, dass die Hälfte des Hell-Ground-Geländes immer noch John Stenberry gehört?«

Er schüttelte den Kopf.

»Ich glaube, das war überhaupt der Grund, warum der alte Graves die Beziehungen zu seinem Neffen wieder aufnahm. Er wollte ihn auch um den Rest des Landes bringen, sobald sein Bohrturm fündig geworden wäre, damit Stenberry keine Parallelbohrung anlegte. Dann ging dem Alten endgültig das Geld aus. Die Bohrung wurde eingestellt. Graves aber bohrte heimlich weiter. Ohne Beaufsichtigung durch einen Fachmann. Ich nehme an, dass er dazu den Tramp gebrauchte, der dann später erschossen wurde. Graves gab seine Bemühungen nicht auf, Leute zu finden, die sein Unternehmen finanzierten. Er geriet auf irgendeine Weise an Adail Fourback. Außerdem aber kam Less Harding häufiger in sein Haus, weil er sich für Ann Sullighan interessierte. Harding hatte für Graves' Pläne kein Ohr. Fourback amüsierte sich wahrscheinlich mehr darüber, als dass er sie ernst nahm. Er wartete nur darauf, dass Graves endgültig zusammenbrach, um den Besitz billig schnappen zu können.

Dann, genau vierzehn Tage vor seinem Tod, erhielt Graves eine von ihm eingesandte Bohrprobe mit dem Bescheid zurück, die Untersuchung lasse hoffen, dass das Bohrloch fündig würde. In seiner Freude zeigte er das Untersuchungsergebnis Less Harding. Harding begriff sofort, was es bedeutete, wenn aus dem Hell Ground tatsächlich Öl sprudeln würde. Er bot Graves Geld an. Graves nahm es, aber das war jetzt ein anderer Graves, der sich gnädigst von dem Rancher ein wenig Geld vorstrecken ließ. Er wusste, er konnte jetzt alle Bedingungen diktieren, und er sagte Harding klar, dass er ihn am Geschäft nicht beteiligen würde. Wahrscheinlich verwies er ihn auf Ann, die nach seinem Tod alles erben sollte und dass Harding ja ohnedies auf diesem Weg in den Besitz der Quelle kommen würde. Sie verstehen, Inspektor. Graves benahm sich eben wie ein Mann, der einen großen Lotteriegewinn gemacht hat. Er schrieb sein Testament, und ich vermutete, dass er es Harding aushändigte.

Harding aber war seiner Sache bei Ann Sullighan durchaus nicht so sicher, wie Graves es glauben mochte. Er zweifelte daran, auf diesem Weg in den Besitz der Quelle kommen zu können, und er suchte nach anderen Möglichkeiten. Er zog jenen Tramp auf seine Seite. Die Schilderung, die Stenberry im Prozess gegeben hat, entspricht genau dem tatsächlichen Tatablauf. Harding organisierte die Falle für Stenberry. Er erschoss Milton Graves in Stenberrys Hütte mit Stenberrys Revolver. Er schlug John nieder, verfrachtete ihn nach Santa Fe, stopfte ihm die Brieftasche seines Onkels ins Jackett und tat alles, um ihn so mit Indizien zu beladen, dass das Gericht ihn verurteilen musste. So hatte er mit einem Schlag die beiden Leute aus dem Weg geschafft, die näher an der Ölquelle im Hell Ground waren. – Milton Graves war nach seiner ersten Freude klug genug gewesen, seine Vorbereitungen für die weiteren Bohrungen in aller Heimlichkeit zu treffen, aber einer merkte, dass mit dem Alten eine Veränderung vorgegangen war: Adail Fourback. Graves wollte kein Geld mehr von ihm. Graves zeigte ihm die kalte Schulter. Fourback zog aus diesem Verhalten seine Schlüsse. Ohne einen sicheren Beweis dafür zu haben, vermutete er, dass der Bohrturm des Alten fündig geworden war. – Als Graves dann erschossen wurde, glaubte er nicht daran, dass Stenberry der Täter wäre. Er vermutete von Anfang an in Less Harding den Täter, aber ihm kam es nicht darauf an, der Gerechtigkeit zum Siege zu verhelfen. Er wollte Geschäfte machen.

Die dritte Person, die eine Ahnung davon haben musste, dass John Stenberry nicht der Mörder war, war jener Tramp, dessen Namen wir wahrscheinlich niemals mehr erfahren werden. Harding hatte ihm viel Geld gegeben und ihn nach Erledigung seines Auftrags fortgeschickt. Ich weiß nicht, ob der Tramp in den Zeitungen von dem Mord gelesen hat oder ob Fourback ihn aufstöberte. Jedenfalls kam er zurück. Wahrscheinlich vermutete er, dass für ihn noch eine Menge Geld aus der Sache zu schlagen sei. Spätestens bei seiner Rückkehr lief er Adail Fourback in die Quere, und Fourback begriff sofort, dass er in ihm den Zeugen besaß, mit dessen Hilfe er Less Harding erpressen konnte, ihm die Ölquelle zu überlassen. Aber Fourback wusste zu diesem Zeitpunkt noch nicht einmal, ob es sich für ihn überhaupt lohnte, etwas zu riskieren. Vergessen Sie nicht, Fourback hat jenes positive Gutachten nie gesehen. Allerdings hatte er zur Vorsicht bereits den Anwalt Wether beauftragt, sich die Vollmacht jener Erben zu beschaffen, die nach John Stenberrys Hinrichtung als Besitzberechtigte für das Bellstone-Land in Frage kamen. Das Gleiche aber hatte auch Less Harding über den Anwalt Lewenacker versucht, und so war jeder nur in die Hälfte des Besitzes der Vollmachten gelangt. Harding aber wusste durch diese Transaktion, dass er in Fourback einen gefährlichen Gegner bekommen hatte.

Da er noch das Testament von Graves in den Händen hatte, schaltete er auf diese Möglichkeit um. Er verübte den Einbruch und ließ dabei das Testament so zurück, dass der Eindruck entstehen musste, es wäre aus einem Geheimfach zum Vorschein gekommen. Vielleicht existiert dieses Geheimfach wirklich, und Harding wusste davon, denn ich vermute, dass er bei der Gelegenheit das positive Gutachten an sich brachte, das von der Polizei nie gefunden wurde.

In der gleichen Nacht setzte Fourback, wahrscheinlich mit Hilfe des Tramps, den Bohrturm in Betrieb, um sich eine Probe zu verschaffen, die ihm Gewissheit darüber gab, ob wirklich Öl unter der Erde war. Er reiste mit der Probe ab und ließ den Tramp allein zurück.

Der Tramp mochte zu gern Whisky. Vielleicht werden wir die Gründe wissen, aus denen er Harding anrief, wenn wir Harding gefasst haben. Wahrscheinlich wollte er sich an die andere Seite noch teurer verkaufen. Harding jedenfalls witterte seine Chance. Sie trafen sich irgendwo in der Prärie. Harding schlug den Mann nieder, schleppte ihn zu Stenberrys Hütte und tötete ihn dort. Ich vermute, dass er hoffte, auf diese Weise den Verdacht auf Fourback lenken zu können. Außerdem aber glaubte er besonders schlau zu handeln, wenn er sich selbst als gefährdet darstellte. Er erfand das Märchen von den Schüssen auf sich selbst. Seine Cowboys entsprechend zu täuschen war nicht schwer. Er selbst feuerte die Schüsse ab, einen davon auf seinen Hut, den anderen vermutlich einfach in die Luft. Ich glaube, er tat es hauptsächlich, um eine Gelegenheit zu haben, von uns zu erfahren, ob auch die Polizei Öl im Hell Ground vermutete. Aber er machte einen schweren Fehler damit, der meinen Verdacht endgültig auf ihn lenkte. Haben Sie einmal darauf geachtet, Inspektor, dass Harding seinen Hut ungewöhnlich tief in der Stirn zu tragen pflegt? Wenn er den Hut so getragen hat, als die Schüsse auf ihn abgegeben wurden, dann hätte er mindestens eine Streifwunde abbekommen müssen.

Für Fourback freilich sah die Sache nach seiner Rückkehr aus Frisco anders aus. Sein Hauptzeuge war tot. Durch das aufgetauchte Testament zu Gunsten von Miss Ann war ihm der Weg zum Öl endgültig verbaut. Er konnte jetzt nur noch darauf spekulieren, dass Harding Schwierigkeiten scheute. Also schlug er ihm eine Aussprache vor. Diese Aussprache fand gestern Nacht statt, und wir alle wissen, wie sie ausgegangen ist.«

Ich holte tief Luft. »Tja«, schloss ich, »jetzt brauchen wir nur noch Less Harding zu fassen.«

Das war leichter gesagt als getan. Der Gebirgszug mit seinen Schluchten, Schründen, Spitzen, Geröllhalden, Felshöhlen bot eine Unzahl von Verstecken. An eine Spur war nicht zu denken.

Wir suchten zwei Tage und zwei Nächte systematisch Berggruppe um Berggruppe ab. Die Nächte waren scheußlich kalt, obwohl wir uns darauf eingerichtet hatten. Die Rancher und ihre Cowboys waren uns weit voraus.

Am dritten Tag kam einer von ihnen zurück.

»Wir haben sein Pferd gefunden«, meldete er lakonisch. »Er hat es erschossen, weil es ein Bein gebrochen hat. Jetzt kann er nicht mehr weit sein.«

Wir beeilten uns, zur Spitze aufzuschließen. Wir

marschierten bis zum Mittag, als wir den ersten hallenden Schuss hörten.

»Jetzt haben sie ihn gestellt«, sagte Land aufgeregt. Noch eiliger strebten wir vorwärts. Noch einmal hallte ein Schuss, aber dann blieb es still.

Erst am späten Nachmittag erreichten wir den Schauplatz, eine Geröllhalde zwischen zwei senkrecht hochstehenden Felswänden. Am oberen Ende der Halde ragte eine dritte Wand hoch.

Die Rancher und ihre Leute hatten ihre Pferde in sichere Deckung gebracht, hatten sich selbst hinter Felsbrocken gute Plätze gesucht und lagen dort, mit ihren Gewehren im Anschlag, aber keiner von ihnen hatte einen Schuss abgefeuert. Sie hatten uns geholfen, den Mörder zu stellen. Ihn zu fassen oder gar zu töten, das war unsere Angelegenheit.

»Er hockt dort oben am Fuße der Wand«, sagte Yookerman, der stillschweigend so etwas wie das Kommando übernommen hatte. Sheriff Mandow suchte mit einem zweiten Trupp in anderer Richtung. »Wir haben ihn hinaufgetrieben. Er hat zwei Mal nach uns geschossen, aber nun kann er nicht mehr weiter.«

»Kann er nicht über die Felswand?«, fragte Land.

»Tagsüber nicht. Da würden wir ihn sehen. Nachts wird er es vielleicht versuchen, obwohl ich es nicht riskieren möchte.«

Es dämmerte bereits. Wenn wir den Mörder vor Einbruch der Dunkelheit noch fassen wollten, so wurde es höchste Zeit. Ich winkte Phil, der an die fünfzig Yard seitab lag. Er verstand, nickte und entfernte sich in kurzen Sprüngen auf der gleichen Höhe nach rechts. Ich tat das Gleiche nach links.

Ich erschwerte dadurch für Harding den Schusswinkel, und erst, als ich ziemlich sicher annehmen durfte, dass ich für ihn jetzt nur noch unter Schwierigkeiten zu erreichen war, hetzte ich weiter bergauf.

Er musste mich bemerkt haben, denn eine Kugel spritzte rechts von mir in das Gestein. Ich rannte trotzdem weiter, fand einen Felsen, der Deckung bot, ruhte mich einen Augenblick lang aus, sprang wieder hoch, tat das Gleiche noch einmal und konnte mich mit einem letzten Sprung gegen die senkrechte Wand des eigentlichen Felsens werfen.

Immer noch konnte ich Harding nicht sehen, aber ich befand mich jetzt auf gleicher Höhe mit ihm, und das war wichtig. Drüben auf der anderen Seite sah ich Phils Kopf hinter einem dicken Felsstein auftauchen und wieder verschwinden.

Ich nahm die Pistole aus der Tasche, entsicherte und machte mich auf den Weg zu Harding.

Unten hörten die Cops mit dem Schießen auf. Sie hatten unser Manöver beobachtet und wollten uns nicht gefährden.

Ich umkletterte links ein massives Felsstück, schob mich zwischen zwei steinernen Nadeln, die wie ein Bogen zusammenstanden, hindurch, kroch an einem flachen rechteckigen Stück entlang und fand Deckung hinter einem breiten Stein.

Und jetzt sah ich Harding. Er hockte hinter einem Felsen, machte einen langen Hals und warf seinen Kopf unruhig nach rechts und links. Sein Gesicht war stoppelbärtig und hohläugig. Er hielt ein Gewehr in der Hand und hatte eine Pistole neben sich liegen.

Sehr vorsichtig nahm ich einen Stein auf.

Ich warf den Stein seitlich nach vorn. Klappernd schlug er auf, Harding fuhr hoch und warf den Kopf in Richtung des Geräuschs. Im gleichen Augenblick sprang ich mit langen Sätzen auf ihn zu. Er merkte es, fuhr herum, wollte das Gewehr hochreißen. In genau dieser Sekunde tauchte Phil auf einem Felsbrocken auf der anderen Seite von ihm auf.

»Hände hoch, Harding!«, brüllte er.

Hardings Kopf zuckte nach rückwärts, verwirrt durch diesen Anruf. Das war der Augenblick, in dem er seine letzte, seine allerletzte Chance vergab. Ich war bei ihm, bevor er sich entschließen konnte. Meine linke Hand packte den Lauf seines Gewehrs, drückte ihn zur Seite. Zwar löste sich noch der Schuss, aber er tat keinen Schaden mehr. Ein Ruck, und ich hatte ihm die Waffe aus den Händen gerissen.

Er machte eine Bewegung, als wollte er sich auf mich stürzen. Eine Geste mit der Pistole in meiner rechten Hand stoppte ihn.

»Schluss, Harding«, sagte ich. »Der Richter wartet auf Sie.«

Als wir nach dieser Expedition in den Liegestühlen von Mrs. Yookerman lagen und ausrechneten, wie viele Tage uns von unserem Urlaub noch blieben, wurden wir ans Telefon gerufen. Noch einmal war Inspektor Land am Apparat.

»Ich habe eben das Untersuchungsergebnis vom Geologischen Institut erhalten. Die Bohrprobe lässt tatsächlich darauf schließen, dass die Bohrung im Hell Ground fündig wird.«

Ich dankte, legte auf und ging zu Phil zurück.

»Im Hell Ground gibt's Öl«, sagte ich und ließ mich in den Liegestuhl fallen.

Er blickte weiter über die Prärie. In der Ferne zog ein Trupp Rinder vorüber. Ganz verweht drang das ›Yeepeh‹ der Cowboys, mit dem sie die Tiere antrieben, an unser Ohr.

»Schade um diese Landschaft«, sagte Phil.

ENDE

Ich – und der große Ausbruch

Im Volksmund heißt das State Jail, das Zentralgefängnis auf der anderen Seite des Hudson, ›Pension Ewigkeit‹. Niemand wird mit Sicherheit feststellen können, aus welchem Grund diese Bezeichnung für den großen Gebäudekomplex aus roten Ziegeln geprägt wurde. Sehr wahrscheinlich deswegen, weil in diesem Gefängnis mehr schwere Jungs saßen als in jeder anderen Verwahranstalt der Vereinigten Staaten, Gangster, die der Richter zu lebenslänglichem Gefängnisaufenthalt oder, wie es bei uns heißt, zu dreißig Jahren oder mehr verurteilt hat, zu einer kleinen Ewigkeit also, wenn man die Zeit mit menschlichen Maßstäben misst.

Die Pension Ewigkeit war selten von weniger als zwölftausend Gesetzesbrechern bewohnt. Der Komplex, der ein Areal von mehr als einer halben Quadratmeile bedeckt, gliedert sich in drei Hauptgebäude, von denen ursprünglich zwei den leichteren Fällen bis zu höchstens fünf Jahren, das dritte aber den Dreißigjährigen und rückfälligen Gewohnheitsverbrechern ohne Rücksicht auf die Länge ihrer Strafe zugedacht war. Leider ließ sich diese saubere Teilung nicht strikt durchführen. Mal gab es mehr leichte, meistens aber mehr schwere Jungs, und so führte dieser unterschiedliche Anfall an ›Pensionären‹ schließlich dazu, dass in zwei Gebäuden sowohl leichtere als auch schwere Fälle ihre Strafen absaßen.

Außer den drei eigentlichen Zellengebäuden gab es eine Menge sonstiger Bauten. Die Küchen, die

Speisesäle, die Sporthallen, Schlossereien, Schneidereien, das Hospital, die Schreinerwerkstätten, kurz, das State Jail ist eine Stadt für sich, umgeben von einer hohen Mauer und zu betreten nur durch zwei eiserne Tore.

Für zwölftausend Gefangene sorgen sechshundert Wärter, die sich in die Tag- und Nachtschicht teilen, so dass auf jeden Wärter nie weniger als vierzig Gefangene kommen, doch bedeutet dieses schlechte Verhältnis nicht viel, denn das State Jail galt als absolut ausbruchssicher. Wohlgemerkt – galt. Denn bis zu jenem grauen Tag im November war es noch keinem Gauner gelungen, aus diesem Gefängnis auszubrechen.

An jenem Novembermorgen um sieben Uhr nahm die Gruppe der Tagesdienstwächter von Block III im Dienstraum des Oberaufsehers die Diensteinteilung für den Tag entgegen. Etwa dreißig Männer standen in der Vorhalle des einstöckigen Gebäudes. Es war ein frischer, regnerischer Morgen. Die Beamten froren. Der Raum war nicht gut geheizt.

»Ich weiß nicht, ich weiß nicht«, murmelte der Gefängniswärter Albert Wenderwood, ein Mann im Rang eines Oberwachtmeisters. »Es liegt etwas in der Luft. Ich fürchte, wir bekommen noch Ärger.«

Er sagte es zu seinem rechten Nebenmann – ebenfalls ein Oberwachtmeister, aber nicht klein und schmal wie Wenderwood, sondern ein großer, stämmiger Bursche mit einem runden Gesicht und der Wölbung eines Bauches unter der Uniformjacke. Sein Name war Buster Stemmer.

»Ärger?«, brummte Stemmer. »Ärger gibt es

immer bei den ›Ewigen‹ und ganz besonders, seit der Direktor Egger Clifton strafversetzt hat, nur weil er einem renitenten Burschen eins überzog. Das wissen sie, und seitdem werden sie täglich frecher.«

Trotz seines gemütlichen Aussehens war Buster Stemmer ein Mann, der seine Gefangenen als Verbrecher betrachtete und der nichts davon hielt, sie mit besonderer Zartheit zu behandeln. Wenderwood hingegen, der langsam auf die sechzig zuging, hatte ein gütiges Herz, und sein Verhältnis zu den Insassen des State Jail war weniger das eines Wärters als das eines Mitgefangenen. Vielleicht liebten ihn die Verurteilten deshalb. Vielleicht auch nahmen sie ihn nicht ganz ernst.

Lieutenant Brex, der Chef vom Dienst für Block III, trat ein.

»Morning«, grüßte er, und die Beamten murmelten den Gruß.

Er nahm die Liste vom Schreibtisch.

»Christer, South, Leber, Fondaci«, las er vor, »Schlossereigruppe. Fenton, Mudman, House – Schneiderei. Luc, Eath, Bolder, Frances – Küche.«

So ging es weiter. Buster Stemmer wurde der Autowerkstatt zugeteilt. Albert Wenderwood erhielt die erste Wache auf dem einen der beiden Türme, deren Türen nur von innen zu öffnen sind und die mit ihren Maschinengewehren den ganzen Platz zwischen dem eigentlichen Gefängnisgebäude und der Mauer bestreichen können.

Die Stadt der Gefangenen erwachte zum Leben. Punkt halb acht Uhr dröhnten drei Glockenschläge durch Block I, II und III. Die genagelten Stiefel der

Wärter donnerten auf den Blechböden der einzelnen Etagen, knallend flogen Gittertüren zurück.

»Zugeteilte für Schlosserei, raustreten auf den Gang! Aufrücken! Abzählen. Nummer 3765, machen Sie gefälligst die Zigarette aus. Sie wissen doch, dass auf dem Gang nicht geraucht werden darf. Achtung! Rechts um! Marsch!«

Während einer der Aufseher die Schlossereileute in leidlicher Zucht aus ihren Zellen herauszubringen bemüht war, standen die anderen für diese Gruppe eingeteilten Wärter gemeinsam mit dem ständigen Wachpersonal an beiden Gangenden. Erst wenn der letzte der Gruppe die Treppe betreten hatte, schlossen sie sich an, und erst wenn alle, Gefangene und Wärter, den Gefängnistrakt verlassen hatten, öffneten die Hauswärter die Zellen der Gefangenen, die für die Schneiderei oder eine der anderen Gruppen zugeteilt waren. Auf diese Art wurde erreicht, dass sich nie mehr als etwa einhundert Gefangene außerhalb ihrer Zellen befanden.

Im Block II, dem Mittelpunkt der Anlage, vom Gefängnis getrennt durch eine massive Wand und mit ihm nur verbunden durch einen Durchgang in Höhe der ersten Etage, residiert die Gefängnisverwaltung. Dort wohnte der damalige Herr über die Gefangenenstadt, der Direktor Swen T. Stolman, ein Mann, durchdrungen von den modernen Gedanken der Gefangenenbesserung durch Psychologie.

Ihm gegenüber, getrennt durch den Flur, hauste Tolmer Pauls, Captain und oberster Chef des Bewachungspersonals, ein harter, schnurrbärtiger Vierziger. Nach der Verwaltungsordnung war Stolman der

Vorgesetzte Pauls', aber in Wahrheit fürchtete sich der Direktor vor dem Captain, denn Pauls war von einem besessenen Ehrgeiz und träumte davon, selbst Direktor zu werden. Um die Wahrheit zu sagen: Er sabotierte Stolmans Anordnungen, wo er konnte, und von des Direktors psychologischer Milde gelangte über den Weg des Captains nur sehr wenig in unverfälschter Form bis zu den Gefangenen.

Während die Schneiderei, die Schlosserei und alle anderen Werkstätten ausschließlich von Gefangenen betrieben wurden, dienten sie in den Verwaltungsgebäuden nur als Hilfskräfte. Es galt als Vergünstigung, in den Büros arbeiten dürfen, und Captain Pauls hatte keine Bedenken, hierfür Leute auszusuchen, die ihm aufgrund ihrer beruflichen Vorbildung besonders geeignet erschienen. So wurden in den Büros vornehmlich Scheckfälscher, Konkursschwindler und Männer ähnlichen Genres beschäftigt, was allerdings nicht ausschloss, dass mit der Zeit auch einige Gefangene hier hineingerieten, die in der Freiheit besser mit dem Colt oder der Brechstange umgehen konnten als mit der Feder. Es lag daran, dass Scheckfälschung nicht annähernd so hart bestraft wird wie bewaffneter Einbruch und dass Captain Pauls keine Lust hatte, sich dauernd an neue Gesichter zu gewöhnen. Er befahl daher in letzter Zeit häufiger Leute ins Büro, die längere Strafen abzusitzen hatten.

Ich habe Ihnen die Verhältnisse und die Atmosphäre im State Jail nicht grundlos so eingehend geschildert. Nur aus ihr sind die Ereignisse dieses

Novembertags erklärbar. Echte Milde oder gerechte Strenge werden Strafgefangene selten dazu verführen, das zu unternehmen, was die Insassen der Pension Ewigkeit unternahmen. Aber die unsichere Behandlung, dieses Gemisch von unechter Güte und ungerechter Strenge, das aus dem ständigen Kampf zwischen dem Direktor und Captain Pauls entstand und das die Gefangenen täglich in jeder Kleinigkeit zu spüren bekamen, an dem sie aber auch die Unsicherheit der Verwaltung ablasen, das erst brachte sie auf die Idee, jene Aktion zu starten, die einen so überraschenden Verlauf nahm und die uns Männern vom FBI später so viel Arbeit machte.

Der Strafgefangene Hank Pospery, Listennummer 8341, verurteilt wegen Beteiligung an einem Einbruch im Wiederholungsfall zu einer Strafe von acht Jahren, davon abgebüßt drei Jahre und ein paar Monate, war seit drei Wochen in jener Abteilung der Verwaltung beschäftigt, die die Listen über die Abrechnung mit den Firmen führte, für die die Gefängniswerkstätten arbeiteten.

Hank war ein untersetzter, schwarzhaariger Bursche, der viel lachte, schnell begriff und bei Angestellten, Beamten und Mitgefangenen im gleichen Maße beliebt war. Da er es verstand, Schreibmaschine zu schreiben, was er irgendwann einmal, gewissermaßen aus Versehen, gelernt hatte, stellte er die Rechnungen des Gefängnisses über geleistete Arbeiten aus. Er riss dabei viele Witze und behauptete, der Staat verdiene eine Menge an den Gefangenen. Das sei auch die Ursache, warum die Richter neuerdings so hohe Strafen aussprächen.

An jenem Montag ließ sich Pospery ganz gegen seine Gewohnheit nicht auf die übliche Plauderei mit dem Bürovorsteher ein, sondern klemmte sich hinter die Maschine und begann wie ein Rasender zu schreiben, aber er machte ständig Fehler, radierte viel und riss manche halb geschriebene Rechnung aus der Maschine, zerknüllte sie und warf sie in den Papierkorb.

Der Bürovorsteher blickte mehrfach über seine Brille.

»Was ist los, Hank?«, erkundigte er sich.

»Weiß der Teufel«, wütete Nummer 8341. »Bin nervös.« Er stand auf, rüttelte an dem niedrigen dreibeinigen Schemel, auf dem er saß, und knurrte: »Das Ding wird immer wackliger. Ich glaube, das ist es, was mich nervös macht.«

Er setzte sich wieder und klapperte weiter auf der Maschine, aber er wurde nicht ruhiger. Fünf Minuten vor zehn Uhr riss er wieder einen Bogen aus der Maschine, knüllte ihn zusammen und feuerte ihn mit Macht in den Papierkorb.

»Jetzt bin ich es leid«, fluchte. »Jetzt bringe ich erst diesen verdammten Stuhl zur Schreinerei. Man sitzt darauf wie auf der Spitze eines Berges.«

Der Vorsteher Mudder lachte dünn. »Nimm dir doch einfach einen anderen Stuhl«, riet er.

»Nein, an diesen bin ich gewöhnt«, sagte Pospery hartnäckig. »Darf ich gehen, Mr. Mudder?«

Mudder nickte gleichgültig. Es war üblich, dass

die in den Büros arbeitenden Gefangenen mit allen denkbaren Aufträgen quer durch alle Blocks geschickt wurden.

Hank Pospery nahm den Stuhl unter den Arm, öffnete die Tür und trat auf den Gang. Wenn er wirklich zur Schreinerei gewollt hätte, hätte er nach links gehen müssen, aber er lenkte seine Schritte rechts den Gang entlang, wo an der Stirnseite ganz am Ende eine massive Holztür war mit der Aufschrift: ›Telefonzentrale! Eintritt nur dienstlich‹.

Hank wusste genau, dass den Gefangenen das Betreten der Zentrale in jedem Fall verboten war, aber er störte sich nicht daran. Er ging zur Tür, und jetzt trug er seinen dreibeinigen Schemel anders. Er fasste ihn an einem der Beine, sodass die Sitzfläche nach unten hing.

Als er die Tür erreicht hatte, legte er eine Hand auf die Klinke. Es war Punkt zehn Uhr, und Pospery wusste, dass dieses die einzige Zeit des Tages war, zu der sich nur ein Beamter in der Zentrale aufhielt, denn ein Viertel vor bis ein Viertel nach zehn Uhr ging der zweite Mann zum Frühstück in die Beamtenkantine.

Pospery warf einen Blick ringsum. Niemand war auf dem Flur. Aus einem Zimmer knatterte monoton eine Schreibmaschine, sonst war Stille. Hank drückte die Klinke nieder, öffnete die verbotene Tür, und mit einer geschmeidigen Bewegung glitt er in die Zentrale.

Der Raum war nur klein, keine zwanzig Yard im Quadrat. Einer der Stühle war leer. Auf dem anderen saß ein Beamter, den Kopfhörer über den Ohren. Er drehte Hank den Rücken zu.

Pospery tat zwei Bewegungen gleichzeitig. Er drückte die Tür hinter sich ins Schloss und hob die rechte Hand mit dem Schemel. Er ließ den Schemel auf den Kopf des Beamten niedersausen. Polternd, aber ohne einen Laut über die Lippen zu bringen, fiel der Mann seitlich von dem Stuhl. Er verlor dabei den Kopfhörer, der baumelnd vom Vermittlungsschrank herunterhing.

Hank Pospery hob den kräftigen Stuhl hoch und schmetterte ihn mit Wucht in den Vermittlungsschrank. Glas zersprang, Blech verbeulte sich, Strippen rissen. Pospery schlug wieder und wieder zu. Er geriet in einen Zerstörungsrausch, seine Augen begannen zu leuchten, und er vergaß, was ihm bevorstand, obwohl es ihm schon bei der Einweihung in den großen Plan klar gewesen war, dass er zunächst mit Unannehmlichkeiten zu rechnen hatte.

Als Hank Pospery den ersten Schlag in die Telefonanlage führte, verstummte in dem Hörer, den Direktor Stolman am Ohr hielt, die Stimme seines Senators, mit dem er sich vor zwei Minuten hatte verbinden lassen, mit einem häßlichen Kreischen.

Direktor Stolman rief »Hallo! Hallo!« in die Muschel, aber die Leitung blieb tot. Er klopfte mit dem Finger auf die Gabel. Nichts! Er wählte 0, das Zeichen, auf das die Zentrale sich meldete, aber die Zentrale meldete sich nicht.

Und jetzt erst hörte Swen T. Stolman das schmetternde Krachen von Posperys Hieben, aber er hörte es gedämpft durch zwei Türen. Er schob seinen Sessel zurück, ging zur Tür, riss sie auf und sah sich Captain Pauls gegenüber, der ebenfalls in diesem Augenblick aus seinem Büro trat. Aus weiteren Türen traten der protestantische Geistliche, ein paar Beamte und Mudder, der Vorsteher der Rechnungsabteilung.

»Was ist das?«, flüsterte Stolman mit blassen Lippen.

Pauls schob das Kinn vor, winkte mit einer herrischen Kopfbewegung einigen Uniformierten. An ihrer Spitze ging er mit großen Schritten dem Lärm entgegen, und als er die Tür zur Telefonzentrale aufstieß, war Hank Posperys Vernichtungsrausch vorbei, und die Unannehmlichkeiten, die im großen Plan einkalkuliert waren, begannen für ihn.

Pauls griff nach Hanks Schulter, aber der Gefangene 8341 zuckte zusammen, als er die Berührung spürte, warf sich herum und schnellte zurück.

Des Captains Gesicht veränderte sich nicht, als Pospery den Schemel gegen ihn schwang. Er war ein kalter und entschlossener Kämpfer und viel stärker als der Gefangene. Er wich dem sausenden Hieb aus, warf sich dann nach vorn und traf Pospery kalt und hart im Gesicht.

Nummer 8341 flog in die Trümmer des Vermittlungsschranks, zerschnitt sich eine Handfläche, kam aber noch einmal hoch und griff Pauls erneut an. Zwei neue, genaue und kräftige Hiebe schleuderten ihn zurück, und als er noch einmal, jetzt schon taumelnd und mit glasigen Augen, aufstand, drängten sich die uniformierten Bürobeamten an dem Captain vorbei, stürzten sich auf den Zuchthäusler und machten der Sache ein Ende. Hanks Arme wurden von zwei Mann gepackt.

»In mein Zimmer mit ihm«, befahl Pauls. »Wollen hören, was das zu bedeuten hat.«

In der Tür stand Stolman, blickte verständnislos auf den Gefangenen, der an ihm vorbeigeführt wurde.

»Eine Riesenschweinerei!«, knurrte Pauls, stiefelte an den aufgescheuchten Büroleuten vorbei in sein Büro und drückte auf den Knopf an seinem Schreibtisch, der über sämtliche Sirenen des State Jail den Generalalarm auslöste, bei deren Ertönen der Plan I in Kraft zu treten hatte, jene Dienstvorschrift, die für den Fall eines allgemeinen Aufstands der Zuchthäusler ausgearbeitet worden war.

Pauls ließ seinen Zeigefinger lange auf dem Knopf und lauschte. Kein heulender Sirenenton drang von draußen. Die Alarmanlage funktionierte nicht.

Der Captain knirschte mit den Zähnen. Er wusste, jetzt war es ernst. Posperys Zerstörung der Telefonzentrale hätte der Tobsuchtsanfall eines Einzelnen sein können, aber die Alarmanlagen standen nicht mit der Telefonzentrale in Verbindung, und wenn sie nicht funktionierten, dann mussten die Leitungen an irgendeiner Stelle systematisch zerstört worden sein.

Er nahm seine Mütze vom Haken, zog die Schreibtischschublade auf, holte den Revolver heraus und prüfte die Trommel nach.

Stolman kam herein.

»Versuchen Sie, ob Sie den Generalalarm auslösen

können«, sagte Pauls, »aber es wird auch von Ihnen aus nicht möglich sein.«

Sein Blick fiel auf Hank Pospery, der in den Fäusten der Beamten jede seiner Bewegung mit glühenden Augen verfolgt hatte.

Er ging auf ihn zu.

»Ist wohl ein großer Plan, den ihr euch ausgedacht habt, was?«, fragte er mit zusammengebissenen Zähnen.

Hank sah ihn von unten her an. Sein Mund verzog sich zu einem breiten Grinsen, und er nickte zwei, drei Mal.

»Hund!«, zischte Pauls leise.

»Holt eure Schießeisen!«, befahl der Captain. »Ich wette, ihr werdet sie brauchen.«

Als wäre mit diesem Satz ein Stichwort gefallen, peitschte in der Ferne der erste Schuss.

»Ich wette, das war in Block III!«, rief Pauls.

Um zehn Uhr dröhnten in dem weiten Schlossereigebäude die Hämmer, fauchten die Blasebälge, klirrten die Zangen. Mehr als hundert Leute arbeiteten an den Werk- und Drehbänken, an den Schmiedefeuern, den Pressen und Stanzen. Es herrschte ein ohrenbetäubender Lärm, der das Sprechen fast unmöglich machte. Ohnehin war Sprechen während der Arbeitszeit verboten, ein Verbot, das freilich immer wieder durchbrochen wurde.

Wie es Vorschrift war, stand einer der vier Wärter an der Tür, während die anderen in lockerer Form durch die Werkstatt patrouillierten. Keiner der

Gefangenen durfte dem Türwärter näher als zehn Schritte kommen, und auf Einhaltung dieser Vorschrift achteten die Beamten streng.

Punkt zehn Uhr ging der Gefangene Leb Lewis, zwanzig Jahre wegen Bandenverbrechens inhaftiert, ein hünenhafter Bursche, zu einer der Pressen am anderen Ende der Werkstatt. Er kam dabei fast bis auf zehn Schritte an der Türwache, dem Aufseher Christer, vorbei.

Lewis trug eine schwere Zange, in deren Backen ein mittlerer Korb mit kleinen glühenden Stahlstücken hing. Als Lewis nahe genug an der Türwache war, machte er eine schnelle und kräftige Drehung in der Hüfte und schleuderte Zange und Korb in der Art eines Hammerwerfers nach dem Beamten Christer.

Dem Korb und der Zange hätte Christer, obwohl er ein wenig vor sich hin gedöst hatte, vielleicht ausweichen können. Der Masse der glühenden Stahlstücke, die sich wie die Kugeln einer Schrotladung verstreuten, konnte er nicht ausweichen.

Christer brüllte auf vor Schmerz. Seine Hände rissen an der qualmenden Uniform, schlugen nach dem sengenden Stahl wie nach Mücken.

Hundert Augenpaare hatten Nummer 3136, Leb Lewis, auf seinem Gang vom Feuer zur Presse beobachtet. Im Augenblick, als der Eisenkorb flog, stürzten sich die Männer wie eine Springflut auf South, Leber und Fondaci, die drei anderen Beamten der Schlosserei.

Sie warfen sie zu Boden. Doch bevor sich das Toben richtig entfalten konnte, sprang ein Mann, eine hagere, hohe Gestalt mit leicht gekrümmtem Rücken, auf eine Werkbank. Das schmale Schild auf seiner Zuchthausjacke zeigte die Nummer 11 354.

»Ruhe!«, rief er schneidend.

Schlagartig wurde es still. Die Gesichter aller wandten sich ihm zu.

»Stellt die Wärter auf die Beine«, befahl er. Die vier Beamten wurden hochgezerrt. Die wenigen Augenblicke hatten genügt, um sie böse zuzurichten. Ihre Uniformen waren zerfetzt, ihre Gesichter blutig.

»Wer hat ihre Kanonen?«, fragte Frederic Collin, der Mann mit der Nummer 11 354.

»Bringt sie mir!«

Vier Revolver mit Gurten wurden ihm gereicht. Er nahm nur einen davon.

»Die anderen bekommen Bobbers, Twin und Secchi!«, entschied er.

Drei Sträflinge traten vor, nahmen die Waffen und gingen sofort, als handelten sie nach einem festgelegten Plan, jeder zu einem Fenster.

Collin sprang von der Werkbank. Mit langen Schritten trat er vor die überwältigten Beamten, die von vielen Fäusten gehalten wurden.

»Hört zu, Leute«, sagte er kalt, »auf mein Zeichen fangt ihr an, um Hilfe zu schreien, laut zu schreien. Wenn ihr es nicht laut genug tut, legen wir euch ein wenig auf das Schmiedefeuer, verstanden?«

Er ging ebenfalls zum Fenster und kauerte sich neben den Sträfling, den er mit Bobbers angeredet hatte.

Die Schlosserei lag am nächsten jenem kleinen, flachen Bauwerk, das als Aufenthaltsraum, Büro und

Waffenkammer der Wärter von Block III diente. Die Fenster waren vergittert, und die massive Tür war immer von innen verriegelt. Gewöhnlich hielten sich zwei Beamte dort auf, aber einer von beiden ging regelmäßig am Montag um Viertel vor zehn Uhr zum Hauptgebäude hinüber, um die neuen Wochenberichtsformulare zu holen.

»Jetzt!«, befahl Collin. »Schreit!«

Unsicher setzten die Beamten ein. »Hilfe, Hilfe!«

»Lauter!«, schrie Collin, und ein paar unmissverständliche Handbewegungen unterstützten seinen Befehl. Die Wehrlosen schrien lauter.

Es war der entscheidende und zugleich schwächste Punkt im Plan der Zuchthäusler. Mit den Revolvern der entwaffneten Aufseher konnten sie sich den Weg in die Freiheit nicht erkämpfen.

Das Gebäude aber, in dem genügend Waffen lagen, konnte von einem Mann leicht verteidigt werden. Diesen Mann mussten sie aus dem Hinterhalt treffen. Sie wussten, dass dieser Mann strikten Befehl hatte, das Gebäude nicht zu verlassen, aber sie hofften darauf, dass die Hilferufe ihn neugierig machen würden.

Zu je zweien hockten sie hinter den Fenstern, die Revolver schussbereit, und warteten, dass das Gesicht des Mannes zwischen den Stäben der Gitter auftauchen würde.

»Da ist er!«, flüsterte Bobbers seinen Kumpanen zu.

In einer Entfernung von vierzig Schritten erschien Lieutenant Brex' besorgtes Gesicht hinter dem Gitter.

»Jetzt!«, stieß Collin hervor. Sie feuerten alle vier gleichzeitig durch die geschlossenen Scheiben. Das Glas klirrte. Sie hatten verabredet, dass jeder vier Schuss hintereinander abgeben sollte, aber der Lieutenant wurde schon vorher getroffen.

Diese Schüsse waren ein vereinbartes Signal im Aufstand der Zuchthäusler des State Jail. Ein paar kurze Kommandos, und die Gefangenen formierten so etwas Ähnliches wie einen Demonstrationszug. Sie gingen in Reihen zu dritt, aber vor ihnen, als Geisel und Kugelfang, gingen die vier überwältigten Aufseher, geführt von Collin und den Männern mit den Revolvern.

Als die Gefangenen aus der Schlosserei den Hof betraten, erschienen gleichzeitig die Gefangenen aus der Schneiderei, der Küche, der Autowerkstatt. Genau nach dem gleichen Plan hatten sie ihre Aufseher überwältigt. Die Gruppe, die zur Säuberung des Blockes eingeteilt war, hatte die Wärter innerhalb des Gebäudes überwältigt und war in diesem Augenblick im Begriff, die in den Zellen gebliebenen Sträflinge zu befreien.

Oben auf dem Wachtturm, der das Tor überragte, hatten die Schreie und dann die Schüsse Albert Wenderwood aufgescheucht. Er war zu seinem Maschinengewehr gestürzt, hatte den Regenschutz abgerissen, die Gurtführung einschnappen lassen. Drüben auf dem anderen Turm hatte sein Kollege Thomas Flor das Gleiche getan.

Er winkte dem Älteren zu: »Sie kommen, Al!«, schrie er, und seine Stimme überschlug sich vor Aufregung. Wenderwood blickte über den Lauf des

Maschinengewehrs in den Hof hinunter. Ja, sie kamen. Aus vier Richtungen drängte ein langer Zug Gefangener, alle in gleicher Kleidung, in den Hof.

Der Finger des alten Aufsehers lag am Abzug des Maschinengewehrs. Seine Unterlippe zitterte, aber das wusste er nicht. Albert Wenderwood, obwohl seit zwanzig Jahren im Dienst, war noch nie in der Zwangslage gewesen, auf Menschen schießen zu müssen. Er wusste, dass das Reglement ihm vorschrieb, jetzt zu schießen, und er wusste auch, dass er die Vorschrift erfüllen musste, aber ihm wurde fast schlecht vor Aufregung und Angst vor der Verantwortung.

Dann aber erkannte er, wer dort an der Spitze der Zuchthäusler marschierte oder, richtiger gesagt, geführt wurde. Alle seine Kollegen, mit denen er seit Jahren Dienst tat: Christer, South, Leber, Fondaci, Fenton, Mudman, House, Luc, der dicke Buster Stemmer, mit dem er heute Morgen noch gesprochen hatte, Eath, Bolder, Frances.

Wenderwoods Hand sank vom Bügel des Maschinengewehrs. Es war völlig unmöglich zu schießen. Seine Kugeln mussten zuerst die Kameraden treffen, und selbst wenn er höher zielte, würde der erste Schuss von ihm die Kugeln der Ausbrecher in die Rücken der Aufseher auslösen.

»Sie benutzen unsere Leute als Geiseln!«, schrie Flor vom anderen Turm herüber. »Sollen wir schießen?«

»Gib Alarm!«, rief Wenderwood. Er selbst hatte schon vergeblich auf den Sirenenknopf neben dem Maschinengewehrstand gedrückt.

»Längst getan!«, schrie Flor. »Das Ding funktioniert nicht.«

Die Zuchthäusler schienen sich um das Tor und die Türme nicht zu kümmern. Sie fluteten gegen das niedrige Gebäude an der Mauer an. Aus ihrer Mitte tauchten acht, neun Männer auf, die einen schweren Balken schleppten. Wie ein mittelalterlicher Sturmtrupp wuchteten sie diesen Balken gegen die Tür zum Waffenarsenal.

»Sie stürmen die Waffenkammer!«, schrie Flor. »Ich schieße, Al!«

Das MG hackte seine erste Salve heraus. Im Handumdrehen verwandelte sich der wie geordnet aussehende Zug der Gefangenen in einen Haufen schreiender Menschen. Ein halbes Dutzend blieb auf dem Pflaster des Gefängnishofs liegen, die anderen rannten panikartig in eine Deckung.

Aber nicht alle. Die Gruppe aus der Schlosserei, die Leute um Fred Collin, blieben. Sie waren dem Waffenlager am nächsten, als Flor das Feuer eröffnete, und sie befanden sich bereits außerhalb des Maschinengewehrfeuers, denn der vorstehende linke Turm deckte sie in etwa gegen die Sicht vom rechten Stand aus.

»Nimm sie unter Feuer, Al!«, brüllte Flor dem alten Wenderwood zu, aber der hörte ihn gar nicht. Denn die Zuchthäusler unter ihm hielten immer noch die vier Männer aus der Schlosserei fest, und außerdem sah er, dass Flors Kugeln bereits einen von ihnen getroffen hatten. Mitten auf dem Hof lag ein Aufseher in zerfetzter Uniform auf dem Gesicht.

»Ich kann nicht«, stöhnte er so leise, dass es kaum zu hören war.

Unten mischte sich in das Donnern des Rammbalkens ein Krachen, gefolgt von einem lauten Jubelschrei aus vielen Kehlen. Mehr als die Hälfte der auf dem Platz gebliebenen Gefangenen verschwand in dem Gebäude, als wären sie verschluckt.

Wenderwood sah ein Durcheinander von Menschen, hörte eine schneidende, scharfe Stimme Kommandos rufen. Das Gequirl ordnete sich. Der Reihe nach drängten sich alle Gangster in das kleine Gebäude, und dann erschienen acht Leute, die vier Aufseher und vier Zuchthäusler. Sie kamen geradewegs auf Wenderwoods Turm zu, blieben in einem Abstand von zehn Schritten davor stehen, und die scharfe Stimme, die vorhin die Kommandos gegeben hatte, rief: »Komm herunter und mach das Tor auf!«

»Seid vernünftig!«, rief Wenderwood zurück, aber seine Stimme klang alt und brüchig. »Geht in eure Zellen zurück.«

Ein höhnisches Gelächter antwortete, und hinter diesem Gelächter erdröhnte wie ein Punkt der scharfe Knall eines Gewehrs.

Albert Wenderwood, ein Mann, der immer freundlich zu den Gefangenen gewesen war, fühlte noch den Schlag der Kugel gegen seine Brust. Dann sackte er über seiner Waffe kraftlos zusammen und blieb reglos auf dem kalten Steinboden der Brüstung liegen.

Der Aufseher Flor auf dem anderen Turm, für den die Ausbrecher immer noch verdeckt standen, sah, wie Wenderwood niedergeschossen wurde, und begann, wild um sich zu schießen.

Aus der Deckung des Turmes heraus erwiderten

die Zuchthäusler das Feuer mit den eroberten Gewehren und zwei Maschinenpistolen. Sie zwangen Flor in Deckung, aber er war ein tapferer Mann und nahm die Nase nur so weit weg, dass er immer noch den Hof beobachten konnte. Nach einem Feuerwechsel von zwei Minuten stoppten beide Parteien.

»Los, Twin!«, befahl Collin hinter der Deckung von Wenderwoods Turm. »Wir halten ihn nieder. Hast du die Tränengasgranaten!«

Twin, ein schmaler, schlanker Bursche, nickte. Er ging wie ein Läufer in Startstellung.

»Feuer!«, befahl Collin und ließ dann selbst die Maschinenpistole bellen. Flor flogen die Kugeln um die Ohren. Er duckte sich. Unten rannte Twin wie ein Hase. In großen Sprüngen hetzte er über die nicht große Entfernung zwischen den beiden Türmen, warf sich im Schwung des Laufes gegen die Mauer und holte erst einmal Atem.

Er hatte sich die Taschen voll Tränengasgranaten gestopft, jede so groß wie ein Gänseei. Er holte die erste heraus, riss den Zünder ab und warf sie mit Schwung senkrecht in die Höhe. Das Ding fiel über die Plattform hinweg auf die andere Turmseite, platzte mit leisem Geräusch und stieß weiße Wolken aus.

Twin schleuderte die zweite Granate mit mehr Glück. Flor durchfuhr ein heftiger Schreck, als der schwarze Gegenstand nur wenige Schritte von ihm entfernt niederfiel. Er dachte an Handgranaten und warf sich blindlings auf die Erde, aber das Ding explodierte nicht, sondern platzte. Weiße Wolken wallten auf den Aufseher zu, und im nächsten Augenblick schoss ihm ein Strom Tränen aus den Augen und machte ihn blind.

Twin warf mit Erfolg eine dritte Granate. Flor hustete krächzend. Er tastete nach der Tür, die ins Innere des Turmes führte, aber er sah schon nichts mehr. Aufrecht geriet er der Brüstung zu nahe. Collin unten am anderen Turm sah seine Gestalt in den weißen Schwaden wie einen Schattenriss auftauchen, und Flor brach, von Collins Schuss getroffen, zusammen.

Collin sprang aus der Deckung.

»Ran!«, schrie er. »Sprengt die Türen in den Türmen!« Und schon rannte seine Mannschaft mit dem Rammbalken heran. »Die anderen nach Block II!«, brüllte Colin weiter über den Hof. »Denkt daran, was wir beschlossen haben. Es hat keinen Sinn zu fliehen, bevor nicht die ganze Pension in unserer Hand ist. Wir brauchen Geld, wir brauchen Kleider. – Kommt heraus aus den Löchern, ihr Feiglinge!« Das galt den Männern, die bei Flors erster Salve getürmt waren und die jetzt, einzeln erst, dann in Massen, aus ihren Deckungen auftauchten.

Collin stand auf dem Hof wie ein Feldherr auf dem Hügel in der Schlacht.

»In der Gefängniskluft kommt ihr nur bis an die erste Ecke in New York, an der ein Cop steht. Holt jetzt eure Sachen aus der Kammer. Jetzt wisst ihr wenigstens, wofür sie eingemottet worden sind. Rüber mit euch zu Block II, und helft den Jungs dort, die Verwaltung auszuräumen.«

Jener erste Schuss, den Captain Pauls gehört hatte

und von dem ein Beamter glaubte, er wäre in Block III abgefeuert worden, war in Wahrheit in Block II gefallen, und es war jener Schuss, der den Ablauf des Aufstandsplans in Block II zum Scheitern brachte. Alles, was im dritten Block passiert war, das hatte sich auch auf die Minute genau im zweiten abgespielt.

Aber jener Schuss, der den Mann in dem Aufenthaltsraum und Waffenlager der Wärter auslöschen sollte, ging fehl. Der Mann zog den Kopf ein und steckte stattdessen den Lauf einer Maschinenpistole durch die Gitter. Trotzdem versuchten die Zuchthäusler, gegen das niedrige Haus anzurennen, aber der Mann hinter dem Gitter eröffnete ein gezieltes Feuer, und als zwei, drei Leute mit einem Schmerzensschrei umsanken, rannten die anderen zurück.

Damit war der Aufstand in Block II praktisch zusammengebrochen. Als Captain Pauls mit seinen Leuten wenige Augenblicke nach den Schüssen durch die schmale Verbindungstür den eigentlichen Bau von Block II betrat, erblickte er bereits ein quirlendes Durcheinander von Männern, die sich vor dem Feuer auf dem Hof in den Gefängnisbau geflüchtet hatten.

Pauls, der auf der Balustrade der ersten Etage stand und einen guten Teil des Baues übersehen konnte, feuerte kurzerhand eine Kugel in die Luft. Dann brüllte er mit Stentorstimme: »Jeder geht sofort in seine Zelle! Jeder in seine Zelle!«

Zwei Kugeln schlugen eine Handbreit neben ihm in die Wand und belehrten ihn, dass die Zuchthäusler mit so einfachen Mitteln nicht zur Räson zu bringen waren. Schnell ging er wieder hinter der Tür in Deckung.

Die Aufständischen von Block II besaßen nur die paar Revolver, die sie den Aufsehern abgenommen hatten, aber sie hatten außerdem noch die Aufseher selbst, und so hart Pauls sein konnte, so dachte er doch nicht daran, das Leben der Leute leichtfertig aufs Spiel zu setzen.

Pauls merkte sehr bald, dass nur wenige Leute entscheidend waren. Er beorderte die paar Büromänner, die er bei sich hatte, zu dem Treppenaufgang, und als der Trupp der Rädelsführer unter einem Schirm von taumelnden, blutenden Aufsehern anrückte, ließ der Captain das Feuer eröffnen.

Seine Männer schossen blind, fußhoch über die Köpfe ihrer Gegner und ihrer Kameraden hinweg, wie Pauls es befohlen hatte, aber das plötzlich einsetzende Schießen bewirkte doch, dass die Anführer sich panikartig zurückzogen. Pauls, der ein ausgezeichneter Schütze war, benutzt die Gelegenheit, einen der Burschen mit einem gezielten Schuss unschädlich zu machen.

Die Zuchthäusler flüchteten in eine Ecke des Baues, in der sie für die Verteidiger des Zugangs nicht erreichbar waren. Der Captain fuhr sich mit dem Handrücken über den Schnurrbart.

»So«, sagte er grimmig, »jetzt nehmt jede Zelle unter Feuer, in der sich ein Bursche unters Bett verkrochen hat, aber trefft ihn nur nicht. Ich will, dass sie an ihrem eigenen Durcheinander kapitulieren.«

Nicht wenige Zuchthäusler hatten sich in ihre

Zellen zurückgeflüchtet, teils, weil sie den Aufstand als gescheitert betrachteten und gewissermaßen mit ihrer Rückkehr in die Zellen dokumentieren wollten, dass sie nicht an der Revolte beteiligt wären, teils, weil die Zelle mit ihrem massiven Tisch, der Pritsche und den Stühlen den besten Schutz vor Kugeln bot.

Jetzt pfiffen ihnen die Kugeln um die Ohren, rissen Splitter aus den umgestürzten Tischen, ratschten lange Schrammen in den Kalk.

Viele hielten das nicht aus. Sie stürzten aus den Zellen auf die Gänge, rannten die nördliche Treppe hinunter, um sich in Sicherheit zu bringen, und verstärkten, wie Pauls es gewollt hatte, das Durcheinander.

Dann drangen die ersten der bewaffneten Leute von Block III in Block II ein, und der Captain bekam das sofort zu spüren, als die erste Maschinenpistolengarbe durch den Raum hämmerte.

»Zurück!«, befahl er. Sie zogen sich bis ans Ende des schmalen Ganges zurück, der Block II und den Verwaltungstrakt trennte.

»Durch diesen Gang kommt niemand!«, erklärte Pauls. Keuchend stürzte der Beamte heran, den er zum Block I geschickt hatte.

»Dort ist alles ruhig, Sir«, meldete er. »Sie sind dabei, die Gefangenen in die Zellen zurückzubringen. Sobald das geschafft ist, kommen sie.«

Pauls nickte nur.

In Block II rief eine scharfe Stimme:

»Alles, was keine Waffen hat, raus nach Block III. Wartet dort, bis wir sie ausgeräuchert haben, oder trollt euch meinetwegen. Das Tor steht sperrangelweit offen. Aber geht uns hier aus dem Weg!«

»Wer ist das?«, fragte Pauls.

»Nach der Stimme kann ich es nicht beurteilen«, antwortete der gefragte Aufseher, der neben ihm kniete.

Erst hörte man noch das Trampeln und Scharren vieler Füße, dann wurde es ruhiger, schließlich fast still. Etwas später dröhnten schwere Schritte auf der Eisentreppe von dem Parterre zur ersten Etage, und der Captain flüsterte: »Achtung!«

Sie lauschten. Eine wankende, fast überkippende Stimme sagte unsicher: »Nicht schießen, Captain. Ich bin's. Bolder von Block III.«

»Okay, Bolder, was wollen Sie?« Drüben am anderen Ende des Ganges tauchte die Gestalt des Aufsehers in seiner zerfetzten Uniform auf. Er hielt die Hände über dem Kopf

»Nicht schießen, Captain«, wiederholte er. Sein Gesicht war völlig verzerrt, und aus seinen Mundwinkeln sickerte Blut.

»Neben mir steht einer von den Gefangenen, Captain«, klärte er. »Er hat 'ne Waffe, und er schießt mich ab, wenn ich oder Sie eine falsche Bewegung machen. Ich soll Ihnen ihre Forderungen überbringen.«

»Und wie lauten diese Forderungen?«, fragte Pauls, und es klang schon wieder Hohn in seiner Stimme.

»Sie sollen sich in den Block I zurückziehen. Sie wollen in den Verwaltungstrakt, und sie wollen vor allen Dingen in die Kleiderkammer.«

»Ich verstehe«, antwortete der Captain. »Sie können nicht gut in Gefängniskluft türmen. Sagen Sie ihnen, dass ich ablehne, Bolder.«

»Aber sie werden stürmen, Captain! «, rief Bolder verzweifelt. »Sie werden uns als Kugelfang benutzen.«

»Das werden sie sich überlegen«, sagte Pauls scharf. »Ich lasse jeden Mann, der daran beteiligt ist, unter Mordanklage stellen, einerlei, ob einer der Beamten durch eine Kugel aus unseren oder ihren Läufen getötet werden sollte.«

Er hatte den letzten Satz noch nicht ausgesprochen, als Bolder zurückgezerrt wurde. Fast im selben Augenblick ertönte in Pauls' Rücken der Lärm vieler Füße. Die Aufseher von Block I kamen als Ersatz, und sie waren endlich anständig bewaffnet.

»Geben Sie her«, sagte Pauls und nahm einem von ihnen die Maschinenpistole aus der Hand. »Wir müssen wieder zurück bis auf die Plattform. Wenn sie hier in dem Gang nur drei Leute von uns vor sich hertreiben, könnten wir tatsächlich nicht schießen, ohne unsere Leute zu töten. Wir brauchen mehr Bewegungsfreiheit.«

Er hob die MPi an die Hüfte, drückte den Hahn. Mit der bellenden und ratternden Waffe in den Händen ging er den Gang zurück zur Plattform, und seine Beamten folgten ihm.

Pauls rechnete richtig. Wieder warf die Entschlossenheit, mit der er handelte, die Meuterer durcheinander. Sie hatten darauf gesetzt, dass die Aufseher keinen Schuss abzugeben wagen würden, solange sich ihre Kollegen in den Händen der Zuchthäusler befanden. Dass Pauls sich anscheinend überhaupt nicht daran störte, warf ihre Berechnung über den Haufen.

Sie glaubten zu erkennen, dass der Körper eines gefangenen Beamten als Deckungsschutz nicht mehr genügte, und so flohen sie wieder in aller Hast auseinander, um nach solideren Deckungen, nach Pfeilern, Tischen, Ecken zu suchen.

Pauls erreichte die Plattform, und er hielt sie, obwohl er unter Feuer genommen wurde. Er befahl, Schreibtische herbeizuschaffen, die als Deckung dienen konnten. Es entwickelte sich ein lebhaftes Feuergefecht, bei dem der Captain zwei Leute verlor, ohne einen der Gegner treffen zu können. Dann war die Deckung durch aufeinander getürmte Tische aufgebaut, und nun war es für die Zuchthäusler ziemlich sinnlos geworden, noch zu schießen.

Freilich konnte auch der Captain nicht viel mehr tun, als die Aufsässigen zur Kapitulation aufzufordern. Er tat es mit Nachdruck, aber er fand wenig Echo.

»Sollen wir ihnen ein paar Tränengasbomben vor die Nase setzen und dann stürmen?«, fragte einer seiner Leute.

Pauls schüttelte den Kopf. »Ich will sie nicht ganz wild machen. Wenn sie sehen, dass wir sie überrumpeln wollen, töten sie am Ende doch noch unsere Beamten. Abwarten! Wir haben die besseren Nerven. Sie werden es sich noch überlegen und die Kanonen wegwerfen, als bestünden sie aus heißem Eisen.«

Unten, hinter einem Pfeiler, hockte Frederic Collin mit Twin, Bobbers und Secchi.

»Los, Fred, lass stürmen. Pauls blufft doch nur. Er gibt nicht einen Schuss auf uns ab, wenn wir mit einer Mauer von seinen Leuten vor uns gegen ihn anrücken.« Das sagte Bobbers, der ein hitzköpfiger Bursche war.

Collin winkte ab. »Bei Pauls ist auch das drin. Nach dem Patzer von Block II ist hier nichts mehr für uns zu holen. Verdammt, ich hätte auch gern die Gefängniskasse gehabt. Wir hätten uns dann 'ne Zeit lang ruhig halten können. Aber jetzt muss es auch so gehen.«

»Und Hank?«, fragte Twin. »Der hat es doch erst möglich gemacht. Er sitzt noch darin. Ihn müssen wir doch holen.«

»Mach's doch allein, Idiot«, fauchte Collin. »Und jetzt bin ich eure verdammten Widersprüche leid. Secchi, Bobbers, Lewis, auch du, Twin, sagt den Leuten Bescheid. Ihr wisst, welchen Leuten, und ihr wisst was. Es wird höchste Zeit zu verduften.«

Die Unterführer sprangen nach drei Richtungen auseinander. Collin selbst richtete sich auf und trat den Rückzug zum Verbindungsgang nach Block III an.

Aus einer Nische rief ihn ein Gefangener an, der dort mit einem Revolver hockte.

»Wenn du abhaust, gehe ich auch«, sagte er.

»Wer spricht von Abhauen«, antwortete Collin. »Wir sammeln ein paar Leute und wollen ihnen in den Rücken fallen. Sage es weiter, aber passt auf, dass sie euch in der Zwischenzeit nicht überrumpeln. Die Wärter lassen wir euch als Deckung da.«

»Okay, okay«, sagte der Mann mit dem Revolver

nervös. »Aber beeilt euch. Ich habe Angst, dass die Cops bald kommen.«

»Unsinn«, antwortete Collin. »Wer sollte die Cops benachrichtigen können? Also, mach's gut. Du hörst ja, wenn wir von hinten über Pauls herfallen.«

»Hals- und Beinbruch«, sagte der Mann, der nicht wusste, dass er verraten worden war.

Der Platz vor Block III war leer bis auf die paar Gestalten, die regungslos und erstarrt dort lagen. Collin, dessen Gemüt so kalt war wie ein Eisberg, steckte sich eine Zigarette an. Gleichgültig ließ er seinen Blick über die Mauern gleiten, die ihm als lebenslängliche Begrenzung vom Gesetz zugewiesen worden waren und in deren Mitte jetzt – wie eine Wunde – die Bresche des mit Blut und Gewalt aufgebrochenen Tores klaffte.

Collin wartete. Nacheinander traten die Sträflinge auf den Hof, die Frederic Collin ausgesucht hatte für den Fall, dass sein Plan nicht ganz funktionieren würde. Alles in allem waren es vierzig Mann, und nur diese vierzig wussten, in welcher Weise Fred Collin vorgesorgt hatte, um die Freiheit nicht nur zu gewinnen, sondern auch zu behalten.

»Los«, sagte er, als er seine Gang, seine zukünftige Bande, von denen nicht einer ohne Waffen war, zusammenhatte. »Setzt euch in Trab. Ich habe das Gefühl, dass es höchste Zeit wird.«

Sie liefen im gemäßigten Tempo über den Hof und aus dem Tor, aber sie schlugen nicht den Weg zur Straße ein, die vom State Jail zum Highway nach New York führte, sondern sie rannten die Mauer entlang.

Graus, ein kleiner Ganove aus dem dritten Block, der keinen Revolver erwischt hatte und der so lange unschlüssig überlegt hatte, welchen Weg er am besten einschlagen sollte, dass er jetzt immer noch in der Nähe des Gefängnisses herumlungerte, sah die Gruppe und erkannte Collin an der Spitze.

Glücklich, sich anschließen zu können, nicht selbst entscheiden zu müssen, setzte er sich in Trab, rannte den Männern nach, überholte sie, blieb an Collins Seite und fragte keuchend: »Hast du einen Trick zum Türmen, Fred? Darf ich mitkommen?«

Collin blieb stehen, und während die vierzig rechts und links an ihnen vorbeifluteten, hob er die Faust und schlug den kleinen Graus mit zwei wuchtigen Hieben nieder. Graus war so überrascht, dass sein bescheidenes und unterwürfiges Lächeln noch nicht richtig erloschen war, als er knockout am Boden lag. Collin rannte den anderen nach.

Die Zuchthäusler, die in Block II darauf warteten, dass Collin Pauls in den Rücken fiel, warteten vergeblich.

Das ist die Geschichte des Gefängnisaufstands im State Jail, oder richtiger, das sind die Tatsachen. Aus Hunderten, nein aus Tausenden von Aussagen sind sie später rekonstruiert worden. Zur Stunde aber, da dieser Aufstand durchgeführt wurde, ahnte kein Polizist in ganz New York, dass zehn Meilen jenseits der Stadtgrenze der Teufel los war. Auch der FBI ahnte nichts, und auch ich dachte um zehn Uhr nicht im Traum daran, dass heute noch etwas Aufregendes passieren könnte.

Phil und ich, wir saßen in meinem Büro, und wenn Sie es nicht weitersagen, will ich Ihnen gern erzählen, womit wir beschäftigt waren. Wir schlürften einen Drink. Alkoholfrei, versteht sich.

Die Zentrale in Washington suchte einen Mann, und sie hatte uns noch nicht einmal mitgeteilt, aus welchen Gründen sie diesen Mann suchte. Sie besaß ein Schriftstück von ihm, handgeschrieben, und sie beauftragte kalt lächelnd jeden FBI-Distrikt, die Handschrift der männlichen Einwohner des Bezirks mit der Schrift auf diesem Brief zu vergleichen.

Nun, unser Hauptquartier teilte sich den Job. Die eine Hälfte schleppte Schriftproben herbei, die andere verglich, auch Phil und ich. Es waren ein paar tausend Handschriften. Es war entsetzlich langweilig, immer den gleichen blödsinnigen Text zu lesen, und vor allen Dingen, es war überhaupt kein Ende abzusehen.

Gegen zehn Uhr dröhnten plötzlich die Lautsprecher im Haus.

»Achtung!«, sagten die Lautsprecher im ganzen Hauptquartier. »Achtung! Mitteilung an alle. Alarmstufe 1 a! «

Alarmstufe 1 a! Das bedeutete, dass jeder G-man alles liegen und stehen zu lassen hatte, was immer er gerade bearbeitete. In der ganzen Zeit, die ich beim FBI zugebracht hatte, war Alarmstufe 1 a bis zu diesem Novembermorgen nicht gegeben worden. Im Grunde war sie etwas, was nur rein theoretisch existierte.

»Der Chef der Polizei informiert mich eben, dass im State Jail ein Aufstand der Insassen ausgebrochen ist, der offensichtlich erfolgreich war. Alle Beamten begeben sich sofort zum State Jail. Vorsicht. Die Zuchthäusler sind bewaffnet. In Gruppen zusammenbleiben.«

Wir standen schon. »Welch ein Glück!«, sagte Phil und warf einen fröhlichen Blick auf unseren Handschriftenkrempel.

Das FBI-Hauptquartier ist im Allgemeinen ein ruhiges Haus. Wir und unsere Kollegen pflegen, wenn wir zu Hause sind, brav hinter geschlossenen Türen zu arbeiten, und gewöhnlich pflegen nicht mehr als zehn Prozent der G-men gleichzeitig im Haus zu sein, denn Verbrecher lassen sich selten vom Schreibtisch aus fangen. Wegen der Handschriftenaktion befanden sich ungewöhnlich viele Beamte in den Büros, und alle stürzten mit einem Schlag auf die Flure, rannten die Treppen hinunter oder sausten mit den Fahrstühlen in die Tiefe. Über ihren Köpfen gab der Lautsprecher seine Mitteilung zum zweitenmal durch und erhöhte den Gesamtkrach im Haus um ein Beträchtliches.

Im Hof stehen immer die Einsatzwagen, und im Einsatzplan, der irgendwo existiert und dessen Einzelheiten jeder G-man im Kopf haben soll, ist festgelegt, wer bei Alarmstufe 1 a welchen Wagen zu benutzen hat. Die Boys zwängten sich in die Fonds wie Erbsen in eine Tüte.

Was Phil und mich angeht, so haben wir eine Sondergenehmigung, meinen Privatwagen zu benutzen. Es ist nicht ganz klar, ob diese Sondergenehmigung auch bei Alarmstufe 1 a gilt, aber wir nahmen es einfach an. Als wir uns auf die Sitze meines Jaguar schwangen, zischten die ersten Wagen bereits sirenenheulend aus der Toreinfahrt auf die Straße hinaus, wo zwei Leute von uns standen und den Verkehr stoppten.

Ich ließ den Motor anspringen, schob dem Jaguar den ersten Gang zwischen die Zähne und fütterte ihn mit Benzin. Er setzte sich in Bewegung. Vor uns schlängelte sich noch ein Ford durch die Toreinfahrt, dann folgten wir.

Nun ist mein Jaguar vielleicht nicht der schnellste Wagen in New York, jedenfalls aber einer der schnellsten und viel schneller als die Mannschaftswagen des FBI, obwohl die auch ihre hundert Meilen machen. Jedenfalls, die drei vor uns gestarteten Wagen überholten wir vor der nächsten Ecke.

Phil hatte Sirene und Rotlicht angestellt. Wir mogelten uns durch den New Yorker Verkehr. Im Allgemeinen drückten sich alle nach rechts, wenn wir heulend heranrasten, aber mancher Fahrer hörte uns zu spät, und in solchen Fällen mussten wir ein wenig Schlangenmenschen sein, oder richtiger, ein Schlangenauto. Es geht, glauben Sie es mir, aber probieren Sie es bitte nicht aus.

»Ich sehe keinen Cop!«, rief Phil mir zu. »Ich glaube, die sind alle zum Zuchthaus unterwegs!«

»Wie viele Ganoven sitzen eigentlich im State Jail?«, brüllte ich zurück.

»Sicher mehr als zehntausend!«

Ich lachte. »Wenn die Burschen gleichzeitig über

New York hereinbrechen, das ist so gut wie eine Invasion vom Mars.«

»Cops!«, schrie Phil und zeigte mit der Hand.

Ich konnte nicht richtig hinsehen. Jedenfalls zischte ich an einer Wagenschlange vorbei, die selbst mit den Sirenen heulte und eine Geschwindigkeit vorlegte, die nicht von schlechten Eltern war.

»Wieder Cops!«, rief Phil.

Jetzt konnte ich einen halben Blick riskieren. Drei Überfallwagen flitzten vorbei, und gleich darauf passierten wir eine Zehnerkolonne von Streifenwagen.

»Wenn wir so weiterfahren«, brüllte Phil, »sind wir die Ersten am Tatort!«

Ich lachte. »Wir zwei gegen zehntausend Ganoven. Mensch, Phil, das ist endlich mal ein Verhältnis.«

»Vielen Dank. Es scheint mir nicht wenig überdimensioniert.«

Die letzten Häuser! Die Stadtgrenze. Rechts ein Wäldchen; dann Felder, ein einsames Farmerhaus, wieder Felder.

»Dort drüben ist es!«, sagte Phil und zeigte mit seiner Hand an meiner Nase vorbei.

In einiger Entfernung zeigte sich über den kahlen Feldern ein mächtiger Bau wie eine Ritterburg.

Ich nahm das Gas weg. Phil sah mich erstaunt an, aber ich wusste, was ich tat. Ich hatte gesehen, wie vor uns eine Gestalt in den Straßengraben geglitten war. Nur gerade noch hatte ich die Bewegung wahrgenommen.

Ich trat auf die Bremse.

»Ich glaube, hinter dem übernächsten Meilenstein haben sich ein paar im Graben versteckt.«

Ich hielt genau neben jenem Stein. Noch während der Jaguar rollte, sprang Phil, den Revolver in der Faust, hinaus. Ich folgte Sekunden später.

Ich hatte richtig gesehen. Nicht nur einer – vier Burschen in Gefängniskluft hockten im Straßengraben.

»Kommt heraus, Jungs!«, befahl Phil freundlich. »Es ist viel zu kühl und feucht für ein Picknick.«

Sie hoben die Gesichter, schoben die Arme in die Höhe, rappelten sich hoch und kletterten auf die Straße. Sie waren alle vier unbewaffnet, und Phil schob seinen Revolver in die Halfter zurück.

Zwei waren große Kerle, der eine davon war schwer, beinahe dick. Die anderen beiden waren schmale Handtücher.

»Was machen wir mit ihnen?«, fragte Phil.

»Du bleibst hier, bis die Cops kommen«, schlug ich vor.

Er zog ein Gesicht. »Einer gegen zehntausend ist doppelt so schlecht wie zwei gegen zehntausend«, gab er zu bedenken. »Außerdem habe ich keine Lust, hier zu bleiben.«

Inzwischen hatte der dicke Kerl gemerkt, dass wir nur zwei waren, und er begann zu brüllen: »Auf sie, Jungs! Wir nehmen den Wagen. Dann haben wir noch 'ne Chance!«

Natürlich gab er diese Sätze nicht als förmliche Kriegserklärung von sich, sondern stürzte sich schon beim ersten Laut, den er ausstieß, auf uns. Er brüllte noch an seinem Satz, als meine Faust ihn stoppte und in Luftschwierigkeiten brachte, aber weil die zwei kleinen Burschen an mir herumwieselten wie junge Hunde, erhielt er Gelegenheit, sich zu erholen.

Phil hatte den Gefangenen, der ihn angegangen war, mit einem so sauberen Haken von den Beinen geholt, dass der Bursche in den Graben zurückstürzte, aus dem er gerade geklettert war. Ich tat die beiden Kleinen ab. Einer fing sich einen Haken ein. Es tat ihm weh, und er blieb abseits stehen und riss die Arme wieder in die Höhe, die er gerade heruntergenommen hatte.

Der andere versuchte, nachdem er einen schüchternen Boxversuch unternommen hatte, zu türmen. Er hastete zu nahe an Phil vorbei. Phil stellte das linke Bein vor. Der Junge stolperte, fiel hin und blieb zur Vorsicht liegen.

Heulende Sirenen. Die Kolonne der Streifenwagen mit Cops, die wir vorhin überholt hatten, fuhr heran. Die beiden ersten Wagen stoppten, die anderen zischten an uns vorbei. Die Cops hatten Verkehrsschutzleute unterwegs aufgegabelt, und so waren die Wagen nicht nur mit zwei Leuten, sondern mit sechs Männern besetzt.

»Kümmert euch darum!«, sagte ich. Wir gingen zum Jaguar. Die Cops aus dem ersten Streifenwagen stellten die Gefangenen in eine Reihe. Die Besatzung des zweiten Wagens enterte ebenfalls wieder ihr Fahrzeug. Wir suchten Anschluss an die Kolonne, die unserem Blick schon wieder entschwunden war.

Kurz vor der Abbiegung zum State Jail machte die Straßen einen ziemlich scharfen Knick. Kurz bevor wir diesen erreichten, peitschte der Knall von zwei Schüssen durch die Luft. Ich versuchte, noch etwas aus dem Jaguar herauszuholen, nahm die Kurve und musste kräftig in die Bremse steigen, um nicht in die Kolonne der haltenden Cop-Fahrzeuge zu brausen.

Na, die Cops verstehen 'ne Menge davon, ihre Autos zu einem deckungsschaffenden Gebilde zusammenzufahren, wenn es von irgendwoher kracht. Das ist alte Westerntradition. Sie wissen, wie die Siedler ihre Ochsenwagen zu einem Kreis zusammenfuhren, um sich vor den angreifenden Indianern zu schützen.

Die Cops hatten vier Wagen quer gestellt. Dahinter standen sie, und einer von ihnen nahm eben mit einer Maschinenpistole die Kreuzung Highway/ Abfahrt zum State Jail unter Feuer.

Wir stiegen aus und gingen zum Ranghöchsten, einem Lieutenant.

»Geht es rund?«, fragte ich.

»Wurden beschossen«, erklärte er und zeigte die Löcher in einer Windschutzscheibe. »Die Burschen scheinen dort in den Bäumen zu stecken.«

Rechts neben der Abfahrt zog sich ein dünnes Wäldchen hin. Der Mann mit der Kugelspritze stellte sein Feuer ein, das nicht erwidert worden war.

Ich spazierte ein wenig auf und ab und zeigte meine Nase. Ich dachte, sie würden mich vielleicht abzuknallen versuchen. Es war nicht sehr gefährlich, denn bis zum Wäldchen war es eine gute Distanz, auf die ein Mann nicht leicht zu treffen war, zumal, wenn er nicht sehr viel von seiner Figur zeigte.

»Hören Sie, Lieutenant«, sagte ich. »Wir können hier nicht stehen bleiben. Wenn die Ausbrecher hier schon die Straße sperren, dann muss im Zuchthaus ganz besonders viel los sein. Fahren Sie Ihre Karren mal ein wenig auseinander. Wir machen einen Durchbruch und fallen ihnen in den Rücken.«

In diesem Augenblick kamen die ersten drei Wagen von uns an, so voll gequetscht, dass aus jedem Fenster ein Stück G-man heraushing. Ich unterrichtete meinen Kollegen Dierks, der den ersten Wagen kommandierte. Er sollte mit mir durchbrechen.

Die Copfahrer krochen von der gedeckten Seite in ihre Fahrzeuge und bugsierten sie auseinander, dass eine Lücke entstand. Auch dieses Manöver ließ die Gegenseite schusslos vorübergehen. Dierks warf ein paar von seinen Männern aus seinem Wagen, damit der Rest mehr Bewegungsfreiheit hatte. Phil lieh sich eine Maschinenpistole.

Wir setzten uns mit dem Jaguar an die Spitze. Ich gab Gas. Dierks ließ den Lincoln auf Touren bringen, und dann zischten wir los, bemüht, möglichst schnell auf eine hohe Geschwindigkeit zu kommen.

Na, es klappte ganz genau. An der Abfahrt riss ich den Jaguar herum, dass seine Hinterräder ein paar Millimeter Gummi abradierten. Wir brausten an dem Wäldchen vorbei, dass die Bäume wie Schemen vorüberhuschten, und unterdessen orgelte Phil aus dem Seitenfenster mit der gepumpten MPi, um die Leute in Deckung zu halten.

Fünfzig Yard hinter dem letzten Baum stoppte ich

scharf. Unmittelbar hinter mir quietschte Dierks' Lincoln mit rauchenden Bremsen.

Mit schussbereiten Waffen sprangen wir von Baum zu Baum den Weg zurück. Fünfzig Yard, und ich sah vor mir den ersten Schatten.

»Stopp!«, brüllte ich ihn an. »Komm raus, oder wir schießen!«

Ein Mann in Zuchthauskleidung trat hinter einem Baum hervor, nahm die Arme hoch und sah uns ängstlich entgegen.

Innerhalb der nächsten zehn Minuten sammelten wir noch ein ganzes Dutzend dieser Jungs aus dem Wald. Nur einer von ihnen besaß eine Wärterpistole, und das war der Unglücksrabe, der geschossen hatte, mehr, wie er versicherte, im ersten Schreck, als mit ernsthaften Absichten.

Höchste Zeit! Der Kerl mit seinem leichtsinnigen Geballer hatte uns lange genug aufgehalten. Einer von uns lief zur Ecke, um den Cops das Zeichen für freie Fahrt zu geben, zwei andere trieben die Ausbrecher, die noch davor zitterten, welches Feuerwerk die paar Schüsse ausgelöst hatten, zu einer übersichtlichen Gruppe zusammen. Wir anderen spurteten zu unseren Autos zurück.

Phil und ich konnten die Spitze nicht mehr halten. Bevor wir wieder am Steuer unseres Wagens saßen, waren wohl an die zwei Dutzend Wagen an uns vorbeigerollt, darunter jetzt auch zwei Mannschaftswagen der Cops. Wir reihten uns ein.

Dann wuchteten die Mauern des State Jail vor uns hoch. Überall parkten schon Wagen. Die Wärter des Turmes von Block II sahen die Wagen der Polizei. Sie betätigten die Öffnungsvorrichtung. Langsam knarrten die gewaltigen Stahlflügel auseinander. Die beiden G-men-Fahrzeuge, die mit Dierks gekommen waren, hielten jetzt die Spitze, und sie brausten ohne Hemmung auf den Hof.

Wieder knatterten die Salven von Maschinengewehren. Vielleicht waren es nur Freudensalven der Aufseher auf den Wachttürmen, denn auf dem Hof von Block II gab es nicht viel zu schießen.

Ich steuerte mit dem Jaguar auf den Hof von Block III. Vor uns stürmte bereits die erste Gruppe von Cops das Gefängnisgebäude.

Wissen Sie, eigentlich jetzt erst, als wir auf dem Hof des Gefängnisses aus unserem Wagen stiegen, in diesem Augenblick erst begriff ich, dass hier eine todernste Angelegenheit über die Bühne gegangen war.

Bis zu diesem Moment war diese Ausbruchsgeschichte, über die wir ja noch kein annähernd genaues Bild hatten, sicherlich ganz unbewusst für mich ein leichter Fall gewesen. Na ja, ein paar Zuchthäusler hatten ein paar Wärter überwältigt und waren getürmt. Ich hatte an Kinnhaken gedacht, wissen Sie, nicht an Kugeln. Aber da wusste ich auch noch nichts von Frederic Collin.

Die stummen Gestalten, die auf dem regenfeuchten Asphalt des Hofes lagen, gaben eine deutlichere Schilderung der Ereignisse als jede Erzählung. Ein paar Sekunden lang standen Phil und ich stumm und sahen auf die Toten, Aufseher und Gefangene.

Hinten verschwand die erste Gruppe der Cops im

Gebäude von Block III. Wir besannen uns auf unseren verdammten, harten und geliebten Beruf. Wir spurteten über den Hof, überrundeten die zweite Cops-Gruppe und hängten uns an die erste an.

Im Block III war es totenstill. Weit klafften die offenen Zellentüren. In dem ganzen riesenhaften Gefängnis schien sich keine Seele mehr zu befinden.

Es fand sich ein Polizist, der früher hier mal zu tun gehabt hatte und der den Verbindungsweg von Block III zu Block II kannte und wiederfand. Phil und ich waren unter den ersten Männern, die zum Block II vordrangen. Unterdessen hatten unsere Leute den zweiten Block schon von außen gestürmt, und Captain Pauls war von Block I vorgerückt. Eigentlich war schon alles vorbei, als wir kamen. Es war auch kaum noch geschossen worden, nur ein paar Schreckschüsse von unseren Leuten, fast ausschließlich in die Luft.

Der Captain, den ich in diesem Augenblick zum ersten Mal sah, hatte das Kommando an sich gerissen. Seine Befehle schnitten scharf durch die Luft, aber sein Gesicht war bleich. Aus allen Ecken und Winkeln, aus den unmöglichsten Deckungen wurden die Zuchthäusler herausgeholt, die bis zu unserem Eintreffen versucht hatten, den Verwaltungstrakt zu stürmen, eigentlich nur, um sich in den Besitz von Zivilkleidung zu bringen. Es waren nicht mehr viele Männer, kaum hundert an der Zahl. Fast alle waren unverletzt. Nur ein paar von ihnen wiesen Schusswunden auf, die aber nicht schwer waren.

Der Captain ließ sie im Innenraum des Treppenhauses antreten. In Begleitung der Wärter ging er an der Front entlang und ließ die Nummern notieren. Dann befahl er, sie in Sammelzellen einzusperren, bis sie vernommen werden konnten.

Während die Registrierung der Aufrührer noch im Gang war, trafen unser Chef, Mr. High, und fast gleichzeitig der oberste Chef der uniformierten Polizei, der Polizeipräsident von New York, ein.

Phil und ich drängten uns ein wenig nach vorn. Der Chef sah uns, winkte uns herbei.

»Na?«, fragte er. »Ernsthaftes passiert?«

»Uns nicht, aber sonst scheint es hier ziemlich wild gewesen zu sein.«

Der Chef strich sich über die Unterlippe. Er wandte sich an den Polizeipräsidenten, der neben ihm stand.

»Wir sollten sofort unsere Leute losschicken, um zunächst die nähere Umgebung absuchen zu lassen.«

»Völlig richtig«, entgegnete der Polizeipräsident und sprach mit seinem Assistenten. Etwas später rückten die Cops im Laufschritt ab.

Mr. High hatte mit Polder gesprochen, der, verwaltungstechnisch gesehen, sein Stellvertreter war. Polder brachte unsere Männer auf die Beine. Phil und ich wollten uns anschließen, aber Mr. High hielt uns zurück.

»Das sind nur provisorische Maßnahmen, um das Gröbste zu erledigen«, erklärte er. »Der Rest muss organisiert werden. Höchste Zeit, dass wir mit dem Gefängnischef sprechen. Wir brauchen genaue Zahlen, wie viele wir wieder einfangen müssen.«

Er ging zu Pauls. Der Aufseher-Captain nickte, als Mr. High ihm auseinander setzte, was zu tun sei. Er, unser Chef, der Polizeipräsident und sein Assistent gingen zum Verwaltungstrakt hinüber, und da Mr. High Phil und mir winkte, ihm zu folgen, gehörten auch wir zu der Gruppe.

Es gab ein Besprechungszimmer. Pauls führte uns hin. Plötzlich tauchte der Direktor auf. Der Captain stellte ihn mit einer Handbewegung vor, in der seine ganze Verachtung lag.

»Mr. Stolman, der Direktor.«

Nein, sehr gut stand es nicht um Mr. Stolman. Er sah aus, wäre ihm furchtbar schlecht.

Die Herren nahmen Platz. Togham, der Polizeipräsident, zündete sich eine Zigarette an. Das war ja wohl das Zeichen dafür, dass auch wir rauchen durften.

»Na, Stolman?«, fragte der Cop-Chef geradeheraus.

»Wie viele Ihrer Pensionäre sind Ihnen denn nun entwischt?«

Stolmans käsiges Gesicht wurde womöglich noch bleicher.

»Ja, ich weiß nicht«, sagte er. »Wir ... werden eine Bestandsaufnahme machen ...«

»Den Gentlemen dürfte nicht mit ungefähren Zahlen gedient sein«, schlug Pauls' Stimme hart dazwischen. »Block III war mit etwas über zweitausendachthundert Mann belegt. Block II ungefähr das Gleiche. Die Gefangenen aus Block III dürften sich ziemlich restlos außerhalb der Zuchthausmauern befinden. Das Gleiche gilt für die Insassen von Block II. Wenn Sie abrechnen, was auf dem Pflaster liegt, was wir eingefangen haben und was wir vielleicht in der nächsten Stunde noch in der näheren Umgebung des Zuchthauses einfangen werden, so müssen Sie immer noch mit fünftausend Ausgebrochenen rechnen.«

»Was, glauben Sie, werden die Ausgebrochenen zunächst unternehmen?«, fragte Mr. High.

»Sie müssen sich Kleider beschaffen. In der Zuchthausuniform können sie nicht weit kommen.«

Der Polizeipräsident wandte sich an seinen Assistenten.

»Stellen Sie über Funkspruch gleich mal eine Verbindung mit den Rundfunkstationen her. Wir müssen die Bevölkerung warnen. Es ist mit Überfällen, Einbrüchen, Diebstählen zu rechnen. Ihre Meinung, Mr. High?«

»Tja, das werden wir tun müssen. Und dirigieren Sie wenigstens die Hälfte Ihrer Leute in die Stadt zurück. Wir müssen Beamte in New York haben, wenn es dort zu Zwischenfällen kommt.«

»Wenn wir die Stadt nach Westen abriegeln, können wir vielleicht verhindern, dass die Ausbrecher in New York selbst untertauchen«, sagte Mr. Togham.

»Die Fahrzeuge der State-Jail-Verwaltung standen fast ausschließlich in den Garagen von Block III«, erklärte Pauls. »Von diesen Wagen dürfte kaum noch einer zu finden sein.«

»Dann sind viele Ausbrecher schon in der Stadt«,

sagte Mr. High. »Das gibt böse Arbeit, Mr. Togham. Schlaf können wir unseren Leuten vorläufig nicht bewilligen. Hoffentlich werden keine Morde verübt. Wie ist die Bewaffnung der Ausbrecher, Mr. Pauls?«

»Schlimm genug. Praktisch das ganze Arsenal von Block III, von Maschinenpistolen bis zu Tränengasbomben.«

»Auch das noch«, sagte der Polizeipräsident und schnitt ein Gesicht.

Unser Chef schlug in seiner kühlen Art Folgendes vor: »Wir bilden ein Sonderkommando, das aus mehreren ständig einsatzbereiten Gruppen mit schnellen Wagen besteht. Ihre Leute, die Uniformierten, übernehmen den Straßendienst, um möglichst jeden Übergriff gleich im Keim zu ersticken. Die FBI-Beamten halten sich im Hauptquartier zu Sondereinsätzen bereit. Die Herren der Gefängnisverwaltung übermitteln uns schnellstens genaue Aufstellungen, wie viele und, vor allen Dingen, welche Gangster ausgebrochen sind. Wir führen die Listen bei einer Zentralstelle, um uns genaue Übersicht zu verschaffen. Wann können wir die Listen haben, Mr. Stolman?«

»Wir werden uns bemühen, baldigst«, sagte der Direktor. Aber der Captain unterbrach: »Morgen früh. An wen soll ich sie schicken?«

Mr. Togham und Mr. High verständigten sich mit einem Blick.

»An das FBI-Hauptquartier«, sagte der Polizeipräsident. Der Assistent, der fortgegangen war, um die Anordnungen seines Chefs über Funkspruch weiterzugeben, kam zurück.

»Die Zentrale teilt mit, dass der Gouverneur von der Angelegenheit erfahren hat«, meldete er. »Er befindet sich bereits auf dem Weg hierher.«

Ich konnte sehen, wie Pauls sich auf die Lippe biss. Stolman lehnte sich in seinem Sessel zurück und schien einer Ohnmacht nahe.

Togham, der sich über die Arbeit ärgerte, die ihm und seinen Leuten hier aufgehalst worden war, wuchtete seine schwere Gestalt vom Sessel hoch.

»Na ja, Gentlemen«, sagte er, »bei der Unterredung wollen wir nicht stören. Beste Grüße an den Gouverneur. Ich kann leider nicht auf ihn warten. Muss meinen Job als Einsammler sofort antreten.«

Als Phil und ich den Jaguar wieder bestiegen, hatte sich die Zahl der Eingefangenen beträchtlich erhöht. Jetzt mochten es bereits an die siebenhundert sein. Die meisten davon hatten die Aufseher innerhalb des Gefängnisses aus den unmöglichsten Verstecken hervorgeholt. Aber auch Trupps mit Cops liefen der Reihe nach ein, und sie brachten Zuchthäusler mit, die sie in der näheren Umgebung des State Jail aufgelesen hatten.

Mr. High, der in Toghams Wagen nach New York zurückfuhr, um sich mit dem Polizeipräsidenten über die näheren Einzelheiten zu verständigen, hatte uns ins Hauptquartier befohlen. Der Chefwagen fuhr vor uns ab.

Phil nahm seinen Stadtplan aus der Seitentasche.

»Es hat keinen Sinn, vor dem Chef im Hauptquartier zu sein«, erklärte er. »Nehmen wir nicht den

Highway, sondern fahren wir diesen Umweg. Ziemlich einsame Straße. Ich könnte mir vorstellen, dass der eine oder andere sich auf diesem Weg zu verdrücken versucht.«

»Einverstanden«, erklärte ich, steuerte unseren Wagen zum Highway zurück, benutzte aber gleich die nächste Abfahrt, um im sanften Bogen nach New York zurückzugelangen.

Diese Straße wurde nur wenig befahren, da sie gewissermaßen in der Wüste endete, das heißt, bei einigen kleinen Dörfern, für die die New Yorker kein Interesse haben, und die Dörfler haben kein Interesse an New York, weil sie voller Misstrauen auf den Riesen starren, der ihre friedliche Welt eines Tages zu fressen droht.

Phils Nase war richtig, goldrichtig sogar, denn wir waren kaum zehn Minuten gefahren, als wir einen Mann auf der Straße stehen sahen, der heftig winkte.

Phil, der seine Maschinenpistole wieder zurückgegeben hatte, nahm den 38er aus der Halfter.

»Achtung, Jerry, das kann eine Falle sein.«

Noch ein paar Dutzend Yard, und wir erkannten, dass es sich nicht um eine Autofalle handelte. Der Mann, der dort winkte, stand in Unterhose im kühlen Novemberwetter, und als wir neben ihm stoppten, sahen wir, dass er aus einer Wunde am rechten Arm blutete.

»Ich bin überfallen worden«, keuchte er. »Sie nahmen mir meinen Wagen, meine Klamotten.«

»Rein mit Ihnen«, sagte ich und öffnete den Schlag. »Bei uns sind Sie richtig.«

Er kletterte auf den Notsitz. Ich gab wieder Gas. »Wann passierte der Überfall?«, erkundigte sich Phil, während ich den Wagen wieder auf Touren brachte.

»Keine fünf Minuten, dass sie abgefahren sind.«

»Wie viel Mann?«

»Sechs oder sieben. Einer davon in Aufseheruniform. Darum hielt ich auch, als er winkte, aber als ich nahe heran war, kam es mir doch verdächtig vor, und ich gab wieder Gas. Da schossen sie auf mich. Ich musste bremsen.«

»Was für ein Wagen?«

»Ein Chevrolet-Kombi. Hinten rechts im Kotflügel eine Beule. Ich rutschte gegen den Meilenstein, als ich stoppte. Graue Farbe.«

»Dann könnte er das dort vorn sein«, bemerkte ich, denn eine knappe Meile vor uns war ein Wagen aufgetaucht, der der Beschreibung entsprach.

Der ausgeraubte Mann hinter uns beugte sich weit nach vorn.

»Ja, ich glaube, er ist es!«, schrie er aufgeregt.

Ich gab noch etwas mehr Gas, und wir rückten dem Chevrolet näher und näher auf die Pelle.

»Ja, ja, das ist er!«, rief der Überfallene. Dann fiel sein Blick auf meinen Geschwindigkeitsmesser, und er verstummte erschrocken. Etwas später bemerkte er schüchtern: »Die Straße hier ist sehr schlüpfrig, besonders bei solchem Wetter.«

Wir hörten nicht mehr recht hin. Wir befanden uns auf der Jagd. Im Vergleich zu der Geschwindigkeit, mit der der Jaguar über die Straße schoss, schien der Chevrolet zu stehen. Ich sah, dass sein hinterer Kotflügel eingebeult war, und damit gab es kaum noch einen Zweifel, dass es die richtige Karre war.

Phil schaltete die Sirene ein und gab Rotlicht, das Zeichen zum Stoppen. Der Fahrer bemühte sich, die Geschwindigkeit zu erhöhen. Wir waren so nahe, dass wir die Gesichter der Männer im Laderaum sehen konnten, ängstliche, zornige und entschlossene Gesichter. Einer von ihnen warf sich auf den Bauch. Er zerschlug die rückwärtige Scheibe. Ich trat auf die Bremse und riss den Jaguar auf die linke Straßenseite.

»Peng, peng, peng!«, mischte es sich in das Heulen des Motors. Phil kurbelte das Seitenfenster herunter, nahm den Hut ab und hielt Gesicht und Revolver in den Fahrtwind, der ihm die Haare vom Kopf zu reißen schien, und begann, den Chevrolet, dessen Abstand durch mein Abbremsen etwas größer geworden war, zu beschießen.

Ich holte wieder etwas auf. Hinter uns flüsterte der Wagenbesitzer ununterbrochen: »Du lieber Himmel! Du lieber Himmel!« Mit dem vierten Schuss zerblies Phil den linken Hinterreifen des Chevrolet, der mit lautem Knall zerplatzte. Ich nahm sofort das Gas weg und bremste ab. Der gestohlene Wagen begann Bewegungen eigener Art. Erst brach er nach links aus wie ein wütend gewordener Gaul. Der Mann am Steuer verstand einiges vom Fahren. Er konnte die Karre vor dem Anprall an die Meilensteine bewahren, dafür rutschte das Auto jetzt auf allen vieren quer in der bisherigen Fahrtrichtung weiter. Daraufhin bremste der Fahrer, und nun drehte der Chevrolet wie eine Primaballerina Pirouetten auf der Stelle, und dann konnte er es zum Schluss doch nicht lassen.

Ein einsamer Baum stand gerade passend. Er rutschte mit der rechten Seitenwand dagegen, allerdings schon mit erheblich verminderter Geschwindigkeit. Das Blech knallte laut, als es zerknitterte, die Fensterscheiben zerklirrten, als hätte man Backsteine hineingeworfen.

»Mein Wagen!«, stöhnte hinter mir der Besitzer.

Wir hielten neben dem zerknüllten Fahrzeug, bevor es richtig zum Stillstand gekommen war. Phil und ich sprangen heraus, die Waffen in den Fäusten.

Drei Ausbrecher lagen am Straßenrand, standen langsam auf und wunderten sich, dass sie noch lebten. Zwei weitere krochen aus dem Fond des Chevrolet. Einer hatte einen Revolver in der Hand, aber er dachte nicht daran, ihn zu heben. Seine Knie schlotterten, und seine Zähne klapperten so, dass man es hören konnte.

»Lass die Kanone fallen!«, fuhr ich ihn an, und er ließ sie fallen, als wäre sie aus heißem Eisen.

Der Einzige, der etwas von dem Unfall abbekommen zu haben schien, war der Fahrer. Er hing über dem Steuerrad und rührte sich nicht. Ein paar kräftige Anschnauzer von Phil brachten so viel Bewegung in die Gestalten, dass sie ihn vorsichtig hinter dem Steuer hervorholten und ins Gras legten.

»Der Mann, der meinen Anzug trug, fehlt«, bemerkte plötzlich der Überfallene. Tatsächlich, einer der sechs Ausbrecher war in Wärteruniform, die anderen alle in Zuchthauskluft.

Weit konnte der Junge, der offenbar als Einziger seine Nerven behalten hatte, nicht sein. Der Baum, an dem der Chevrolet sein Ende gefunden hatte, war der Ausläufer eines schmalen und dünnen Waldstreifens, der zwei Feldstücke voneinander trennte. Ich machte mich unverzüglich auf die Socken.

Die dünnen Eschen boten kein ernsthaftes Versteck. Sobald ich die paar Bäume hinter mich gebracht hatte, dehnten sich die kahlen Felder ohne jede Versteckmöglichkeit, aber ein paar Yard rechts lag ein schiefes, geschlossenes Holzhaus, das offenbar dem Besitzer der Felder als Geräteschuppen diente.

Der Ackerboden war unbestellt und feucht. Die Fußeindrücke des Geflüchteten waren genau zu sehen. Sie führten auf den Schuppen zu. Ich sah mir die Sache aus der Ferne an. Der Schuppen hatte kein Fenster, nur eine Tür, die fest verschlossen zu sein schien. Diese Tür behielt ich genau im Auge, als ich auf das Holzhaus zumarschierte.

Nichts rührte sich. Ich erreichte die einfache Brettertür, unangefochten. – Nein, sie war nicht verschlossen. Der Riegel mit dem Vorhängeschloss war aus den Angeln gesprengt, wozu wahrscheinlich ein einfacher Ruck mit der Schulter genügt hatte.

Ich stellte mich mit dem Rücken neben die Tür und stieß sie mit einer Handbewegung auf.

Es krachte zweimal. Die Kugeln pfiffen durch die Türöffnung an mir vorbei übers Feld. Dann wurde es still.

»Na, na, mein Junge«, rief ich, »nicht so hastig! Am besten ist, du kommst jetzt mal raus.«

Keine Antwort.

Ich ging in Startstellung wie ein Sprinter, aber während ich das tat, sprach ich in aller Gemütsruhe weiter.

»Lass doch den Unsinn. Sieh ein, dass es keinen Zweck hat. Wenn du nicht freiwillig kommst, veranstalten wir 'ne gemütliche Runde im Freien, schmatzen dir was vor, bis dich der Hunger heraustreibt. Aber warum willst du der Polizei und dir so viel Ärger ...«

Mitten im Satz startete ich aus der Hocke heraus wie ein abgeschossener Pfeil in die Hütte. Ich hielt mich gebückt, und sobald ich aus dem Lichtstreifen, der von der offenen Tür in den Schuppen fiel, heraus war, warf ich mich lang hin. Ich prallte gegen irgendetwas aus Eisen, und das tat weh.

Mein Gegner war so überrumpelt, dass er erst schoss, als ich längst so unsichtbar war wie er. Seine Kugel traf einen Pflug oder etwas Ähnliches. Jedenfalls klang es wie eine Glocke.

Ich kroch durch das Dunkel und richtete mich ein wenig gemütlich ein, ich glaube, hinter einer Egge, und dann sprach ich ihm noch einmal ins Gewissen: »Hör doch auf, alter Junge«, sprach ich salbungsvoll. »Geh schön nach draußen und wirf dieses hässliche Schießeisen weg.«

Er orientierte sich nach dem Klang meiner Stimme und gab zwei Schüsse ab. Das Eisen und der Stahl einer Egge wimmerten unter dem Anprall.

Ich sah die Mündungsflamme seiner Waffe, und ich gab ihm seine Grüße zurück. Das schien ihn zu erschrecken, aber ich traf ihn nicht.

Ein paar Sekunden blieb es ruhig. Plötzlich sagte er: »Ich gebe es auf!«

»Guter Gedanke«, bestätigte ich. »Dann steh auf, und wirf dein Schießeisen aus der Tür, damit ich es sehen kann, und stell dich ins Licht, mit dem Rücken zum Schuppen!«

»Damit du mir eine ins Kreuz verpasst!«, sagte er ängstlich.

»Was denkst du von mir!«

»Doch, doch«, beharrte er. »Ich habe auf dich geschossen. Die Greifer sind alle rachsüchtig.«

»Na, hör mal«, schimpfte ich. »Du beleidigst meine Berufsehre. Aber schön, machen wir eben weiter.«

»Nein, nein«, tönte seine Stimme aus dem Dunkeln. »Ich nehme deine Bedingungen an.«

Ich hörte ihn rumoren. Wenig später klatschte ein Gegenstand auf den gestampften Boden der Türöffnung. Ich konnte ihn gut sehen. Es war ein Revolver, wie ihn die Aufseher benutzen.

Er rumpelte im Dunkeln herum. Dann tauchte seine Gestalt in dem Lichtstreifen auf. Er drehte mir den Rücken zu. Ich konnte nur seinen schmalen Hinterkopf mit den schwarzen Haaren sehen.

»Geh weiter!«, befahl ich und stand selbst hinter der Egge auf. Er tat noch ein paar Schritte. Ich folgte ihm, geriet selber ins Licht und bückte mich, um den Revolver aufzuheben.

In diesem Augenblick wirbelte er herum. Ich sah sein Gesicht, seine weit aufgerissenen Augen und den Revolver in seiner Rechten. Ich schoss, bevor er durchzog. Die Kugel traf seine Schulter, riss ihn zurück, sodass seine Hand aus der Richtung geriet und seine Kugel weit an mir vorbeiging.

Bevor er noch einmal durchziehen konnte, traf ich ihn erneut, wieder in die Schulter und in den Oberarm. Er schrie auf, packte nach seinem Arm und ließ die Waffe fallen. Ich hob beide Schießeisen auf, bevor ich mich um ihn kümmerte. Die fortgeworfene Waffe war leer, und er hatte nicht ungeschickt versucht, mich mit diesem Trick hereinzulegen.

Als ich mir den Jungen genauer anschaute, stellte ich fest, dass ich ihn kannte. Er hatte zu einer Bande gehört, mit der ich vor Jahren einmal zu tun gehabt hatte, und er hörte auf den Spitznamen Violinen-Harry, weil er ganz gut Geige spielen konnte, aber auch auf der Pistole galt er als Virtuose.

»Ach, Violinen-Harry«, sagte ich, »klar, dass du bis zum letzten Augenblick noch ein paar Tricks auf Lager hast, um dich aus der Affäre zu ziehen. Dreh dich um, mein Junge, und marschiere ab!«

Wir stiefelten über das Feld und durch das Wäldchen zur Straße zurück. Phil stand da und machte ein besorgtes Gesicht.

»Ich hörte die Schüsse«, sagte er, »da dachte ich, du könntest in Schwierigkeiten geraten.«

»Hatte es doch nur mit einem Mann zu tun.«

Er wiegte den Kopf. »Cochise, der Apachenhäuptling, besiegte die Feinde dutzendweise, und zum Schluss wurde er erschossen, als er einem einzelnen weißen Schurken nachstellte, der darüber hinaus als Feigling galt. Es ist nicht immer eine Frage der Tapferkeit, der Klugheit und der Zielsicherheit. Oft entscheidet nur Glück oder Unglück.«

»Danke für die Belehrung«, antwortete ich. »Was machen wir nun mit unseren eingefangenen Galgenvögeln?«

Es wurde beschlossen, dass ich nach New York hineinfuhr, während Phil die gestellten Ausbrecher bewachte, bis ich ihm einen Wagen schicken konnte, der sie einsammelte.

Es war gar nicht so einfach, ein Fahrzeug mit Cops aufzutreiben, die die Leute von der Landstraße abtransportierten. Ich telefonierte vom nächsten Apparat in der Gegend herum, aber das nächste Revier hatte alle Leute und Wagen auf Trab, und die Zentrale, die ich schließlich an die Strippe bekam, sagte mir nur, sie würden sich den Fall notieren und einen hinschicken, sobald einer verfügbar wäre.

So kam es, dass ich längst bei Mr. High im Büro saß, als Phil endlich einlief. Außer uns beiden und Dierks war noch Polder beim Chef. Polder, dessen Stärke in organisatorischen Arbeiten lag, sollte die Zentralstation für diese größte Wiedereinfangaktion sein, die wir je vorzunehmen hatten. Polder trieb sofort ein halbes Dutzend von unseren Schreibern in ein Zimmer, ließ eine Amtsleitung auf seinen Apparat direkt durchschalten und erklärte seinen Schreibern, wie sie die Listen zu führen hätten, damit sie ständig geändert werden könnten und mit einem Blick auswiesen, wie viele von den Ausbrechern sich noch auf freiem Fuß befanden.

Dierks, Phil und mir übertrug Mr. High die Bildung der Einsatzleitung für die G-men-Gruppen, die eine Art Alarmfeuerwehr bilden sollten für alle Fälle, in denen Ausbrecher auftauchten und gesehen worden waren oder in denen Überfälle oder sonstige Straftaten passiert waren.

Während wir noch organisierten, ertönten aus dem eingeschalteten Radio in kurzen Abständen die Warnungen der Rundfunksprecher.

Rundfunksprecher haben einen gewissen Sinn für unterkühlte Dramatik. Sie wissen, je nüchterner Alarmmeldungen gebracht werden, desto besser wirken sie. Der Sprecher von NBC jedenfalls teilte seinen Hörern auf so lässige Weise mit, dass die Insassen des State Jail ausgebrochen seien und dass die Bürger vor Überfällen gewarnt würden, die besonders bedrohlich sein könnten, weil ein großer Teil der Ausbrecher bewaffnet sei, dass auch einem abgebrühten Mann ein Schauer über den Rücken laufen konnte.

»Schade, dass wir das tun mussten«, kommentierte Mr. High die Radiodurchsage. »Das wird viel Leerlauf, falsche Meldungen und Blockierungen der Polizeileitungen geben, aber wir mussten die Bevölkerung warnen. Das war unsere Pflicht.«

Allmählich kam Ordnung in die Sache. Die Aktion spielte sich ein. Aber unsere Telefonhörer kühlten nicht ab. Bis zum Abend gab es keinen Augenblick, in dem die vier Apparate, die wir in unserem Zimmer hatten, nicht sofort wieder geklingelt hätten, sobald wir nach einem beendeten Telefongespräch die Gabel niederdrückten.

Die Anrufer waren zumeist Zivilisten, die Männer in Zuchthauskleidung gesehen haben wollten. Die meisten dieser Anrufe kamen aus den östlichen Vorstädten. Wir reagierten auf jeden, und es stellte sich zu unserer eigenen Verwunderung heraus, dass sogar ungefähr dreißig Prozent der Meldungen den Tatsachen entsprachen, was bei Mitarbeit des Publikums ein ungewöhnlich guter Prozentsatz ist.

Polder und seine Schreiber registrierten unterdessen mit Schreib- und Rechenmaschinen alles, was wieder eingegangen worden war. Sie notierten die Nummern, und Polder erfand im Handumdrehen zwei Dutzend Abkürzungen für die Umstände, die Gegend, die Art des Widerstands und alle anderen Einzelheiten, unter denen der Ausbrecher das Spiel um die Freiheit wieder aufgegeben hatte.

Es passierten auch lustige Sachen. Eine ganze Gruppe von fünfzig Mann betrat die Wachstube eines Reviers im nördlichen New York, in der ein einziger, der Pensionierung naher Beamter saß, während alle seine Kollegen durch die Straßen preschten, weil ein Trupp von fünfzig Ausbrechern in der Gegend gesehen worden war.

Der biedere Verkehrspolizist bekam fast einen Schlag, als die fünfzig Ganoven hereinmarschierten, und ihm fiel blitzschnell ein, dass er nun sieben mit einer Kugel hätte erledigen müssen.

Aber die Ausbrecher dachten nicht daran, sich auf ihn zu stürzen. Sie waren abgekämpft und moralisch völlig deprimiert. Sie gehörten zu den Insassen von Block II, die im Zuge des Aufstands fast gegen ihren Willen in die Freiheit gespült worden waren, die diese Freiheit zunächst als unverhofftes Geschenk angenommen hatten, aber dann rasch einsehen mussten, dass die Gabe gar nicht so großartig war.

Bis an den Stadtrand waren sie noch gelangt. Dann waren ihnen die ersten Bürger begegnet, waren beim Anblick der Zuchthauskluft auseinander gespritzt, und die Zuchthäusler sahen ein, dass es jetzt nur noch eine Frage der Zeit sein konnte, bis sie wieder geschnappt wurden.

So beschlossen sie, sich lieber selbst zu stellen, weil das auf die Richter sicher einen guten Eindruck machen würde, und sie marschierten in fast militärischer Ordnung zum nächsten Revier.

Na ja, als der Verkehrspolizist merkte, dass seine Besucher friedlich waren, sperrte er sie in die Zellen, die normalerweise zur Aufbewahrung von Betrunkenen dienten, und als seine Kollegen von der ergebnislosen Jagd zurückkehrten, zeigte er ihnen stolz seine Gefangenen, die in den kleinen Zellen wie die Ölsardinen standen.

Um sieben Uhr abends, als die Dunkelheit hereinbrach, versickerte der Strom der Meldungen ziemlich plötzlich. Das mochte zum Teil daran liegen, dass die Einwohner von New York, sobald es dunkel wurde, sich in ihre Wohnungen zurückzogen und sehr gut und sorgfältig abschlossen. Aber auch Polder erhielt von den uniformierten Polizisten kaum noch Meldungen über eingefangene Ausbrecher. Er kam mit seiner Generalliste zu uns herüber.

»Wir haben eintausendachthundertvierunddreißig Männer festgenommen, ungerechnet diejenigen, die in unmittelbarer Nähe des State Jail wieder aufgegriffen und direkt ins Gefängnis eingeliefert worden sind. Wenn wir diese Leute auch noch einmal mit rund tausend veranschlagen, so sind es noch rund zweitausend, die wir aufgreifen müssen. Das sind natürlich nur ungenaue Zahlen, aber morgen Vormittag liefere ich euch die genaue Anzahl, vorausgesetzt, der Gefängnis-Captain hält Wort und liefert mir pünktlich die versprochenen Listen.«

Mr. High befand sich zu diesem Zeitpunkt wieder in unserer Mitte. »Bisher hat es kaum ernsthafte Zusammenstöße zwischen den Ausbrechern und den Polizisten gegeben. Die Leute haben durchweg schnell die Arme hochgehoben, wenn es ernst wurde. Die wenigsten hatten Waffen bei sich. Ich bin der Meinung, dass der schwerste Teil der Aufgabe noch vor uns liegt. Was wir bis jetzt gefasst haben, das waren die Mitläufer dieses Massenausbruchs. Die intelligenteren und schwereren Jungs, die auch besser bewaffnet sind, haben in Verstecken die Nacht abgewartet. Mit ihnen werden wir noch viel Scherereien haben, und es wird Tage dauern, bis wir dem letzten die Hand auf die Schulter legen können. Ich fürchte, dass allein heute Nacht noch eine ganze Menge passieren wird.«

Auf unseren Leitungen hörten die Anrufe völlig auf. Polder erhielt noch Meldungen, dass in den ersten Abendstunden fünfzehn Ausbrecher in den verschiedensten Vierteln von Cops festgenommen worden waren.

Gegen zehn Uhr abends lief die erste Nachricht von einer missglückten Straftat der entwichenen Zuchthäusler ein. Eine Gruppe von vier Mann hatte einen Einbruch in ein Geschäft in Harlem versucht, bezeichnenderweise handelte es sich um ein Geschäft für Herrenbekleidung.

Eine Streife hatte sie gestellt, und nur einer war entkommen. Polder konnte seine Liste um drei Personen erweitern.

Um elf Uhr – Dierks, Phil und ich saßen bei einer bescheidenen Pokerpartie – erreichte uns ein Anruf vom achtzehnten Revier, dem Hafenrevier.

»Wir haben durch einen Vertrauensmann Wind davon bekommen, dass El Fabro im Hafen aufgetaucht sein soll«, berichtete der Reviervorsteher. »Sie kennen doch El Fabro?«

Ja, wir kannten El Fabro, wenigstens dem Namen nach. Er war Mexikaner, einer jener Gewaltverbrecher, die ihre Pistole und ihr Messer an jeden verkaufen, der sie bezahlen kann. Er war ziemlich gefürchtet, auch in Kreisen der Unterwelt, denn sein Jähzorn galt als unberechenbar, und die kleinen Diebe und Zuhälter, die es nie wagen würden, eine Waffe anzufassen, hatten Angst vor ihm. Sie sahen ihn als großen Killer an, und El Fabro tat alles, um seinen Ruf zu unterstreichen.

Das letzte Mal hatte er vor Gericht gestanden, weil er in den Tod eines Mannes verwickelt war, der einem Gangsterboss unangenehm gewesen war.

Er war zu dreißig Jahren verurteilt worden. Da El Fabro sich den vierzig näherte, bedeutete dieses Urteil für ihn lebenslänglich Gefängnis, und es war klar, dass er sich nicht leicht wieder einfangen lassen würde. Das wusste auch der Reviervorsteher, und darum rief er an, bevor er selbst etwas unternahm.

»Hat Ihr Gewährsmann Ihnen sagen können, wohin El Fabro gegangen ist?«

»In die Kellerkneipe von Sammy, dem Einäugigen.

Der Laden am Eingang von Pier achtundzwanzig. Kennen Sie ihn?«

»Schon viel Schlechtes von ihm gehört. Warten Sie, wir holen Sie ab.«

Ich legte auf und sah Dierks und Phil an.

»Wer geht?«

Dierks mischte die Karten. »Wer die höchste Karte zieht.« Ich erwischte gleich auf Anhieb das Kreuz Ass.

»Ich nehme drei Mann von deiner Gruppe und deinen Wagen, Dierks«, sagte ich.

Er nickte. »Komm bald wieder. Poker zu zweit macht keinen rechten Spass.«

Vielleicht war es Einbildung, aber mir kamen New Yorks Straßen ungewöhnlich leer vor. Natürlich schoben sich noch eine ganze Menge Autos über die Fahrbahnen, aber mir schienen es doch viel weniger als sonst zu dieser Stunde zu sein.

Über dem Eingang zum achtzehnten Revier, in einer dieser trüben und halbdunklen, engen Hafenstraßen, brannte die blaue Lampe mit der Aufschrift ›Police‹. Es war eines dieser Reviere, in dessen Bereich die Verletzungen von Beamten so hoch oder noch höher sind als in Harlem oder in der Bronx.

Der Reviervorsteher trug Zivil. Das passte gut in unseren Kram. Wenn es irgendwie ging, wollten wir den Fall ohne Aufsehen erledigen. Er stieg zu uns ein und zeigte uns den Weg zur Kneipe des einäugigen Sammy.

Wir fuhren durch Straßen, die womöglich noch enger und düsterer waren. Dann gab der Polizist das Zeichen zum Halten.

»Der Eingang ist dort«, erklärte er.

»Danke. Sie bleiben wohl besser hier. Ihr Gesicht ist in der Gegend bekannt. Tony, Sie kommen mit. Bleiben Sie am Eingang stehen. Ihr anderen kommt nur in den Laden, wenn es knallen sollte.«

Tony war ein junger G-man, gerade ein knappes Jahr bei uns.

Zur Kneipe führten sieben oder acht Stufen hinunter, die vor einer Pendeltür endeten. Ich stieß die Tür auf. Rauch, schlechte Luft und viel Krach schlugen mir entgegen. Der viereckige Kellerraum war überfüllt.

Ein scharfer Pfiff gellte. Es wurde still, nur das Orchestrion lärmte weiter.

»Polypen!«, kreischte eine Weiberstimme.

Ich ging die restlichen Stufen hinunter. Tony blieb oben stehen, die Hand ganz eindeutig in Brusthöhe.

Ein großer Bursche, der reichlich geladen hatte, torkelte mir in den Weg.

»Höhö«, blies er mir seinen Schnapsatem ins Gesicht. »Da sind euch die Jungs aber fein durch die Lappen gegangen. Suchst du hier einen von ihnen? Hier ist keiner, Greifer. Alle, die hier sind, haben ihre Strafen brav abgesessen. Ich auch. Willst du meinen Entlassungsschein sehen?« Er wandte sich seinen Kumpanen zu. »Los, Jungs«, grölte er, »zeigt dem Cop eure Entlassungsscheine. Die Cops von New York müssen die Entlassungsscheine kontrollieren, um zu wissen, wer in die Pension Ewigkeit gehört oder nicht.«

Ein schmetterndes Lachen stieg gegen die niedrige

Kellerdecke. Was hier versammelt war, stand mit seinen Sympathien eindeutig auf Seiten der Ausbrecher.

Ich schob den Kerl, der mich angepöbelt hatte, zur Seite. Nein, ich knallte ihm keinen Haken. Ich schob ihn nur zur Seite, aber es geschah wohl mit ausreichender Kraft, um ihn trotz seiner Trunkenheit nicht auf den Gedanken kommen zu lassen, mit mir anzubinden.

Ich ging zu der schmierigen Theke. Der einäugige Sammy stand dahinter. Er war der Einzige, der nicht mitgelacht hatte.

»Einen Whisky, Sammy!«, verlangte ich.

Er schob mir ein Glas hin und goss es voll. Mit seinem einen Auge sah er mich aufmerksam an. Über dem anderen trug er eine schwarze Klappe wie ein Seeräuber in einem Hollywood-Film.

»Wir suchen El Fabro, Sammy«, sagte ich leise. Er zuckte mit den Achseln.

»Sammy«, fuhr ich fort und beugte mich näher zu ihm, »wir machen eine Haussuchung, und wir werden deinen Whisky zählen, um festzustellen, wie viel unverzollte Ware sich darunter befindet.«

»El Fabro ist nicht hier«, sagte er laut, aber sein eines Auge, das mich starr ansah, machte eine leichte und schnelle Bewegung nach links, wo sich neben der Theke eine Tür befand.

Ich verstand. Sammy wollte es nicht riskieren, von Freunden von El Fabro wegen seines Verrats in den Hafen geworfen zu werden.

»Na schön«, sagte ich und löste mich von der Theke. »Dann sehen wir selber nach!«

Ich ging auf die Tür neben dem Schanktisch zu.

Sammy lief hinter mir her und kreischte: »Das können Sie nicht tun! Haben Sie einen Haussuchungsbefehl? Zeigen Sie den Haussuchungsbefehl!«

Er packte meinen Arm. Ich schlug ihm auf die Finger und stieß ihn zurück, dass er gegen sein Flaschenregal taumelte. Es war alles Theater, und ich tat dem Einäugigen den Gefallen und spielte mit.

Sammy kreischte: »Werft ihn raus, Jungs! Das ist gegen das Gesetz. Werft ihn raus!«

Die Stühle flogen zurück. Dutzende von Füßen scharrten über den Boden, als die Männer, von denen wohl keiner ohne Vorstrafe war, aufstanden, um sich mit mir zu beschäftigen.

Offen gestanden, mir war das etwas zu viel Theater, das Sammy spielte, aber Tony auf der obersten Stufe der Treppe nahm gelassen seinen Revolver aus der Halfter und rief scharf: »Jeder bleibt auf seinem Platz, Jungs. Ich und das Ding hier, wir verstehen wenig Spass.«

Niemand blickt gern in eine runde Öffnung von einem drittel Zoll Durchmesser.

So plötzlich sie aufgestanden waren, so langsam sanken sie jetzt auf ihre Stühle zurück. Ich konnte unbehelligt die Tür öffnen. Eine schiefe, wurmstichige Treppe führte nach oben. Sie knarrte, als ich den Fuß auf die erste Stufe setzte. Ich bemühte mich, lautlos aufzutreten. Eine trübe Lampe gab klägliches Licht.

Die Treppe endete vor einer Holztür. Ich legte die Hand auf die Klinke, stieß sie auf und sprang zur

Seite. Nichts. Ich tastete nach einem Schalter, fand ihn und drehte ihn. Eine einzige Lampe flammte auf. Ich blickte in ein schäbiges und schmutziges Wohnzimmer, an dessen Stirnwand wiederum eine Tür war.

Ich durchquerte den Raum. Als ich auf halbem Weg war, wurde jene Tür aufgerissen, und El Fabro und ich standen uns Auge in Auge gegenüber. Er trug Hemd und Hose, die aber nicht zur Zuchthauskluft gehörten. Obwohl diese Begegnung keine zwei Sekunden dauerte, sah ich genau das kleine schwarze Schnurrbärtchen, das er unter seiner gebogenen mexikanischen Nase trug.

Ich warf mich zur Seite und schoss im Fallen. Er feuerte, bevor er die Tür zuwarf. Vom Schießen verstand er etwas und ebenso davon, wie man sich verhält, wenn geschossen wird.

Er erwischte mich nicht, aber ich traf auch ihn nicht.

Er knallte die Tür zu, und ich hörte, wie er den Riegel vorschob.

Ich stand wieder auf. Es polterte auf der Treppe, Tony und die beiden anderen G-men stürmten herauf. Die Wache im Lokal hatte der Polizist übernommen.

»Er steckt dahinter«, erklärte ich. »Hol mal Sammy, den Wirt, herauf!«

Während einer hinunterging, versuchte ich es mit gutem Zureden, obwohl ich mir nicht viel davon versprach.

»Du bist umstellt, El Fabro«, sagte ich. »Ergib dich und komm raus!«

Er antwortete mit einem Fluch, den ich nicht verstand. Vermutlich sprach er spanisch. Dann sprach er englisch weiter: »Glaubst du, ich geh noch mal in die Pension zurück? Hör zu, G-man oder Cop oder was du bist! Ich hab ein Mädchen hier in meinem Zimmer. Viel ist sie nicht wert, aber immerhin, sie hat nichts Ernsthaftes auf dem Kerbholz. Wenn ihr versucht, einzudringen, knall ich sie ab.«

»Fabro«, kreischte eine Frauenstimme, »das kannst du nicht tun. Das ist nicht dein Ernst. Bitte, Fabro, lass mich hinaus. Ich hab doch nichts damit zu tun!«

Ich hörte, wie er sagte: »Halt das Maul!« Gleich darauf ein schwerer Fall, und die Frauenstimme verstummte.

»Hast du gehört, dass ich die Wahrheit gesagt habe?«, höhnte El Fabro.

Der Kollege kehrte mit Sammy zurück. Ich nahm den Wirt mit hinaus auf den Flur.

»El Fabro ist drin und will sich nicht ergeben. Er hat ein Mädchen bei sich und droht, sie umzubringen, wenn wir eindringen.«

Der Einäugige nickte. »Das ist Emmy, eine alte Freundin von ihm.«

»Gibt es eine Möglichkeit, ihn zu überraschen? Überlege dir, was du antwortest, Sammy. Fürs Theaterspielen habe ich jetzt keinen Sinn mehr.«

Sammy kratzte sein stoppeliges Kinn. Er wusste sehr gut, wann er sich mit uns und wann er sich mit den Ganoven gut stellen musste, und im Augenblick saßen wir am längeren Hebel.

»Vom Hof aus kann man mit einer Leiter das

Fenster zu diesem Zimmer erreichen, G-man, ich weiß nicht, ob Sie das riskieren wollen. Wenn El Fabro es merkt, macht es ihm Vergnügen, Sie von oben herab wegzuputzen wie eine Fliege an der Wand.«

»Hast du eine Leiter?«

»Ja, eine Leiter habe ich, aber lassen Sie mich aus dem Geschäft heraus, G-man. Ich möchte mir keine Kugel einfangen.«

Ich ließ die beiden Kollegen zurück, nahm Tony mit. Sammy musste uns den Weg in den Hof und die Leiter zeigen.

»Kann ich abhauen?«, flüsterte er unruhig, als wir uns an der Leiter zu schaffen machten.

Ich winkte ihm, und er beeilte sich.

»Es muss völlig lautlos geschehen«, flüsterte ich Tony ins Ohr. »Wenn er es hört, geht einer von uns drauf.«

»Ich klettere hoch«, hauchte Tony.

Ich schüttelte den Kopf. »No, mein Junge, lass mich das machen. Immer nach dem Dienstalter.«

Es ist gar nicht so einfach, eine Leiter an die Wand zu lehnen, wenn es völlig geräuschlos geschehen muss, und es ist noch schwerer, geräuschlos hinaufzuklettern. Solch eine Leiter von zwanzig Stufen kommt einem dann vor, als reiche sie bis auf die Spitze des Mount Everest.

Ich tigerte also hoch, einhändig, in der rechten Hand hielt ich den 38er. Unten hielt Tony die schwankende Leiter fest. Es klappte leidlich. Wir hatten das Ding seitlich neben das trübe erleuchtete Fenster angelegt, und als ich oben war, brauchte ich mich nur ein wenig zur Seite zu neigen, um durch das Fenster sehen zu können. Ich blickte in ein miserabel eingerichtetes Zimmer, eine Mischung aus Schlaf- und Wohnraum. Auf dem Bett hockte ein strohblondes Girl und hielt beide Hände angstvoll vor den Mund. El Fabro stand am anderen Ende des Zimmers und starrte auf die Tür. Er qualmte an einer Zigarette und hielt einen schweren Revolver in der Hand.

Ich dachte, dass es das Beste sei, El Fabro kurzerhand so zu treffen, dass er kampfunfähig wurde, aber das Mädchen saß mir zu sehr in Schussrichtung. Ihr Kopf verdeckte einen Teil von El Fabros Figur.

Ich wartete und hoffte, sie würde ihre Stellung verändern, aber sie tat nichts anderes, als hilflos den Kopf hin und her zu drehen, und bei einer dieser Drehungen blickte sie zum Fenster. Es fiel genug Licht ins Freie, dass sie meinen Schädel hinter der Scheibe sehen konnte. Ich fuchtelte mit der Hand, um ihr klar zu machen, dass sie sich hinlegen solle.

Sie starrte mich an wie einen Marsmenschen, und dann tat sie etwas, was vielleicht Tiefenpsychologen erklären können. Ich kann es nicht. Anstatt sich darüber zu freuen, dass jemand erschien, um den Mann zu erledigen, der ihr mit dem Tod gedroht hatte, ließ sie die Hände vom Mund fallen und kreischte: »Fabro, da ist jemand hinter der Scheibe!

El Fabros Körper zuckte hoch, und sein Arm fuhr in die Waagerechte. Mir blieb keine Wahl mehr. Ich zog durch. Die Scheibe, durch die ich schießen musste, zerbarst in tausend Splitter.

Ich turnte noch ein paar Stufen hoch, griff durch die zersplitterte Scheibe, drehte den Fenstergriff und schwang mich ins Innere.

Das blonde Mädchen lag auf dem Bett und kreischte ununterbrochen. Fabro war zu Boden gegangen.

Ich war bei ihm, bevor er die Waffe heben konnte. Ich wand sie ihm aus der Hand. Im selben Augenblick krachte der Riegel unter den Schulterstößen meiner Kollegen aus der Fassung, und die Tür sprang auf. Tony hatte es unten auch nicht mehr ausgehalten und stieg durch das Fenster.

Ich untersuchte den Gangster. Er hatte einen Oberarmschuss. Er wollte eine Zigarette haben. Tony ging hinunter, um eine Ambulanz herbeizutelefonieren. Einer der Kollegen bemühte sich um das immer noch schreiende Mädchen, und der dritte besorgte von irgendwoher Verbandszeug.

Wir verpflasterten El Fabro, so gut es ging. Er ließ es, spanische Flüche murmelnd, geschehen. Dann wollte er wissen, wer ihn verpfiffen hätte.

»War es Sammy, G-man?«, fragte er.

»Mach dir keine Gedanken darüber, Fabro«, antworten ich ruhig. »Du wirst doch keine Gelegenheit mehr finden, es ihm zu besorgen. Außerdem weiß ich selbst nicht, wer es war. Wir erhielten einen Anruf, das ist alles.« Der Ambulanzwagen kam. El Fabro wurde nach kaum zwölf Stunden der Freiheit auf eine Trage gepackt, um ins Gefängnishospital gefahren zu werden.

Als ich durch das Kellerlokal auf die Straße ging, saßen die Männer schweigend über ihren Gläsern.

Ihr Jubel war vorüber. Vielleicht dachte der eine oder andere von ihnen in diesem Augenblick, dass Verbrechen sich nie auszahlen und die Polizei immer am Ende gewinnt, selbst wenn fünftausend Zuchthäusler auf einen Hieb ausbrechen.

Ich kehrte gegen Mitternacht ins Hauptquartier zurück und fand nur Dierks auf einer der Pritschen liegend.

»Wo ist Phil?«, fragte ich.

Er reckte sich gähnend. »Ich habe heute kein Glück«, knurrte er. »Es kam ein Anruf von einem Privatmann. Drei Ausbrecher sind in seine Wohnung eingedrungen und haben seinen Kleiderschrank und seine Brieftasche geplündert. Phil zog die Pik-Acht, und ich dachte schon, ich könnte mich auf die Socken machen, aber dann führte der Teufel meine Hand, und ich zog die Karo-Sieben, und er hatte mit seiner lächerlichen Acht gewonnen.«

Phil kam gegen ein Uhr. Er lachte. »Das war lustig«, erzählte er. »Keine schweren Burschen. Ein Hochstapler, ein Taschendieb und ein Einbrecher. Spezialist für Ladendiebstähle. Sie hatten von irgendwoher einen alten Mantel aufgetrieben. Der Einbrecher zog ihn an, klingelte bei einem Arzt und bat ihn, dringend zu kommen. Der Arzt wollte ihn zu einem anderen schicken, weil sein Wagen in Reparatur sei, aber der Bursche ließ sich nicht abweisen. Also, nachdem der Arzt seine Tasche gepackt hatte und die Tür öffnete, waren sie alle drei zur Stelle und drängelten ihn in seine Wohnung. Sie besaßen nicht einmal eine Waffe, aber sie taten so, als hätten sie alle Kanonen. Der Doktor hatte an die vierhundert Dollar im Haus, die sie ihm abnahmen. Außerdem versorgten sie sich aus seinem Kleiderschrank.«

Phil musste hellauf lachen.

»Der Hochstapler konnte dem Smoking des Doktors nicht widerstehen. Er nahm das beste Seidenhemd, eine schwarze Fliege, einen Abendendmantel und einen dunklen Hut. Wahrscheinlich hätte er noch die Lackschuhe des Doktors angezogen, aber seine Füße waren zu groß. Sie verabschiedeten sich, aber sie dachten nicht daran, die Telefonleitung durchzuschneiden. Der Arzt rief uns an, kaum dass sich die Tür hinter ihnen geschlossen hatte. Es passierte nur ein paar Straßenecken weiter, und als Smith, Grand und ich im Jaguar in der Gegend auftauchten, erwischten wir die Herren kaum zweihundert Yard vom Tatort entfernt, wie sie darüber debattierten, ob sie es wagen könnten, in ein Hotel zu gehen. Wir erkannten sie an den Schuhen. Ihre klobigen Zuchthausstiefel sahen so merkwürdig unter den eleganten Klamotten des Doktors hervor. Zwei hoben gleich die Arme hoch, aber der Hochstapler türmte. Er rannte einen Nachtwächter über den Haufen, der neugierig auf die Straße getreten war, als er unsere Sirene hörte. Auf diese Weise geriet mein Hochstapler in das Lager einer Lebensmittelgroßhandlung, und weil ich hinter ihm herrannte, geriet auch ich hinein. Wir spielten Verstecken hinter Kisten, Fässern und Säcken, bis der Nachtwächter das Licht einschaltete. Da sahen wir uns dann, und er glaubte, mit mir eine Runde boxen zu können. Als ich ihn erwischte, kippte er gegen ein Fass mit eingelegten Heringen, riss es um, der Deckel platzte ab, und mein eleganter Hochstapler wälzte sich in der Lake inmitten der eingesalzenen Fische. Er sah toll aus in dem feierlichen Smoking.«

Wir lachten lauthals, aber plötzlich brach ich ab.

»Hast du den Heringsburschen etwa in meinem Wagen abtransportiert?«, fragte ich misstrauisch.

Phil grinste mich fröhlich an. »Den Streich hätte ich dir gerne gespielt, Jerry, wenn nicht die Gefahr bestünde, dass wir den Jaguar heute Nacht noch brauchen. Aber keine Sorge, ich habe ihn durch die Müllabfuhr fortschaffen lassen.«

Wir hatten unseren Spaß an der Geschichte und lachten uns gründlich aus.

»Noch 'ne Pokerpartie?«, fragte Dierks schließlich.

»Ich bin für die waagerechte Lage«, sagte ich. »Überhaupt nicht vorauszusehen, wie viel Schlaf wir in den nächsten acht Tagen bekommen werden. Wir sollten ruhige Minuten ausnutzen.«

Die Freunde waren einverstanden.

»Augenblick noch«, sagte Dierks. »Ziehen wir noch einmal Karten für den nächsten Einsatz, damit wir beim Telefonanruf keine Zeit verlieren.« Er fächerte das Spiel auseinander.

»Nein«, wehrte er ab, als ich die Karte umdrehen wollte. »Früh genug, nachzusehen, wenn es so weit ist.«

»Okay«, sagte ich, nahm ihm das Kartenspiel aus der Hand, legte es in die Schublade, schloss ab und steckte den Schlüssel ein.

»Damit du nicht auf den Gedanken kommst,

deinem Glück ein wenig nachzuhelfen und dein Blatt umzutauschen, während wir schlafen.«

»Bin ich ein Falschspieler?«, fragte er beleidigt, aber es war seiner vorgeschobenen Unterlippe anzusehen, dass ich ins Schwarze getroffen hatte.

Unser Schlaf blieb viel länger ungestört, als wir zu hoffen gewagt hatten. Erst um sieben Uhr morgens – das Grau des Morgens lugte schon durch die Vorhänge – rasselte das Telefon.

Dierks riss sich die Decke vom Körper, nahm sich nicht die Zeit, in die Schuhe zu steigen, sondern raste pfeilgerade zum Telefon, riss den Hörer ans Ohr, lauschte, sagte: »Kommen sofort!«

Er drückte die Gabel nieder, wählte den Bereitschaftsdienst und sprach knapp.

»Dierks! Einsatz 94. Straße! Meine Gruppe!«

Er warf den Hörer hin, flitzte zum Bett und gewissermaßen mit dem gleichen Schwung in seine Schuhe.

»Dicke Sache«, ächzte er dabei. »Kassierer einer Bank von Ausbrechern überfallen, Cops dazwischen, Ausbrecher getürmt, verschanzt in Fabrik.« Er fuhr in die Jacke, riss die Halfter vom Stuhl und brauste zur Tür. Als er dort ankam, stand Phil da, hatte die Arme ausgebreitet und sagte freundlich: »Können wir deine Karte sehen?«

»Wieso?«, fragte er zurück. »Meine Visitenkarte?«

Ich war unterdessen ebenfalls aufgestanden.

»Einen so verschlafenen Menschen kann man unmöglich in einen Einsatz schicken. Die Spielkarte, du Ross, die du gestern gezogen hast.«

»Ach, lasst mich doch in Ruhe!«, rief er und wollte Phil zur Seite drängen. Aber Phil war nicht so leicht zu verdrängen.

»Die Spielkarte!«, sagte er unerbittlich.

Dierks brauste zu seinem Bett und warf das Kopfkissen zur Seite.

»Unglaublich«, schimpfte er. »Das wollen G-men sein. Eiliger Einsatz, und sie halten sich an ein albernes Spiel.« Er fand die Karte. »Ich habe Kreuz-König!«, triumphierte er und rannte erneut zur Tür. Phil ging ihm nicht aus dem Weg.

»Zeigen!«, verlangte er.

»Glaubst du, ich lüge?«, empörte sich Dierks.

»Ja«, sagte Phil. »Zeigen!« Er griff die linke Hand, in der Dierks noch die Karte hielt, drehte das Handgelenk. Die Karte fiel zu Boden. Es war Kreuz-Neun.

»Alter Schwindler!« Phil lächelte, während Dierks enttäuscht stöhnte. »Ich habe Pik-Dame, Jerry. Und du?«

Ich warf meine Karte auf den Tisch.

»Herz-König.« Ich griff nach meinem Hut.

»Wiedersehen die Herren.«

Noch als ich aus der Tür ging, hörte ich Dierks stöhnen.

»Ein Glück hat der Kerl.«

Ich nahm acht G-men mit, zwei mit Maschinenpistolen bewaffnet. Den Jaguar ließ ich zu Hause. Wir neun Mann hätten in ihm keinen Platz gefunden.

Die 94. Straße gehört zu Manhattan Nord. Obwohl man uns keine Nummer angegeben hatte, wussten wir sofort, wo sich die Angelegenheit abspielte, denn vor einem Fabriktor war die 94. schwarz von Menschen. Cops hatten den Fabrikeingang im Halbkreis abgesperrt und die Neugierigen bis zu dem gegenüberliegenden Bürgersteig zurückgedrängt. Wir fuhren unseren Wagen neben die fünf Polizeifahrzeuge, die schon dort parkten. Ein älterer Head Sergeant meldete sich bei mir.

»Sie überfielen einen Bankboten der Candre Bank in der 86. Straße. Der Mann wurde durch einen Schuss schwer verletzt. Eine Polizeistreife zu Fuß kam um die Ecke, als die Täter, drei Mann, in einen Wagen flüchteten. Einer der Beamten hielt einen Zeitungswagen an, während der andere das Revier alarmierte.

Als die Gangster sich verfolgt sahen, eröffneten sie das Feuer. Der Chauffeur des Zeitungswagens weigerte sich daraufhin, weiterzufahren. Der Polizist nahm das Gangsterauto unter Feuer, traf beide Hinterreifen. Die Karre knallte gegen eine Laterne, die Gangster sprangen heraus. Unterdessen erschien der erste Funkstreifenwagen. Es gab ein Feuergefecht, in dessen Verlauf die Ganoven zum Rückzug in die Fabrik gezwungen wurden.«

»Sind Leute in der Fabrik, Zivilisten?«

»Nein, die erste Schicht beginnt erst um acht Uhr dreißig. Die meisten Zuschauer sind Arbeiter der Fabrik.«

»Wie viel wurde geraubt?«

»Vierzigtausend Dollar.«

»Ganz schön. Steht fest, dass es Ausbrecher aus dem State Jail waren?«

Der Head Sergeant nickte. »Ich habe selbst gesehen, dass zwei von ihnen Zuchthauskleidung trugen.«

»Drei Mann also?«

Er schüttelte den Kopf. »Nein, sieben. Drei, die völlig in ziviler Kleidung steckten, führten den Überfall aus, aber als der Wagen anhalten musste, flüchteten sieben Leute in die Fabrik.«

»Alle bewaffnet?«

»Das kann ich nicht genau sagen.«

Ich war zufrieden, winkte unsere Leute zusammen, nahm den Revolver aus der Halfter und sagte: »Na, dann wollen wir mal.«

Das Gittertor zur Fabrik, das einem Überklettern keine Schwierigkeiten bot, war inzwischen von den Cops geöffnet worden. Dahinter lagen zwei Fabrikhallen im rechten Winkel zueinander. Die dritte Seite wurde durch das Büro- und Lagergebäude gebildet. Wir teilten uns in zwei Gruppen. Die eine drang in das Bürogebäude ein, die andere, die ich führte, begann mit der rechten Werkhalle.

Es war eine mittlere Maschinenfabrik. In langer Reihe standen die Dreh-, Fräs- und Schneideautomaten hintereinander, und auf den ersten Blick war niemand zu sehen, als wir die Halle betraten.

Zwischen den Maschinenreihen führten schmale Gänge, genau drei. Wir trennten uns noch einmal. Einen Gang nahm ich, die beiden anderen je zwei von unseren Leuten.

Wir brachten die Länge der Halle ungefähr bis zur

Hälfte hinter uns, ohne dass sich etwas ereignet hätte. Unbeweglich wie schlafende Tiere standen die Maschinen. Unsere Schritte dröhnten laut auf dem Asphaltboden.

Dann ging es ohne Warnung los. Zwanzig Schritte vor mir zuckte hinter einer Drehbank ein Mann hoch und feuerte. Ich warf mich nach links in eine Lücke zwischen zwei Maschinen. Unser Mann mit der Maschinenpistole ballerte eine erste Garbe in die Gegend, Revolver mischten sich dazwischen, und jetzt war das Feuerwerk im Gang.

Geduckt kroch ich zwischen den Automaten herum, um den Gangstern näher auf die Pelle zu rücken. Ich erreichte die Drehbank, von der aus der erste Mann auf mich geschossen hatte, aber er war schon weiter. Schräg rechts vor mir hockte ein Bursche in Zuchthauskluft und starrte angespannt nach links, wo sich unsere Leute nach vorn arbeiteten. Jetzt geriet ihm ein G-man ins Blickfeld, und ich sah, wie er die Pistole hob.

»Weg mit der Waffe!«, brüllte ich ihn an. Er erschrak so, dass er hochfuhr, sich herumwarf, auf mich anlegte.

Ich feuerte. Er taumelte rücklings gegen die Maschine, berührte einen Hebel, und während er am Sockel zusammenbrach, begann die Maschine lauter und lauter zu heulen und sich im Leerlauf zu drehen.

Kurz und gut, wir drängten die Ausbrecher auf diese Weise aus der Maschinenhalle in die nächste quer anstoßende Halle hinein, in der nur Verpackungsautomaten standen. Sie verloren dabei noch einen Mann, den Crux mit seiner Maschinenpistole so schwer traf, dass er später in einem Krankenhaus starb. Doody von unserer Gruppe erhielt einen Oberschenkelschuss und fiel aus.

Als wir in der Verpackungshalle Fuß gefasst hatten, entstand eine Feuerpause. Bis zu diesem Augenblick war schon eine ganz beachtliche Menge Kugeln verschossen worden. Wir hatten jeder einen guten Platz hinter irgendeinem Ding gefunden, das als Deckung ausreichte, und ich versuchte es mit Vernunft. Ich forderte sie zur Aufgabe auf. Sie reagierten nicht, nicht mal mit einem Fluch.

Ich gab Crux ein Zeichen. Er setzte seine Kugelspritze wieder in Tätigkeit, und in ihrem Schutz arbeiteten wir uns vorwärts. Dann begann es auch vom anderen Ende der Halle her zu knallen. Unsere Gruppe, die im Verwaltungsgebäude begonnen hatte, war bis zu diesem Raum vorgedrungen. Die Gangster sahen sich in der Zange, und jetzt dauerte es nur Sekunden, bis sie die Nerven verloren.

»Wir ergeben uns!«, schrie eine Stimme.

»Okay!«, rief ich zurück. »Waffen weg! In den Mittelgang treten! Hände über den Kopf!«

Fünf Mann hoch tauchten sie auf! Zwei in Zuchthauskluft, drei in normaler Kleidung, alle sehr bleich. Einer blutete an der Wange, an der ihn eine Kugel gestreift hatte.

Handschellen hatten wir genug bei uns. Die Aktentasche mit dem geraubten Geld fand sich hinter einer Maschine.

Eine Überraschung gab es, als der Head Sergeant die Burschen zu Gesicht bekam.

»Crool, Benacchi, Rewers!«, stellte er beim Anblick der drei Zivilisten fest. »Ich dachte, ihr hättet noch die Nase vom letzten Mal voll.«

»Alte Bekannte also aus Ihrem Revierbereich«, sagte ich. »Darum kamen sie in diese Gegend, als sie aus dem State Jail ausbrachen.«

»No, Sir«, sagte der Sergeant. »Die drei Jungs haben überhaupt nicht gesessen. Sie sind schon vor mehr als einem halben Jahr entlassen worden.«

Es stellte sich dann heraus, dass die vier Ausbrecher aus dem State Jail die drei Gangster vom gemeinsamen Aufenthalt in der Pension Ewigkeit her kannten und dass sie sich nach ihrer Flucht zu ihnen durchgeschlagen hatten. Noch in der Nacht wurde dann beschlossen, das Ding mit dem Bankboten zu drehen, das Crool, Renacchi und Rewers wahrscheinlich schon seit langem vorhatten.

Noch während des polizeilichen Verhörs setzte bereits das gegenseitige allgemeine Beschuldigen ein. Die Ausbrecher wollten von den legal Freigekommenen verführt, die Entlassenen von den Ausbrechern gezwungen worden sein.

Na ja, es war Sache des Richters, sich durchzufinden. Wir hatten jedenfalls wieder vier Ausgebrochene und drei zukünftige Gäste der Pension Ewigkeit dazu.

Als ich ins Hauptquartier zurückkam, saß Phil allein im Zentralbüro.

»Dierks?«, fragte ich.

»Er zog das Kreuz-Ass.« Phil grinste. »Die höchste Karte im Spiel. Jetzt darf er einen Ausbrecherschlupfwinkel in Harlem ausräumen, der vor einer halben Stunde gemeldet wurde.«

Sie werden Bound Village auf keiner Karte verzeichnet finden, es sei denn, Sie könnten die Generalstabskarten des Pentagon einsehen. Dabei liegt der Ort nicht sehr weit von New York, kaum fünfundzwanzig Meilen in südöstlicher Richtung, Luftlinie gerechnet. Benutzt man jedoch die Straßen, so verlängert sich der Weg um mehr als zehn Meilen, denn es gibt keine direkte Straße nach Bound Village. Von der Nebenstraße des westöstlichen Highways führt ein schmaler Weg ab, über den man nach Bound Village gelangt.

Bound Village besteht aus genau acht Häusern. In sieben davon wohnen Familien. Das achte Gebäude ist das Gemeindehaus, das die Bound Villager in gemeinsamer Arbeit errichtet hatten und auf das sie nicht wenig stolz sind.

Bound Villages Gemeindevorsteher wird alle vier Jahre neu gewählt, genau wie der Präsident, und in diesem Jahr war es Thomas Elvingstone, der einer Familie von acht Köpfen vorstand, was rund fünfundzwanzig Prozent der Einwohnerschaft von Bound Village ausmacht, denn es wohnen dort genau neununddreißig Leute, die alle von der Landwirtschaft leben. Bound Village hat auch einen Sheriff.

Er heißt Benderbeck, und eigentlich war er schon viel zu alt für den Posten, aber die Bound Villager wählten ihn jedes Jahr wieder, weil der Sheriff in ihrer Gemeinde doch nie Gelegenheit hatte, seines

Amtes zu walten. Und der alte Richard freute sich jedes Jahr neu, dass ihm die Ehre zuteil wurde, den fünfzackigen Stern zu tragen.

Bound Village war also ein Gemeindewesen, das seit Jahrhunderten in aller Friedlichkeit vor den Toren des Riesen New York gedieh und das von diesem Riesen nicht mehr Notiz genommen hatte, als dass der Milchpreis etwas gestiegen war, seitdem die in Bound Village erzeugte Milch in New York getrunken wurde. Freilich kam sie auf sehr vielen Umwegen dahin, und wahrscheinlich war es den Bewohnern dieses Dorfes nicht einmal bewusst, dass sie hier draußen arbeiteten, damit die Menschen in der großen Stadt leben konnten.

An jenem Morgen nach der Revolte im State Jail rollte ein schwerer verstaubter Omnibus in das Dorf ein, dessen acht Häuser alle an der Straße lagen, die ihrerseits bei dem letzten Haus, gewissermaßen in einem Gemüsegarten, endete.

Genau betrachtet war es noch Nacht, als dieser Omnibus kam. Er rollte um vier Uhr an und stoppte mitten im Ort neben dem Gemeindehaus.

Die Bewohner von Bound Village schliefen noch alle. Vielleicht hörte der eine oder andere den Omnibus, aber niemand stand auf und ging ans Fenster.

Die Leute, die aus dem großen Wagen kletterten, verhielten sich leise, aber hin und wieder klirrten die Gegenstände aneinander, die sie in den Händen trugen. Es waren genau vierzig Mann, mit dem Fahrer, der hinter dem Steuer blieb, einundvierzig.

In der Dunkelheit des frühen Tages hoben sich ihre Gestalten nur schemenhaft ab. Einer von ihnen, ein großer schlanker Mann, der sich vornübergebeugt hielt, teilte sie auf.

»Eins, zwei, drei, vier, fünf, sechs. Erstes Haus rechts! Eins, zwei, drei, vier, fünf, sechs. Erstes Haus links!«

Die letzte Gruppe schickte er nur mit fünf Leuten fort. Bei ihm blieben vier. Er reckte sich. »So«, sagte er leise, »nun wollen wir der alten Heimat mal einen Besuch abstatten. Tut direkt gut, mal wieder zu Hause zu sein.«

An der Spitze der vier Männer ging er auf das Haus von Thomas Elvingstone zu. Als die Gruppe heran war, begann ein Hund wütend zu kläffen, und das war das Zeichen für alle Hunde in Bound Village, ein wildes Gebell anzuschlagen.

Der Mann vor der Tür des Gemeindevorstehers hob die Maschinenpistole in der Hand. Er donnerte mit dem Lauf gegen die Tür. Und im selben Augenblick donnerte an die Tür eines jeden Hauses in Bound Village der Kolben eines Gewehrs, der Griff eines Revolvers.

Thomas Elvingstone, ein beleibter Mann über sechzig, wurde vom Gebell des Hundes und den Kolbenstößen aus dem Schlaf geschreckt. Er holte ein Jagdgewehr von der Wand des Wohnraums, stieß das Fenster auf und zielte auf die Schemen vor seiner Tür.

»Was wollt ihr!«, rief er. »Keine falsche Bewegung, oder ich drücke ab.«

Ein scharfes Lachen antwortete ihm. »Wir sind doch keine Indianer. Mach auf, Elvingstone, und steck schnell deinen Jagdpüster fort. Hier sind sieben Maschinenpistolen und zwölf Gewehre, die Revolver nicht gerechnet.«

Elvingstone zögerte. »Was wollt ihr?«, fragte er unsicher.

»Du wirst es hören, wenn du uns geöffnet hast. Es ist kein Problem für uns, deine Tür einzudrücken, aber sieh, wir sind höfliche Leute«, höhnte die scharfe Stimme.

Der Gemeindevorsteher wollte sich vom Fenster zurückziehen, aber die Stimme sprach noch einmal.

»Ich nehme an, dass du das einzige Telefon des Ortes hast, Elvingstone. Ich rate dir, rühre es nicht an. Kein Mensch in Bound Village würde es überleben und wahrscheinlich nicht einmal der Ort selbst. Ich ließe an jedes Haus Feuer legen, und es wäre mir gleichgültig, ob noch jemand in den Mauern wäre oder nicht.«

»Es ist gut«, sagte Elvingstone heiser. »Ich komme!«

Wenig später ging die Tür auf. Elvingstone stand vor ihnen im Nachthemd und Pantoffeln, wie er aus dem Bett gesprungen war. Einer der Burschen riss ihm das Gewehr aus der Hand. Der Hagere trat auf ihn zu. Der Bürgermeister wich in den Flurgang zurück.

»Links ist das Wohnzimmer, nicht wahr?«, fragte der Hagere. Er öffnete die Tür. »Zieh dir etwas an, Elvingstone! Und bring deine Familie auf die Beine. Lewis, geh mit! Ich warte hier.«

Der Hagere tastete nach dem Schalter und knipste das Licht in dem Wohnzimmer, das gleichzeitig dem

Bürgermeister als Amtsraum diente, an. Er lächelte, ließ sich in einen der altmodischen Plüschsessel nieder, steckte sich eine Zigarette an und rauchte mit Genuss.

Er mochte beim dritten oder vierten Zug sein, als draußen ein Schuss krachte.

Der Hagere sprang auf. Er lauschte mit vorgebeugtem Oberkörper, aber dem Schuss folgte kein zweiter.

»Twin, sieh nach, was das war!«, befahl er, und ein Mann seiner Gruppe huschte hinaus.

Thomas Elvingstone kehrte von den oberen Räumen zurück. Sein ältester Sohn, der wie er Thomas hieß, kam mit herunter.

Der Hagere setzte sich wieder.

»Nehmt Platz!«, forderte er die beiden Männer mit einer Handbewegung auf. Die Elvingstones blieben stehen.

»Wenn Sie Geld wollen«, sagte der Alte, »so glaube ich nicht, dass sich der Fischzug lohnen wird. Die Leute von Bound Village haben nicht viel Geld in ihren Wohnungen. Bei uns geht das meiste auf Treu und Glauben und Abrechnung einmal im Jahr, aber Sie können an Geld haben, was wir besitzen. Ich möchte nicht, dass jemandem von den Einwohnern ein Unglück geschieht. Es ist vorhin geschossen worden.«

»Ich kenne Bound Villages Gewohnheiten«, sagte der Hagere. »Geld will ich zwar auch, und zwar alles, was ihr habt, aber zunächst möchte ich etwas anderes. Kennst du mich eigentlich nicht mehr, Thomas Elvingstone?«

Der Alte musterte den Fremden. »Nein«, sagte er hart.

»Ich war acht Jahre alt. Ein Gesicht verändert sich in so vielen Jahren. Aber du, Thomas«, er wandte sich an den Sohn, »du müsstest mich eigentlich erkennen. Wir sind fast gleichaltrig. Wir haben als Kinder miteinander gespielt.«

Der Sohn blickte seinen Vater an. Erinnerungen stiegen in ihm auf, und plötzlich wusste er, wer vor ihm saß.

»Ja, ich kenne dich wieder, Frederic Collin«, sagte er langsam. »Aber ich erkenne dich nicht an dem Erinnerungsbild in meinem Gedächtnis. Ich erkenne dich an den Bildern in den Zeitungen, als dein Prozess war und du zu dreißig Jahren verurteilt wurdest.«

Der entflohene Zuchthäusler grinste.

»Okay, Tom. Kann mir denken, dass ihr in Bound Village ordentlich über meinen Fall getratscht habt. Schande der Gemeinde, verkommenes Subjekt, das werden die Bezeichnungen gewesen sein, mit denen ihr mich bedacht habt.« Er lachte. »Aber immerhin, an Heimattreue fehlt es mir nicht. Ihr seht es daran, dass ich heute zu euch zurückkehre, an denselben Ort, den mein Vater verließ, als ich acht Jahre alt war.«

»Und was willst du bei uns?«, fragte der alte Elvingstone.

»Hier bleiben. Hier in Bound Village will ich abwarten, bis sich der Sturm über den Ausbruch aus dem State Jail verzogen hat.«

»Mit all den Leuten, die bei dir sind?«

»Mit allen Leuten.«

»Das ist unmöglich. Der FBI wird es merken. Sie werden dich fassen!«

»Irrtum, alter Tom. Ich weiß genau, wie es in Bound Village zugeht. Das einzige Telefon befindet sich bei dir. Der Postbeamte kommt einmal täglich von Conder. Wir werden uns bemühen, ihm nicht unter die Augen zu treten, aber du wirst ihm erzählen, du hättest Leute eines kleinen New Yorker Betriebs zur Erholung hier. Die Milch liefert ihr bei der Molkerei in Conder ab. Wahrscheinlich betreibt immer noch die Familie von Wyring den Transport. Okay, sie sollen ihn weiter durchführen, nur dass ständig zwei meiner Leute mitfahren werden. Der Schulunterricht eurer Kinder wird weitergehen. Ihr habt ja einen eigenen Lehrer. Die Gemeinde ist reich.«

»Ich kann den Leuten nicht befehlen, dich nicht zu verraten«, erklärte der alte Elvingstone fest.

Collin fuhr aus seinem Sessel auf. Er trat nahe auf den Gemeindevorsteher zu.

»Ich weiß, Tom, aber sie werden es sich sehr überlegen, wenn ich ihnen mitteile, was ich dir jetzt sage. Ich bin zu dreißig Jahren verurteilt worden. Das bedeutet, dass ich mein Leben hinter Gittern verbringen muss, wenn sie mich wieder einfangen. Es wäre sinnlos, wenn wir versuchen wollten, uns jetzt ins Ausland durchzuschlagen. Wir kämen nicht durch, aber in drei oder vier oder sechs Wochen haben wir bessere Chancen. Wenn einer der Einwohner von Bound Village das Bedürfnis verspüren sollte, dem Gesetz unter die Arme zu greifen, indem er uns verpfeift, dann soll er dabei daran denken, dass es das ganze Dorf bezahlen muss. Wir ergeben uns nicht, und wenn der FBI mit einer ganzen Armee anrückt. Und wenn sie das Dorf mit Gewalt stürmen wollen, dann sterben wir vielleicht, aber die Einwohner von Bound Village sterben vor uns.«

Bei jedem Satz wurden die Züge des alten Elvingstones härter. Sie versteinerten gleichsam.

Seinem Sohn aber raubten die furchtbaren Sätze die klare Überlegung.

»Du Hund!«, keuchte er. »Du elender Hund!« Und er stürzte sich mit schwingenden Fäusten auf den zynischen Gangster.

Er bekam Collin zu fassen, packte seinen Hals, würgte ihn. Der Führer der Ausbrecher wehrte sich, aber der junge Bauer war stärker. Trotzdem ging es nicht gut für ihn aus. Der Zuchthäusler Secchi, der ebenfalls im Zimmer war, nahm seinen Revolver aus der Tasche, drehte ihn um, ging zu dem kämpfenden Paar hin, alles ganz ruhig, fast langsam, und schlug Elvingstone den Kolben auf den Schädel. Der Junge sackte zusammen und fiel vor die Füße seines Gegners.

Elvingstone senior war hochgefahren, als sein Sohn zusammengeschlagen wurde, aber eine kühle Bewegung von Secchis Hand mit dem Revolver ließ ihn seine Machtlosigkeit erkennen.

Collin rieb sich den Hals. »Das versucht keiner von euch noch einmal«, sagte er drohend. »Es würde uns nicht kratzen, hier einer Beerdigung beizuwohnen.«

Twin und noch einer der Ausbrecher traten ein.

Zwischen sich schleiften sie den alten Richard Benderbeck, der halb bewusstlos war.

»Das ist der Bursche, der geschossen hat«, sagte Twin. »Mit dem Ding hier!« Er warf einen altmodischen Revolver auf den Tisch.

»Der alte Benderbeck!« Collin lachte. »Tja, Rich, jetzt hättest du einmal Gelegenheit gehabt, deine Fähigkeiten als Sheriff unter Beweis zu stellen, aber anscheinend taugst du nicht viel.«

Benderbeck erkannte Collin sofort.

»Du bist es«, knurrte er mit seiner rauchigen Greisenstimme. »Das größte Unkraut, das je in Bound Village wucherte. Dich fassen sie auch noch, Collin!«

»Aber du nicht, Richard, was?«

»Nimm's nicht leicht«, brummte Twin dazwischen. »Er hat Boslaw ganz schön angekratzt.«

Collin schüttelte die Patronen aus dem Revolver und gab ihn dem Alten wieder.

»Da, Richard, du wirst weiter den Sheriff von Bound Village spielen und sollst mit dem Stern und dem Ding hier herumlaufen dürfen. Aber jetzt wird es Zeit, dass wir allen klar machen, wie die Verhältnisse hier liegen. Elvingstone, schließ den Saal vom Gemeindehaus auf! Twin, lass die Bewohner in das Gemeindehaus bringen, und zwar alle, einschließlich Frauen und Kinder!«

Eine knappe Viertelstunde später fand in dem Gemeindesaal die seltsamste Versammlung statt, die wahrscheinlich je im freien Amerika durchgeführt wurde. Alle neununddreißig Einwohner von Bound Village kamen zusammen, einschließlich zweier

Säuglinge auf den Armen ihrer Mütter. Collins Leute hatten nicht geduldet, dass nur einer zurückblieb. Die wenigsten waren vollständig angezogen. Die Gesichter der Frauen zeigten Furcht, die der Männer Trotz und Zorn.

An den Eingängen und an den Wänden lümmelten sich acht oder neun von Collins Leuten. Sie zeigten offen ihre Gewehre, Revolver und Maschinenpistolen.

Collin erschien mit Elvingstone zuletzt.

»Alles da?«, schnitt seine scharfe Stimme über die Versammlung.

»Alles da!«, antwortete Bobbers von der Tür her.

Collin grinste den Gemeindevorsteher höhnisch an.

»Los, alter Tom, stell mich den Leuten vor!«

Elvingstone schob sich wortlos in die Mitte des Saales vor die kleine Bühne, auf der in wenigen Wochen die Weihnachtsspiele aufgeführt werden sollten, und sagte tonlos: »Leute, hier ist ein Mann, der euch etwas sagen will. Es ist Frederic Collin, der früher einmal hier gewohnt hat. Er ist aus dem Zuchthaus entsprungen und will bei uns bleiben, bis über den Ausbruch Gras gewachsen ist. Er hat mir gedroht, dass ganz Bound Village es büßen wird, wenn einer von euch ihn an die Polizei verraten sollte, aber ich sage nichts dazu. Jeder muss wissen, was er tut.«

Mit gesenktem Kopf trat er zur Seite. Die Männer und Frauen saßen in gelähmtem Schweigen.

Collin trat vor. »Was Elvingstone gesagt hat, stimmt. Besonders der letzte Satz.« Er hob die

Stimme. »Wenn einer aus der Reihe tanzt, müssen alle dafür bezahlen, einerlei wie alt, gleich ob Mann oder Frau. Ich bin nicht scharf darauf, Bound Village auszurotten, aber ich werde es tun, wenn es sich als notwendig erweisen sollte. Nach außen hin will ich, dass das Leben bei euch so weiterläuft wie bisher. Wir, meine Männer und ich, sind Angehörige einer Firma, die sich für ein paar Wochen bei euch einquartiert haben. Ihr sollt eurer Arbeit nachgehen. Ihr sollt eure Post in Empfang nehmen, aber Tod über den ganzen Ort, wenn einer ein falsches Wort spricht. Ich kenne Bound Village. Ich weiß, dass ihr oft monatelang den Ort nicht verlasst. Der einzige Fremde, der täglich zu euch kommt, ist der Postbote von Conder. Glaubt nicht, ihr könntet ihm eine Nachricht mitgeben. Ich werde jeden Brief lesen, bevor er befördert wird. Ich habe auf jedes Haus eine Anzahl meiner Leute verteilt. Ihr habt diese Männer zu verpflegen, und ihr habt ihren Anordnungen zu gehorchen. Wir sind vierzig Erwachsene, ihr seid nur neununddreißig Personen mit Greisen, Frauen und Kindern. Es ist verboten, das Dorf zu verlassen außer zur Feldarbeit, aber ich weiß, dass die meiste Arbeit auf dem Feld getan ist. Und seid vorsichtig mit euren Kindern! Schärft ihnen genau ein, wie sie sich zu verhalten haben! Wenn wir durch einen Jungen verraten werden, so hat das für euch die gleichen Folgen, als wenn es ein Erwachsener getan hätte. Wer ist der Lehrer?«

In einer der letzten Bankreihen erhob sich ein schmaler junger Mann.

»Ich«, meldete er sich leise.

»Okay, Lehrer, machen Sie mal ein bisschen mehr Schule als sonst. Halten Sie das Jungzeug zusammen, damit nicht einer davon auf die Idee verfällt, den Helden zu spielen.«

»Ja, Sir«, sagte der Lehrer und setzte sich.

Collin wandte sich wieder an alle.

»Seid vernünftig, Leute«, fuhr er fort und bemühte sich, den Klang seiner scharfen Stimme zu mildern. »Tut, was wir euch befehlen, und in vier oder fünf Wochen hauen wir ab, ohne einem von euch ein Haar zu krümmen, und ihr habt Stoff zum Reden bis an euer Lebensende, und die Zeitungen geben euch 'ne Menge Geld, wenn ihr ihnen von uns erzählt. Haltet ihr euch nicht an unsere Anordnungen, dann fahrt ihr allesamt mit uns zur Hölle.«

Er ließ den Blick seiner grauen Raubvogelaugen über die Versammlung gleiten, sah nur gesenkte Nacken, lachte scharf.

Dann rief er: »So, jetzt könnt ihr nach Hause gehen! Kocht Kaffee für eure Einquartierung und holt die Schinken aus den Räucherkammern. Wir können es brauchen.«

Er packte Thomas Elvingstones Arm, beugte sich zu seinem Ohr und flüsterte: »Und von dir brauche ich die Gemeindekasse!«

Etwa fünf Minuten später gab Collin dem Fahrer des Omnibusses sechshundertvierunddreißig Dollar.

»Dein Lohn, Johnny, dass du mit dem Omnibus da warst, wohin ich dich bestellt hatte.«

Der Mann, der die ganze Zeit stur hinter dem Steuer gewartet hatte, nahm das Geld.

»Dafür habe ich es nicht getan, Fred, sondern weil du den Mund hieltest, als die Richter dich fragten.«

Collins Lachen schnitt durch den beginnenden Morgen.

»Ich hielt den Mund, weil ich wusste, dass ich eines Tages noch einen Mann brauchen würde, der einen Omnibus besorgen und fahren kann.«

Johnny, ein Bursche, der einmal ein Ding gedreht hatte, von dem Collin wusste, drückte den Anlasserknopf. Er wendete den schweren Omnibus auf der schmalen Straße. Collin sah ihm nach, bis die roten Schlusslichter endgültig in dem heller und heller werdenden Grau verschwanden.

Ein Omnibus hatte die Einwohnerschaft Bound Villages mit einem Schlag fast verdoppelt, und gleichzeitig begann mit seiner Ankunft eine neue gesellschaftliche Ordnung. Bisher bewohnt von gleichberechtigten Bürgern, gab es jetzt in dem Dorf zwei Klassen von Menschen: Befehlende und Gehorchende, Bewaffnete und Unbewaffnete, Sieger und Besiegte.

Collins Zuchthäusler wussten genau, was sie zu tun hatten. Der Hagere hatte ihnen schon im Zuchthaus eingetrichtert, was die Aufgabe jedes Einzelnen in Bound Village sein würde. Unzählige Male hatte er den Grundriss des Dorfes in der Freistunde im Zuchthaus auf eine leere Zigarettenschachtel gezeichnet. Jeden der vierzig Mann hatte er noch in den Zellen des State Jail ins Gebet genommen und ihn auf seine kommende Aufgabe gedrillt. Noch in den fast vierundzwanzig Stunden, die sie in der Garage am Stadtrand verbrachten, in die sie der hinter dem Gefängnis auf sie wartende Omnibus gebracht hatte, hatte Collin den ganzen Plan noch einmal durchgesprochen.

Jede Gruppe hatte einen Anführer, dessen Kommando absolut galt. Als Erstes versorgten sich die Gangster aus den Schränken der Bewohner mit Kleidern. Sie waren nicht wählerisch. Sie nahmen auch Arbeitskluft, denn Collin hatte bestimmt, dass nicht alle als erholungssuchende Mitglieder einer Firma gelten sollten. Die beiden Männer, die den Milchtransporter Wyring zur Molkerei begleiten sollten, mussten sich als neue Hilfskräfte bezeichnen. Collin hatte zu diesem Job die beiden Harmlosesten seiner Gruppe bestimmt, deren Gesichter am unauffälligsten und alltäglichsten schienen. Für die anderen war ein streng gehaltener Wachturnus eingeführt.

Im großen und ganzen sollten die Bewohner möglichst wenig belästigt werden. Innerhalb des Ortes durften sie sich tagsüber frei bewegen. Nur war es niemandem gestattet, allein das Dorf zu verlassen. Zwei Collin-Leute saßen ständig an den Fenstern des ersten und letzten Hauses des Dorfes, und Collin hatte gedroht, dass jeder erschossen würde, der zu versuchen wagte, Bound Village zu verlassen.

Der erste Tag war selbstverständlich angefüllt mit Aufregung und ständiger Erwartung unvorhersehbarer Ereignisse. Von diesen Gefühlen wurden nicht nur die Bewohner, sondern auch die Zuchthäusler gepeinigt. Die meisten von ihnen glaubten selbst nicht recht an das Gelingen des Planes. Als die beiden Ausbrecher, die Wyring zur Molkerei begleitet hatten, zurückkamen, stürzten ihre Kumpane ihnen entgegen und fragten, wie es geklappt habe. Die beiden, die mit Sorge abgefahren waren, grinsten. Es hatte tadellos geklappt. Bei der Molkerei trafen jeden Morgen fast hundert Wagen mit Milchkannen ein. Niemand hatte Zeit, mit irgendwem zu schwatzen. Die Kannen wurden abgeladen, die leeren Kannen zurückgenommen, und Wyring dachte an seine Frau und seine zwei Kinder in Bound Village und hütete sich, eine Andeutung zu machen.

Dann, kurz vor Mittag, erschien wie täglich der Briefträger auf seinem Motorrad. Er stutzte, als er den ersten der Zuchthäusler am Ortseingang sah, grüßte dann »Morning, Sir!«

Der Ausbrecher grüßte zurück. »Morning!« Selbstverständlich war dafür gesorgt worden, dass keine Waffe zu sehen war.

Als der Briefträger zum Gemeindevorstand ging, musste Elvingstone selbst ihm die Erklärung abgeben, zu der Collin ihn gezwungen hatte, jene Geschichte von der Firma, die ihren Angestellten einen Erholungsurlaub bewilligt habe.

Der Postbote dachte nicht weiter darüber nach.

»Feine Firma«, sagte er nur. »Die Postverwaltung verfällt nie auf solche Gedanken. Ja, ja, der soziale Fortschritt! Feine Sache, auch für Bound Village, Mr. Elvingstone. Bringt 'ne Menge Geld ins Dorf!« Er schwang sich auf sein Motorrad und brauste wieder ab. Da es üblich war, dass die gesamte Post beim Bürgermeister abgegeben wurde, hatte der Postbeamte mit den übrigen Anwohnern praktisch keine in Berührung.

Als die Nacht sich über diesen ersten Tag der Ausbrecher in Bound Village senkte, sahen sie, dass Collins Plan offenbar durchführbar war. Sie legten sich in die Betten ihrer unfreiwilligen Gastgeber, und nur die Wachen, die Collin eingeteilt hatte, gingen ihre Runden. Über Bound Village senkte sich der Friede der Nacht.

Es vergingen zwei, drei Tage, ohne dass etwas Ungewöhnliches passiert wäre. Die Zuchthäusler lebten auf, ja, sie begannen übermütig zu werden. Freilich, es gab nicht viel Whisky in Bound Village, aber die Burschen, die täglich mit der Milch nach Conder fuhren, brachten eines Tages ein paar Flaschen mit. Brown, einer von der Bande, stellte nach einigen Gläsern der Tochter von William Bright nach. Der Bauer bemerkte es rechtzeitig und warf sich dazwischen. Er war ein starker Mann, und Brown, eine windige, schmierige Vorstadttype, bezog eine beachtliche Tracht Prügel.

Als er groggy am Fuß der Haustreppe lag, zog er seinen Revolver und legte auf den Bauern an. Er hätte William Bright abgeknallt, wenn Twin nicht in diesem Augenblick aufgetaucht wäre. Er trat seinem Kumpan die Kanone aus der Hand und verstärkte die Prügel durch ein paar saftige Kinnhaken. Dennoch, das Ereignis sprach sich herum, und die Angst, die schon halb eingeschlafen war, wurde bei den Bewohnern wieder wach.

Ein Problem für sich bildeten die Kinder. Zunächst hatten sie wohl kaum verstanden, welchen seltsamen Besuch ihr Dorf aufgenommen hatte, aber dann kriegten sie es aus den Gesprächen ihrer Eltern mit. Auch sahen sie oft Waffen bei den ungebetenen Gästen. Selbstverständlich gab es auch in Bound Village Radios. Hin und wieder wurde in den Meldungen noch von dem Ausbruch gesprochen, und schließlich wussten die Kinder von Bound Village, wer die Leute in ihrem Dorf waren, wenn sie auch sicherlich nicht die Gefahr erkannten, in der sie alle schwebten.

Besonders in den Augen der Jungen war es ein Abenteuer, und da nicht alle Gangster bärbeißige Typen waren, da auch die Langeweile sie dazu trieb, bei den Kindern den Kontakt zu suchen, den sie bei den Eltern nicht fanden, entstand zwischen dem einen oder anderen Jungen und einigen der Ausbrecher so etwas wie eine Freundschaft.

Am fünften Tag des Aufenthalts in Bound Village ging Jimmy Faubert, ein Zwölfjähriger, in das Zimmer seines Vaterhauses, in dem die Eindringlinge hausten. Er hatte sich mit Locco, einem der Ausbrecher, angefreundet, und er ging hin, um sich mit ihm zu unterhalten, aber Locco war nicht im Raum. Es war überhaupt niemand in diesem Zimmer und Jimmy bemerkte auf dem Tisch neben dem Fenster einen schwarzen Gegenstand. Neugierig trat er näher. Er wusste, dass das Ding eine Maschinenpistole war, und die Neugier trieb ihn dazu, die Waffe in die Hand zu nehmen.

Er fand sie schwer, aber er war auch stolz, eine

echte Waffe in der Hand zu haben. Er nahm sie an die Hüfte, schwenkte sie herum und machte: »Rrr, Rrrr!«

Im diesem Augenblick kehrte der Zuchthäusler Houlden zurück, der die Wache im Haus zu halten hatte. Er war nach oben in das Schlafzimmer gegangen, um sein vergessenes Feuerzeug zu holen. Als er den Jungen mit der Maschinenpistole sah, erschrak er zunächst mächtig. Dann erkannte er, dass Jimmy nur mit der Waffe spielte. Er stürzte sich auf ihn, riss ihm die MPi aus der Hand, beschimpfte ihn, schlug auf ihn ein und trieb ihn aus dem Zimmer.

Auf dem Flur erhielt Jimmy eine so heftige Ohrfeige, dass er hinfiel. Das sah Jimmys älterer Bruder. Er lief herbei, packte Houldens Arm, um ihn daran zu hindern, weiter auf den Jungen einzuschlagen. Houlden, ein brutaler Bursche, schlug den Siebzehnjährigen kurzerhand mit dem Lauf der Waffe nieder.

Jimmy sah alles. Er presste entsetzt die Hände vor den Mund, schrie laut auf, stürzte aus dem Haus, verkroch sich im Stall und wagte sich erst nach Einbruch der Dunkelheit wieder zum Haus. Noch bevor er es betrat, ging ein Mann auf ihn zu.

»Komm morgen nach der Schule zu mir, Jimmy«, sagte er. Und er legte nachdrücklich den Finger auf den Mund. Jimmy erkannte seinen Onkel, den alten Sheriff Richard Benderbeck. Er nickte.

Von allen Einwohnern Bound Villages war wahrscheinlich nur der alte Benderbeck nicht damit einverstanden, dass niemand einen Versuch zu unternehmen wagte, den Gangstern die Polizei auf den Hals zu hetzen.

Erst hatte er laut seine Meinung gesagt, aber die erwachsenen Männer schüttelten den Kopf: »Du hast gehört, was ihr Boss gesagt hat, Richard. Sie töten uns alle. Nein, lieber warten wir, bis sie abziehen.«

Auch Benderbecks Hinweis auf die Tüchtigkeit der Polizei verfing nicht. »Die G-men finden schon eine Möglichkeit, sie zu überraschen, ohne dass sie sich an uns rächen können«, sagte er.

Doch seine Gesprächspartner antworteten gewöhnlich: »Wie wollen sie das anstellen?« Darauf wusste allerdings auch der alte Sheriff keine Antwort.

Obwohl die Häupter aller Familien der Ansicht waren, dass man nichts gegen die Gangster tun könne, gab Benderbeck seinen Plan nicht auf. Aus Protest war er zunächst ohne seinen ungeladenen Revolver auf die Straße gegangen, ohne jenen Revolver, den er seit zwanzig Jahren so selbstverständlich umzuschnallen pflegte, wie er seine Zigaretten einsteckte. Aber Collin hatte es gesehen, und er verlangte, dass der Sheriff wieder Stern und Waffe trug. Er lachte über den Alten, aber Benderbeck war besessen von dem Bedürfnis nach Erfüllung des Gesetzes, und als er bei den Erwachsenen kein Gehör fand, wandte er sich an die Kinder. Jimmy kam am nächsten Nachmittag zu ihm. Der Alte hatte Schokolade gekocht. Er bewohnte ein Zimmer im Haus seiner Tochter, das ihm gleichzeitig als Wohn- und Schlafzimmer diente.

»Wie geht es deinem Bruder?«, fragte Benderbeck, während er dem Jungen die Schokolade eingoss.

»Mutter sagt, er hätte sicherlich eine Gehirnerschütterung. Er ist immer noch ganz benommen, und sein Kopf schmerzt sehr.«

»Die elenden Verbrecher«, knirschte der Alte. »Meinst du nicht auch, Jimmy, dass man die Polizei benachrichtigen müsste?«

»Es geht doch nicht, Onkel Richard. Vater sagt, sie brächten uns alle um, wenn die Polizei erscheine.«

»Ach, Unsinn, Jimmy. Hast du nie gelesen, wie tüchtig die G-men sind? Das sind die tüchtigsten Polizisten auf der Welt. Wenn sie nur wüssten, dass die Gangster hier sind, sie würden sie schon erledigen, ohne dass sie die Zeit fänden, uns ein Haar zu krümmen.«

Benderbeck kratzte sich den grauen Kopf.

»Aber wer soll es ihnen sagen?«, fragte Jimmy und blies in die Schokolade, die zu heiß war.

»Tja, einer von den Erwachsenen kann's kaum übernehmen. Sie haben ein scharfes Auge auf uns, und sie würden es sofort merken, wenn einer fehlte, aber auf Kinder achten sie nicht so genau. Sicherlich würde es ein oder zwei Tage dauern, bis sie merkten, dass einer von euch nicht im Dorf wäre.«

»Glaubst du, ich könnte es tun, Onkel Richard?«, fragte Jimmy eifrig.

Benderbeck kniff ein Auge zu. »Wenn du mutig bist und dich genau an das hältst, was ich dir sage, könnte es schon gelingen. Sieh her!«

Er zog eine Schublade auf und zeigte Jimmy einen starken Strick.

»Pass auf, Jimmy, wie ich es mir gedacht habe. Ich sage deinen Eltern, ich fühlte mich nicht wohl und hätte es gern, wenn du bei mir schlafen würdest. Ich bin schließlich dein Onkel. Du ziehst also zu mir. Drei oder vier Tage verhalten wir uns ganz ruhig. Wir haben jetzt bald Neumond. An einem Abend dann lasse ich dich mit dem Seil aus meinem Fenster. Es ist das einzige Giebelfenster im Haus, und die Wachen haben das Augenmerk hauptsächlich nach hinten und nach vorn. Du wirst wahrscheinlich kriechen müssen, bis du ganz sicher bist, dass sie dich nicht mehr bemerken können. Natürlich darfst du dich nicht die Straße entlangbewegen, sondern du musst einen sehr großen Bogen schlagen. Weißt du, was das ist? Das ist ein Kompass. Ich erkläre dir an den Abenden, die wir hier zusammen sein werden, wie er funktioniert.«

»Und wie erreiche ich die Männer vom FBI?«

»Du musst laufen, bis du auf Leute triffst. Du kannst es nicht riskieren, nach Conder zu gehen, weil sie am Morgen vielleicht doch merken, dass du nicht hier bist, und dann versuchen sie sicherlich, dich dort zu fassen. Du musst laufen, bis du den Stadtrand von New York erreichst. Ich gebe dir Geld und eine Telefonnummer. Es ist die Nummer des FBI-Hauptquartiers. Du verlangst dann gleich den Chef, Junge, und wenn sie dir Schwierigkeiten machen, dann sagst du, es ginge um das Leben von fast vierzig Menschen. Sie werden dich dann anhören.«

»Aber meine Eltern werden es merken, wenn ich nicht im Ort bin«, gab Jimmy zu bedenken.

»Ich werde morgens zu ihnen hingehen, und ich werde ihnen sagen, was du für uns alle getan hast.

Glaub mir, Jimmy, es ist notwendig. Elvingstone und die anderen glauben, sie kämen mit einem blauen Auge davon, wenn sie sich ruhig verhalten, aber das ist nicht so. Du weißt, dass William Bright um ein Haar erschossen worden wäre, und du hast selbst gesehen, wie dieser Houlden mit deinem Bruder umgesprungen ist. Glaub mir, es wird immer schlimmer werden, je länger sie hier sind. Es wird noch Tote geben. Sie sind rücksichtslos und schnell mit ihren Revolvern, und nur der FBI kann ihnen das Handwerk legen.«

»Okay, Onkel Richard«, sagte Jimmy entschlossen. »Ich tu's.«

Er blieb schon an diesem Abend bei dem Alten. Seine Eltern hatten nichts dagegen. Die Gangster fragten nicht nach ihm. Mit Locco hatte Jimmy schon unmittelbar nach dem Niederschlag seines Bruders gebrochen.

Drei Tage blieb Jimmy bei Benderbeck. Jeden Abend hockten der Alte und der Junge wie Verschwörer zusammen und flüsterten über ihren Plan. Benderbeck zeichnete eine Karte und erklärte ihm genau, wie er sich bei seinem Weg nach dem Kompass richten könne.

Der vierte Tag begann mit Regen. Der Alte sah in den bewölkten Himmel.

»Heute wird es gehen, Jimmy«, flüsterte er. »Der Regen dauert bestimmt bis zum Einbruch der Dunkelheit. Hast du noch Mut?«

Jimmy nickte tapfer.

Benderbecks Wettervorhersage erfüllte sich. Es regnete sich immer mehr ein. Zeitweise goss es wie aus Kübeln. Den Zuchthäuslern, die sich ohnedies langweilten, verdarb das Wetter völlig die Laune. Sie waren gereizt. Es gab Streit unter ihnen.

Der alte Sheriff und sein Neffe saßen in ihrem Zimmer und lauschten nach dem Lärm aus dem Parterre, wo die Gangster hausten.

»Leg dich hin, Jimmy«, riet Benderbeck. »Du musst deine Kräfte sammeln. Ich wecke dich, wenn es an der Zeit ist.«

Jimmy gehorchte, und dank seiner gesunden Jungennatur schlief er tatsächlich ein.

Der Alte weckte ihn kurz nach elf Uhr.

»Es ist Zeit, Jimmy«, flüsterte er, »sie schlafen schon seit einer Stunde. Es ist ganz still im Haus.«

Er half dem Jungen in die Stiefel, zog ihm den Wettermantel an, steckte den Kompass und die Streichhölzer in eine Tasche, die Karte und ein paar Dollar in die andere. Er band ihm das Seil unter die Arme. Dann, plötzlich und für Jimmy völlig unerwartet, küsste er ihn auf beide Wangen. »Viel Glück, mein Junge«, murmelte er.

Sie löschten das Licht. Benderbeck hatte das Fenster nur angelehnt, damit es beim Öffnen keinen Lärm machte. Er half Jimmy auf das Fensterbord, fasste den Strick. Mit der Gewandtheit seiner zwölf Jahre klettert der Junge abwärts. Hand über Hand ließ der Alte den Jungen abwärts gleiten. Jimmy stützte sich nur mit den Händen von der Mauer ab, wie sie es besprochen hatten. Er wünschte, sein Onkel möge ihn schneller abseilen, aber schließlich fühlte er doch Boden unter den Füßen. Er legte sich sofort auf die nasse Erde und löste den Strick. Er zog drei Mal daran. Der Strick schwebte nach oben.

Auf Fuß- und Fingerspitzen kroch Jimmy nach hinten. Er kannte hier jeden Fußbreit Boden. Er spürte, wie sein Atem vor Erregung heftig werden wollte, aber er unterdrückte ihn. Wie sie es bei ihren Indianerspielen taten, schlich er vorwärts, ohne daran zu denken, dass er sich die Kleidung völlig verdarb.

Weiter und weiter kroch er vom Hause fort, erst durch den Garten, dann durch die Wiese, die zum Hause gehörte. Er wusste, dass einer der Gangster hinter dem Fenster in dem Parterre saß und nach draußen blickte. Einmal, als er noch ziemlich nahe am Hause war, hörte er Schritte auf der Straße. Er legte sich flach hin, wie sein Onkel es ihm geraten hatte. Verwehte Stimmen klangen an sein Ohr. Wahrscheinlich sprachen die Gangster, die auf der Straße Wache hielten, miteinander. Es wurde wieder still. Der Junge kroch weiter.

Erst als er auch die Wiese durchquert hatte und merkte, dass er sich schon im Ackerland befand, überlegte er, ob er sich jetzt aufrichten könnte. Er nahm sich vor, noch zweihundert Yard zu kriechen, und selbst danach lief er noch zehn Minuten weiter geradeaus vom Dorf fort.

Der Regen wurde heftiger. Sein Gesicht war nass, als hätte er gebadet. Die Nacht war so dunkel, dass er fast nichts sah. Ein paar Mal stieg Angst in ihm auf, aber er schluckte sie tapfer hinunter. Erst als er an einen Strauch stieß, kauerte er sich dahinter, knöpfte seine Jacke auf, entzündete ein Streichholz und studierte in seinem Schein den Kompass und die von seinem Onkel gezeichnete Karte. Er hatte die Lektion gut im Kopf. Er schlug die Richtung ein, die die Nadel ihm wies.

»Bis zum Morgen muss ich die G-men erreicht haben«, murmelte er leise vor sich hin und schritt kräftig aus. Der schwere Boden des Ackerlands klebte an seinen Schuhen, aber er dachte an jenen alten Pionierspruch: Ein Mann geht so weit, bis er nicht mehr kann, und dann geht er noch einmal so weit.

Jimmy Flaubert war entschlossen, sich als Mann zu erweisen.

Hallo, war das eine aufregende Woche gewesen, oder waren es jetzt schon zehn Tage? Was immer ich in meinem Leben an Verbrechern gefangen habe, in dieser Woche verdoppelte und verdreifachte sich die Zahl.

In den letzten Tagen begann der Gangsterstrom zu versiegen. Es erfolgten immer weniger Anrufe. Wir erfuhren, dass ein paar Leute sich nach Chicago durchgeschlagen hatten; aber die Kollegen dort in Chicago reagierten nicht schlechter als wir. Die Herren, die ihr Heil außerhalb New Yorks gesucht hatten, erhielten ein Freifahrtbillett ins State Jail zurück.

Immerhin, an den beiden letzten Tagen wurde nicht mehr angerufen. Ich telefonierte mit Polder.

»Nichts mehr los bei uns«, sagte ich. »Was sagen deine Listen? Haben wir sie alle?«

»Ich habe die Unterlagen dem Chef gegeben«, antwortete Polder. »Er will sie durcharbeiten. Wahrscheinlich besucht er euch morgen früh.«

Polder behielt Recht. Dierks, Phil und ich schliefen noch immer im Hauptquartier, und am Morgen nach dem Telefongespräch mit dem Verwaltungschef besuchte uns Mr. High in unserem Büro. Er erschien sehr früh, schon um sieben. Wir saßen noch beim Frühstück in der Kantine.

»Lasst euch nicht stören, Jungs!«, sagte Mr. High, zog sich einen Stuhl heran, nahm einen Berg Papier aus seiner Aktentasche, plauderte mit uns, bis wir bei den Zigaretten angelangt waren.

Dann allerdings wurde er ernst.

»Polder hat mir seinen Papierwust zugeschickt. Ich erhielt außerdem die Durchschläge des Untersuchungsrichters über die Vernehmungen der Zuchthäusler, die in irgendeiner Form am Ausbruch beteiligt waren. Sie sind noch nicht vollständig, aber klar genug. Ich habe mich heute Nacht mit diesem Papiergebirge befasst, und ich habe ein paar Schlüsse daraus gezogen, die nicht uninteressant sind.«

Er beugte sich über den Tisch.

»Wir haben innerhalb von zehn Tagen fast alle Ausbrecher eingefangen, fast alle. Die Zahl der Fehlenden ist rund. Genau vierzig Mann, wenn die Listen des Gefängnisses und die Statistik von Polder stimmen, aber daran ist kaum zu zweifeln. Das sind nur ein Prozent der Ausbrecher. Neunundneunzig Prozent haben wir also wieder gefasst. Erstaunlich hingegen ist die Aussage der Liste, in denen die verlorenen und wiederbeschafften Waffen aufgeführt sind. Bei den verhafteten neunundneunzig Prozent der Ausbrecher wurden nur rund fünfzig Prozent der geraubten Waffen gefunden, darunter nicht eine Maschinenpistole. Logischer Schluss: ein Prozent der ausgebrochenen Zuchthäusler hat sich rund fünfzig Prozent der Waffen angeeignet, oder mit anderen Worten: Die noch nicht wieder eingefangenen vierzig Mann sind ungewöhnlich stark bewaffnet.«

Mr. High sortierte seine Papiere und sprach weiter.

»Das sind die Schlüsse, die sich aus den Zahlen ergeben. Noch anders und genauer lautet das, was sich nach den Aussagen der Gestellten ergibt. Organisator des Aufstandes im State Jail war zweifelsfrei ein gewisser Frederic Collin. Collin war rechte Hand des Racketbosses Rhandom. Ihr wisst, Rhandom wurde unter nie ganz geklärten Umständen ermordet. Die Richter sprachen seinerzeit die Vermutung aus, dass er von seinen eigenen Leuten umgebracht wurde. Wahrscheinlich hatte Collin die Hand im Spiel.

Leider konnte es ihm nicht nachgewiesen werden, aber Rhandom, der offenbar geahnt hatte, dass er sich auf seine eigenen Leute nicht verlassen konnte, hatte dafür gesorgt, dass beweiskräftige Unterlagen über alle Taten seiner Bande und ihrer Mitglieder an einem sicheren Ort deponiert worden waren. Diese Unterlagen gelangten nach seinem Tod in unsere Hand. Es gab einen großen Prozess, in dessen Verlauf alle Bandenmitglieder des Rhandom-Rackets verurteilt wurden, darunter Frederic Collin wegen Bandenverbrechens und einer Serie einschlägiger Taten zu dreißig Jahren. Da er anscheinend keine Lust hatte, diese dreißig Jahre abzusitzen, organisierte er den Aufstand. Collin scheint aber auch der Einzige gewesen zu sein, der für die Zeit nach der Befreiung vorgesorgt hatte. Nach den Gefangenenaussagen kennen wir zumindest den engeren Kreis jener Bande, die er im Zuchthaus gebildet hat. Es gehören dazu Ganoven aller Schattierungen. Ein paar Namen: Leb Lewis, Twin, Secchi, Bobbers, Brown, Houlden und noch einige Dutzend. Da niemand aus der Collin-Bande bisher geschnappt wurde, ist anzunehmen, dass sie irgendwo untergeschlüpft sind.«

»Vierzig Mann?«, fragte Phil. »Vierzig mit Bild und Fingerabdruck bekannte und gesuchte Männer sind nicht leicht zu verstecken.«

»Stimmt«, bestätigte Mr. High, »und das ist das Rätselhafte an der Sache. Unmöglich können sich die vierzig weit von New York versteckt haben. Eine so große Gruppe fällt umso leichter auf, je länger ihr Weg ist. Andererseits wüsste ich kaum eine Möglichkeit innerhalb New Yorks, ohne dass die Vertrauensleute der Cops dahinter kämen. Wo also sind die Burschen? Bedenkt, eine Horde von vierzig Schwerbewaffneten, dazu straff organisiert, stellt eine viel größere Gefahr dar als jeder noch so verzweifelte Einzelgänger.«

»Wo sollen wir suchen?«, fragte ich. In diesem Augenblick klingelte das Telefon. »Entschuldigung«, sagte ich und nahm den Hörer ab.

»Das 39. Revier«, meldete sich der Anrufer. »Head Sergeant Conners am Apparat. Hören Sie, wir haben hier einen kleinen Jungen. Er will absolut mit dem Chef des FBI sprechen, sagt er.«

»Worum handelt es sich?«

»Will er nicht sagen. Er behauptet, viele Leute seien in Gefahr, aber nähere Angaben will er nur dem Chef des FBI persönlich machen.«

»Ist er bei Ihnen?«

»Sitzt neben mir.«

»Geben Sie ihm den Hörer.«

Es dauerte eine Weile, dann hörte ich eine dünne, zitternde Jungenstimme: »Hier spricht Jimmy Faubert.«

»Hallo, Jimmy«, sagte ich freundlich. »Du hast Jerry Cotton vom FBI an der Strippe. Wo brennt's denn?«

»Es ist schrecklich wichtig, und ich muss Sie unbedingt persönlich sprechen, Mr. Cotton. Es darf kein Fehler gemacht werden, sagt mein Onkel Richard, und Sie müssen sich alles genau überlegen und mich nach jeder Einzelheit fragen, damit Sie genau Bescheid wissen, sonst müssen alle sterben. Meine Mutter, mein Vater, mein Bruder und alle im Dorf.« Er begann zu weinen.

»Hallo, Jimmy!«, rief ich. »Hörst du noch? Sag dem Sergeant, er soll noch mal an den Apparat kommen.«

»Sir?«, fragte der Reviervorsteher.

»Bringen Sie den Jungen sofort her! Liefern Sie ihn bei mir ab! Cotton von der Sondereinsatzgruppe.«

»Okay, Sir!«

Ich legte auf. Alle sahen mich fragend an.

»Ein Junge, der es sehr eilig und wichtig hat«, erklärte ich

Niemand gab der Vermutung Ausdruck, es könne irgendein Zusammenhang zwischen diesem Anruf und unserem Thema bestehen, und doch warteten wir alle, dass Jimmy Faubert bei uns auftauchte. Wir nahmen das Gespräch über den Verbleib der vierzig nicht wieder auf.

Das 39. Revier ist ein Stadtgrenzrevier. Es dauerte ziemlich lange, bis der Wagen bei uns war. Über eine halbe Stunde. Dann machten wir die persönliche Bekanntschaft von Jimmy Faubert. Geführt von einem Cop, erschien ein über und über schmutziger Junge von zwölf Jahren, völlig erschöpft, mit vor Erregung und Kälte klappernden Zähnen, durchnässt bis auf die Haut.

Als er hereinkam, standen wir alle auf. Ich ging auf ihn zu.

»Ich bin Jerry Cotton, mit dem du telefoniert hast, Jimmy«, sagte ich und reichte ihm die Hand, in die er seine klamme und schmutzige Rechte legte.

»Sind Sie der Chef vom FBI?«, fragte er und reckte seine Stupsnase zu mir hoch.

»Nein, das bin ich nicht. Der Chef ist dieser Gentleman dort.«

Ich hielt seine Hand fest und brachte ihn zu Mr. High.

»Guten Morgen, Sir«, sagte er artig und versuchte so etwas wie einen Diener. »Ich bin Jimmy Faubert aus Bound Village, und ich bringe eine Nachricht von meinem Onkel Richard, der Sheriff ist. Unser Dorf wird von vierzig Verbrechern besetzt gehalten. Sie haben gedroht, alle umzubringen, wenn die Polizei erscheinen sollte.«

Das war eine glatte Sensation, aber wir fanden nicht die Zeit zum Staunen.

Mr. High gab gleich ein paar Befehle.

»Dierks, sorgen Sie dafür, dass der Junge heißen Kaffee und ein Frühstück erhält. Bringen Sie es in den Baderaum.« Er beugte sich zu dem Jungen. »Jimmy, du bist völlig durchgefroren. Wir stecken dich sofort in ein heißes Bad, und hinterher müsstest du eigentlich schlafen, aber dazu haben wir keine Zeit. Wirst du durchhalten und uns alles erzählen?«

Jimmy nickte. In seinen Augen leuchtete Stolz.

Zehn Minuten später saß der Kleine bis zum Hals im warmen Wasser, und vier erwachsene Männer hockten in allen möglichen Stellungen um ihn herum. Dierks saß auf einem Schemel und fütterte Jimmy mit heißem Kaffee und Eiern mit Speck.

Mr. High saß auf der Badewanne. Phil durchsuchte die Taschen des nassen Zeugs.

Jimmy kaute, trank und berichtete. Er erzählte von seinem Marsch durch die Nacht, und er beschrieb die Männer, die mit dem Autobus in sein Dorf gefahren waren. Ich schleppte die Bilder der vierzig herbei. Die meisten erkannte der Junge wieder. Noch bevor er sein Bad beendet hatte, waren wir uns über die Situation in Bound Village im Klaren.

Mr. High sah mich an. »Was machen wir, Jerry?«

Bevor ich antworten konnte, erwiderte Jimmy: »Sie müssen sie so überrumpeln, dass sie keine Zeit mehr haben, einem von unseren Leuten etwas zu tun«, sagte er. »Aber Sie dürfen auch nicht lange zögern, denn es könnte doch sein, dass mein Fehlen bemerkt wird.«

»Du hast völlig Recht«, bestätigte Mr. High. »Wir werden uns sehr genau überlegen, was wir tun können. Wir sagen es dir, und wir werden dich sogar um deine Meinung fragen.«

Er winkte Phil und mir. Dierks übernahm die Betreuung von Jimmy. Bevor wir den Baderaum verließen, wandte ich mich noch einmal um.

»Jimmy, besucht hin und wieder ein Hausierer euer Dorf?«

»Ja, mehrere. Am meisten der alte Cuckett, der mit Bürsten und dergleichen handelt.«

Wir gingen zur Beratung nicht erst in Mr. Highs Zimmer oder in eines der anderen Büros. Wir erledigten es gleich stehend vor den Baderäumen.

»Also?«, fragte Mr. High.

»Überraschungsangriff sinnlos«, antwortete Phil. »Sie sind zu schwer bewaffnet, und wir können es nicht verantworten, dass auch nur einem der Dorfbewohner ein Haar gekrümmt wird.«

»Aushungern ebenfalls zwecklos«, sagte ich. »Nahrungsmittel gibt es in einem Dorf für Monate. Sie dürfen nicht merken, dass die Polizei weiß, wo sie stecken.«

»Warum haben Sie nach dem Hausierer gefragt?«, erkundigte sich der Chef.

»Ich will als Hausierer ins Dorf gehen«, antwortete ich.

Phil stieß einen Pfiff aus. »Spring lieber von der Spitze des Empire State Building. Das hat die gleiche Wirkung.«

»Ich glaube nicht. Collin und seine Leute legen Wert darauf, von der Polizei nicht bemerkt zu werden. Sie lassen ja auch den Briefträger ungeschoren. Also können sie auch einen Hausierer nicht umlegen.«

»Solange sie überzeugt sind, dass es sich wirklich um einen Hausierer handelt, stimmt Ihre Rechnung, Jerry.«

»Niemand von der Bande kennt mich. Ich habe bisher mit keinem von ihnen zu tun gehabt. Warum soll ich nicht als Bürstenverkäufer durchgehen, wenn ich ein bisschen Maske mache?«

»Schön, aber was soll das für einen Zweck haben?«

Ich fischte mir eine Zigarette aus der Tasche.

»Hören Sie, Chef. In der Geschichte dieses Aufstands taucht immer wieder der Name Collin auf. Collin, Collin und noch mal Collin. Er ist die Klammer, die den ganzen Verein zusammenhält. Ohne ihn sind sie nichts. Wenn wir Frederic Collin aus der Mitte der Bande herauspicken und außerdem vielleicht noch Bobbers und Twin kassieren, eventuell auch noch Leb Lewis, dann denken die anderen nicht daran, sich auf den elektrischen Stuhl bringen zu lassen. Dann, Chef, werden sie hübsch die Händchen hochnehmen, wenn wir anrücken, und dann werden sie sich brav dahin zurückschicken lassen, woher sie gekommen sind, ins State Jail.«

Mr. High rieb sich das Kinn. »Abgesehen davon, dass das nur schwer durchzuführen ist, wie hängt es mit ihrer Hausierergeschichte zusammen?«

»Jimmy hat erzählt, dass Collin, Bobbers, Twin und Lewis im Haus des Bürgermeisters wohnen. Ich muss dem Bürgermeister ein Zettelchen in die Hände spielen, dass er in der Nacht mit Besuch zu rechnen hat und dass er alles tun soll, um uns den Weg zu erleichtern. Außerdem muss ich das Dorf mit eigenen Augen sehen. Jimmys Ortsbeschreibungen und die Karte seines Onkels genügen nicht. Nicht mal eine Generalstabskarte würde genügen.«

Mr. High stimmte noch nicht zu. Es war selbstverständlich, dass er nicht ohne weiteres zustimmte. Auf ihm ruhte die Last der Verantwortung für die Bewohner von Bound Village von dem Augenblick an, da Jimmy die ersten Worte seiner Meldung gesagt hatte.

»Sie müssen damit rechnen, Jerry, dass es zu Panikhandlungen kommt, wenn die Überrumpelung der vier Führer bemerkt wird, und Panikhandlungen bedeuten in diesem Fall den Tod von friedlichen Menschen.«

Ich biss die Zähne aufeinander. »Die Gefangennahme von Collin und den anderen muss so vor sich gehen, dass es seine Kumpane nicht bemerken«, sagte ich hart. »Außerdem müssen sie aus dem Dorf geschafft werden. Es genügt nicht, dass man sie überwältigt und, zum Beispiel, das Haus des Bürgermeisters durch G-men besetzt. In einer solchen Situation könnten die anderen Gangster auf die Idee verfallen, das Haus zu stürmen, wahrscheinlich unter Benutzung von Einwohnern als Deckung.

Nein, Collin und die anderen müssen völlig außer Reichweite ihrer Kumpane gebracht werden, am besten bis ins State Jail zurück.«

»Auch das bewahrt uns nicht vor der Gefahr der Panikhandlungen«, gab Mr. High zu bedenken. »Sie brauchen sich nur die Situation vorzustellen, wenn am Morgen Collin vermisst wird. In der ersten Rage kann es leicht passieren, dass der Bürgermeister, den man sofort einer Mitschuld verdächtigen wird, umgelegt wird. Ein Zeigefinger krümmt sich leicht.«

Ich überlegte eine Sekunde lang. »Um diese erste Reaktion zu verhindern, werde ich am Morgen im Dorf sein«, sagte ich.

Mr. High sah mich an. »Dazu sind Sie mir eigentlich zu schade, Jerry. Ich glaube, wir warten doch lieber ab, bis die Gangster den Aufenthalt in Bound Village leid sind, und fassen sie dann. Jimmy hat ja berichtet, dass Collin in vier oder fünf Wochen abziehen will.«

»Jimmy hat auch berichtet, was inzwischen vorgefallen ist«, entgegnete ich. »Diese Vorfälle werden sich wiederholen, und sie werden schlimmer ausfallen. Ich garantiere Ihnen, Mr. High, wenn Collins Leute noch vier oder fünf Wochen im Dorf bleiben, dann geht dieser Aufenthalt nicht ohne Tote ab. Außerdem müsste dann der Junge ins Dorf zurückgebracht werden, denn länger als drei oder vier Tage kann seine Abwesenheit unmöglich verborgen bleiben. Wahrscheinlich nicht einmal so lange.«

Mr. High überlegte lange. Fünf, zehn Minuten vergingen, ohne dass jemand sprach. Dann hob er den Kopf.

»Ich fürchte, Sie haben Recht, Jerry«, sagte er leise. »Wir werden es so machen, wie Sie vorschlagen. Gehen wir in mein Büro, und besprechen wir die Einzelheiten.«

Der alte Ford ruckelte, und sein Motor gab Töne von sich, als wollte er jeden Augenblick seinen letzten Atemzug tun. Ich saß auf dem Fahrersitz und klammerte mich an das urtümliche Steuerrad, das selbst wackelte. Wie immer ich daran drehte, es war reine Glückssache, ob die Räder der Drehung folgten.

Ich hatte Conder hinter mir gelassen, und jetzt schaukelte ich die schlechte Straße auf Bound Village zu, in jenes einmalige Dorf, das achtunddreißig Anständige und vierzig Verbrecher beherbergte.

Der Ford war kein Zufall. Jimmy hatte uns auf nochmaliges Befragen erklärt, dass der alte, mit Bürsten handelnde Cuckett einen solchen Wagen fuhr. Allein, dass wir in den paar Stunden eine solche Karre aufgetrieben hatten, war schon fast so etwas wie eine Meisterleistung.

Ohne Zweifel aber eine Meisterleistung war meine Maske. Unser Spezialist hatte mehr als vier Stunden darauf verwandt. Dass er meine Haare grau gefärbt hatte, war noch das Geringste daran, aber schon mein verfilzter Vollbart war ein Kunstwerk für sich. Der Meister hatte jedes Haar einzeln angeklebt, und er hatte dazu einen Klebstoff benutzt, der nur mit einem Speziallöser wieder zu entfernen war.

Was unser Maskenfachmann sonst mit meinem

Gesicht angestellt hatte, wusste ich selbst nicht. Jedenfalls wurde ich unter seinen Händen zusehends älter und verschrumpelter. Die ganze Zeit, die ich im Schminkstuhl zubrachte, waren Mr. High und Phil bei mir, und wir besprachen jede Einzelheit des Vorgehens. In meinem alten und schäbigen Portemonnaie war ein ganz klein gefalteter Zettel, auf dem stand:

Polizei. Wir kommen eine Stunde vor Mitternacht in Ihr Haus! Holen Führer der Bande! Helfen Sie, aber unternehmen Sie selbst nichts. Wir kommen von der Gartenseite. Möglichst Hintertür offen lassen.

Bevor ich abzuckelte, ging ich noch einmal zu Jimmy. Er lag jetzt auf einer Couch in meinem Büro und schlief. Ich weckte ihn.

»Pass auf, Jimmy«, sagte ich. »Was hältst du davon?« Und ich erzählte ihm in jeder Einzelheit unseren Plan.

Er hörte ernsthaft zu, und dann überlegte er. Schließlich nickte er.

»Es ist wohl der einzige Weg«, entschied er, »aber Sie müssen sehr vorsichtig sein, und ich glaube, Sie müssen auch viel Glück haben.«

Er gab mir seine schmale Jungenhand und wünschte mir Hals- und Beinbruch!

»Danke, Jimmy«, antwortete ich, und ich meinte es ernst.

Die ersten Häuser von Bound Village tauchten nach der nächsten Kurve auf. Na also, jetzt war es so weit. Ich grinste dünn bei dem Gedanken, dass ich nicht einmal meinen 38er bei mir hatte. Selbst das war uns zu riskant erschienen. Im Übrigen war es auch gleichgültig. Bei den vielen Schießeisen, die sich in Bound Village befanden, war mein 38er nicht viel mehr wert als eine Kinderpistole.

Der Ford keuchte, als könnte er das Dorf nur mit letzter Kraft erreichen. Hallo, dieser Bursche, der sich dort am Zaun des ersten Hauses lümmelte, der sah nicht so aus, als wäre er in Bound Village geboren. Ich konnte sehen, welch dämliches Gesicht er zog, als mein Ford tatsächlich auf den Ort zuhielt. Ganz offensichtlich wusste er nicht, was er tun sollte. Einen Fremden ins Dorf zu lassen schien ihm jedenfalls unmöglich. Er entschloss sich, stieß sich vom Zaun ab, trat in die Mitte der Straße und winkte mit beiden Armen.

Ich bediente die verschiedensten Hebel an meiner Arche Noah. Die Zündung knallte, die Bremsen quietschten wie am Schwanz gezogene Katzen, der Schotter spritzte: Mein Ford stand.

Der Kerl kam auf mich zu. Ich kannte seine Visage. Keine drei Stunden war es her, dass ich sein Konterfei en face und im Profil, versehen mit einer Nummer, in unserem Album bewundert hatte.

»Besuchen Sie jemanden hier im Dorf?«, fragte er, mühsam um Freundlichkeit bemüht.

»Klar«, antwortete ich und sprach so undeutlich, als hindere mich ein schlecht sitzendes Gebiss am Reden. »Alle!«

»Alle?«

»Klar, Bürsten verkaufen!« Ich machte eine Handbewegung in den Fond des Wagens, wo wir ein reich sortiertes Lager von Bürsten aller Art aufgeschichtet hatten.

Er kratzte sich am Kopf. Über meine Brille hinweg sah ich, dass inzwischen eine ganze Menge Gangstergesichter aus den Fenstern guckten.

»Sie sind aber nicht von hier, Mister«, fuhr ich harmlos fort. »Habe Sie noch nie hier gesehen.«

»No«, brummte er. »Mache hier Urlaub!« Plötzlich kam ihm eine Erleuchtung. »Die Mühe können Sie sich sparen«, sagte er. »Gestern war noch jemand hier, der Bürsten verkaufte, und ich habe selbst gesehen, dass alle ihm etwas abkauften. Ich wette, es ist jetzt kein Bedarf mehr. Schonen Sie das Benzin und Ihren Esel, und drehen Sie gleich um.«

Im ersten Augenblick erschrak ich, aber dann merkte ich, dass es nur ein Trick war. Also schaltete ich auf empört um.

»Ein fremder Bürstenhändler?«, kläffte ich böse. »Unmöglich. Tom Elvingstone kauft nur von mir. Er würde jeden Fremden aus dem Dorf weisen. Ich werde sofort mit Elvingstone sprechen.« Wütend hantierte ich am Armaturenbrett. Der Anlasser gab ganze Tonleitern von sich, der Motor puffte, sprang an und stieß eine dicke Wolke aus.

Der Wächter war in Verlegenheit. Er sprang auf das Trittbrett, das sich gefährlich unter seinem Gewicht durchbog.

»Na schön«, sagte er. »Fahren Sie zum Bürgermeister. Ich begleite Sie. Ich muss auch dorthin.«

Wir schaukelten los. Es waren ja nur ein paar Schritte, und als ich anlangte, standen Collin, Twin und Bobbers vor der Tür. Ich gestehe, mir wurde etwas warm unter dem Bart.

»Hier ist ein Mann, der Bürsten verkaufen will«,

meldete mein Mitfahrer. »Ich habe ihm gesagt, dass gestern gerade ein Verkäufer hier war, aber er will den Bürgermeister sprechen.«

»Alles fremde Gesichter«, nuschelte ich dazwischen. »Alles Feriengäste?«

Collin trat nahe an das Auto heran. Seine gletscherkalten grauen Augen musterten mich.

»Ja, wir machen hier Urlaub«, sagte er langsam. »Sind alle von einer Firma. Mein Kollege hat Recht. Gestern hat hier jemand Bürsten verkauft.«

Ich raufte meinen unechten Bart.

»Dass Tom mir das antun konnte. Ich werde ihm meine Meinung sagen.« Ich traf Anstalten, aus dem Wagen zu klettern.

Es war Collins Gesicht anzusehen, dass er mich am liebsten zum Henker geschickt hätte, aber er bezwang sich. Er war zu vorsichtig, sich dadurch in Gefahr zu begeben, dass er einen alten Hausierer falsch behandelte.

»Warten Sie«, sagte er. »Ich hole Ihnen Elvingstone. Wenn Sie die Handbremse loslassen, könnte Ihre Karre sich selbstständig machen.«

Er ging auf das Haus zu.

»Sagen Sie ihm, David Cuckett wäre da!«, schrie ich hinter ihm her. Ich wusste, er würde jetzt Elvingstone befehlen, seine Bürstenverkäuferlüge zu bestätigen, aber ich wusste nicht, was er den Bürgermeister noch alles fragen würde. So gut meine Maske gemacht war, sicherlich sah ich nicht wie David Cuckett aus, und eine falsche Bewegung von Elvingstone konnte mich verraten.

Darum auch hatte ich so laut meinen angeblichen

Namen gerufen. Ich hoffte, dass Elvingstone bereits irgendwo hinter der Gardine stand und dass er sich etwas dabei dachte, wenn ein Mann, der nicht David Cuckett war, sich als David Cuckett bezeichnete, und dass er auf alle Fälle das Spiel dieses Mannes mitspielen würde.

Ein bisschen war ich erleichtert, als Elvingstone und Collin nach wenigen Augenblicken gemeinsam das Haus verließen. Viel konnte Collin in der kurzen Zeit nicht gefragt haben.

Der Bürgermeister trat auf mich zu.

»Hallo, Tom«, sagte ich.

Er zögerte eine Sekunde, räusperte sich und antwortete: »Hallo, Dave!« Der Brocken, der von meinem Herzen plumpste, war so groß, dass eigentlich alle das Geräusch hätten hören müssen. Ich begann die Tirade meiner Vorwürfe. »He, du hast einen fremden Hausierer zugelassen, Tom! Hätte ich dir nie zugetraut!« In dem Stil ging es weiter. Elvingstone war geschickt genug, darauf einzugehen.

»Kann niemandem das Handeln verbieten. Du hast dich lange nicht sehen lassen.«

Es ging eine ganze Weile hin und her. Wie ein richtiger Hausierer schimpfte ich mir erst die Seele frei, und dann verlegte ich mich aufs Bitten, Elvingstone möchte mir wenigstens eine Kleinigkeit abnehmen.

»Schön«, sagte er schließlich, »gib mir eine Striegelbürste!«

Ich kramte in meinen Körben. Er gab mir einen Zehndollarschein, und ich wechselte recht umständlich.

»Zähl es nach, Tom«, sagte ich, als ich es ihm in die Hand drückte. »Bei den anderen hat es also wirklich keinen Zweck, meinst du?«

Er verstand den Unterton in meiner Frage, begriff, dass ich mich nicht noch mehr der Gefahr, durch die Überraschung eines Bewohners verraten zu werden, aussetzen wollte, und antwortete: »Wirklich nicht, Dave! Spar dir die Mühe!««

»Na schönt«, knurrte ich. »Aber wenn noch einmal jemand aufkreuzt, jage ihn zum Teufel. Habe hier noch nie Konkurrenz gehabt.«

Collin und seine Meute hatten der Unterredung Wort für Wort gelauscht. Jetzt waren sie wahrscheinlich erleichtert, dass es glatt abzulaufen schien.

»Wiedersehen, Gentlemen«, verabschiedete ich mich, und artig antworteten sie.

Ich dachte, dass sie sich über dieses Wiedersehen wundern würden, wendete aber ruhig meinen Wagen, bearbeitete ihn, dass er auf Touren kam, und rollte wieder Richtung Dorfausgang. Im Vorbeifahren sah ich einen Mann, der einen Revolver und den Sheriffstern trug.

»Hallo, Richard!«, rief ich und winkte.

Seine Augen leuchteten. »Hallo!«, schrie er aus Leibeskräften zurück. Ich wandte mich um. Er stand in der Staubwolke, die mein Ford produzierte, und hielt den rechten Arm immer noch grüßend erhoben.

»So«, brummte ich mir selbst zu, »das wäre überstanden.« Ich tätschelte das wacklige Steuerrad. »Beeile dich, alter Junge«, sagte ich zum Ford, »wir haben noch 'ne Menge heute Abend vor.«

Ich traf Mr. High, Phil, Dierks und fünf Wagen mit G-men vier Meilen hinter Conder. Zu aller Vorsicht hatten sie sich nicht in dieser kleinen Stadt postiert.

Die Jungs konnten es nicht lassen, mich mit einem donnernden Cheerio zu begrüßen.

Ich sprang aus dem Wagen. »Alles glatt gegangen«, meldete ich dem Chef. »Ich habe mir die Gegend genau angesehen. Elvingstone hat meinen Zettel in den Händen. Jetzt brauchen wir nur die Anführer herauszuholen.«

»Nur!«, brummte Dierks aus dem Hintergrund.

»Unke nicht«, sagte ich. »Hast du die Flasche mit dem Lösungsmittel für den Bart, damit ich mir das Gestrüpp aus dem Gesicht entfernen kann?«

Er holte eine flache Flasche aus dem Wagen und gab sie mir. Während ich mich von den Barthaaren befreite, breitete Mr. High eine große Generalstabskarte, die er von der Luftwaffendivision New York besorgt hatte, auf dem Kühler aus.

»Sobald es dunkel wird, umzingeln die G-men Bound Village in einem Abstand von rund einer Meile ums Dorf. In dieser Entfernung wird abgewartet, ob eure Aktion erfolgreich verläuft. Sobald ihr also mit den Anführern die Linie der G-men erreicht habt, rückten die Beamten bis auf dreihundert Yard an das Dorf heran, und zwar so, dass sie immer noch nicht bemerkt werden. Sie, Jerry, gehen dann wie geplant nach Bound Village zurück, warten den Beginn des Tages ab und versuchen, eine Panikhandlung der zurückgebliebenen Gangster zu verhindern. Zwei Schüsse aus Ihrem Revolver sind für die G-men das Zeichen, ohne Rücksicht auf Verluste anzugreifen.«

»Diese Schüsse werden nicht fallen«, sagte ich.

»Ich hoffe es«, meinte Mr. High seufzend. »Mir ist noch nie bei einer Sache so wenig wohl gewesen.«

Um elf Uhr, bei völliger Dunkelheit und leise nieselndem Regen, machten wir uns auf die Strümpfe. Wir waren nur drei Mann: Phil, Dierks und ich. Es war zu riskant, in einer größeren Gruppe zu gehen. Je mehr Männer, desto leichter konnte einem ein Fehler unterlaufen.

Unser Weg war genau festgelegt. Wir gingen in einem großen Bogen um Bound Village herum und näherten uns dem Ort von der Seite, weil wir von Jimmy wussten, dass die Wege zu den Feldern nicht so scharf bewacht wurden wie die Straße. Wir mussten versuchen, möglichst genau beim Haus des Bürgermeisters rauszukommen.

Unsere Ausrüstung hätte einem Kommandotrupp im Krieg alle Ehre gemacht. Wir trugen Strumpfmasken, eng anliegende Trikots, und wir hatten beim Mitnehmen unserer Gerätschaften sorgfältig darauf geachtet, dass sie so befestigt wurden, dass nichts klirren konnte. Außer den Revolvern hatte jeder von uns einen kurzen, schmalen Schlauch bei sich, der mit Sand gefüllt war, ein ideales Ding, um einen Mann lautlos auszuschalten. Außerdem besaß jeder eine Taschenlampe, und ich trug den Kompass und die Karte. Phil und Dierks waren zusätzlich mit Stricken und Knebeln ausgerüstet.

Wir marschierten fast an die drei Stunden, eine schwere und anstrengende Marschiererei über die feuchten Felder. Meine Achtung vor Jimmy, der bei solchem Wetter diesen Marsch unternommen hatte, stieg.

Drei Stunden also. Kompass und Karte konsultierten wir nur, indem wir uns in einen engen Kreis stellten, um jeden Lichtschein abzufangen.

Dann sahen wir vor uns ein einsames gelbliches Licht schimmern.

»Das müsste es sein«, flüsterte Dierks. »Bound Village!«

»Okay«, antwortete ich. »Den Rest also auf dem Bauch!«

Es war noch eine knappe Meile, und es ist mörderisch, eine Meile auf allen vieren zu kriechen. Schließlich ist es ein paar Millionen Jahre her, dass wir diese Fortbewegungsart aufgegeben hatten. Dann waren wir nahe genug heran, krochen zusammen und sahen uns die Sache an.

Gegen den etwas helleren Nachthimmel konnte man tatsächlich die Umrisse der Häuser zählen.

Phil zählte. »Eins, zwei, drei, vier. Das mittlere Haus neben dem großen Gemeindehaus muss die Wohnung des Bürgermeisters sein.«

»Ein Licht im Parterre«, flüsterte Dierks.

»Wahrscheinlich der Raum, in dem sich die Wache aufhält«, antwortete ich. »Der Mann muss zuerst erledigt werden. Besser, es geht einer allein. Ihr bleibt hier und folgt, wenn ihr das Zeichen hört. Ihr wisst: Käuzchenruf!«

Ich fühlte, wie Dierks den Kopf schüttelte. »Indianer! Indianer!«, hörte ich ihn murmeln.

Er hatte Recht, aber uns blieb gar keine andere

Wahl als auf Methoden zurückzugreifen, die eigentlich in der Pionierzeit üblich gewesen waren.

Ich zog los. Bei der völlig schwarzen Kluft, die ich trug, brauchte ich nicht viel Sorge zu haben, dass ich gesehen wurde. Nur alle Geräusche musste ich vermeiden. Ich hoffte aber, dass in Anbetracht des schlechten und kalten Wetters die meisten, wenn nicht alle Fenster geschlossen waren.

Auch diese letzten zweihundert Yard nahmen ihre Zeit in Anspruch. Endlich aber lag ich an der Mauer jenes Hauses, in dem ich Collin, Twin, Bobbers und Lewis wusste. Das Licht in dem Parterrezimmer brannte noch immer. Ich schob mich von der Seite her heran. Das Fenster lag so niedrig, dass ich einen bequemen Blick hineinwerfen konnte. Twin saß auf einem Sessel, eine Maschinenpistole im Schoß, und gähnte. Er saß so, dass sein Gesicht zur Tür gewandt war.

Ich kauerte mich unter das Fenster. Die Situation war schlecht. Ich konnte den Ausbrecher auf diese Weise unmöglich überrumpeln. Es genügte ja nicht, ihn zu erledigen. Es musste absolut lautlos und vor allen Dingen so schnell geschehen, dass ihm nicht mal die Zeit zu einem Schrei blieb. So, wie er jetzt saß, konnte ich weder durch die Tür noch durch das Fenster eindringen.

Ich wartete. Zehn Minuten, zwanzig Minuten, eine halbe Stunde. Von Zeit zu Zeit vergewisserte ich mich, dass Twin seine Haltung noch nicht verändert hatte. Ich fluchte lautlos. Phil und Dierks würden in dem Acker anwachsen, wenn nicht bald etwas passierte. Ich ging noch einmal aus der Hocke hoch, um nach Twin zu sehen, fuhr aber sofort zurück. Er war aufgestanden und ging auf das Fenster zu.

Ich hielt buchstäblich den Atem an. Ich hörte, wie der Fensterverschluss betätigt wurde. Der Ausbrecher riss die Flügel auf. Unmittelbar über mir fühlte ich den Strom der warmen Luft, der aus dem Zimmer drang.

Ich hörte ihn murmeln. »Elendes Wetter! Hört überhaupt nicht mehr auf zu regnen!«

Ich hielt den Sandschlauch schon in der Hand. Wenn sich jetzt ein wenig vorbeugte, dann . . .

Er beugte sich vor. Ich sah seinen Kopf über mir. Ich schoss hoch wie eine angreifende Natter. Noch bevor er zurückzucken konnte, sauste der Sandschlauch auf seinen Schädel nieder. Er kam nicht mal dazu, zusammenzusacken. Ich hielt ihn in der Stellung, in der er sich zuletzt befunden hatte, schwang mich auf das Fensterbrett, ließ mich auf der anderen Seite hinabfallen. Twin hielt ich fest, und erst, als ich im Zimmer war, ließ ich ihn zu Boden gleiten.

Ich löschte das Licht, ging zum Fenster zurück und stieß den Ruf eines Käuzchens aus, sehr leise natürlich. Dann wartete ich. Keine zwei Minuten später schwangen sich zwei schwarze Schatten in den Raum.

Wir wussten genau im Hause des Bürgermeisters Bescheid. Wir hatten Jimmy ausgefragt. Wir hatten nach seinen Beschreibungen einen Grundriss gezeichnet, und Jimmy hatte uns auch sagen können, in welchen Zimmern die Gangster schliefen. Lewis und Bobbers bewohnten gemeinsam einen Raum in der ersten Etage. Collin und Twin schliefen im Zimmer gegenüber.

Es galt also, die Treppe hinaufzukommen. Twin wurde gebunden und geknebelt. Ich öffnete die Tür, schlich auf den Flur, ließ die Taschenlampe aufblitzen und stieg, Schritt für Schritt, die Treppe hinauf. Es waren zwölf Stufen bis zur ersten Etage. Ich glaube, ich brauchte an die zehn Minuten dafür. Oben blieb ich stehen, gab ein Zeichen mit der Lampe. Phil folgte, dann Dierks. Ein kurzer Wink mit der Hand, eine Berührung am Arm. Phil und Dierks nahmen sich das Zimmer von Bobbers und Lewis vor, ich stellte mich gegenüber von Collins Tür auf.

»Los!«, zischte ich.

In genau diesem Augenblick ging die Tür des Zimmers von Frederic Collin auf, und er selbst stand im Licht, das aus diesem Zimmer fiel. Er musste ein Geräusch gehört haben, oder vielleicht hatte ihn nur sein Instinkt geweckt. Jedenfalls stand er da, und er hielt einen Revolver in der Hand.

Es gab keine Spanne zwischen Erkennen, Denken, Handeln. Es war ein ganz instinktiver Ablauf, bei dem mein Gehirn keine Rolle spielte, sondern mein Körper, meine Muskeln ganz selbsttätig handelten. Meine Faust traf Collins Kinn, meine linke Hand riss ihm den Revolver aus der Hand, und mein Körper lag auf ihm, bevor er selbst auf den Boden polterte. Revolver und Sandschlauch ließ ich fallen. Meine Hände pressten sich um seinen Hals. Er zuckte unter mir, aber kein Laut entwich aus seiner Kehle, und plötzlich wurde er schlaff, ohnmächtig. Ich ließ los. Ich sprang auf, fuhr herum. Was war mit Phil, Dierks, Lewis, Bobbers? Auf lautlosen Sohlen huschte ich zur Tür. Im selben Augenblick tauchten Phil und Dierks aus dem gegenüberliegenden Zimmer auf. Dierks hielt den Daumen nach oben.

»Erledigt!«, flüsterte Phil. Die beiden hatten sich bei ihrer Aufgabe nicht stören lassen. Wie ich wussten sie, dass es klappen konnte, wenn jeder bei seinem Teil blieb.

Ich schaltete das Licht wieder aus. Viel Lärm war nicht gemacht worden bis auf das dumpfe Poltern, das Frederic Collins Körper verursacht hatte.

Wir stürzten uns auf die Überwältigten und verschnürten sie. Während wir noch damit beschäftigt waren, hörte ich Schritte.

»Hallo!«, rief jemand leise. »Sind Sie von der Polizei?«

»Mr. Elvingstone?«, fragte ich zurück.

»Ja, ich bin's«, antwortete der Bürgermeister.

Ich ging zu ihm hin.

»Das hier haben wir geschafft, Mr. Elvingstone«, sagte ich, »aber leider können wir es nicht in allen Häusern wiederholen. Wir werden die Anführer der Bande jetzt aus dem Dorf schaffen. Und morgen, wenn seine Kumpane Collins Abwesenheit entdecken, werde ich hier sein. Ich hoffe, dass sie sich dann ergeben.«

»Wie viele sind Sie?«, fragte Elvingstone.

»Drei!«

»Nehmen Sie meinen Sohn mit. Er kann einen von den Burschen tragen. Er kennt jeden Stein in der Umgebung. Außerdem möchte ich ihn gern aus dem

Haus haben. Niemand weiß, wie die Gangster morgen früh reagieren.«

»Einverstanden!«, sagte ich.

Ich werde Sie mit der Schilderung verschonen, wie wir die vier Bewusstlosen aus dem Haus und den ganzen Weg über die Felder zurücktransportierten. Nur soviel kann ich Ihnen sagen: Es war eine höllische Schinderei. Als wir dann außer Hör- und Sichtweite von Bound Village waren, ging es besser. Wir sorgten dafür, dass unsere Gefangenen wieder zu sich kamen, lösten ihnen die Fußfesseln und zwangen sie, selbst zu laufen. Sie stolperten vor uns her. Keiner von ihnen sprach. Einmal traf der Schein der Taschenlampe, die wir jetzt zu benutzen wagten, Frederic Collins Gesicht. Er sah verfallen aus wie ein schwer kranker Mann.

Plötzlich wurden wir angerufen. Ein paar Gestalten tauchten aus der Dunkelheit auf. Wir hatten die G-men-Kette erreicht. Eine Zigarettenlänge gönnte ich mir Zeit. Dann folgte auf freiem Feld ein Kleiderwechsel. Ich hatte mir ausgerechnet, dass es nicht zweckmäßig wäre, in meiner Geheimkommandokluft in ein paar Stunden den Gangstern entgegenzutreten, denn mir war inzwischen etwas eingefallen. Einer der Kollegen, der ungefähr meine Statur hatte, pumpte mir, was er auf dem Leib trug. Ich marschierte nach Bound Village zurück. Jetzt konnte ich etwas weniger vorsichtig sein, denn ich wusste ja, dass es ein Haus ohne Bewachung war. Allerdings musste ich mich beeilen, denn am östlichen Himmel zeigte sich bereits ein schwacher grauer Schimmer. Der Tag brach langsam an.

Die beiden Burschen, die allmorgendlich bei Tagesgrauen den Fuhrunternehmer, der die Milch nach Conder brachte, abholten, stockten, als sie an dem Gemeinschaftshaus vorbeikamen und dort einen Mann in Trenchcoat und Hut auf der Treppe sitzen sahen, einen Mann, den sie noch nie im Dorf gesehen hatten. Er rauchte eine Zigarette. Der Mann war ich.

Die beiden Burschen standen unten und starrten mich an, als wäre ich der Weihnachtsmann persönlich.

»Hallo!«, grüßte ich.

Sie rafften sich auf. Derjenige mit dem meisten Mut ging bis zur untersten Stufe der Treppe und fragte: »Wer sind Sie? Habe Sie noch nie hier gesehen.«

»FBI«, antwortete ich freundlich. »Ein G-man.«

Er war nahe an einer Ohnmacht.

»Sie machen Scherze, Sir?«, stotterte er unsicher.

»Wer macht so früh am Morgen Scherze?«, fragte ich zurück. »Willst du meinen Ausweis sehen?«

Ich griff zur Brusttasche. Er zuckte zusammen und fasste nach seiner hinteren Hosentasche. Ich war schneller. Er blickte in die Mündung meines 38ers und ließ ohne Kommando seine Hand sinken.

»Es ist genug geschossen worden«, sagte ich. »Jetzt wollen wir damit aufhören.« Ich steckte die Waffe wieder weg und holte den Ausweis. »Hier«, sagte ich und zeigte ihn ihm. »Du kannst ruhig näher treten.«

Er wagte es, den Blick starr auf den Ausweis gerichtet.

»So«, sagte ich, »und nun wollen wir deutlich miteinander reden. Das Dorf ist umstellt. Ihr geht jetzt und weckt eure Freunde, bringt sie hierher, und ich werde euch die Situation auseinander setzen.«

Er machte eine Handbewegung, um an mir vorbei zum Haus von Elvingstone zu gehen.

»Ich kann mir denken, dass du Collin, Bobbers, Twin und Lewis zuerst sprechen möchtest«, stoppte ich ihn, »aber damit kommst du zu spät. Dein großartiger Anführer und seine Freunde sind leider bereits über alle Berge. Sie haben Wind davon gekriegt, dass wir anrückten, und sind getürmt, leider ohne euch zu informieren.«

»Das ist nicht wahr«, brauste der Ausbrecher, der noch ein junger Bursche war, auf.

»Wenn ihr alle hier versammelt seid, könnt ihr hingehen, um euch zu überzeugen. Dann sage ich euch auch, auf welche Weise sie von der Aktion erfahren haben. Los, jetzt bring deinen Verein auf die Beine!«

Die beiden Burschen rannten fort. Sie verschwanden im nächsten Haus. Ich hörte sie Namen rufen. Fenster wurden aufgerissen. Gesichter lugten hinter Gardinen hervor, zuckten wieder zurück. Ich hörte, wie jemand schrie: »Das ist eine Falle. Ich gehe nicht nach draußen.« Dazwischen immer wieder dann den Ruf: »Wo ist Collin? Was sagt Collin?«

»Der G-man sagt, Collin sei getürmt«, informierte mein Bote den Frager. Flüche, Geschrei, ängstliches Weinen der Kinder der Bewohner.

Das ging so eine halbe Stunde. Ich ließ mich von alldem nicht stören, rauchte ein paar Zigaretten und wartete, dass die Ausbrecher sich entschlössen, die Verhandlungen mit mir aufzunehmen. Vor einem der Häuser sammelte sich ein Trupp, vor einem anderen ebenfalls. Schließlich setzten sich fünf Mann in Bewegung und rückten auf mich zu. Die Besatzung von zwei weiteren Häusern schloss sich an. Dann folgten noch ein paar, und als sie sahen, dass ich ganz friedlich blieb, erschien auch der Rest bis auf ein paar Nachzügler, die erst herantrotteten, als ich zu sprechen anfing, einfach, weil ihre Neugier sie trieb.

Ich wusste schon in dem Augenblick, als sich die Ausbrecher näherten, dass ich die Hälfte des Spieles gewonnen hatte. Es waren eine ganze Reihe unter ihnen, die keine Waffe mehr trugen, wenigstens nicht mehr sichtbar. Sie mochten heimlich ihr Spiel schon verloren gegeben und gedacht haben, es sei besser, von einem Polizisten nicht mit einem Schießeisen in der Hand gesehen zu werden. Andere hingegen trugen offen die Maschinenpistolen, den Sicherungsflügel zurückgelegt.

Ich schnippte den Rest der Zigarette weg und stand auf. Ich sagte gemütlich, als handelt es sich um die selbstverständlichste Sache der Welt: »Nun hört zu, Leute. Wir erfuhren, dass ihr hier seid und dass ihr die Anwohner hier im Schach haltet. Natürlich gefiel uns das wenig, aber wir machten eine Riesendummheit und riefen den Bürgermeister an, um uns über die Lage zu informieren. Collin kriegte es spitz. Er war im Zimmer, als wir anriefen, und schließlich sprachen wir direkt mit ihm. Wir sagten ihm, er solle sich innerhalb von vierundzwanzig Stunden ergeben. Er antwortete, dass er nicht daran denke. Heute Nacht bin ich ins Dorf geschlichen, um mit ihm noch einmal zu verhandeln. Ihr versteht, dass wir keine Schießerei wollen, weil sich 'ne Menge Zivilisten hier herumtreiben. Leider waren Collin, Bobbers, Lewis und Twin nicht mehr da. Ihnen wurde die Luft zu dick. Sie türmten, solange der Polizeikordon noch nicht geschlossen war. Zu meinem Erstaunen stelle ich fest, dass sie euch nichts gesagt, sondern euch kalt in der Patsche stecken gelassen haben.«

»Ist das die Wahrheit, G-man?«, fragte einer, der schon graue Haare hatte.

»Geh rüber und sieh nach«, antwortete ich lässig. »Aber rühr mir den Bürgermeister nicht an. Er kann nichts dafür.« Alle warteten schweigend, bis der Grauhaarige zurückkehrte.

»Es stimmt«, sagte er laut. »Sie sind fort!«

Sie sahen wieder mich an, als erwarteten sie von mir Hilfe. »Wir fassen die vier Jungs noch«, erklärte ich, »aber was ist mit euch? Ich denke, wir machen jetzt Schluss. Ihr gebt die Kanonen ab und geht ins State Jail zurück. Collin hat euch ja doch nur als Rammbock für seine eigene Freiheit benutzt.«

Tiefe Niedergeschlagenheit hatte sich ihrer bemächtigt. Die meisten ließen den Kopf hängen.

Plötzlich schrie eine Stimme: »Ich denke nicht daran. Collin hat gesagt, dass die G-men uns niemals angreifen können, weil wir sonst die Leute von Bound Village umlegen. Ich halte mich daran.« Ich suchte nach dem Schreier. Da ich die Fahndungsbilder recht gut im Kopf hatte, erkannte ich ihn. Es war Houlden.

»Komisch, dass sich Collin selbst nicht an das Rezept gehalten hat«, sagte ich ironisch.

»Ich halte mich daran!«, schrie der Gangster. Er war einer der wenigen, die eine Maschinenpistole trugen.

»Ich werde mir deine Worte merken, Houlden«, antwortete ich. »Wenn du sie ausführst, bringen sie dich auf den elektrischen Stuhl.« Ich wandte mich wieder an alle. »Ich kenne eure Lebensläufe ziemlich genau. Es sind drei oder vier unter euch, die dreißig Jahre abzubrummen haben, aber die meisten haben unter zwanzig Jahre auf dem Buckel. Viele davon haben schon einen Streifen abgesessen. Wenn ihr das tut, was Collin euch eingeblasen hat und was Houlden jetzt vorschlägt, dann landet ihr alle wegen Mordes vor Gericht. Ihr wisst doch, dass ihr vor Gericht kommt, nicht wahr? Vielleicht dauert es ein Jahr, bis wir euch mürbe gemacht haben, aber wir machen euch mürbe. Das steht einwandfrei fest. Vielleicht können wir die Bevölkerung von Bound Village wirklich nicht vor euren Gewalttaten schützen. Umso schlimmer für euch. Überlegt es euch gut! Wenn ihr die Bewohner von Bound Village als Schutzschild benutzt und es werden vielleicht welche getötet, dann werdet ihr selbst ein schreckliches Ende haben. Ich glaube, selbst die Armee der Vereinigten Staaten könnte euch nicht davor schützen, von der rasenden Bevölkerung New Yorks aus dem Gefängnis geholt und gelyncht zu werden.«

Schweigen, tiefes Schweigen für mehrere Minuten. Einer in der vordersten Reihe stieß einen Fluch aus, riss einen Revolver aus der Tasche und schleuderte ihn mit einer wilden Gebärde weg.

Plötzlich schrie noch einmal Houlden: »Ich gehe dem G-man nicht auf den Leim!«

Er riss die Maschinenpistole hoch. Im Instinkt des Lebenserhaltungstriebs griff ich nach dem 38er, obwohl ich ihn wahrscheinlich nicht mehr rechtzeitig gezogen hätte.

Ich brauchte ihn nicht. Houldens Nebenmann schlug die Waffe hoch. Der Mann, der hinter ihm stand, legte ihm die Arme um den Hals und riss ihn zu Boden. Zwei, drei andere schlugen auf ihn ein, entrissen ihm die Maschinenpistole.

Der Grauhaarige, der sich von Collins Abwesenheit überzeugt hatte, trat einen Schritt vor.

»Also gut, G-man «, sagte er düster, »ruf deine Leute. Wir ergeben uns. Es wäre doch nicht die richtige Sorte von Freiheit geworden.«

Ich ging in das Haus des Bürgermeisters. Elvingstone stand in der Tür, neben ihm der alte Sheriff Benderbeck.

»Ich muss mal mit Conder telefonieren«, sagte ich. Er führte mich in sein Wohnzimmer.

Ich nannte die Nummer eines Gasthofs in Conder, in dem Mr. High sein Hauptquartier aufgeschlagen hatte. Er war selbst am Apparat.

»Hier ist Jerry, Chef«, sagte ich. »Sie können die Jungs schicken. Der Rest der Ausbrecher vom State Jail hat aufgegeben.«

Ich hörte, wie der Chef am Telefon einen Seufzer der Erleichterung ausstieß. Ich hatte noch nie gesehen, dass er das tat. Auch nie gehört, und am Telefon hörte es sich ganz merkwürdig an, so, als hätte Mr. High selbst einen Menschen, an dem ihm lag, in Bound Village gehabt.

ENDE

Jerry Cotton ist die erfolgreichste Kriminalromanserie der Welt. Die Gesamtauflage der Serie liegt bei über 850 Millionen Exemplaren und wird in über fünfzig Ländern der Erde gelesen.
BASTEI-LÜBBE präsentiert für alle Freunde des Kriminalromans drei lange vergriffene Ausgaben der Jerry-Cotton-Taschenbücher in einer Sonderausgabe.

Dieser Band enthält die Romane:

Diamanten satt
Winternacht – Todesnacht
Der Ripper von Manhattan

ISBN 3-404-31953–2

BASTEI LÜBBE

Jerry Cotton ist die erfolgreichste Kriminalromanserie der Welt. Die Gesamtauflage der Serie liegt bei über 850 Millionen Exemplaren und wird in über fünfzig Ländern der Erde gelesen.
BASTEI-LÜBBE präsentiert für alle Freunde des Kriminalromans drei lange vergriffene Ausgaben der Jerry-Cotton-Taschenbücher in einer Sonderausgabe.

Dieser Band enthält die Romane:

Der Sündenbock
Vails Rache
Blutiger Wahnsinn

ISBN 3-404-31954–0

BASTEI LÜBBE